文春文庫

妖《あやかし》の掟

誉田哲也

文藝春秋

妖の掟　もくじ

単行本　二〇二〇年五月　文藝春秋刊
参考文献『全国妖怪事典』（講談社学術文庫）千葉幹夫・編

妖《あやかし》の掟《おきて》

第一章

1

　さすがに汲《く》み取り式ではない。天井近くに水洗タンクが設置してあるので、垂れ下がっているチェーンを引っ張ればちゃんと水は流れるし、それで汚物は洗い流せる。でも何しろ古い和式便所なので、それなりのクサさは否めない。

　何十人か、ひょっとしたら百人以上か。歴代の住人たちがちょいちょい汚し、しかし碌《ろく》に拭きも掃除もせず、日々使い続けてきた共同便所。その床や壁に染み込んだ便臭は、このアパートの奥深い歴史そのものと言っても過言ではない。

ただ、その便臭すら気にならなくなるほど、今ここには別の臭いが充満している。

　血。人の血。死人の血。

　大小の便臭と、死人の血の臭い。どっちがクサいかと訊《き》かれたら、紅鈴《べにすず》は即座に「死人の血」と答える。吐くほどではないが、嫌な臭いだな、とは思う。

　なぜ共同便所が死人の血でクサいのか。当たり前だが、それは死体があるからだ。頭部を切断した死体を、和式便器のところに逆立ちさせてあるからだ。むろん、死体は自分で逆立ちなどしない。紅鈴が両脚を摑《つか》んで支えているから、その姿勢が維持できているに過ぎない。ではなぜ、首なしの死体なんぞを和式便器に逆立ちさせているのか。それは、血を抜くためだ。完全には無理だが、のちの作業をしやすくするため、できる限り血は抜いておいた方がいい。

二本の脚を揃え、その両足首を左手でまとめて持ち、空いた右手でジャージのポケットを探る。タバコ、ハイライト。中に捩《ね》じ込んでおいた使い捨てライターを取り出すのに多少の苦労はしたが、どうにか便器の血溜まりに落とすこともなく、ちゃんと銜《くわ》えて火を点《つ》けることはできた。

深く吸い込み、できるだけ長く吐き出す。旨い。煙で、死人の血の臭いも紛《まぎ》れて一石二鳥だ。

便所を出てすぐのところ、青いタイルの洗面台の前にいる、欣治《きんじ》の坊主頭がこっちを振り返る。

「……てめえだけ一服たぁ、大そうな身分だな」

欣治は切断した頭の方を処理している最中なので、今は両手が塞《ふさ》がっている。塞がっているというか、ほとんど肘《ひじ》まで血みどろだ。包丁を使って皮膚を剝《は》がし、眼球を抉《えぐ》り出し、これから頭蓋骨を適当な大きさに砕いていこうかという段階だ。

「ああ、ごめん。こっち、もうちょっとだからさ。終わったら、吸わせてやるよ」

「そういうことを言ってるんじゃねえ」

分かっている。欣治にしてみたら、紅鈴が喰い殺した男の死体処理を手伝ってやっているのだから、お前ももうちょっと真面目にやれと、そう言いたいのだろう。

欣治が続ける。

「本当によ……誰にも、見られてないんだろうな」

「うん、それは、何回も確かめた。誰もいなかった」

「ここに入るところも、見られてないんだな」

「うん、大丈夫。あたしの言うことも、少しは信用しろよ」

「できるか」

無理もない。できる限り人は殺さない、というのがここ何十年かの、二人の間の約束事になっているのだが、紅鈴は今一つ守れていない。誰も見てないからいいかな、死体処理は欣治に手伝ってもらえばいいしな、とついつい思ってしまう。

死んだ男がどこの誰かは知らない。紅鈴の勤めている店の客で、二度ほど相手をしたことはあるが、まさか閉店まで待って尾行してくるとは思っていなかった。紅鈴は、非常に人間に惚れられやすいタチなので、そういうことは間々《まま》あり得るのだが、今日、この男にというのは予想していなかった。その意表を突かれたのが、悔しかったというか癪《しゃく》に障《さわ》ったというか、とにかく「ぶっ殺す」という発想に直結してしまった。

気づかぬ振りをしてアパートに入った。すぐ下駄箱の陰に隠れ、様子を窺《うかが》った。まもなく男が忍び込んできたので、軽めに殴り倒して気絶させ、階段のところまで引っ張り込んだ。いったん外に出て、誰もいないことはそのとき入念に確認した。それからアパートの玄関の照明を消し、引き戸の鍵も閉め、その場で喉元に喰らいついた。

頸動脈《けいどうみゃく》に牙《きば》を突き立て、喰い破り、溢《あふ》れ出てくる血を飲んだ。飲みまくった。男の歳は三十代前半。痩せ型で、多少ヤニ臭くはあったが、血の味は悪くなかった。紅鈴は極端に血が薄く――人間でいうところの空腹になっていたわけではないが、飲み溜めもときには必要だ。一滴も漏《も》らさず、大切に頂戴した。

心拍が弱くなってきたら、胸の真ん中を拳で叩く。言わば心臓マッサージだ。紅鈴たち「闇神《やがみ》」は生き血しか飲むことができない。死体の血は、どういうわけか不味《まず》くて飲めない。なので、五秒でも十秒でも長生きしてくれるに越したことはない。あとひと口、もうひと口、せめてもう一滴――お陰さまで、最後まで美味《おい》しくいただくことができた。

しかし、飲み終わると急に心配になってくる。また欣治に怒られるのか。嫌だな。死体処理、手伝ってくれなかったらどうしよう。一人でやるのは嫌だな。面倒臭いな――。

二階に上がり、廊下の左右に五部屋ずつある中の、窓が北向きになる左側の真ん中、二〇八号室のドアを開けた。

「欣治、ただいまっ」

六畳間の真ん中、畳に直接胡坐《あぐら》を掻いていた欣治は、腕を組んだまま紅鈴を睨《ね》め上げた。

「お前、また殺《や》りやがったな」

「あ、うん……でも、でもさ、仕方なかったんだよ」

「お前の仕方ないは聞き飽きた。どうせ、後処理は俺にやらせりゃいいとか思って飲んだんだろ。いい加減にしろよ」

餓鬼《がき》が何を偉そうに、と思わなくもなかったが、ここは辛抱のしどころだ。

「……ごめん。でも、尾けられてたんだよ、店から。住んでるところがバレるのは、マズいだろう？」

「他にだってやりようはあっただろう。ちっとは後先考えろ。てめえ、いくつだよ」

四百歳越えてますけど。

「歳の話は、よせって」

「学習しろ、馬鹿」

我慢、我慢。

「……ごめんなさい」

「謝って済むなら……まあ、謝って済ませるしかねえよな、おめえみてえな馬鹿はよ」

「ごめんなさい」

「死体、どうした」

「階段の下」

「玄関は閉めたな」

「うん、閉めた。ちゃんと閉めた」

溜め息をつきながら、欣治が「よっこらしょ」と、さも重たそうに腰を上げる。

「……運んでこい。バラしてやっから」

「うん、運んでくる。すぐ持ってくるから、待ってて」

よかった。今日はそんなに怒られなかった。

なんだかんだいって、欣治は紅鈴に優しい。

紅鈴と欣治がこのアパートに住み始めたのには、いくつか理由がある。

東武東上線《とうぶとうじょう》、北池袋《きたいけぶくろ》駅のすぐ近く。住所でいったら東京都豊島《とし》区池袋本町《ほんちょう》一丁目。池袋駅までたったのひと駅という立地がまず気に入った。さらに築五十年以上、陽当たり最悪、共同便所で風呂なし、ほぼ線路沿いで一日中電車の音がうるさいという、これでもかというほど悪条件の揃った不人気物件なのも好都合だった。

実際、紅鈴たちが入居した当時は、一階に独居老人が二人いるだけだった。その二人も一昨年から昨年にかけて相次いで亡くなった。誓って言うが、紅鈴が殺したわけではない。むろん欣治でもない。あんな腐りかけの血を飲むほど、まだ自分たちは落ちぶれていない。二人とも孤独死、立派な自然死だった。

なのでここ一年半くらい、このアパートの住人は紅鈴と欣治の二人だけ。一階に八部屋、二階に十部屋あり、大家には「何部屋でも好きなだけ使って」と言われているが、こっちもその日暮らしの吸血鬼なので、さほど家財道具は多くない。今の二〇八号と、物置代わりの二〇七号だけで充分だ。

さらに、住んでみて一番「便利だな」と感じたのが、道だ。

真っ昼間はさすがに無理だが、陽がある程度傾けば、なんとこのアパートからは、池袋の風俗街まで日向《ひなた》の道を通らずに行かれるのだ。

紅鈴たち闇神は、とにかく太陽光に弱い。直射日光は短時間、部分的に浴びるだけで火傷《やけど》のようになるし、全身に浴びたら、たぶん即死する。雨の日でも、昼間、なんの日焼け対策もなく外に出たら気絶する。その後に血を飲めれば回復するだろうが、飲めなかったら乾涸《ひから》びて死ぬ。おそらく、それが一番苦しい死に方だろうと思う。

でも、今の時代は、いい。

つばの広い帽子、紫外線をカットするサングラス、ファンデーション、ブラウスやインナーシャツ、日焼け止めクリームなどなど、吸血鬼の体に優しいアイテムが豊富に取り揃えられている。

中でも感動したのは、UVカットのコンタクトレンズだ。自分たちは、目から入ってくる紫外線に意外なほど体力を奪われていたのだと、着けてみて初めて実感した。「目から鱗が落ちる」とはこのことだ。欣治は「面倒臭え」といって着けないが、紅鈴はもう、これなしでは生きられないというくらい気に入っている。いわゆる、マストアイテムというやつだ。

これらUVカット製品のお陰で、だいぶ早めに店に出られるようになった。紅鈴にとって「店」とは、即ち風俗店だ。風俗こそ、紅鈴が江戸時代前から続けている生業だ。今ならファッションヘルス、デリバリーヘルス、イメクラ、ソープランド、雇ってもらえるならなんでもやる。

そもそも他の、一瞬でも日向に出るような仕事には就けない、という事情はある。むろん、女を使って手っ取り早く稼げる、というのも魅力の一つだ。しかし、紅鈴が風俗を生業にする最大の理由は、血だ。客から密かに血を飲むことができる仕事。これほど女吸血鬼に向いた職業はない。いま紅鈴が勤めているのは「パール・ガール」という、池袋駅北口にあるソープランドだ。

「ご指名、ありがとうございます、マリアです」

今から相手をするのは、やや太め、四十歳前後の、サラリーマン風の客だ。脱がせてみると、意外なほど肌艶《はだつや》がいい。

これは旨《うま》そうだ。

「お客さま、初めてですよね」

「あ、そう……うん。今日、初めて」

だいぶ緊張しているようだ。声色、目遣い、表情。それと分かる要素は多々あるが、紅鈴が人間の精神状態を読み取るのに、最も重要視するのは体臭、それも汗の臭いだ。まずは、この緊張をほぐしてやらねばならない。

「お湯加減は、熱めがいいですか、ぬるめがいいですか」

「……ぬるめ、で」

紅鈴も裸になり、男の全身をくまなく洗ってやる。汗が流れれば体臭は薄れ、結果、精神状態も読みづらくはなるが、それでも耳の辺《あた》りを嗅いでみれば概《おおむ》ね分かる。背中を触られるのは好きなんだな、腋《わき》の下は嫌なんだな、お腹回りは気にしてるんだな、コンプレックスに思ってるな、くらいのことは読み取れる。

「この辺、柔らかい……気持ちいい」

背中から抱きつき、前に手を回して、腹回りを撫《な》でてやる。その瞬間は男も信じていなかった。むしろ緊張は増した。でも十秒くらい続けていると、徐々《じょじょ》にほぐれてきた。

「……私、チビだから……大きな人、好きなんです」

紅鈴の身長は五尺一寸、センチでいったら百五十五。これでも江戸時代は男並みの高身長だった。今はおそらく、中学生に交じっても大きい方には入らない。それを引け目に感じているわけではないが、なまじ、女のわりに背が高いと見られていた時代が長かっただけに、なんとなく悔しくはある。

「流しまぁす」

洗い終わったら一緒に湯船に入って、「潜望鏡《せんぼうきょう》」などの定番プレイもしてやって、終わったら丁寧に全身を拭いてやって、ベッドに移動する。

さあ、ここからが本番だ。

「すごい、硬《かた》ぁい……元気ですね。嬉しい」

客によって好む体位は様々だ。

上になって女を征服したい男、自分が下になって奉仕されたい男、正常位で女の顔や胸を見ながらしたい男、後背位《こうはいい》で背中や尻を楽しみたい男、座位が好き、側位が好き、交差位が好き、途中で体位を変えたい、イクまで同じ体位がいい——その組み合わせや流れまで考えると、セックスの形は本当に千差万別だ。

ただし、紅鈴の持ち込みたい体位はたった一つだ。

騎乗位。男の腰に跨《また》がって、

「うっ……」

男が射精するタイミングに合わせて、左右の頸動脈を親指で圧迫し、意識を奪う。完全に失神していることを確認したら、行動開始だ。

マットレスの下に押し込んでおいたペンケースを取り出す。中には消毒液、脱脂綿、カットして先っぽだけにした注射器が入っている。

まず片腕を上げさせ、消毒液を含ませた脱脂綿で腋の下を拭く。すぐにカットした注射器のガラスの方、筒状になった部分を咥《くわ》え、そのまま顔を近づけて、腋の下の動脈に針を刺す。

その状態で、溢れてくる血を飲む。

紅鈴のひと口は約八十cc、五口飲んだら四百cc。献血一回分が四百ccらしいので、紅鈴も一人の客から飲むのは概ね四百ccと決めている。この量なら、飲んでもまず大事になることはない。実際、この量に決めてからは救急車を呼ぶような騒ぎには一度もなっていない。

思った通りだ。この客の血は旨い。

普段から食生活が充実しているのだろう。適度な脂味《あぶらみ》に加え、しっかりとしたコクがある。それでいて後味はさっぱりしている。たぶん、野菜もちゃんと摂るようにしているのだと思う。

ひょっとして、奥さんが料理上手なのかな。だとしたら、こんなところに遊びにきちゃ駄目じゃないですか、旦那さん。

そんな客の私生活の詮索《せんさく》はさて措《お》き、とりあえずはご馳走さまだ。注射針を抜いたら別の脱脂綿で傷口を圧迫。反対の手で注射器と消毒液をしまって、ペンケースをマットレスの下に戻す。脱脂綿を挟み込むように男の腕を下ろし、紅鈴は洗面台に行く。口をゆすぎ、鏡を見て、口の周りや歯の間に血痕が残っていないかを確かめる。終わったら男のところに戻る。

腋の下の脱脂綿を剥がし、ぽよぽよと柔らかい腹の手前に跨って、萎《しぼ》んだイチモツを股《また》で温めながら、男の意識を回復させる。両こめかみと延髄《えんずい》に指を当て、やや強めに圧《お》しながら、顎を上げさせる。

すると、

「……すはっ」

まるで夢から覚めたように、男が意識を取り戻す。

紅鈴は以前、欣治に言ったことがある。

「あたしが男たちに売ってるのは、春じゃない……夢だよ」

あのとき欣治は、呆れたような半笑いを浮かべ、こう言い返した。

「一緒だよ。上手《うま》いこと言ってみたところで、所詮《しょせん》、売春は売春だ」

紅鈴は思う。

あいつの言うことには夢がない。

客からたらふく血を飲み、あのボロアパートに帰る。

欣治の待っている、あの部屋に帰る。

「欣治、ただいま」

「……お帰り」

一人のとき、欣治はテレビを見たり、本を読んだりしていることが多いらしい。テレビはNHKが好きで、民放のバラエティ番組やドラマはほとんど見ないという。

今夜は本を読んでいた。最近お気に入りなのは歴史小説だ。自分が生きてきた時代を、全く違う見方や価値観で描写してあるのが面白いのだという。ときおり「これは違うだろう」と首を傾げたりもしているが、基本的には「そうだったのか」と感心しながら読んでいる。

欣治が、手にしていた文庫本を閉じる。

紅鈴は壁のスイッチに手を伸ばし、蛍光灯を消した。

窓はカーテンで閉め切ってある。それでも、闇神である紅鈴たちには、ほとんどのものが色まで分かる。部屋に明かりを灯すのは、現代人の生活習慣に合わせるためだ。夜になっても明かり一つ点けない妙な住人。そんなふうに思われないようにするためだ。

紅鈴がブラウスを脱ぐと、欣治もTシャツを脱ぐ。

紅鈴がジーパンを脱ぎ、ショーツを下ろすと、欣治も倣《なら》って全てを脱ぎ捨てる。

立ったまま抱き合う。紅鈴が片脚を上げると、欣治がもう一方の脚をすくい上げる。

体が、完全に宙に浮く。逞《たくま》しい欣治の腕に抱えられると、心まで、丸ごと欣治に委《ゆだ》ねることができる。両手でその坊主頭を撫でると、悲しくなるほど愛しさが溢れてくる。

人間の男女と同じように繋《つな》がり合う。欣治は射精こそしないが、それに近い絶頂はあるという。紅鈴も同じだ。欣治にゆっくりと突かれれば、他のどんな男と交わるときより、体が蕩《とろ》けそうになる。激しく突かれれば、体の芯にある痺《しび》れは波となり、末端にまで広がっていく。体中が大きく波打つ。

畳に、直《じか》に横たえられる。

砂浜の、砂。

脳天から爪先まで、全身が砂になる。

砂は波に洗われ、清められる。

「……飲んで、欣治」

左手首を欣治に差し出す。欣治が口を宛《あて》がうと同時に、自らも唇を嚙む。ぷつりと、二人分の犬歯が同時に皮膚を喰い破る。

血が出る。闇神の血が、流れ出る。

それを、欣治が飲む。紅鈴の血を、欣治に飲ませる。

場所は手首でなくてもいい。首でも、腋の下でも、太い血管が出ているところならどこでもいい。

紅鈴は、本当は乳房がいい。欣治が、赤ん坊のように可愛く思えるから。闇神である紅鈴に子を産むことはできない。闇神が闇神を増やすには、血分けをするしかない。紅鈴が血分けをしたのは、この四百年の間に欣治、たった一人だ。

だから欣治は、紅鈴の子。

欣治は、紅鈴の男。

欣治の全ては、紅鈴のもの――。

欣治が、紅鈴の手首から口を離す。紅鈴も、自分の唇を嚙むのをやめる。双方の傷口が同時に塞がる。

血の味のする欣治の唇に、自らの唇を重ね合わせる。

「……もっと、飲んでいいのに」

「いや、もういい。ありがとう」

この、欣治の匂い。厳密に言ったら、人間の汗とは違うのかもしれないが、でも同じように気持ちは伝わってくる。

全部、分かる。闇神である悲しみも、殺生に対する躊躇《ためら》いも、紅鈴を経てしか血を飲めない現状に対する苛立ちも、だからこそ紅鈴に向ける感謝の念も、いまだに女として見てくれていることも、それでいて母親のようにも、先輩のようにも、妹のようにも思っていることも、全部、紅鈴は分かっている。

欣治の心の全てを、紅鈴は知っている。

愛してるなんて、一度も言われたことはないけれど、分かっている。

欣治は、自分を愛している。自分だけを、愛してくれている。

紅鈴はそれを、この二百年、一瞬たりとも疑ったことはない。

2

紅鈴は夕方になると身支度を始める。欣治は毎日、その一部始終を見つめる。そうされることを、紅鈴が望んでいるからだ。だから、欣治は見つめ続ける。

いい女だと思う。心から。丸く吊り上がった猫目、小さく尖《とが》った顎《あご》、いつも少し笑ったように口角の上がった唇。紅鈴はいつの時代でも、どんな男からも好かれる、正真正銘の美人だと思う。

そんなはずがあるか、同族の欲目に過ぎない、と他人は思うかもしれない。でも実際、いくつもの時代を生き抜いてきた欣治が言うのだから間違いない。

じゃあ江戸時代の浮世絵、ああいう女はどうなんだ、という疑問は当然出るだろう。あれに関しては、絵の方が悪いとしか言いようがない。あれのお陰で「江戸時代の美人はああいう顔」と思われているのだとしたら、それは江戸の女が可哀相というものだ。というか失礼だ。

確かに、中にはああいう顔をした女もいたが、大多数は違っていた。むしろ、そのバランスは現代とさほど変わっていないと思った方がいい。美人は美人。現代でも通用する綺麗な顔の女は大勢いた。言い替えれば、日本人男性が好む女の顔も大きくは変わっていないということだ。当時だってまん丸い顔よりも、瓜実顔《うりざねがお》の方が美しいとされていた。むろん好みもあるので、丸顔が好きだという男も少なからずいたが、全体としてはそうではなかった。江戸時代の男だって、伸びた餅みたいな顔の女より、目鼻立ちのはっきりした、整った顔の女を好んだものだ。

そう考えると、江戸期の絵師の罪は重い。なぜあのようにしか描けなかったのか、欣治もよくは知らない。絵師の知り合いはいなかったし、自分で描いてみようとも思わなかったので、技術的なことも言えない。ただ、のちの時代になって見返してみると、あいつら下手糞《へたくそ》だったんだな、とは思う。

西洋は、それよりもずっと前にルネサンスを迎えていた。レオナルド・ダ・ヴィンチとか、ああいうやつだ。ダ・ヴィンチが「モナ・リザ」を描いて、二百何十年か経って出てきたのが喜多川歌麿《きたがわうたまろ》だ。どっちが上手いかと訊かれたら、同じ日本人として口惜《くちお》しくはあるが、欣治は正直に「ダ・ヴィンチ」と答える。絵画の優劣が写実性だけで測られるわけではないのは百も承知だが、それでも、欣治は断言せざるを得ない。歌麿よりダ・ヴィンチの方が、絵は圧倒的に上手いと。

そろそろ、紅鈴の支度も終わるようだ。

仕上げに紅を引き、髪留めを外し、二、三度梳《と》かしたら出来上がりだ。

「欣治。どう、これ」

赤紫の、やけにダブついたシャツの襟《えり》を摘《つま》んでみせる。ひょっとしたら「ブラウス」なのかもしれないが、欣治にその違いは分からない。

「ああ、いいよ」

「どういい？」

「……色が、綺麗だ」

「他には」

「他に、は……ああ、妙に、ダブダブしてるな」

途端、紅鈴の目が尖る。

「なに、馬鹿にしてんの？」

「違うよ。いいって言ったろ、最初に」

「だったらもっと褒《ほ》めろよ」

「無茶言うなって」

「無茶じゃないだろ。可愛いね、とか、スタイルがよく見えるね、とか、他にだって言い方はあるだろ」

確かに、紅鈴はスタイルもいい方だと思う。そこは、昔の日本人女性と明らかに違う。しっかりと筋肉があるので、胸も尻もぐっと持ち上がっている。それでいて腰は細く、膝下もすっきりと長い。

紅鈴の体形が比較的現代人に近いのには、ちゃんとした理由がある。紅鈴が血分けされる前の生活習慣、それが、非常に西洋的だったのだ。四百年以上も前だというのに肉食中心で、毎日運動を欠かさない暮らしを何年も続けていた。ある意味、運動選手のそれに近かったと言ってもいい。

二百歳ちょっとの欣治が、なぜそんなことを知っているのかと言えば、それは、欣治も同じことを血分け前にさせられたからに他ならない。

それはさて措き、だ。

「……可愛いよ。スタイルも、よく見える」

「あたしが言ったことを繰り返すな。自分の言葉で言え」

こういうことが苦手なのは知っているのに、あえて欣治に言わせようとするところが、紅鈴にはある。

困ったものだ。

「そんな……分かんねえよ。なんだよ……なんか、女優みたいとか、そんな感じだよ」

でも、一つでも新しい表現をすれば、それで赦《ゆる》してもらえる。

「女優か……そっか。分かった。じゃ、行ってくる」

「ああ、行ってらっしゃい。気をつけて」

サングラスのツルを咥え、ハンドバッグを担《かつ》ぐように肩に掛け、

「じゃあね」

紅鈴が部屋を出ていく。ギシギシと廊下の床を鳴らしながら、紅鈴の気配が遠ざかっていく。

欣治は決まって毎日、紅鈴に「気をつけて」と声をかけるが、紅鈴が気をつけるべきは、事故に遭《あ》わないようにとか、事件に巻き込まれないようにとか、そういう類《たぐい》のことではない。

闇神であることが、吸血鬼であることが、人間にバレないように。

これが自分たちにとっての、唯一にして最大の要注意事項だ。

紅鈴も欣治も、吸血鬼であることがバレて、大勢の人間に囲まれて日向に引きずり出されたら、一巻の終わりなのだ。

怖いのは人間。

それも、大勢の人間だ。

紅鈴と違って、欣治には特にすることがない。テレビを見たり本を読んだりはするが、それは暇で暇で仕方がないからであって、何も好き好んでダラダラと日々を過ごしているわけではない。

欣治だって、できることなら働きたい。自分で稼げれば、紅鈴に風俗勤めを続けさせなくて済む。そのためなら、どんなにキツい肉体労働だって構わない。それくらいの覚悟は常に持っている。

でも現実には、それは無理なのだ。

男の仕事で、一瞬たりとも日向に出ないで済むものなど、まずない。道路の穴掘りだって、建築現場の資材運びだって、昼間の仕事はたいていお天道様の下でするものだ。仮に現場が室内や地下だとしても、往き帰りはどうする。直射日光を嫌っていたら、おそらく時間通りに現場になど入れない。

夜の仕事ならどうか、とも考えたが、これまた欣治に向いたものはなさそうだった。

近年は「ホスト」という、昔でいう男芸者に似た仕事もあるらしいが、闇神に人間のような飲食は一切できないのだから、男芸者はそもそも勤まらない。加えて欣治は、他人と愛想よく会話することも苦手なので、そういった面でも向いてないのは明らかだった。マグレで雇ってもらえたとしても、即日クビになるに違いない。

しかも闇神は、血が薄くなるに従って体力が落ち、限界を超えるといつ意識を失うか分からない。理想的なのは勤務中に血液を摂取できる職場環境だが、そんな旨い話はおそらくない。

昔、ほんの一時、宿場町の賭場《とば》で用心棒のようなことをしたことがあったが、あれも駄目だった。米粒一つ、酒一滴口にしない変な野郎だ、只者《ただもの》じゃねえ、ひょっとして化け物の類じゃあるめえな、と疑われ、すぐに逃げ出してきてしまった。

そう。昔の方が、化け物だとか怪物だとか、そういう見方はされやすかった。かつての日本社会には、闇神のような異形《いぎょう》の存在も頭ごなしには否定しない精神文化的土壌があった――などと言ったら聞こえはいいが、バレたら徹底的に排除されるのは一緒なので、今の方がいいとか、昔の方がよかったとか、そういうことはない。

今も昔も、欣治は紅鈴のヒモ、お荷物であることに変わりはない。

ただし、生活条件をたった一つ変えるだけで、この劣等感は綺麗に払拭《ふっしょく》することができる。

都会を離れ、山に入るのだ。

人間のいない山の中で、人間を傷つけずに生きていれば、人間に囲まれることも、襲われることもない。血は、動物を捕まえて飲めばいい。犬、猫、鼠《ねずみ》、猪《いのしし》でも熊でもいい。それなら欣治にもできる。紅鈴の分まで獲《と》ってくる自信もある。紅鈴は、獣《けもの》の血はクサくて嫌だと言うが、そんなのは慣れの問題だ。欣治は、人間を殺さずに済むのなら獣の血で充分だ。実際、何回かは山暮らしをした時期もあった。

紅鈴も、ほんの短期間なら我慢してくれた。最長で二年。でもそれは明治の初めの頃の話で、その後は一年、半年、三ヶ月、一ヶ月と短くなり、七年前に入ったときは四日で帰る破目《はめ》になった。

最大の理由は、これ。

「欣治……つまんない」

次は一泊二日か、下手をしたら日帰りになると思う。

だったら、もういい。山には一人で入る。

何しろ時間だけは永遠と言っていいほどあるので、読む本は長ければ長いほどいい。司《し》馬《ば》遼太郎《りようたろう》の『翔《と》ぶが如《ごと》く』とか『坂の上の雲』とか、北方謙三《きたかたけんぞう》の『三国志』や『水滸《すいこ》伝《でん》』くらい巻数があると非常に嬉しい。しかも、あの二人の作品は中身もいい。大好きだ。もう十回以上は繰り返し読んでいるのではないだろうか。

栗本薫《くりもとかおる》の「グイン・サーガ」も、二十巻が出た辺りから読み始め、七十巻くらいまで買い続けたが、引越すときに一度全部捨ててしまったので、今のところは中断したままになっている。あれも、またいつか読み直したいとは思っている。

本は普通に、自分で本屋に買いにいく。財布の現金は紅鈴がいつのまにか補充してくれているので、いつも大体一万円くらい入っている。欣治の場合、本とタバコくらいしか金を使わないので、一万円あればまず不自由はしない。

今日も、暗くなったら本屋に行こうと思っていた。

だが珍しく、客が来てしまった。

夕方六時半、アパートの玄関に人が入ってくる気配があった。靴を脱いでスノコに上がり、下駄箱を迂回して階段を上り始める。手摺りに摑まって一段一段、慎重に上ってくる。

あれは、大家の足音だ。

焦れったくなるほどゆっくりとしたそれが二階にたどり着き、ギイギイと廊下を進んできて、二〇八号のドア前で止まる。

「……笹本《ささもと》さん、いるかい」

欣治たちは住居を変えるたび、適当な名字をつける。ここでは「笹本」、以前は「中村《なかむら》」、その前は「青柳《あおやぎ》」だった。

「はい、ただいま」

鍵は開いているので、そのまま入ってもらって構わないのだが、なんとなく立って、ドアを開けにいった。

「……どうも。こんばんは」

篠清美《しのきよみ》、たぶん八十歳くらい。この界隈《かいわい》では有名な大地主の奥さまだ。家賃は毎月こっちから持っていくので、大家の方から訪ねてくることは非常に珍しい。

ということは、いよいよか。

篠は、さもすまなそうに話し始めた。

「あの、笹本さんね……ウチほら、去年、主人が入院したでしょう」

ご主人はすでに九十歳近い。

「ええ、大変でしたね」

「でまあ、その……できるだけね、不動産も、息子や娘に、分かりやすいように整理しておきたいって、主人が言い始めて」

同じ話は六年前の入居時にも聞いている。

「ええ」

「で、でね、本当に申し訳ないんだけど、このアパート、取り壊すことになったのよ」

これまで、近いうちに取り壊す、もうすぐ取り壊すとは聞いていたが、「取り壊すことになった」と言われたのは今が初めてだ。

「それはもう、決定、なんですか」

「うん……息子がね、一番上の、巣鴨《すがも》で歯医者やってる、アレが、アパートは嫌だって言うのよ。継ぎたくないって……前みたいにね、年配の住人だったら、可哀相だからってね、いうのもあったんだけど……でもほら、笹本さんたちは、若いから」

実際は四百歳越えと二百歳越え、こっちの方がよっぽど年寄りだ。というか、ここを追い出されて可哀相なのは、むしろ欣治たちの方だ。今どき、身分証も住民票も、連帯保証人も一切なしで入れてくれるアパートなど滅多にないのだ。

欣治は、可能な限り悲しげな顔をしてみせた。

「それは、もう……延期していただくわけには、いかないんでしょうか」

「んん、ごめんなさいね……私らが、ズルズルここまで続けてきたからだって、昨夜もね、息子に、えらい剣幕《けんまく》で怒鳴られちゃって」

それはそれで可哀相な話ではあるが、問題はこっちの方が遥《はる》かに深刻だ。

「じゃあ、たとえば、お家賃を値上げしていただくとか」

「いえね、お金の問題じゃないんですよ」

「でももし、それでここに住まわせていただけるんなら」

「だったら、もっと新しくて、綺麗なところに引越した方がいいでしょう。何もこんな、暗くてジメジメしたボロアパートになんて、拘《こだわ》らなくても」

その、暗くてジメジメしたのが、欣治たちにはいいのだ。

「いや、素敵ですよ、ここ。すごく、レトロで、雰囲気があって」

「まあ、そう言ってもらえるのは嬉しいけど……でもね、いよいよ、笹本さんたちも出ていくってなったときに、私らが、たとえ生きてたとしても、もう元気だとは限らないのよ。入院してるかもしれないし、惚《ぼ》けちゃってるかもしれないしね。だったら、なんとか自分たちで動ける、今しかないいんじゃないか、っていうのが、昨日今日の、結論なのよね……気に入って住んでくれてたのに、本当に、申し訳ないんだけど。ごめんなさいね」

それ以上、欣治は粘って交渉する気になれなかった。

ダラダラと、結論を先延ばしにしてきたのは、自分たちも同じなのだ。

アパートに一人でいても気が滅入《めい》るので、本屋に行ったり、さして興味もない映画を見て時間を潰《つぶ》し、午前零《れい》時近くになって、紅鈴の勤める「パール・ガール」の近くまで行った。

店の真ん前というのもなんなので、十メートルくらい離れたところにあるガードレールに腰掛け、タバコを吸って待った。

紅鈴が出てきたのは、零時半くらいだった。

「……あら欣治。どうしたの、珍しい。迎えに来てくれるなんて」

タバコを足元に落として踏みつけ、立ち上がると、怪訝《けげん》そうに眉をひそめた紅鈴と目が合った。

「……なに。なんかあった」

「夕方、大家が来た」

紅鈴が、分かりやすく溜め息をつく。

「いよいよ、出てけってか」

「ああ。歯医者の長男に、また怒鳴られたらしい。ボロアパートの経営なんざ真《ま》っ平《ぴら》ご免だってよ」

欣治が歩き始めると、紅鈴もついてくる。

「……で、もう交渉の余地はないの」

「一応、俺なりに粘ってはみたがな。なんか、それを婆《ばあ》さんに言うのも気の毒な気がしたし、今回、なんとか取りやめてもらったところで、あと十年、二十年住めるわけでもねえだろ。どっち道、いつかは出てかなきゃならねえんだしさ」

東武東上線の線路沿い、ラブホテル街の細い道に入る。

紅鈴がポケットからタバコの包みを出す。

「いっそ……一軒家に住めたらいいのにね」

「そんなもん、誰の名義で買うんだよ」

欣治も紅鈴も、戸籍なんてものはただの一度も持ったことがない。

紅鈴が、フッ、と笑い飛ばすように煙を吐く。

「……何も、買わなくたっていいじゃないか。空き家なんてあちこちにあるんだから、適当に住み着いてさ」

「空き家ってのは、空いてるから放っとかれるんだ。勝手に入って住み着いたら、すぐ近所の住人に通報されるのがオチだ」

「ちょっと郊外のさ、すぐ隣に家とかがない田舎なら……」

「そういう田舎暮らしを一番嫌ってきたのは、どこのどいつだ」

紅鈴は舌を出し、苦笑いしながら「そりゃそうだ」と漏らした。

またしばらく、山で暮らしてみるか。

十年前だったら、ダメモトで訊いてみたと思う。でも今は、もう駄目だ。訊けない。あの、毎日毎日「つまんない、つまんない」と言われ続ける暮らしに、欣治自身が耐えられそうにない。

夜はいつも、少し遠回りにはなるが、広い道を通って帰る。夜なら、日向だの日陰だのを気にせず、好きな道を通れる。

陸橋に上がり、途中にある階段を下り、明治《めいじ》通りと繋がる川越《かわごえ》街道の側道に出よう——としたところで、ふいに怒鳴り声を聞いた。

「……待てテメェーッ」

不良高校生、にしてはドスが利《き》いている。時間も時間だから、まあチンピラか、三下《さんした》ヤクザの類だろう。

数秒立ち止まっていると、右から左に、まず派手なアロハシャツを着た若い男が、全力疾走で欣治たちの目の前を通り過ぎていった。その後ろを、黒っぽいシャツのが一人、白いジャージが一人、ストライプのダブルを着たのが一人、同じように走って追いかけていく。

紅鈴が小首を傾げる。

「なんだありゃ」

「ああ、なんだろうな」

別に興味があったわけではなく、たまたま欣治たちの帰り道と同じ方角なので、そっちの方に歩いていった。

しばらく続く、ゆるい上り坂。右手の車道を、目が潰れるほど眩《まばゆ》いヘッドライトを灯した自動車が、ビュンビュンと風を唸《うな》らせては走り抜けていく。でもこっちの歩道には、欣治と紅鈴の他に歩行者はいない。全力疾走の四人もどこまで行ったのやら、もうその後ろ姿は見えない。

だが上り坂の天辺《てっぺん》まで来て、先が見通せるようになると、これまでとは違った状況が目に入ってきた。

十階ほどあるマンションの、非常階段の下辺り。たぶん、先頭のアロハシャツが転ぶか何かして、後続の三人に追いつかれたのだろう。地べたに転がったアロハは今、寄ってたかって殴る蹴るの暴行を加えられている。「何してやがった」とか「嘘つけ」などと怒鳴られてもいるので、何かしらやらかして、その制裁を受けているものと思われる。

しかし、三対一というのはいただけない。あのアロハの男は、パッと見ただけだが、わりと華奢《きやしや》な感じだった。どう贔屓目《ひいきめ》に見ても喧嘩が強そうではなかった。そんな男を、おそらく本職であろう人間が三人がかりとは。漢気《おとこぎ》も何もあったものではない。

ふと、仏心《ほとけごころ》が芽生えた。

「なあ、紅鈴……あいつ、助けてやろうぜ」

紅鈴は片頬を持ち上げ、真っ赤な唇を不恰好《ぶかっこう》に歪《ゆが》ませた。

「えー、なんでぇ？」

「可哀相じゃねえか。あんなに、殴られたり、蹴られたり」

「なんか悪い事したんだろ。自業自得だよ」

「相手はヤクザだぜ」

「あいつもヤクザだよ、きっと」

「やられてる、あいつはヤクザじゃねえよ」

「なんで分かるんだよ。知り合いか？　知ってる奴なのか？」

「知らねえけど、でも分かるよ。あいつはヤクザじゃねえ」

「もういっぺん訊くよ。なんで、あいつを助けるの?」

それは、あのアロハの奴が、餓鬼だった頃の、弱い人間だった頃の自分と、同じに見えるからだ。ただ殴られ、蹴られ、でもこれを凌《しの》げば、胸に隠し持った芋を、畑から盗んできた芋を、持って帰って妹に食わせてやれる、そう思うから――。

「……理由なんかねえよ。ただ、助けてえんだ、俺は」

もう、紅鈴に許可は求めなかった。

別に、ヤクザの五人や十人、片づけるのは屁《へ》でもない。

3

なぜ自分の人生はこうなのだろう。

なぜ自分の人生は、いつもこうなってしまうのだろう。

何かにつけてそう思いはするものの、辰巳《たつみ》圭一《けいいち》は、もうそれについてあまり深く考えないようにしていた。

両親が交通事故で亡くなったのが、十九歳のとき。妹の純子《じゅんこ》はまだ十歳だった。三人の歩行者を巻き込む大事故で、賠償金《ばいしょうきん》やらなんやらで、圭一は一千万近い借金を背負い込むことになった。

今はもう、親の作った負債を子供が背負い込む必要がないことは知っている。でも当時は知らなかったし、道義的にも「俺がなんとかするべきなんだろうな」と思ってしまった。

純子には、可哀相だが養護施設に入ってもらった。両親を一度に亡くしたうえ、兄とも離れ離れになるのはさぞ心細かっただろうが、そこは「俺が借金を返し終えるまでだ」と言い聞かせ、心を鬼にして預け入れた。施設の玄関で「よろしくお願いします」と頭を下げると、園長も「大変だろうけど、頑張って。純子ちゃんのことは心配しなくていいから」と言ってくれた。

当時は、普通に建設現場で働いた。借金を返しながら食っていくのは並大抵のことではなかったが、それ以外に選択肢があるわけでもなかった。収入面を考えたら、肉体労働が一番理に適《かな》っていた。

平沼卓司《ひらぬまたくじ》に声をかけられたのは、そんなときだった。

「君に、ちょっと、頼みがあるんだけどさ」

平沼は、そのマンションの全面改築現場で初めて一緒になった男で、ちょっと、他の職人たちと違う雰囲気は感じていたが、まさか、本業が探偵だとは思わなかった。

「えっ……なんすか」

「いま君がやってる、六二二号室、あそこにちょっと、今日の仕事終わりでいいから、内緒で、入れてもらいたいんだよね……お礼に、いくらか払うからさ」

部屋に入れるだけで、金がもらえる――。

「い……いくらっすか」

「二万でどうかな」

乗った。しかもそれで終わりではなく、圭一は平沼に頼まれれば、以後もあらゆるところに盗聴器を仕掛ける手伝いをした。

「辰巳くんは、なかなか筋《すじ》がいいね」

「ほんとっすか、マジっすか。俺でも探偵になれますか」

「なれるさ。辰巳くんならバッチリだよ」

しかし、回数を重ねるうちに、圭一にも徐々に分かってきた。

平沼が手掛けているのは、いわゆる普通の探偵仕事ではなかった。一部、浮気調査や人捜しも請け負ってはいたが、大半は暴力団絡《がら》みの、いわばスパイのような違法業務だった。

はっきりそうと知った頃にはもう、圭一も足を抜けなくなっていた。何を隠そう、平沼を抱え込んでいたのは「藤田《ふじた》一家」の総長、藤田弘義《ひろよし》だったのだ。藤田一家といったら、日本最大の指定暴力団「大和《やまと》会」の三次団体。傘下には「極心《きょくしん》会」という武闘派で有名な組を抱える、ヤクザ業界でも「狂犬」と恐れられる組織だ。

そんなある日、平沼が消えた。藤田から逃げたのか、あるいは何かヘマをして藤田に始末されたのか、はたまた仕事先で別の組織に捕えられ、コンクリート詰めにでもされたのか、本当のところは分からない。

分かっているのは、藤田弘義が、圭一を平沼の後釜《あとがま》に据《す》えようとしている、ということだけだった。

全くありがたくなどないが、圭一は藤田一家の本部事務所に招かれた。

藤田は、角《つの》のない般若《はんにゃ》というか、色黒の閻魔《えんま》大王というか、要するに、威圧感の塊《かたまり》のような顔をした男だ。

「……ま、そういうことだから。あとはよろしくな、辰巳。仕事内容は、お前が一番よく分かってんだから」

何が「そういうこと」なのかはまるで分からなかったが、拒否することはできなかった。これは「盃《さかずき》」なのか、と思いつつ、藤田が向けてきたビール瓶《びん》の下に、自らグラスを差し出す以外、圭一にできることはなかった。

「辰巳、ちゃんと持てよ。震えてるぞ」

「は……はい」

「それじゃ注《つ》げねえよ。しっかり持てって」

「……は、はぃ……」

「しっかり持てェ、オラァッ」

でも、いま思えば、あの頃はまだよかった。

盗聴器を仕掛けるといっても、相手は一般企業だったり、藤田と絡みのある個人だったり、関係のある女性だったりすることがほとんどだった。ハッキングの仕方なども覚え、ぼちぼち試してはいたが、まだそんなに役に立つほどではなかった。

しかし、今は違う。時代が変わってしまった。

二年前の二月に二代目大和会会長、富士功《ふじいさお》が急逝し、突如跡目争いが勃発したのだ。当初、三代目を襲名するのは若頭の高元邦雄《たかもとくにお》と見られていたが、富士の妻だった孝子《たかこ》が舎弟頭《しゃていがしら》の中津《なかつ》剣市《けんいち》を強力に推し、半ば強引に跡目に据えてしまった。高元は当然これに反発。五人の直系組長と共に大和会を離脱し、新たに「東和会《とうわ》」を旗揚《はたあ》げした。

東和会の正式発足はその年の七月五日。高元ら六人の直参《じきさん》が管理していた組や縄張り、企業や利権は、そのまま東和会が引継ぐことも併せて宣言した。

そんなことを、本家大和会が容認するわけがない。

東和会系の組事務所に拳銃弾を撃ち込む、街で見かけたら難癖をつけて喧嘩、傷害、果ては殺害。やられた東和会だって泣き寝入りはしない。即座に報復。それに対して大和会はさらなる報復。二つの巨大組織の抗争は見る見るうちに激化していった。

しかも、つい最近までは同じ組織の仲間だった間柄。構成員の顔触れからシノギの種類、違法薬物や密輸拳銃の取引方法までお互いを知り尽くしているわけだから、双方、やり口がえげつないことこの上ない。

組長を滅多《めった》刺しにして街中に放置する、幹部の自宅にダンプトラックで突っ込む、首にロープを掛けて歩道橋から吊《つ》るすなど、まあ、近親憎悪ほど恐ろしいものはない。もう、お互いに考え得る非道の全てをやり尽くそうとしているかのようだった。

一連の事件はいつしか「大東《だいとう》抗争」などと呼ばれ、マスコミも大々的に報じ、一般人も知るところとなった。

勢い、圭一の仕事内容も変わってくる。何しろ、藤田一家傘下の極心会は大和会きっての武闘派。手段は過激であればあるほどいい、と考えるような輩だ。

東和会を陥《おとし》れるのに役立つネタを取れ。盗聴、盗撮、ハッキング、なんでもやれ。金のためなら殺しも厭《いと》わない人間を集めろ。元ヤクザ、元自衛官、元警察官、外国人でも構わない。とにかく殺しのできる人間を連れてこい。

圭一に許されている返事は一つ、「分かりました」だけだ。それでも月に三十万近くもらえるのだから、仕事として悪くはなかった。

池内《いけうち》組が、隅田《すみだ》組系の諸田《もろた》組と手を組もうとしてますよ。高元邦雄の一番下の息子が、カナダ留学から帰ってくるらしいですよ。元陸上自衛隊員の浦瀬《うらせ》幸次《こうじ》という男は、借金で首が回らなくなってますね——。

もう嫌だ。

そう心の中で呟《つぶや》きはするが、かといってこれ以外に、今の自分にできることはない。仕方ないのだと自らに言い聞かせて二年半を過ごし、今に至っている。

今夜やろうと思っている仕事は、豊島区東池袋二丁目の雑居ビル内にある仙庭《せんば》組事務所、に仕掛けた盗聴器、から流れてくる音声を記録しているレコーダー、のSDカードの交換だ。

盗聴器を仕掛けたのは事務所内だが、レコーダーもそこに一緒に仕掛けてしまっては音声記録の回収ができない。盗聴器からいったん電波で飛ばして、ビルの一階にある自動販売機の下に設置した受信機で受けて、それをレコーダーに記録する方法をとっている。レコーダーの電源は自動販売機からとっているので問題ないが、SDカードの容量には限界がある。それだけは、どうしても定期的に交換する必要がある。

そうはいっても、映画『ミッション:インポッシブル』のトム・クルーズみたいな、スタイリッシュな黒装束で出向くわけではない。そんな恰好をしていたら逆に目立ってしまう。今夜はお気に入りの、黄色いアロハシャツ。こういう、なんの目的もなくただ街で遊んでいるだけの若者、みたいな恰好が、結局は一番目立たないのだ。

回収作業も、ごくさり気なく行う。

喉が渇いたのでコーラを買おうと思いました、小銭を出しました、コインの投入口に入れようとしましたが、おっと五十円玉を落としてしまいました、それが自販機の下に転がって入ってしまいました、どこだどこだ、俺の五十円玉はどこだ、みたいな振りをしてレコーダーを引っ張り出し、SDカードを抜いて新しいのを挿《さ》し、レコーダーを自販機の下に戻したら任務完了――の、はずだったのだが、

「……おい、お前、さっきから何やってんだ」

もう、声の主を確認することすらしなかった。戻しかけたレコーダーのコードを引き千切《ちぎ》り、そのまま抱えてダッシュ。

「あっ、待てこらッ」

ヤバい、ヤバいヤバい、見つかった、見つかっちまった。誰だかは分からないが、仙庭組の若中《わかちゅう》なのは間違いない。捕まったら袋叩きにされる。拷問されて、誰の差し金か吐かされる。たぶん、圭一はすぐ喋《しゃべ》ってしまう。藤田一家の藤田総長に命令されて、仕方なかったんです、幼い妹を食わせるためなんです、親の借金もまだ残ってるんです、見逃してください、もう絶対に、こんなことはしませんから――。

そんな言い訳が通用する相手では、絶対にない。

「待てテメェーッ」

あとはもう、死ぬ気で走り続けるしかない。ヤクザというのは、確かに喧嘩慣れはしているし、腕力も度胸もあるし、根性もあるのだが、相対的な運動能力はというと、それはさほどでもない。毎日のジョギングを欠かさず、スポーツジムに通って持久力をつける努力を怠《おこた》らない、なんていうヤクザはまずいない。むしろ怠惰《たいだ》の極《きわ》み。飲んで食って女と姦《や》って、ときどきクスリもキメて。そんな連中に、走りで負けるわけにはいかない。どちらかと言ったら「逃げるが勝ち」が圭一のモットーなのだ。

実際、もう少しで逃げ切れるところだったと思う。川越街道沿いの広い歩道、長く続くゆるい上り坂。圭一もキツかったが、奴らはもっとキツかったに違いない。ここを上りきれば、かなり引き離せる。その先の「へいわ通り」を左に曲がって、また池袋駅の方に戻って、そうしたら人混みに紛れ込める。

しかし「捕らぬ狸《たぬき》の皮算用」とはよく言ったものだ。

先のことをあれこれと考えても碌なことはない。

圭一は「へいわ通り」入り口よりもだいぶ手前、下り坂になった途端、蹴躓《けつまず》いた。つんのめって、それでも転んじゃ駄目だ、転んだら一巻の終わりだと自分に言い聞かせ、陸上の三段跳びのように歩幅を大きくして、なんとか空中で体勢を立て直そうとした。立て直しながら走り続けようとした。

でも、無理だった。

アスファルトの地面が目の前に迫ってきた。額と右肩がまずそこに激突した。柵《さく》かガードレールか、そんなものに背中、腰を打ちつけた。左足首が何かに引っ掛かり、ボリッ、と捩じ切れるような音もした。

連中が追いついてきたのは、その数秒後だ。

「テメエエエーッ」

いきなり腰に、痛烈なサッカーボールキック。その一発で完全に下半身がイカレた。間髪《かんぱつ》容れず頭を踏みつけられ、スニーカーの爪先で腹を蹴られた。

「テメエ、何してやがったッ」

「ぐ……んぐっ……なに、も」

「嘘つけエッ」

レコーダーなんてさっさと手放して顔面を守ればいいのに、そんな冷静な判断も瞬時にはつかず、圭一は後生大事にそれを抱え込み、このリンチと、自分の人生と、どっちが先に終わるのかな、などと、薄れゆく意識の中で思っていた。

だが、完全に失神する前に、誰かの声が聞こえた。

「おいおい……もう、その辺にしとけよ」

すっ、と暴力の嵐が止《や》む。

「なんだ、オメエ」

「ボウズはすっこん……」

一人は「すっこんでろ」まで言いたかったのだと思う。しかし言い終わるより前に、パサパサッというか、ペペペッというか、なんとも軽い、薄っぺらい音が立て続けに聞こえ、その直後に、ドスンッとか、ゴツンッとか、重たい音がアスファルト伝いに響いてきた。

それで、急に静かになった。

あとは、勢いよく通り過ぎていく車の音と、風の音だけ。終電ももう出たのだろう。すぐ近くに線路はあるのに、電車の音も聞こえてはこなかった。

左目は、痛くて開けられなかった。なので右目だけ、なんとか薄く開けて様子を窺うと、見えたのは、地面に転がった、短髪の、男の頭だった。

痛みを堪《こら》え、数センチだけ顔を浮かせて、もう少し周りを見てみる。短髪の男と、あと他は――。

「……」

驚きの声も、すぐには出てこなかった。

その短髪の、黒いシャツを着た男に加え、茶髪で白ジャージを着た男、ぴっちりと整髪料で黒髪を固めたスーツの男、全部で三人も、圭一の周りには人が倒れていた。

それだけではない。

圭一の足元には、さらに二つの人影があった。二人は立っている。一人は、髪の長い女。一人は、坊主頭の男。二人とも背は低い。でも何か、仄暗《ほのぐら》い炎のような、空気中を漂《ただよ》う薄墨《うすずみ》のような、妙な気配をまとっている。

坊主頭の男が口を開く。

「どうやら、命は助かったようだな」

その隣で、女はポケットから何やら取り出した。タバコのパッケージのようだ。一本銜え、ライターを構え、カチカチと何度もスイッチを押し込む。そのたびに浮かび上がる顔は、まるで陶器でできた人形のそれのようだった。

真っ白い肌。生きていないようで、生きている、女——。

圭一の記憶は、そこでいったん途切れている。

気づいたときには、池袋四丁目にある自宅アパートのベッドの上だった。部屋に明かりは点いていなかったが、住み慣れた部屋なので、それはすぐに分かった。

あれ、どうした——。

頭、首、肩、両腕、腹、背中、腰、腿《もも》、脹脛《ふくらはぎ》、左足首、要するに体中の、あらゆる部位が痛い。なんで。そうだ、仙庭組の事務所下の自販機に仕掛けたレコーダーのカードを回収しに行って、若中に見つかって追い回されて、途中ですっ転んでボコられて、それで、どうなった。確か、知らないうちに連中は地面に倒れていて、それとは別に、そう、男と女が——。

意識がはっきりしてくるに連れて、聴覚も、少しずつ働き始めた。

近くで、誰かの話し声がする。

「……よね」

「……ああ」

女と、男の声だ。

「……だろ、これ」

「……よせよ」

部屋のドアは開いている。だがその向こう、キッチンの見える範囲に人影はない。明かりもない。話し声は隣の六畳間からのようだ。少し頭を起こしてみると、隣室からキッチンに明かりが漏れており、床に人影のようなものが映っているのは見える。

「あれ、気づいたかな」

女の声がし、ドア口にひょっこりと、長い黒髪の女が顔を出した。

見覚えのある顔。そう、あのとき、タバコに火を点けようとしていた女だ。ということは、どういうことだ。自分は仙庭組の連中にボコられて、たぶん気を失って、それから、どうやってここまで帰ってきたのだ。

「キンジ、起きてる」

「ああ」

その後ろから男も顔を覗《のぞ》かせる。やはりそうだ。あのとき女と一緒にいた、坊主頭の男だ。

女が、ドア枠に寄り添うように体を預ける。

「なんか、勝手に入っちゃって、ごめんね。びっくりしたろ……でも、あのまま放っておくのもどうかと思ったし、お前一人じゃ動けそうになかったし、乗りかかった舟ってんでもないけど、お節介《せっかい》ついでに送ってってやろうか、ってなってさ」

送ると言っても、あそこからここまでは、たぶん一キロ以上ある。まさか、担いで運んだわけではあるまい。ということは、わざわざタクシーを拾って、乗せてきてくれたのか。それより、どうやってこの場所を知ったのだ。

「え、なに……どういうこと」

「ああ、やっぱ全然覚えてないんだ」

頷《うなず》きながら、男が女の隣に立つ。

「何があったのかは知らねえが……お前みてえにひょろっこいのを、三人がかりで殴る蹴るってのは、ちょいと度が過ぎると思ってな。こっちも、お節介だとは分かってたが、つい手が出ちまった。迷惑だったんなら、遠慮しねえでそう言ってくれ。今からもういっぺん、あの連中のところに連れてってやるから」

冗談じゃない。

「いや、いやいやいや、迷惑だなんて、とんでもない。助けて、くれたんだ……うん、ありがとう、恩に着るよ。でも、でもさ……あの、ここは……なんで？　どうやって？」

女が「ああ」と、事もなげに頷く。

「ポケット漁《あさ》ったら財布が入ってて、クリーニング屋のだっけ？　会員証に住所が書いてあって、反対のポッケには鍵も入ってて、それ挿してみたら開いたから、まあ、他所《よそ》ん家《ち》ってこともないだろうと思って、運び込んどいたんだけど」

それを「ありがた迷惑」などと言ったら罰が当たるだろうが、物凄いお節介なのは間違いない。あくまでも、いい意味で。

「そっか、会員証か……うん、確かに、そうだよな、うん……ありがとう。ほんと、助かったよ」

　圭一は「ちなみに」と続けたかった。彼女らの正体というか、どういう身分なのかを尋《たず》ねたかった。

　だがその台詞《せりふ》は、女に先取りされてしまった。

「ちなみにあんた、ここ、一人で暮らしてんの？」

　軽く逆光なので、女の表情は分からない。でも顔の向きから、この部屋のあちこちを見回しているのは分かる。まるで値踏みをするかのようだ。

「うん、今は、一人」

　早く純子と同居したいと思ってはいるのだが、今後の学費やらなんやらを考えると、もう少し蓄《たくわ》えが欲しいというのが正直なところだった。

　女がひょいと隣を覗く。

「なんか、あっち、コンピュータとかいっぱいあるけど、あんた、なんの仕事してんの」

　藤田一家の専属スパイ、とは口が裂《さ》けても言えない。

「んー、まあ、仕事は、そっち関係」

「はぁん、コンピュータの仕事か。ってことは、ああいう事がしょっちゅうあるわけでも、ないわけか」

　すると、なんだろう。女が男と視線を合わせる。男がそれに頷いてみせる。

　それを受けて、女が改めて、圭一の方に向き直る。

「あの……別に、助けてやったことを恩に着せるわけじゃないんだけどさ。ちょいと、頼みがあるんだ、あんたに」

頼み。非常に嫌な、悪い予感しかしない言葉だ。

「え……ああ、頼み……頼み？」

「うん。実はさ……あたしら、いま二人で住んでんだけど、そのアパート、もうボロッボロでさ、近々取り壊すから、出てけって言われてんだよね。でさ……次、決まるまででいいからさ、あたしらを、ここに住まわせてもらうわけには、いかないかね」

2DKのここに、圭一と、もう二人。決して無理ではないが、そういう問題ではない。

「君ら、二人が……ここに？」

「うん。食費とかそういうのは心配要らないし、あたしら、生活自体は質素だから、絶対に迷惑かけないし。それにさ……さっきみたいなこと、もし、今後もあるかもしれないんだったら、役に立てるんじゃないかな、って思ってさ。あたしら、こう見えて、けっこう腕は立つ方だから……って言っても、コンピュータの仕事だったら、そういうのは必要ないのかもしれないけど」

いや、その必要は、大いにある。

4

こちとら全てお見通しよ、とまでは言わないが、紅鈴にはある程度、この男の事情が読めていた。

ヤクザ者三人にボコられていた彼を、お節介な欣治が助けてやった。普通なら「気をつけて帰りな」で終わりなのだろうが、本人は完全に気を失っている。

地面に倒れた四人を見下ろし、欣治は溜め息をついた。

「……どうすっか、これ」

「知らないよ」

「このままってわけにも、いかねえしな。かと言って、どこのどいつかも分かんねえし……」

紅鈴は、面倒なことは嫌いだ。でも、欣治の優しいところは、嫌いじゃない。

「しょうがないね……」

勝手ながら財布の中身を確認すると、クリーニング屋などの会員証から、名前は「辰巳圭一」であることが分かった。住所は池袋四丁目。ここからそう遠くはない。所持金は四万七千円と小銭。歳の頃は二十代半ばだろうから、まあ、こんなものだろう。

辰巳圭一がヤクザに殴られても蹴られても守ろうとしていたのは、半周ほどガムテープが巻かれた録音機と、その付属品であろうメモリーカードだった。つまり、こいつは何かを密かに録音し、それが原因でヤクザに追い回される破目になったと考えられる。

要するに、この男には確実に弱味がある、というわけだ。

気絶した辰巳圭一は、欣治が肩に担いで運んだ。人間一人を担いで歩くくらい、闇神である紅鈴たちには造作もないことだが、それよりも紅鈴は、欣治の肩が辰巳圭一の腹にひどく喰い込んでいるのが気になった。

「ねえ、それだと、途中で気持ち悪くなって、ゲロ吐いちゃったりしないかい？」

「んん……でも、負《お》ぶってやって、何かの拍子に仰《の》け反《ぞ》ったら、後頭部から地面に真っ逆さまだぜ」

明らかに、身長は欣治より辰巳圭一の方が高い。

「確かに。首の骨なんて、簡単に折れちゃうもんね」

結果的には、ゲロを吐くことも地面に落ちることもなかったので、それはよかった。

勝手に鍵を開け、そのアパートの一室に入ってみると、さらに詳しい事情が分かってきた。

間取りは2DK。キッチンから見て右手の和室には、ベッドと整理箪笥がある。辰巳圭一はそのベッドに転がしておいた。

隣の部屋にはパソコンやらなんやら、やたらと機械類が置かれている。紅鈴も欣治も、パソコンだの携帯電話だのといった電子機器にはからっきし弱いのだが、ヘッドホンやイヤホンの端子をそれなりの穴に捩じ込んで、三角印のボタンを押せば音が出るくらいのことは知っている。

さて、辰巳圭一が命懸けで守ろうとしたこの録音機には、何が入っているのだろう。

「欣治。これ、聴いてみようぜ」

「そんなもん聴いてどうすんだよ」

強請《ゆす》りのネタにするんだよ、とは思ったが口には出さなかった。

そこらにあったイヤホンを挿し込み、聴いてみた。それだけでは何も聴こえてこなかったが、カードを入れ替えて同じ操作をしてみると、やはり、そういうことだった。

《……タンジさん。ナガエ一家のタニモト、今、若中連れてミルキーに来てるらしいっすよ》

《あんだと、タニモトの野郎》

池袋の「ミルキー」ならキャバクラ、長江《ながえ》一家は大和会系の三次団体。ということは、この音声はそれと敵対する組織の組員同士の会話か。こんなご時世だから、十中八九、東和会系の組事務所内部で交わされたものと推測できる。

辰巳圭一はそれをなんらかの方法で盗聴し、録音していた。そんなことがバレたら、そりゃ袋叩きにも遭うわな——というところまで分かっていて、紅鈴は意識を取り戻した辰巳圭一に提案しているのだ。

「さっきみたいなこと、もし、今後もあるかもしれないんだったら、役に立てるんじゃないかな、って思ってさ。あたしら、こう見えて、けっこう腕は立つ方だから……って言っても、コンピュータの仕事だったら、そういうのは必要ないのかもしれないけど」

辰巳圭一は、まだ体のあちこちが痛そうだったが、それでもなんとか上半身を起こし、ベッドの上で胡坐を搔いた。

「ああ、うん……まあ、その……そう、ね。ないわけでも、ないかもしれない、けどさ」

馬鹿みたいに即答しないところは、褒めてやろう。

「けど、なに」

「いや、あのさ、お二人がね、俺を助けてくれたのは、ほんと、感謝してんの。感謝、してます、この通り……でも、ねえ？　今さっき、会ったばっかりだからさ、お二人が、どういう関係の、まあたとえば、お仕事であるとかね、もうちょっと……そうそう、お名前だって、まだ聞いてないしさ」

相当ビクついているのは、汗の臭いを嗅ぐまでもなく、その口調からよく分かる。

「ああ、名前ね。あたしは紅鈴、こいつは欣治。あんた、辰巳圭一っていうんだろ。よろしくね、圭一」

圭一の口が「べ」の形で停止する。一回聞いただけでは分からなかったらしい。

「べ、に、す、ず。口紅の『べに』に、リンリン鳴る『すず』、で紅鈴。いい名前だろ？」

今度は、一応頷いてみせる。

「ああ、紅鈴、さん……うん、素敵な、お名前なのね……で、お二人は、どういう……名字は？」

笹本、はもう使わない方がいいだろう。

「……タニモト、普通の『タニ』に、読む本の『モト』、谷本《たにもと》」

紅鈴自身、なぜ「谷本」と口走ったのか不思議だったが、そうだ。さっき聞いた録音機の会話に「タニモト」とあったからだ。まあ、よくある名前だから怪しまれはしないだろう。

圭一が、紅鈴と欣治を見比べる。

「はあ、谷本、紅鈴さんと、谷本欣治さん、ということで……」

「そう。じゃあ、自己紹介は済んだってことで、いいかい？　ここに置いてもらっても」

「ちょっと待って。谷本さん、気が早過ぎ」

「紅鈴って呼んでいいよ。こいつは欣治」

「うん、それは、分かったんだけど……あとほら、一応、お仕事とかもさ、聞いておきたいし」

おそらく、紅鈴たちがどこかの組の関係者だったらどうしよう、と案じているのだと思う。

「仕事？　あたしは今、ソープで働いてる。北口の『パール・ガール』って店、知らない？」

「ああ、看板だけは……うん、知ってます」

「で、欣治はヒモ。なんもやってない」

欣治がヒモ呼ばわりを嫌うのは承知しているが、それ以外には説明のしようがない。欣治も「あえて」なのか、今は反応を示さずにいる。

一つ、紅鈴はいいことを思いついた。

「あー、だからさ、欣治、圭一の仕事、手伝ってあげればいいじゃない。どうせ暇なんだし……なあ、圭一。こいつ、滅法《めっぽう》腕は立つしさ、こう見えて、身も軽いんだよ。たとえば……壁伝いにビルに忍び込んでさ、ベランダの室外機のところに何か仕込んでくるなんてのは、ほんと朝飯前だからね……って言っても、コンピュータの仕事してるんじゃ、そんな特技になんて興味ないか」

圭一はベッドに座ったまま、しばし固まっていた。でも頭の中身はぐるんぐるんと、洗濯槽の水の如く渦を巻いて回っているのだと思う。

こいつらと組んだら、面白いかも。

そういう期待感というか、わくわくする気分が今、圭一の体臭には色濃く滲《にじ》み出てきている。

早速、翌日には圭一の部屋に荷物を運び込んだ。とは言っても、衣類がボストンバッグに一つずつ、あとは紅鈴の化粧道具と、欣治の本が二十冊くらいだから、大した量ではない。

それよりも、圭一の部屋のどこを紅鈴たちの寝床にするかだ。

「圭一、あっちの部屋の押し入れ、あたしたちにくれ」

あっちというのは、圭一のベッドがある和室だ。六畳の畳敷きで、間口六尺の押し入れがある。それの上下を、紅鈴と欣治の寝床にしたい。

「いや、そりゃ困るよ、いろいろ入ってるんだから」

「整理するのはあとでちゃんと手伝うから、とりあえず出しちまおう。ほら欣治、始めるよ」

有無は言わせなかった。季節外れの衣類とか、壊れたような機械類とか、中身の分からない段ボールとかが詰まっていたが、とりあえず全部出して台所に並べた。

終わったら、空っぽになった押し入れにバッグを放り込み、紅鈴が上の段、欣治が下の段に収まってみる。

「うん、いいじゃん。いいだろ、欣治」

「ああ、いい」

圭一はそれを、思いきり眉をひそめて見ている。

「……なに、二人は、押し入れで寝るの？」

「そうだよ。だって、圭一のベッドに三人は無理だろ？」

「そりゃ無理だよ。普通のシングルだもん」

「圭一が押し入れでもいいけど」

「なんでだよ。ここ、俺の部屋だぜ」

「だろ？　だから、あたしらが押し入れ。簡単な話じゃないか」

まだ圭一は納得していない。

「にしたってよ……『ドラえもん』じゃねえんだから、普通に、そこらに布団敷いて寝ればいいじゃない」

それは駄目だ。紅鈴たちは別に、快適な睡眠環境が欲しいのではない。あくまでも、密閉された暗室を必要としているのだ。あとから襖《ふすま》の片側は釘で固定し、反対側には内側から心張り棒をしようと思っている。

「あたしらが寝てるとき、襖、絶対に開けちゃ駄目だからね」

「なんでよ。機織《はたお》りでも始めんの」

「あたし裁縫《さいほう》苦手だから、そういうのは欣治に頼んで」

「そういうこと、じゃなくて……俺は一応、『鶴の恩返し』に引っ掛けたんだが」

「そうと分かっていて、あたしは惚《ぼ》けてみたんだが」

風呂も便所もあるので、生活環境としては前のアパートより格段によさそうだった。昼間でも暗い寝床も確保できたので、その点も安心だった。

しかし、食事に関する部分はもう少し難しかった。

圭一が、陽の低い朝のうちに起きることがないのは好都合だったが、それでも十時か十一時頃には起き、朝昼を兼ねた食事の支度を始める。煮炊きをする臭いはさほど不快ではないが、変に気を遣《つか》って、紅鈴たちの分まで作ってくれるのには、正直参った。

昼頃になると、襖をぽんぽんと叩く。

「……なあ、メシ、作ったんだけど。一緒に食わねえか」

「あー、ご心配なく。あたしたち、朝食べたから」

「うっそ、いつのまに」

「だから、どうぞ、お気遣いなく」

もうしばらく押し入れに籠《こも》っていると、身支度を整えた圭一がまたひと声かけにくる。

「俺やっぱ、まだあちこち痛いから、ちょっと病院行ってこようと思うんだけど」

「はーい、行ってらっしゃーい」

「お前ら、今日はどうすんの」

「あたしは、夕方になったら仕事に行く。欣治は？」

「……留守番してる」

浅く、圭一が溜め息をつくのが襖越しに聞こえる。

「じゃあ、テーブルにさ、一応、合鍵置いてくけど、一個しかないから、二人で相談して、戸締りだけはちゃんとしてくれよな」

「分かった。でも欣治がいるから大丈夫だよ」

「ああ、大丈夫だ」

「そう……じゃあ、行ってきます」

圭一が出ていくのを待って、ようやく押し入れの襖を開ける。

ここも以前のアパート同様、さして陽当たりが好くないのは助かるが、それでも昼間なので、明るいは明るい。

しかも、だ。

「あの野郎、カーテン全開にしていきやがった……欣治、閉めてきて」

「お前行けよ。コンタクト着けてんだろ」

「まだ着けてないよ」

「じゃ着けろよ」

仕方ないので、コンタクトを着けてからカーテンを閉めにいった。隣の、圭一の仕事場も全開だったので、そっちも閉めた。これからはカーテンを閉めて出かけるよう、何かしら理由を作って圭一に教え込む必要がありそうだ。じゃなかったら、紅鈴たちが室内でも日傘を差すか、だ。

寝室から出たら、まずは一服だ。圭一もタバコを吸うので、その点もよかった。気兼ねしなくて済む。

キッチンの、ダイニングテーブルの椅子に腰掛けた欣治が大きく煙を吐く。

「……どうするよ。いつまで、こんなところにいるつもりだよ」

なんだ、その言い草は。また山暮らしの方がマシだとか、そういう話か。

紅鈴は欣治の向かいに座った。

「あたしだって、いろいろ考えてんだよ。圭一の名義で部屋借りてもらうとか。もちろん、家賃はこっちがちゃんと払うし、迷惑はかけないって言ってさ」

「そこまで俺たちのこと、信用するか？」

「してるだろ。現にこうやって、二人残して出かけるくらいなんだから。助けてもらった恩義も感じてんだろうし」

欣治が、圭一の仕事道具に目を向ける。

「ああいうの……俺たちに下手に弄《いじ》くられたらとか、心配してねえのかな、あいつ」

「それは、大丈夫になってんじゃないの。合言葉とかがないと、電気が入らないようになってるとかさ」

「パスワードな」

「うん、それ」

「開けゴマじゃねえんだから」

その日は、紅鈴の出勤より圭一が戻ってくる方が早かった。

「……ただいま」

「お帰り」

何か、四角く膨《ふく》らんだ白い袋を提《さ》げている。

「そこで、たこ焼き買ってきたからさ、食おうぜ」

なるほど。焼いた粉モノと、酸味の強い臭いを発するそれは、たこ焼きだったか。紅鈴には、この手の食べ物がどういう味なのかは全く分からない。紅鈴が人間だった四百年前にはなかった料理だ。むろん欣治も知らない。これが東京で食べられるようになったのは、たぶん昭和の中頃ではなかったか。

それはいいとして。

「ああ……あたしたち、そういうもの、食べないんだ。だから圭一、一人でどうぞ。あたしたちにはお気遣いなく」

「えー、なんでだよ。欣治も食べないの」

「ああ、食べない」

「なんで」

「宗教上の理由だ」

欣治は、意外とこの言い訳をよく使う。吸血鬼のくせに。

しかし圭一は、それでは納得がいかないらしい。

「たこ焼き食わない宗教って、なんだよ。イスラム教とか？」

「ちょっと違うが、まあ似たようなもんだ」

「ヒンズー教とか」

「いや……あんまり有名な宗教じゃねえし、しかも俺たちは少数派だから、言ってもお前には分かんねえよ」

「なんだよそれ……なに、タコが駄目なの？　小麦が駄目なの？　あ、ソース？　酒類とか、みりんとかが入ってても駄目なの？」

圭一、意外としつこい。

そもそも、欣治が中途半端な言い訳をするから、こんな面倒な話になるのだ。

「だから……あたしらは、あたしらの宗教で許されてるものしか食べちゃいけないの。だから、食べるときはそういうところに行って食べるから、圭一は圭一で、好きなときに好きなもの食べて。あたしたちには気ぃ遣わないで」

圭一が、細く整えた眉をひそめる。

「ムスリムのお店とか、そういうとこで食べる、ってこと？」

なんだよ、ムスリムって。こっちが知らないよ、そんなの。

圭一の目の前で血を飲ませるわけにはいかないので、欣治には、零時過ぎ頃にまた「パール・ガール」まで来てくれと言っておいた。

仕事を終えて店から出ると、欣治はこの前と同じガードレールに腰掛けていた。だいぶ血が薄くなっているのだろう。普段から白い顔をしてはいるが、今夜は一層青白く見える。

「お待たせ。行こうか」

「……どこに」

そこらの公園で、というのも危険度が高い。

「ホテル」

「なるほど」

近くのラブホテルの一番安い部屋に入り、もう、玄関のところで欣治に抱きついた。

「……可哀相に。ほら、首から飲んでいいよ」

「ああ」

いつも通り、紅鈴が唇を嚙み、欣治が紅鈴の肌に牙を突き立てる。決して痛くないわけではない。闇神だって、痛いときは痛い。だが、甘美な痛みだ。自分は好いた男に命を捧《ささ》げている、この男は自分なしでは生きていけない、そんな想いに心が震える。赤子ならいずれ乳離れし、親離れしていく。でも欣治は違う。紅鈴から離れていくことはない。永遠に。紅鈴も、欣治と離れ離れになるなんて考えたこともない。この世でたったの二人。同じ闇神として、血を分け合い、命を分け合い、愛を交わし合う。

永遠に。永遠に。

「……ん、もういいの？」

「ああ……あったまった」

「ちょっと、脂《あぶら》っぽかったろ、今日のは」

「うん。でも、旨かった。お前の血は、濃いから」

「四百年、注ぎ足し注ぎ足しで、老舗《しにせ》の味を守っております」

「二百歳なんざ青二才か」

「……おいで、坊や」

せっかく料金を払ったのだから、休憩分は楽しんでいこうと思う。

柔らかな布団の敷かれたベッドに倒れ込み、抱き締め合う。闇神だって、押し入れのベニヤ板に寝転がるより、こっちの方が気持ちいいに決まっている。

「……欣治、一緒にシャワー浴びよ」

「さっき見たけど、狭《せめ》えぞ、ここ」

「いいよ、狭くても。久し振りに、洗いっこしよう」

「お前、俺に洗わせといて、いつも、さっさと先に出るじゃねえか」

「今日は、ちゃんと洗うよ……お客さんより、もっと丁寧に、優しく洗ってあげる」

欣治が、紅鈴のソープ勤めを好ましく思っていないことは知っている。そういう話をすると悲しい顔をするのも分かっている。でもその上で、店でするのと同じように「我慢しなくていいですよ」などと言いながら扱《しご》いてやると、妙に興奮するのも知っている。

「もう……もう、いいよ」

「だから、我慢しなくていいですよ……イッちゃって」

しかし、あまり調子に乗るとベッドで仕返しをされる。

「あれ、使ってみようぜ」

欣治が、自販機の「大人の玩具《おもちゃ》」を指差す。その金を払うのは誰なんだよ、と思いはするものの、さすがに口には出さない。

「……あれ、ってどれ」

「真ん中の、ピンクのやつ」

「やだ、ウネウネするやつじゃん」

「ああ」

「やだよ、あんなの」

「いいだろ、たまには、たまには……」

そう。たまには、こういうのもいい。

バイブごときで得意気に、攻める側に回った気になる欣治って、やっぱり可愛い、と思う。

5

面倒な世の中になったものだ。

ついこの前まで、「藤田さん、藤田さん」と揉み手をしてすり寄ってきた人間が、ある日突然「もう店には顔を出さないでくれ」と冷たく言い放つ。かつては「藤田さんに一生ついていきます」と涙を流した男が、欠片《かけら》も感情のこもらない声で「お世話になりました」と言い捨て、背を向けて去っていく。

全部、あの高元邦雄のせいだ。

確かに、二代目が亡くなった時点では、跡目は高元だろうと誰もが思っていた。しかし、経緯はどうあれ三代目は中津剣市と決まったからには、それを盛り立てていくのが筋というものだ。初代大和会、東山栄辰《ひがしやまえいたつ》会長がどんな苦労をして大和会を束ねたか。今一度それを思い返せば、離反などという愚行は間違ってもできないはずだった。

だが、奴はした。大和会の代紋《だいもん》に後ろ足で砂をかけ、なおかつ大便をぶち撒《ま》けるような真似を平気でしやがった。いや、今もし続けている。

今ここで起こっているこれも、元を糺《ただ》せば高元の野郎のせいだ。

藤田弘義は、コンクリートの地面にうつ伏せで押さえつけられた男の顔を見下ろしていた。

「上村《うえむら》……オメェんところに五キロ入ってることは、分かってんだよ。俺は、それを出せと言ってるだけだぜ」

この上村勤《つとむ》は、いわゆる覚醒剤ブローカーだ。主に北朝鮮から覚醒剤を輸入し、日本国内で売り捌《さば》く。藤田は他の連中と違い、これまで、上村に対して決して少なくない額の投資をしてきた。車が要るとなれば車を手配し、船が要るとなれば船を用意してやった。渡航費もずいぶん用立てた。もちろん、それだけの見返りは要求した。輸入したブツを優先的に、他よりも安い額で卸《おろ》させた。

「ですから、藤田さん……それは、盗まれたんですって」

「だったらそれを、なぜ先週の時点で俺に言わなかった」

「なんとかしようと思ったんですよ、自力で」

「ほう、自力で。じゃあ、盗んだのが誰だかは分かってんだな？」

「いや……そういうことじゃなくて、ですから、調べて」

「調べて、分かったらどうするつもりだったんだよ。テメェ一人でカチコミでもかける気だったか」

「だから……調べがついたら、藤田さんに、ご相談しようと」

「どうも、俺の聞いてる話と違うな」

藤田の目配せで、若頭の山平茂則《やまひらしげのり》が道具を用意し始める。ボルトクリッパー。まあ、分かりやすく言ったら、ドアチェーンも簡単に切断できる巨大ニッパーだ。両手で持って使うので、むしろ見た目は枝切バサミに近いかもしれない。

「上村。俺が思うに、今のお前は、大事なことを忘れてるだけなんだよ。だから、思い出すチャンスを、お前に作ってやりたいと思う。チャンスは十回だ。十って、なんの数字だと思う？」

上村は「ちょっと」と体を起こそうとしたが、それは無理だ。若中が四人がかりで押さえつけているのだから、一センチたりとも、体勢を変えることなどできはしない。

「十ってのはな、上村、お前の手の、その指の数だよ。お前が早く思い出せば、それだけ指が多く残る。思い出すのが遅いと、最悪の場合、お前はジャンケンもできなくなる。ずーっと、右でも左でもパーしか出せなくなる……たとえば、鬼ごっこをやるにしても、お前は毎回毎回、鬼ってことだ」

「藤田さん、ちょっと……ほんと、勘弁してくださいよ」

「やれ。小指からな」

極道が指を詰める個所で、最も多いのは左の小指の第二関節だ。しかしこれは、そういう極道の「ケジメ」とは違う。

単なる拷問だから、指の根元からスッパリ落とす。

「や、山平さん、待って、山平さんッ」

山平が、上村の右拳を革靴で踏んづける。

「上村……お前も馬鹿だよな。早く喋っちゃえばいいのに」

グリグリやっていると、徐々に手が開いてくる。一本一本、指が伸びてくる。

その伸びた指の中で、一番細い小指を、ボルトクリッパーの屈強な刃が、跨《また》ぐように挟み込む。

「違うんす、違うんですってば」

「いきまーす」

ボルトクリッパーの刃が、コンクリートの表面を掻く音がほんの少ししただけで、小指の骨が砕ける音も、それを包んでいた皮膚、少量の筋肉、腱が切断される音も、全く聞こえなかった。

上村の狂ったような悲鳴がうるさくて、なんにも聞こえなかった。

「ヒゲェエエヤイヤァアイガァアァアーッ」

ここは地下駐車場なので、その声がまた、何倍にもなって響く。

藤田は、両手の人差し指で耳の穴を塞いだ。

「上村、静かに、静かに。住民の皆さまにご迷惑だろう」

指が一本減った手。少し離れたところに転がった、白いウインナーみたいな小指。その間のコンクリート地面に、這《は》うように広がっていく、黒い血溜まり。

「ヒゲィ……アガッ……アアッ、ンガッ……」

「何か思い出したか、上村。思い出したらすぐに言え。じゃないと、二本目にいくぞ。はい、ゴォ、ヨン、サン」

「ま……ま、まっで」

「ニィ、イチ」

「けっ……けい、ケイシュウ……ケイシュウカイれす」

なるほど、稽洲会《けいしゅう》か。高元の直系じゃないか。

「稽洲会が、どうした」

「……稽洲会……に……」

「稽洲会に、盗まれたのか？　それとも、これからは藤田一家じゃなくて、稽洲会と商売しようって誘われたのか。どっちだ」

そこは、答えられないと。

「山平、続けろ」

「はい」

「アアァァァーッ……さそ、誘われ、誘われたんだすけどッ」

涙と鼻水で喋りづらくなっているのは分かるが。

「だすけど、ってなんだよ、お前。ちゃんと喋れ」

「誘われ、たんですけど、ただ……違うんすよ、お……おでが、藤田さんを、裏切るわけ、だいじゃないでしゅか」

笑わせるな。

「結果的に裏切ってんだよ、お前は。この俺を」

「ぢがうんす……おんだ……女を、人質に、取られてれっ」

「あれか、新小岩《しんこいわ》の、あのキャバクラの女か」

上村が、コンクリートに頰をこすりつけて頷く。

「つまりお前は、俺との付き合いより、あの、股座《またぐら》の腐った女の方を選んだってことだな」

「ぢ、ぢが、ぢがう……」

「山平、十本、全部やれ」

「はい」

全く、舐《な》めた真似をしてくれたものだ。

上村は稽洲会に流したと白状したが、実態はおそらく違う。

稽洲会は東和会系の二次団体、会長は津村弘勝《つむらひろかつ》、高元邦雄の子分だが、この津村は非常に頭のいい男だ。この一件、津村が絵図を描いたにしては段取りが雑過ぎる。

藤田が聞いているのは、稽洲会のさらに一つ下、仙庭組の小室《こむろ》という男が上村に接近し、女がどうなってもいいのか、みたいな脅しをかけてブツを分捕っていったと、そういう話だ。

上村は、どうせ白状するなら藤田もおいそれとは手出しできない大組織、という意味で「稽洲会」とうたったのだろうが、そんなあやふやな情報を真に受けて、いきなり稽洲会本部を襲撃するほど藤田も素人ではない。稽洲会もいずれは潰すつもりだが、今はまだその段階ではない。じっくりと、足腰を弱らせてから叩く。

今はまず、小室だ。

最近、ちょっとしたトラブルがあったらしく、仙庭組の情報がリアルタイムでは収集しづらくなっているが、必要な情報はそれ以前に摑んでいるので問題はない。

小室の自宅は文京区《ぶんきょう》小石川《こいしかわ》、七階建てマンションの最上階。家族は三人、内縁の妻との間に七歳の娘と四歳の息子がいる。なぜ籍を入れないのかは不明だが、二人の子供は両方とも認知している。娘は地元の公立小学校、息子は幼稚園に通っているが、父親がヤクザだというのは、小学校でも幼稚園でもまだバレていないらしい。小室もその点は気を遣っており、運動会等のイベントには、まるで堅気のような恰好で参加している。薄いグレーのジャケットに、淡いブルーのシャツ、ベージュのチノパン。時計の銘柄まては分からなかったが、少なくともロレックスなどではない、黒い樹脂ベルトの安物を着けていた。むろん、彫り物が見えるような半袖を着ることはない。

一方、愛人は渋谷《しぶや》区円山《まるやま》町のマンションに囲っている。ひょっとしてこっちと籍を入れているのか、と思ったのだが、それもなかった。子供はいない。付き合いは二年ほどだというから、東和会発足の直後から、ということになるだろうか。

マンション自体のセキュリティを比較すると、明らかに愛人宅の方が弱い。そこまで女に金をかけるつもりがないのか、あるいは、いい物件を探してはいるが条件に合うものがないのか、その辺は分からないが、ターゲットにするなら、愛人宅の方が格段にやりやすそうだった。

仙庭組の事務所に仕掛けた盗聴器は先日撤去《てっきょ》されてしまったが、愛人宅のはまだ活《い》きている。

小室がいつ来るかくらいは、簡単に分かる。

《うん……はぁい、待ってまーす》

この調子で別の男を誘い込んでいたら面白いのだが、残念ながらそれはなかった。なぜあんな、小室のようなチビデブがいいのかは理解に苦しむが、愛人も、それなりには小室を大切に想っているようだった。

「……じゃあ、段取り通り、行くぞ」

「はい」

「道具、しっかり持ってな。忘れもんすんなよ」

「はい」

今日連れてきたのは、山平と市原《いちはら》。それと藤田一家直系の極心会から二人、会長の大《おお》津《つ》和夫《かずお》と、若頭の花井《はない》和敏《かずとし》。この四人は、藤田が可愛がっている中でも特にお気に入りのメンバーだ。

まず非常階段を使って、女の部屋のある五階まで行く。ここでしばし、小室が来るのを待つ。

四十分ほどすると、何も知らない小室がエレベーターから出てきた。事前情報によると、愛人宅まで子分を連れてくることはないということだったが、確かに、今日もそうだった。

小室一人を、五人で取り囲む。

それだけで、小室はいつもの倍まで目を見開いた。

「……藤田」

「昔は『さん』付けだったのにな。そんな礼儀も、すっかり忘れちまったか」

口を塞ぎ、羽交《はが》い締《じ》めにした小室を女の部屋の前まで連れていく。呼び鈴を押せば、小室だと思った女はなんの警戒もせずにドアを開ける。

「はぁーい」

そのまま六人で上がり込む。間取りは事前に調べさせたので分かっているが、実際に入るのは今日が初めてなので、多少の違和感は否めない。

女が騒ぎ出さないのは、最初から拳銃を向けられているからだ。

「ヨリコさん、だったかな。基本的にはあんたも殺すつもりだけど、もしかしたら気が変わるかもしれないから、俺の癇《かん》に障るようなことは一切するな。分かったか」

風呂に入ったばかりなのか、女は頭にタオルを巻いていた。頷いた反動で、その一端がはらりと肩に落ちる。上はTシャツ、下はルームパンツ。いつでも姦ってくれという恰好だ。

「市原、花井」

「はい」

頷いた市原が、梯子《はしご》を使ってロフトに上がる。次に女、最後に道具を持った花井が上がっていく。上で女を全裸にしたら、両手両足をロープで縛《しば》り、さらに首に巻き付けたそれを、ロフトの柵に通して垂らす。

こっちはこっちで、別のロープを使って小室の両手両足を縛る。全裸にする必要はないが、都合上、ズボンと靴下はここで脱がせておく。腿には般若と菊の彫り物がある。絵柄は、なかなかいい。

いま小室が動かせるのは、目玉と口くらいだ。

「……藤田さん、こんなことして」

「タダで済むと思うなよ、ってか。そりゃ俺の台詞だよ。俺の商売道具に手ぇ出して、この先も面白可笑《おか》しく生きていけるとでも思ってたのか。そりゃちょいと、お勉強が足りな過ぎるぜ……まあいいや。これからゆっくり、たっぷり時間かけて、お前に、生まれてきたことを後悔させてやるよ」

近くにあった丸椅子を、大津がロフトの柵の下辺りに据える。山平が、小室を抱えてそこに載せる。

「ちゃんと、真っ直ぐ立てよ」

「……藤田」

「また『さん』付け忘れてっぞ。ちったぁ学習しろや」

ロフトから垂らしたロープを、小室の首にも巻き付ける。

「大津、もうちょっと短く張った方がいいだろ」

「……これくらい、ですか」

「ああ、そんなもんだ」

ロフトにいる市原と花井が、ニヤニヤしながらこっちを見下ろしている。

二人にもひと声かける。

「なんだよ……姦りてえのか」

花井はおどけたように小首を傾《かし》げたが、市原は、小さく頷いてみせた。

「せっかくですからね。けっこう、いい体してますよ、この女」

「首が絞まると、下もキュッとよく締まるって言うしな」

「社長、そういうの、やったことあるんですか」

藤田は、下の者に「親父」や「総長」といった呼び方はするなと言ってある。

「ないよ。俺は昔からインポだからよ」

「またまた」

「姦るなら早くしろ。ツルッと入れて、ピュッと出せ」

「そんなには……どうかな」

早速、市原が姦り始めたようなので、下はしばらく、事情聴取のお時間とする。

人との会話を楽しむときは、拳銃より匕首《あいくち》の方がいい。

「小室よぉ。上村が、全部うたったぜ」

ロフトで女が「あっ」とか「いやっ」とか言っているのが聞こえる。小室もそれが気になるらしい。ちらりと上に視線を向ける。

「こっち見ろ、馬鹿野郎。上村がうたったって言ってんだよ」

「……上村? 誰だ、それ」

「心当たりはねえか」

「ああ、なんの話やら……さっぱり分からねえな」

それじゃあ仕方がない。

小室の左膝、皿の下辺りを刺す。

「フグアッ」

「しぃーっ……ずかにしろよ。それと、屈《かが》むな。真っ直ぐ立ってねえと、上で女の首が絞まっちまうぜ」

実際、女の呻《うめ》き声も聞こえてはくるが、それが首の絞まった苦しさからなのか、市原に犯される屈辱からなのかは分からない。むろん、姦られて悦《よろこ》んでいる可能性もゼロではない。

匕首を抜くと、小室の膝からトロトロと血が流れ出てくる。苺《いちご》のシロップによく似ている。

話を続ける。

「上村がよ、女を人質に取られて、ブツを分捕られたって吐いたんだよ」

「知るか、そんなこと……それは、俺じゃねえ」

「お前じゃなかったら、じゃあ誰だ」

「だから知ら……」

今度は膝の外側、外側《がいそく》なんとか靭帯《じんたい》というやつだ。

それを切断する。

「アゲアッ」

前の靭帯と外側の靭帯の断裂。この段階でもう、左脚は全く使い物にならないはずだが、小室はよく耐えている。右脚一本でなんとか持ち堪《こた》え、姿勢を維持している。

脹脛の、血に塗《まみ》れた錦鯉の彫り物が哀れを誘う。

「ほらほら、ヨロヨロしちゃ駄目だよ」

上で市原が「ヤバいっす、ヤバいっす」と繰り返しているが、何がどうヤバいのかはよく分からない。

「小室、分かってるか？　お前がちゃんと立ってないから、ヨリコちゃんの首が絞まっちまうんだぞ」

「藤田ァ……」

もう「さん」付けはどうでもいい。

「なんだテメェ、その目は。オメェがここで根性見せたら、俺が仙庭組に一目置くとでも思ってんのか。稽洲会にビビるとでも思ってんのか。フザケんなよ、こら」

最初の傷口に、今度は直接指を捻じ込む。靭帯かどうかは分からないが、硬い筋を親指で抉り出す。

「ンヌグオォォォォ……」

「今、別の班がオメェの、小石川のマンション近くで待機してんだけどよ。オメェが素直に喋ってくんねえと、ガキまで全員、殺さねえといけなくなっちまうんだよ」

脂汗が目に入ったのか、小室は右目だけ開けたウインクの状態だ。

「い、いや、やめてくれ、家族は……」

「関係ねえか？　関係ねえなら、死んだって構わねえだろうが」

「待ってくれ、藤田さん、それだけは……」

そうか、家族は大事か。いい心掛けだ。

「女房犯してよ、娘は七つか、それでも穴くらい開いてんだろ。ちょいと、いくつも真珠埋め込んだヤクザ者のチンポコ捻じ込むにはちっけーかもしれねえが、姦って姦れねえことはねえ。なんなら、四歳の坊やのアナルにもブチ込ませようか」

ようやく小室が両目を開く。涙で汗も流れ出たか。

「……ちくしょう」

「恨むなら、テメェの愚かさを恨むんだな。上村に、無理やりブツを出させたのは誰だ。そしてそのブツは今どこにある」

小室が、喰い千切らんばかりに唇を嚙み締める。

なるほど。まだ喋らないつもりか。

「あのよぉ……オメェが生きようが死のうが、俺はどっちだっていいんだよ。生きて、恥を忍んで組に帰ってよ、藤田にこんなことをされた、あんなこともやられたってな、他の連中に宣伝してくれりゃあ、俺の株も上がるんだからよ……俺は、少しずつ出っ張ったところをちょん切っていくのが好きなんだ。耳とか、鼻とか、指とか、チンポとかよ。目の前で、人間が少しずつ丸くなってくのを見るのは、気分のいいもんだぜ。みんな、どんどん気持ちが優しくなって、最後には、俺の知りたいことを、なんでも喋ってくれるようになる。お前も、ちっとは丸くなってみろや。なあ、小室」

山平が、例のボルトクリッパーを用意する。

小室の両目に、本気の、怯《おび》えの色が過《よぎ》る。

「……分かった、ち、ちょっと、待ってくれ。喋る、ちゃんと喋るから」

そう簡単に丸くなられても、こっちは面白くない。

「小室ぉ、人生は挑戦の連続だぜ。まだ一本もちょん切ってねえんだからよ、あんまり早まんなって。やってみたら案外、四、五本は我慢できるかもしれねえじゃねえか」

小室が、慌てたように首を横に振る。

「いやいや、いいから聞いてくれ。俺だ、俺が上村に、言ったんだ。藤田とは縁を切れ、これからは俺が面倒見てやるからって……ああ、俺がそう言った、間違いない。悪かったよ、悪かったと思ってる。ブツは、板野《いたの》が管理してる。目黒《めぐろ》の事務所の金庫に入れてある。五キロ、全部残ってるかは分からないが、三キロ……いや、四キロ近くは、まだあるはずだ。返すよ、残ってる分は。なんだったら、足りない分は、俺が他から調達して補填《ほてん》する。代金もいらねえ。タダで渡す……な？　それならいいだろ、藤田さん」

いいわけがないだろう。

「そんなの、信用できるわけねえだろう……山平、やれ」

「はい」

「まァーッ、待ってよ、待てって」

山平が、ボルトクリッパーの刃を小室の爪先に向ける。

「左の小指からでいいですか」

「右の小指でいいだろ」

「イヤイヤ、いやいやいや」

山平が眉をひそめる。

「社長、右までやったらコケちゃいますよ。そしたら、首絞まって二人とも死んじゃいますよ」

「ちょっと、待って、待ってって」

小室、うるさい。

「大丈夫だよ。一本や二本、こいつだって我慢できるよ」

「できねえよッ」

「そっすか。じゃ、いきまーす」

右足の小指。骨なんて、あったんだか、なかったんだか。

「アガッ……ンガァッ」

白い、豆粒みたいな小指が、ぽろりと丸椅子から転げ落ちる。

「はい次、薬指」

「ばで……ば……ばって……」

だが、二本目を切る前に、

「あっ」

「おっと」

痛みで貧血でも起こしたか。小室の体が、グラリと後ろに傾いだ。

同時に、丸椅子が前に倒れる。

ロフトから垂れていたロープが、グンッ、と音をたてて張る。

宙吊りになった、小室の体。

支えるものは、何もない。支える者など、一人もいない。

小室は顔を真っ赤にし、目を閉じ、頰を膨らませ、急に黙り込んだ。意外なほど痙攣《けいれん》はなく、拍子抜けするほど呆気《あっけ》ない最期だった。

これで、もう二度と藤田を呼び捨てにすることもないわけだ。

「……だらしねえな。たかが足の小指一本で」

むしろ、騒がしいのはロフトの方だった。

市原と花井が、柵から身を乗り出してロープを摑んでいる。

「おい……お前らがそれ摑んじゃ、駄目だろう」

「社長、無理ですって、いくらなんでも。無理」

「何が」

「女の首、ちょん切れちゃいますって」

「あ？　もう死んだの」

「とっくに死んでますよ。だから、無理なんですって。こんな、女の首一本で、男の体重なんて支えられませんって」

そうか。このやり方は、少々無理があったか。

まあいい。小室も一応は白状したので、目的は果たせた。

次は、仙庭組の目黒事務所だ。

第二章

1

紅鈴がいるときは、いい。圭一の話し相手は、たいてい紅鈴がするから。二人とも出かけたときも、いい。本を読んだりテレビを見たり、欣治も気ままに過ごすことができる。

だが、圭一と二人きりというのは、少し困る。何を話していいのか分からないし、下手に何か作り話をして、あとで紅鈴の言い分と喰い違っても面倒なことになる。

たとえば、こんなときだ。

「……欣治も、目ぇ弱いの？」

わざわざ「欣治も」と訊《き》くくらいだから、紅鈴は目が弱いというのを、圭一はすでに知っているのだろう。しかし、二人がいつそんな話をしたのか、そのとき紅鈴がどういう説明をしたのか、欣治は知らない。

日中、圭一はほぼずっとカーテンを開けているので、欣治は室内でも、日没まではサングラスを着用するようにしている。圭一のような健康優良児の目には奇妙に映るだろうが、人間にも紫外線アレルギーという病気があるらしいから、これが即、吸血鬼の特徴と見破られることはない、と思いたい。

「……ああ、弱いね」

「陽に当たるのも、苦手なの」

「ああ、苦手だね」

「陽に当たると、どうなっちゃうの」

「火傷《やけど》みたいな感じ、かな」

「大変じゃん」

「ああ、大変だよ」

「でも、もう慣れた、みたいな?」

「ああ、慣れたね」

自分でも、もっと自然に会話できた方がいい、とは思う。前のアパートの大家とか、書店員とか、実生活に関わらない相手とだったら、もう少しは喋れる。でも圭一との会話は、難しい。余計なことを言って、逆に怪しまれるのも馬鹿らしい。そんなことを警戒していると、どうしても口数は減らさざるを得ない。

だが、なんとなく圭一の仕事部屋を見ていたら、閃《ひらめ》いた。

自分が圭一と上手《うま》く喋れないのは、隠し事をしているからだ。では、圭一はどうか。

紅鈴によると、圭一はどうやら暴力団事務所に盗聴器を仕掛け、内情を探るようなことをしていたらしい。しかも、それを欣治たちには知られないようにしている節がある。

立派な隠し事ではないか。一緒ではないか。

ならば、こっちから訊いてやろう。攻撃は最大の防御なり、だ。

「そりゃそうと、圭一って、具体的にはなんの仕事してんの」

パソコンに向かっていた圭一が、ほんの数センチ、姿勢を正す。

「具体的に、って……まあ、いろいろだよ」

「ウェブデザイナーとかか」

欣治は、パソコンこそ直《じか》に扱えはしないが、世の中のことならたいていは分かっているつもりだ。小説以外の本もいろいろ読むし、テレビだって見ている。パソコンがあればどんなことができるのか、どんな仕事があるのかも、大まかには知っている。紅鈴みたいに、何百年も売春ばかりしてきた世間知らずとは違う。

圭一が、中途半端に首を傾げる。

「ん……ウェブデザインは、しないけど」

「じゃあ、デイトレーダーとかか。家にいながら、株で大儲けしてるのか」

圭一が椅子を回してこっち、ダイニングテーブルに体を向ける。

「そんな、大儲けしてるように見えるか、俺が」

「だったらなんだ。ハッキングして、企業恐喝でもしてるのか」

ぎょっ、と音がするほど圭一が目を見開く。体臭にも、緊張を示す酸っぱい臭いが混じり始める。

でも、何も言わない。

「……なんだ。図星か」

「いや、企業恐喝も、しないけど」

「恐喝はしないけど、ハッキングはするのか」

「えっ……っていうか、なんで」

「企業は恐喝しないけど、暴力団は恐喝するのか」

「ちょ、ちょっと待って……なに、なんでこんな話になってんの」

欣治も段々面白くなってきた。

「正直に言えよ。お前が何をやってようが、俺たちはそれを責めたりしないし、警察にタレ込んだりもしねえよ。むろん、ヤクザに売ったりもしない。こうやって、居候《いそうろう》させてもらってんだからさ。感謝はしてんだ……紅鈴も言ってたろ。俺、暇だからさ。俺にできることがあるんだったら、手伝ってやってもいいんだぜ」

ダイニングテーブルに肘《ひじ》をつく欣治を、圭一は、じっと見ている。

「……言ってたな、確かに。こう見えて、欣治は身軽だって」

「ああ。喧嘩も強《つえ》えぞ」

「だよな……あの三人、殴り倒したのも、欣治なんだろ」

「まあ、大雑把《おおざっぱ》に言うと、そういうことだ」

「詳しく言うと、違うの」

あれは、人間には不可能な技なので、できれば説明はしたくない。

「……詳しく言っても、同じだ」

苦笑いした圭一が、ふっと息を吐く。

何か、心境に変化があったようだ。

息の臭いが、明らかにさっきよりも落ち着いている。

「そう、なんだよな……俺にとっても、二人は、命の恩人なんだよな。実際、あの夜、死ぬかもって思ったし……感謝してるんだ。欣治と、紅鈴には」

椅子から立ち上がり、圭一が窓辺まで行く。カーテンを閉めてくれると助かるのだが、そうではなかった。換気扇のスイッチを入れただけだった。

パソコンのところまで戻って、キーボードの横に置いてあったタバコの箱に手を伸ばす。

「じゃあ、思いきって、話すけど……これ、ここだけの話に、してくれよな」

「紅鈴にも話すな、ってことか」

「いや、紅鈴にはいいけど、それ以外の人には、絶対に喋らないでほしい。約束、してくれるか」

安心しろ。それ以外の知り合いなど、書店員と昔の大家くらいしかいない。

あとはみんな、とっくの昔に土の下だ。

圭一の生い立ちから、なぜ藤田一家専属の情報屋をさせられる破目になったのかまで、大筋は把握できた。

外もすっかり暗くなったので、欣治はサングラスを外し、圭一はカーテンを閉めて蛍光灯を点けた。

「……まあ、そういうことなんだよ」

驚いたのは、圭一にも妹がいるというところだ。

二百年以上前、まだ人間だった頃の話だが、欣治には妹がいた。名前は、たま。歳は、数えで二つか三つだったと思う。

両親とは生き別れのような状態だった。欣治は、たまを食わせるためだったらなんでもするつもりだった。盗人でも、男娼でも構わなかった。実際、近所の畑から盗んできた芋で飢えを凌《しの》ぎ、廃寺の片隅で震える体を抱き締め合い、寒さを凌いだ。

でも、結局は駄目だった。気づいたら、たまは死んでいた。餓死だったと思う。欣治もそれに近い状態だったが、しかし、ある女に助けられた。

紅鈴だ。

考えたらこの二百年、紅鈴には世話になりっぱなしだ。世間知らずだの馬鹿だの、いい加減だの我《わ》が儘《まま》だのと、今でこそ偉そうな口を利《き》きはするが、本来なら、そんなことは口が裂けても言える立場ではない。

だから、なのかもしれない。

自分には、誰かの役に立ちたいという願望がある。紅鈴を養うことは、少なくともこの東京という大都会にいる限り無理そうだが、でも他の誰かなら、たとえばこの圭一のためなら、何かできる気がした。

親の借金を返し、妹を大学に通わせたいというこの男のために、自分も何かできることをしたい。そう思った。

「じゃあまた、その組に盗聴器、仕掛けに行かなきゃいけねえのか」

「いや、よく分かんねえけど、センバ組はもういいらしい。でも、その次が、それより
もっと厄介《やっかい》なんだよ……ちょっと、こっち来て、これ見て」

圭一が見ろと言ったのはパソコンの画面だ。それには、今のヤクザ業界の全体像、ということだろうか、組織図が示されている。

「この、大和会から、東和会ってのが分派して」

「それくらいはニュースで見て知ってる。大東抗争だろ」

「うん、それ。じゃあね……だから、これね。東和会の直系団体の、この、稽洲会にね、もっとたくさん盗聴器を仕掛けろって言うわけ、この藤田一家の、藤田総長が。これほら……ね？　下に仙庭組があるでしょ。だから、稽洲会は上部団体ってことね、仙庭組の」

「ああ」

また圭一がタバコを銜《くわ》える。

「そんなさ……藤田さんは簡単に言うけど、大変なのよ、いろいろ。何しろほら、抗争中だからね。どこもかしこも警戒は厳しいしさ、なんかみんな、下っ端までピリピリしてるし。この前みたいなことも、俺だって初めてじゃないわけ。それまではね、たまたまこの逃げ足のお陰で、なんとか生き延びてこれたけれども、今はさ、まだあのときに

やった肩と腰と足首が痛いのよ。あと手首も。どっかよじ登ろうったって、元気なときみたいにはいかねえと思うしさ。バレたら、今度こそ逃げ切れる自信はねえし。それなのに、催促《さいそく》ばっかうるさくて。さっさとネタ持ってこねえと、殺すぞテメェって……俺が死んで困るのはあんただろ、って思うんだけどね。もう、俺の後釜なんていないんだからさ」

なるほど。この組織図は分かりやすい。

「その、稽洲会の事務所ってのは、どこにあるんだ」

「何ヶ所もあるよ。本部は新宿《しんじゅく》だけど、六本木《ろっぽんぎ》にも、品川《しながわ》にも、あと川崎《かわさき》にもあるな。他にも、舎弟に任せてる、ちっちゃな事務所もあるしね。そういうところにまた、意外と面白いネタが転がってたりするから、侮《あなど》れないのよ」

新宿、六本木、品川、川崎か。

「お前が仕掛けたいのは、どこなんだよ」

「新宿と品川は仕掛けたけど、ちょっと場所が悪くてね。あんま、ちゃんと録音まではできてないんだ。それも、できればやり直したいし、六本木とか、他の事務所にも仕掛けたいけど」

「確か、インターネットで見られる地図ってのがあるだろう」

「うん、あるよ」

「それで、どんな建物かも見られるか」

「ああ、見れるね。最近は航空写真だけじゃなくて、斜めの角度の、立体写真も見れるようになってるから……っていうか、欣治って携帯持ってないの？　携帯でも見れるけど」

「携帯電話なんざ、ヒモにゃ贅沢品だよ」

圭一がクスリと笑う。

「そんなに、言うほど高くはねえだろ……あれ、紅鈴は？　そういや、紅鈴が携帯弄《いじ》ってるのも、見たことねえな」

「あいつはあいつで、機械音痴だから」

本当は、単に銀行口座が持てないから、というだけの話だ。

圭一が、パソコンを操作しながら呟く。

「嘘でしょ、今どき……機械音痴だから、携帯持ってないなんて」

画面に表示されたのは、まさに地図。最初は東京二十三区を中心に、北は埼玉の川越《かわごえ》、東は千葉の八街《やちまた》、南は横浜《よこはま》、西は八王子《はちおうじ》の先まで入るくらいの縮尺だった。

それを少しずつ、目的の場所に拡大しながら近づけていき、

「たとえば、こんな感じ」

ある段階で航空写真に切り替え、さらに、

「……おっ」

「なに、見るの初めて？」

それを縦に起こすように、立体写真にしてみせる。まるで飛び出す絵本のように、建物がそれぞれの大きさに立ち上がってくる。

「ああ、実際には、初めて見た。すげえな、こいつぁ面白え」

「な。俺も最初はびっくりしたよ。なんの予告もなく、いきなりこんなことができるようになっちゃうんだから。しかも、別に追加料金とか取られるわけじゃないしね。完全に、無料のサービスだから」

「益々《ますます》、訳《わけ》が分からん」

「で、稽洲会の川崎事務所は、これ。このビルの最上階」

見れば、同じくらいの高さのビルに左右から挟まれている。

「この最上階に忍び込んで、盗聴器を仕掛ければいいのか」

椅子に座ったまま、圭一が欣治を睨《ね》め上げる。

「あんたね……まあ藤田さんもそうだけど、素人《しろうと》は、そんなの訳ねえだろみたいに言うんだよ、平気で。でも、ほんと難しいんだからね、いろいろ、面倒臭い条件があって。見えないところに仕掛けなきゃならないし、電源だって何かしらで確保しなきゃならない。電波の届くところに受信機とレコーダーも仕掛けなきゃいけない。その録音データをまた、定期的に回収しに行かなきゃいけないんだからさ」

欣治に難しそうなのは、今のところ、定期的に川崎までデータの回収に行かなければならないという、その一点のみだが。

それから丸二日かけて、換気扇から電源を取り、さらに盗聴器を仕込む方法を圭一から習った。

当然、そんなものを部屋の隅に放置しておけば、仕事から帰ってきた紅鈴は不審に思う。

「ねえ……この、ぶっ壊れた換気扇はなんなの」

カップラーメンを食っていた圭一は何か言い訳をしようとしたが、その必要はない。

「それは、俺が圭一から」

「……おい」

「盗聴器の仕掛け方を習ってる、それの練習台だ」

「へー、そうなんだ」

紅鈴はそれだけで、下着と着替えを持って風呂に入ってしまった。

口にあったものを飲み込んだ圭一が、欣治を見る。

「……あの人、へーそうなんだ、で終わりなんだ」

「ああ。そういう女だ」

「どういう女だよ」

「ああいう女だよ」

「っていうか、君らって結局、キョウダイなの？　恋人なの？　夫婦なの？　なんなの」

「キョウダイ、が一番近いかな」

「なぜそこだけ誤魔化《ごまか》すの。訳ありか？」

「ああ。大いに訳ありだ」

「なんだよ。ちゃんと教えてくれよ」

「断わる」

姉弟の近親相姦。それで納得がいくのならそれでいい。

技術を習得したら、早速実行に移す。

作戦当日はあらかじめ、紅鈴が出かける前に断わっておいた。

「今夜は圭一と、川崎まで盗聴器仕掛けに行くから、戻ってきても俺たちはいねえから、合鍵持って仕事行ってくれ」

「あっそ。行ってらっしゃい。気をつけてね」

欣治たちの出発は、夜の十時過ぎ。

圭一の、ボロいワゴンの軽自動車に乗っていく。

「じゃ、出発進行だ」

「安全運転でな」

道は空《す》いていたので、十一時前には現地に着いた。

「あれな……あの、七階建ての」

「分かってる」

そう圭一に返しはしたものの、欣治は、実はかなりの違和感を覚えていた。

欣治がパソコンで見たのは、昼間に撮影された空からの写真。いま欣治たちが見ているのは、同じ建物とはいえ夜の色をしている。しかも下の道から実物を見上げているのだ。いくら闇神は夜目が利くといっても、まるで同じには見えない。違和感は否めない。

とはいえ、それで欣治が何かを仕損じることはない。周辺を下調べして、侵入ルートを決めたら、その通りやるだけだ。

「じゃあ、行ってくる」

「……ってニイさん、あんた簡単に仰《おつしや》いますけどね、ほんっとに大丈夫？　もう一回おさらいしなくていい？」

「大丈夫だ。心配するな」

「するよぉ、心配。っていうか心配だらけだよぉ」

「行ってくる」

全て、圭一と決めた通りに遂行した。

まず目的地の二軒右隣、十階建てマンションの非常階段を使って、その屋上まで上る。ここの非常階段は鍵も何も掛かっておらず、一番侵入がしやすかったからだ。

その屋上から、三メートルほど下になるが、隣のビルの屋上に飛び下りる。さらにその非常階段から、目的のマンションの屋上に飛び移る。あとは簡単だ。

足元の最上階、ふた部屋あるうちの、下から見たら左側、明かりが消えている方のベランダに下り、圭一に習った通り、換気扇を取り外して電源コードを引き出す。感電しないよう注意しながら枝分かれさせ、それと盗聴器を繋《つな》いで電源が入るかを確認し、換気扇の枠内にそれを仕込んだら、換気扇ごと元に戻す——以上。見張りの組員がいる一階も、監視カメラが設置されている廊下も通ることなく、盗聴器を仕掛けることに成功した。

終わったら、帰る。

屋上までよじ登って、そこから隣のマンションの非常階段に飛び移り、屋上に出て、また隣の屋上に飛び移る。三メートル上は難しいか、とも思ったが、大丈夫だった。難なく手が掛かったので、そのまま屋上に這《は》い上がった。たとえ失敗しても、二つのマンションの壁をジグザグに、行ったり来たりしながら勢いを殺して下りる方法もある。どちらにせよ、闇神の強靭《きょうじん》な肉体、人間とは桁《けた》違いの運動能力をもってすれば造作もない仕事だった。

近くに路上駐車していた圭一のボロ車、その助手席に乗り込む。

「終わったぞ」

運転席にいる圭一は、睨《にら》むようにして欣治を見ている。

「……なんだよ。終わったって言ってんだろ」

「お前、スゲえな……トム・クルーズみてえだな」

おそらく、あの有名なスパイ映画の主人公のことを言っているのだろうが、残念ながら似ているのは、上下黒を着用しているという、その一点だけだ。

それも、正確に言ったら違う。欣治は黒の長袖、あの主人公は、確か半袖だったはずだ。

圭一は早速イヤホンを装着し、受信機の具合を確かめている。

「……んん、まあ、今はなんも聞こえないけど、電波は入ってるから、ちゃんと活《い》きてるんだろうな。やっぱ欣治、お前、凄いわ。ちらっとしか見えなかったけど、屋上から下りて、また上ってくのなんて、ほとんどスパイダーマンみたいだったぜ」

どちらかと言ったら「蜘蛛男《くもおとこ》」より「蝙蝠男《こうもりおとこ》」の方が近いのではないだろうか。「吸血鬼」という意味合いにおいては。

圭一がイヤホンを外す。

「じゃあ俺、これをどっかに仕掛けてくるから、もうちょっと待っててな」

「ああ」

「お礼に、何か奢《おご》ってやりたいけど」

「気にするな。そもそも居候の身だ。ここで奢られたら本末転倒、話がアベコベだ」

クシャッ、と圭一が泣き顔の真似をする。

「お前、ええ奴やのぉ」

「いいから、さっさと行ってこい」

「じゃあ、タバコだけでも奢らせて。ワンカートンくらい」

それは、いいかもしれない。だったら、セブンスターがいい。

2

欣治、紅鈴との共同生活は、予想に反して快適そのものだった。

まず、留守番をしてくれている人がいる。夜中に帰ってきても部屋に明かりがある。

そういうところが、いい。

「ただいま」

　アパートのドアを開けたときの、ちょっとした温もりみたいなものも、いい。

　ダイニングテーブルの椅子に腰掛け、テレビを見ていた欣治がこっちを振り返る。テレビは仕事部屋の窓際に置いてあるので、ちょっと遠いと思うのだが、欣治はいつもそこに座って見ている。

「ああ、お帰り」

「今そこで、紅鈴が歩いてくの見かけたけど、なに。今日、仕事行かなかったの」

「今日は休むって。タバコ切らしたからって、買いにいった」

「じゃ、俺も頼も。ビール切らしてるの忘れてたわ」

　早速、圭一が契約して渡した携帯電話に連絡してみる。月々の使用料は、あとから現金でもらう約束になっている。

　ただ、紅鈴はなかなか電話に出ない。

「……なんだよ、また出ねえよ。マナーモードにでもしてんのかな」

　欣治が苦笑いを浮かべる。

「あいつはマナーモードなんて知らない。たぶん、また出方が分からなくなって、あたふたしてるんだろう」

「出方って、ボタン一個押すだけじゃん」

「付いてるボタンは一つじゃない。どのボタンを押したらいいか、なかなかあいつには覚えられない」

「んなアホな」

などと言っていたら、出た。

「あ、紅鈴？　俺」

『……』

「おい、紅鈴、おーい」

『……あ、聞こえた……もしもし。どちら様ですか』

「俺だよ。ってか『圭一』って画面に出てんだろ」

そもそも、紅鈴の番号を知っているのは圭一と欣治以外にはいない。

また、応答がない。

「おい、喋れ。返事をしろ。俺だってばよ」

『……なに』

「コンビニ行くんだろ。だったら、ついでにビール買ってきてよ、いつも冷蔵庫に入ってるのと同じやつ。分かるだろ、でっかく『一番搾《しぼ》り』って書いてある、あれ」

頷《うなず》いているような間はあるものの、やはり返事はない。

「な、分かるよな、あれ、二本か三本買ってきて」

そこで、いきなり通話は切れた。

その間も、欣治はずっとテレビを見ていた。

「……お前ら、ひょっとして喧嘩でもしたの。紅鈴、機嫌悪いの」

「いや。電話が苦手なだけだろ」

「苦手、って」

直接話すよりメールの方が気が楽、という人も確かにいるが、紅鈴がそういうタイプだとは思えなかった。

それでも、頼めばビールくらいは買ってきてくれるし、頼まなくても、圭一がいない間に部屋の掃除をしてくれていたりする。

欣治に至っては、回収してきた音声データを聞いて、文字に起こす作業まで手伝ってくれる。

最初は手書きだった。

「欣治って、意外と綺麗な字書くのね」

「昔、練習したからな。紅鈴より読み書きは得意だ」

今どき「読み書き」って、とは思ったが指摘はしなかった。

どういう育ち方をしたのかは知らないが、二人とも、ちょっと言葉遣いが古臭いというか、年寄りじみたところがある。話が通じないほどではないが、若干気になるレベルではある。

一方、欣治は紅鈴と違って、教えればたいていの機械はすぐ扱えるようになった。パソコンとワープロソフトの使い方を教えれば、テープ起こしもちゃんとパソコンでやるようになった。

「すげーじゃん。両手で打てるようになったじゃん」

「かな入力しかできないけどな」

もちろん、盗聴器の設置とデータの回収作業も引き続き手伝ってもらっている。それがまた、速いし上手いし、圭一には不可能な場所にまで難なく仕掛けてくるのだから恐れ入る。

「欣治、ほんとサンキュー。これ、今日のお礼ね」

「毎度毎度、ワンカートンくれなくてもいい。どうせなら、次はハイライトにしてくれ」

欣治がいつも吸っているのはセブンスターだ。

「なに、紅鈴の分?」

「ああ」

「優しいのねぇ、欣治くんは」

仕事がはかどれば、圭一だって嬉しい。でもそれを一番喜んでいたのは、むしろ藤田一家の総長、藤田弘義だろう。

月に、最低でも二回は藤田一家か、極心会の事務所に顔を出すことになっている。それがいつも億劫《おっくう》というか、正直怖くて仕方なかったのだが、お陰さまでこのところはそうでもない。

圭一が会いに行くときの藤田の機嫌が、すこぶるいいのだ。

「辰巳ぃ、お前ここんとこ、調子いいじゃねえか」

「ええ……やっぱり、みなさん大変そうですんで、少しでも……はい、お役に立てればと思いまして」

自分が藤田に渡した情報がどのように利用され、誰がどんな目に遭《あ》わされるのかを想像すると怖くもなるが、でも相手もヤクザ者なわけだし、藤田の要求に応《こた》えられなければ痛い目に遭うのは圭一自身なのだから、最近、それについてはあまり深く考えないようにしている。

藤田が小刻みに頷く。

「お役に立てれば、か。そいつぁ、いい心掛けだ。ウチの若い連中も、お前くらいせっせと働いてくれっと助かるんだけどな……ああ、これ、今月分な。ちょっと、色付けといたからよ」

確かに、藤田が差し出してきた封筒は、いつもより少し厚みがあった。

「ありがとうございます」

あとで確かめたら五十七万円入っていた。七万くらいは経費なので、約二十万が「色」ということになる。

少し寂しいのは、いくら臨時収入があっても、それを欣治や紅鈴と分かち合う方法がないことだ。

あの二人は、相変わらず一切の食べ物を口にしないし、酒は疎《おろ》かジュースもお茶も飲まない。趣味らしい趣味もなさそうだし、携帯電話を持たせても、圭一がかければ出るという程度で、自分たちからかけてくることはないし、その他の機能も全く使っていないようだった。携帯サイトを見たり、アプリをダウンロードしてみたり、そういうことをしている様子は全くない。

あとはもう、洋服くらいしか圭一には思いつかない。

「ほんの気持ちなんだからさ、なんか礼させてくれって」

「そんなの、欣治と二人で行けばいいだろ。あたしは、お前の仕事とは関係ないんだから」

「男二人で行ったら気持ち悪いじゃん」

「だからって、なんであたしが圭一と服買いに行かなきゃなんないのさ。服くらい一人で買ってくるっツーの」

「みんなで行った方が楽しいだろ、なあ欣治」

欣治は、窓辺でタバコを吹かしてニヤニヤしている。このやり取りには入ってこない。

「やだよ。試着室入って、これ似合う？ なんて恥ずかし過ぎる」

「いいじゃねえか、そういうのやろうぜ。紅鈴は可愛いんだから、黒っぽいのばっかじゃなくてさ、もっと明るい色も着た方がいいよ。なんだったらお前ら用に、そこに衣装ケースくらい置いたっていいんだから」

言っている途中で、紅鈴の様子が少しおかしくなったのには、圭一も気づいていた。

でもまさか、そのひと言に引っ掛かったとは、思いもよらなかった。

「……圭一」

「ん？」

「あたしって、可愛いのか」

「え……ああ、可愛いよ」

「お前から見ても、あたしは、可愛いのか」

「なんだよ、可愛いよ、可愛いに決まってんじゃねえか。お前みたいに、小柄でさ、スタイルもよくて、色白で美人で……」

逆に、なんでお前みたいな女が池袋で風俗嬢やってんのか、俺には分かんないよ、女優だってモデルだって、お前だったらもっと人前に出て稼《かせ》ぐ方法がいくらでもあるだろう――くらい言ってやりたかったのだが、その暇はなかった。

目の前まで近づいてきた紅鈴が、目一杯背伸びをし、圭一の首に腕を回してきたからだ。

「おい……」

そのまま、抱きつかれた。

初めて、紅鈴の胸の弾力を、直に感じた。小柄なわりに大きそうだな、と思いながらチラチラ見ていた胸が今、自分の胸元で、白く平らに膨《ふく》らみ、ニットの襟元からはみ出そうになっている。

いい匂いもした。ずっと、そうじゃないかな、と思ってはいたが、やはりそうだった。紅鈴の体は、とてもいい匂いがする。香水でも、石鹸《せっけん》でも柔軟剤でもない、もっと肌そのものから漂い出てくる、優しくて、柔らかくて、それでいて妙にエロい匂いだ。

マズい。勃《た》ってきてしまった。

「ち、ちょっと……紅鈴、なんだよ、よせって」

慌てて引き剝がした瞬間、紅鈴は涙こそ流してはいなかったが、でも泣き顔というか、そんなふうに見える表情をしていた。

だが、紅鈴はすぐ、両頬を思いきり持ち上げた。

気づかれたらしい。

「……あーっ、圭一、チンコ勃ってる」

圭一はとっさに、欣治の方を見てしまった。

欣治は、相変わらずニヤニヤしていた。

慌てて目を逸《そ》らす。

紅鈴が、圭一の股間に手を伸ばしてくる。

「欣治キンジッ、圭一、チンコ勃ってやんの」

「バカ、よせ、勃ってねえって」

「勃ってるだろ、絶対勃ってるよ。じゃ見せてごらん」

たまたま、穿《は》いていたのがスウェットパンツというのもよくなかった。

「なんだよ、触んなよ」

「勃ってないなら見せてみろよぉ、圭一ぃ」

「おい、よせ、やめろって……中学生かよ、お前ぇ」

しかも、どちらかといったら男子の方の。

言うまでもなく、圭一のやっているのは危険な仕事だ。あの日のように、現場で見つかって袋叩きにされる可能性も、顔を覚えられて付け狙われ、自宅に踏み込んでこられる可能性もある。

むろん用心はしている。踏み込まれたら窓から逃げる。その先のルートも考えてある。二階なので、まず向かいの家の庭にある物置の屋根に飛び下り、そこから斜《はす》向かいの家とを隔てるブロック塀の上を渡って、突き当たりの月極駐車場に下りたら駐まっている車の陰に隠れるか、そのまま通りに出て正面にある、やけに大きな屋敷の塀を乗り越えてそこの庭に隠れる。なんならその庭も突っ切って向こうの通りまで出て、あとはダッシュで交番に駆け込む。

しかし、最近はあの二人がいるので、そこまでの心配はしなくてよくなった。

実際、欣治は「心配すんな」と言ってくれる。

「ああ見えて、紅鈴も喧嘩は強えからな」

そうは言っても、身長が百六十センチにも満たない細身の女子だ。強いと言っても高《たか》が知れている。

「なに。紅鈴って、なんか格闘技でもやってたの。空手とか」

「そういうんじゃねえが、強えは強え」

「でも、俺が警戒してるのはヤクザだぜ」

「ヤクザなんざ屁《へ》でもねえ。あんなのは素人だ」

そんな馬鹿な。

「そりゃ、欣治はそうかもしんないけどさ」

「紅鈴も同じだ。俺とどっこいだと思っていい」

「……うそぉん。それはないわ、いくらなんでも」

だがその後、それもあながち嘘ではないかもしれない、と思わせる出来事があった。

三人で近所のスーパーまで買い物にいき、帰ってきたときだ。

欣治、紅鈴、圭一の並びでアパートの外階段を上がっている途中、圭一はサンダルが片方脱げかかり、バランスを崩して真後ろによろけた。両手は荷物で塞《ふさ》がっており、とっさには手摺《てす》りを摑《つか》むこともできなかった。

そのとき、圭一の腕を摑んで引き戻してくれたのが、紅鈴だった。

その素早さもさることながら、力が、握力が凄まじかった。一瞬、声も出ないほどの激痛が走った。摑まれたのが、たまたま手首より上だったからよかったようなものの、もし手首だったら、脱臼《だっきゅう》くらいはしていたかもしれない。それくらいの馬鹿力だった。

「ありがと……でも、イッテェ」

「ごめん。爪、立てちゃった」

違う。そうではない。あとで見てみたら、摑まれたところに残っていたのは、真っ黒い指の痕だった。決して爪の痕ではない。丸い指先の形が、五つだ。触ると、まだ沁《し》みるような痛みがあった。明らかに内出血している。つまり、もう少し強くか、長く摑まれていたら本当に出血していたかもしれないわけだ。

以来、圭一の、紅鈴を見る目は少し変わった。

欣治がただのヒモではなかったように、紅鈴もまた、ただの風俗嬢ではないのかもしれない。

そもそも、この二人は何者なのだろう。

二人の関係を、欣治は「キョウダイが一番近い」と言った。後日、同じ質問に紅鈴は「野暮なこと訊くんじゃないよ」と答えなかった。食べ物も飲み物も口にしない理由は、いまだに分からない。年齢も訊いたが、紅鈴はそれに「いくつに見える？」と質問で返し、圭一が「二十三とか、四とか、そんくらい」と答えると、「まあ、そんくらい」と明言しなかった。欣治に至っては「紅鈴の二つ下」と答え、「それっていくつ」と訊くと「紅鈴の歳がバレるから言えない」と、こちらも明言を避けた。

感情面だけで言えば、圭一は欣治のことも、紅鈴のことも信用したい。欣治は、仕事面ではすでに欠かせないパートナーになっているし、紅鈴は紅鈴で、なんというか、非常にいい。

欣治と紅鈴が、男女の関係にあることに疑いの余地はない。だから、紅鈴を女として見ているとか、そういうことではない。いや、紅鈴はどこの誰よりも「女」なのだが、女以外の何物でもないのだが、そういう感情は全く抜きにしても、紅鈴がいてくれるだけで、場が華やぐというか、近頃は紅鈴が仕事に行ってしまうと、ちょっと寂しくすら感じるようになった。

そう。だから、二人のことは信じたい。信用したい。つまりその、信用するために、確かめるというか。確証を得るために、確認するというか。

要するに圭一は、ビデオカメラの映像を見てみようと決心した。

実は、この部屋には防犯用にビデオカメラが仕掛けてある。ダイニングの食器棚の上、みかんの段ボールの側面の穴、そこから仕事部屋の様子を撮影できるようにしてある。

藤田の仕事を直に請け負うようになった頃からだから、かれこれ二年半か、三年近くになる。それも、室内に動きがあると自動で録画を開始し、暗ければ自動で赤外線モードに切り替わるという、けっこうな優れモノだ。

欣治と紅鈴が転がり込んできてからも、当然、録画は続けている。当初は、二人が何者か分からなかったというのもあり、一日置きくらいにチェックしていた。だが、二人が主一の仕事用機材に何かしたりすることはない、と思えるようになったのと、一度、欣治と紅鈴が抱き合ってキスしているのを見てしまった、というのもあり、以後はチェックをしなくなっていた。しづらくなった、と言った方がいいかもしれない。

単純に、罪悪感が芽生えたのだ。

自分は、善意で二人に住居を提供するかのように振る舞いながら、実は、二人のセックスを覗《のぞ》き見したかっただけなのか。いや、違う。自分は、そんなことのために二人を住まわせているのではない。この共同生活は、確かに仕事絡みの部分も、危機管理という面もあるけれど、でももっと、口に出すのも気恥ずかしいけれど、たとえば「友情」とか、何かもっと、気持ちの部分で繋がっているとか、そういうことに、しておきたかった。そういうものだと思いたかった。

だから、見ないようにしていた。ここ何週間かは。

しかし、人の気持ちには波というか、周期のようなものがある。恋愛にだって、初期の盛り上がりがあって、安定期があって、やがて倦怠期がきて、でも誰かに横恋慕《よこれんぼ》されたりして、それでまた相手に対する気持ちが盛り上がってきたりするだろう。

たぶん、あれと似ている。

二人が何者なのか分からなくて、不安で、でもそれがいつのまにか安心に変わって、ところが今度は、その安心を手放したくなくて、逆に不安になって、一周回ってまた、二人が何者なのか知りたくて堪《たま》らなくなっている。いま自分の気持ちは、そういう向きに来ているのだと思う。

だから、ビデオ映像を見ようと思う。ちょうど今、二人は留守だ。

欣治、ごめん。紅鈴、ごめん。

しばらく抜いていたUSBケーブルをパソコンに挿し、ハードディスクが認識されたらパスワードを入力、ビデオ映像が収められているフォルダーを開く。

一人暮らしだった頃と違って、欣治や紅鈴の動きを感知するたびに録画するからだろう。フォルダー内は見たこともない状態になっていた。

「……うーわ」

ファイル数、千七百七十九。しかも、一つひとつの録画時間が長いのか、ファイルサイズも桁違いに大きい。

画面右下、今現在の時刻表示は【23：44】となっている。欣治は仕事を終えた紅鈴と合流して、どこで何をしてくるのかは知らないが、いつも二人は明け方に帰ってきて、すぐ押し入れに入って寝る。そのまま昼頃までは出てこない。おそらく今夜もそうだろうから、時間はたっぷりあるわけだが、それにしても約千八百件、全部見るのは無理だろう。

じゃあどこから見る。長そうなやつから優先的に見ていくか。

いや、やっぱり最初から、順番に見ていくか。

予想はしていたが、かなり退屈な作業だった。

アングル的には仕事場全体と、その手前にダイニングが少し映り込むような、上からの画《え》だ。音声は録音されていないので、基本的には二人が室内を移動して、どこかに落ち着いて、テレビを見たり、欣治が本を読み始めたり、紅鈴が服を着替え始めたりと、そんな映像ばかりだ。

たまには、本を読む欣治の背中に抱きついて、紅鈴が甘えるような場面もある。インターネットの面白さに目覚めたのか、二人でパソコン画面を覗き込み、何を見つけたのか爆笑している場面もあった。紅鈴がポニーテールに髪を括《くく》り、雑巾であちこちを拭き掃除したり、その雑巾でパソコンも拭こうとして、欣治に止められるという場面もあった。

「なんだよ……けっこう、楽しそうにやってんじゃねえか」

際どい場面も、もちろんある。

圭一がいないから安心して、あるいは油断して、ということなのだろう。パンツ一丁とか、全裸の紅鈴が映り込むことが、日を追うごとに増えてくる。欣治も、たまにある。

「しっかし……二人ともいい体してんなぁ……ちょーエロいわ……やっぱ、いいオッパイしてんだ、紅鈴……いいなあ。揉《も》みてえ」

そうなれば、大人の男と女だから。当然、おっ始めることになる。

「おお……おお……マジか。キホン、ここ俺ん家だぞ」

ただ、実際に録画されたそういう場面は、見てみると、エロくもなんともなかった。

なぜか。

二人が明かりを消すので、カメラが自動的に赤外線モードに切り替わり、映像が緑がかったモノトーンになってしまうからだ。伴なって画質もかなり粗くなるので、エロいか否かというよりは、むしろ単純に、怖い絵面《えづら》になってしまう。

「……目、こんなに光るかよ……ホラーだなこりゃ、完全に」

それでも二人は、圭一の仕事部屋でいたすのは悪いと思っているのだろう。場所はたいていダイニング。紅鈴がテーブルに両手をつき、欣治が後ろから、というスタイルが多かった。なので、セックスシーンと言っても映っているのはほとんど欣治だけだ。

小気味よく腰を突き動かす、欣治。その筋肉質な上半身。

だが、ある夜の映像で、圭一は気づいた。

「ん……なんだこりゃ」

欣治の頭が、変形しているように見える。

3

たまには、人間と暮らしてみるのも悪くない。

そう紅鈴は思っていた。

住民票だの保証人だのという面倒な話は一切なしで住居が得られる。インターネットみたいな新しい人間文化にも触れられる。さすがに携帯電話はお節介《せっかい》だと思ったが、そもそもお節介を焼いたのはこっちなので、というか欣治なので、そこはお互い様と考えることにした。

一方、圭一って、ひょっとしたら馬鹿なのかもしれない、とも思っている。日向《ひなた》に出ない、飲食を一切しない、もっと言ったらトイレも使わない男女二人と同居するって、しかもそれに疑問を持たないって、かなりの馬鹿だと思う。まあ、そんな毒にも薬にもならない疑問より、今は欣治の仕事振りに対する感謝の方が勝っている、ということなのだとは思うが。

そう、欣治だ。

圭一の興味は、どう考えても女である紅鈴より、男である欣治の方に向いている。紅鈴は欣治の女、と思っているから興味を持たないようにしているのは分かるが、それを差し引いても、圭一は欣治のことが好きだ。大好きだ。それは言葉の端々からも、表情からも、体臭からも明確に伝わってくる。

それが友情なのか否かは紅鈴にも分からないが、ちょっと嫉妬《しっと》を覚えるくらい、圭一は欣治にぞっこんだ。完全に惚れ込んでいると言っていい。

だから、からかってやりたくもなる。

胸の谷間が見えるよう目の前で屈《かが》んでみたり、圭一に見えるところでわざと着替えて

りたり。みたり、短いスカートのときに中が見えるよう脚を組み替えてみたり、パソコンで仕事をしているときに後ろから覗き込んで、髪の毛が圭一の頬に当たるように垂らしてみた

そこまですれば、さすがの圭一も興奮する。駄目だ、紅鈴は欣治の女だ、そう思おうとする気持ちが、逆にその興奮に拍車をかける。まあ、そんなことができるのは紅鈴が人間の女ではないからで、普通は怖くてできない冗談だろう。欣治がいないとき、圭一に襲われたら抵抗できないかも。そういう心配がないから、紅鈴は平気で谷間もパンツも見せられる。

欣治だってそうだ。紅鈴が圭一を弄《もてあそ》ぶのを笑って見ていられるのは、いざとなったら、紅鈴は抱きつくだけで人間の背骨を圧し折ることができると分かっているからだ。そうでなければ、自分の女の着替えを別の男がチラチラ覗き見ているのを放ってはおくまい。

奇妙な共同生活、珍妙な三角関係だと思う。それでいて三人それぞれが、この暮らしを楽しんでいる。実際、二週間、三週間と経ち、一ヶ月が過ぎても、圭一は一度も「いつ出ていくの」みたいなことは言わなかった。そもそも思ってもいない。「部屋探してるか」みたいなことも訊いてこない。むしろ下手に訊いて、こっちが本気で部屋探しを始めるのを怖れてすらいる。なので、紅鈴たちも部屋探しについては言わない。

とはいえ、この居候状態が最善とも思っていない。

せめて、家賃の半分くらいは出してやるべきなのかもしれない。

いや、頭数で割ったら三分の二か。

もうすぐ、一緒に住み始めて二ヶ月。

そんな頃になって、急に圭一の様子に変化が表われた。

体臭に、不安とも怖れとも違う、なんとも奇妙な感情が混ざり始めた。でもそれを、顔や態度には出さないようにしている。今まで通りに振る舞おうと努めている。

これまでの圭一にはなかった「嘘」が、そこにあるのは間違いなかった。

マズい。何か気づかれたか。

そう思い、いつも以上に注意して見ていると、行動にも不審な点が見受けられた。

たとえば、欣治の頭を後ろからじっと見ている。特に用事はなさそうなのに、冷蔵庫に寄り掛かって、腕を組んで凝視《ぎょうし》している。椅子に座っている欣治の横を通るときも、脳天の辺りをしげしげと見ながら過ぎていく。

さらに、手で触ってみる。

脳天を直に触られたら、欣治だって反応する。

「なんだ」

「あ、いや……いつも、綺麗に刈ってるな、と思って。これってなに、自分でやってんの？　それとも、紅鈴にやってもらってんの？　床屋にしたって美容院にしたって、プロにやってもらってたら、けっこう馬鹿んなんないっしょ。お値段的に」

そうか、と思った。

欣治の坊主頭は江戸時代からだ。ある日、紅鈴が髷を切って丸刈りにし、即座に血分けをしてから二百年以上、全く変わっていない。

不老不死。老いないというのは、成長しないのと同じことだ。だから髪は伸びない。爪も伸びないし、ヒゲも生えない。逆に切ったり剃ったりしても、闇神の持つ驚異的な修復能力でほぼ瞬時に元通りになってしまう。

なので紅鈴みたいな、放ったらかしのロングヘアなら特に問題はない。女の髪なんてものは、切らなくても伸びなくても誰も不思議には思わない。贅沢を言ったら、今風の髪形を試せない悲しさは確かにあるが、でも長ければ留め方、結い方で変化を持たせることはできる。

マズいのは男だ。特に丸坊主だ。これまで欣治は、紅鈴以外の誰かと毎日必ず顔を合わせるような暮らしをしてこなかったので、欣治の髪形に関する言い訳までは、紅鈴は考えたことがなかった。

本人もそうなのだろう。欣治が、困ったように頭をひと撫《な》でする。

「いつもは……うん、紅鈴に、やってもらう」

「毎日?」

「いや、一日置き、くらい」

「何で? バリカンとか?」

欣治がこっちを向く。

「あれ、なに。なんて道具」

おい、困ったらこっちに丸投げか。

仕方ない男だ。

「……ただのバリカンだよ。電動の、安いやつ」

「そうなんだ」

このやり取りだけで、圭一から漂ってくる「奇妙な感情」が払拭されることはなかった。多少の変化はあったものの、その差異で圭一の思考まで読み取るのは難しかった。

午後、圭一が出ていったところで欣治と相談する。

「……ここ何日か、あいつ、変だと思わない？」

欣治も真剣に頷く。

「ああ。なんか臭うし、俺の頭の話も、やたらとしつこかった」

「なんか気づかれたのかな」

「かもしれねえな。俺たちも慣れてきて、少し気ぃ抜いてたところ、あるからな」

確かに。圭一が留守のときなら、わざわざラブホテルまで行かなくてもいいのではないか。ここでセックスして血を飲ませても大丈夫なのではないか。そういう油断はあった。

また、欣治が自分の頭を撫でる。

「嘘でもバリカン買ってきて、お前に刈ってもらってるところ、奴に見せた方がいいのかな」

「切った髪の毛って、どうなっちゃうんだっけ。粉みたいになっちゃうんだっけ。そのまま消えるってことは、ないよね」

「どうだったかな。でも風呂場でやれば、上手いこと誤魔化せるんじゃないか」

その、頭を撫でる仕草を見て、紅鈴は思った。

まさか——。

西洋の吸血鬼、いわゆる「バンパイヤ」がどうだかは知らない。だが日本古来の吸血鬼である闇神には、牙《きば》の他に角《つの》も生《は》える。主に興奮したとき、牙を伸ばしたとき、戦闘状態のときに出やすいが、ある程度なら出さないよう制御もできる。

ただし、油断していればその限りではない。

「欣治さ、ここであたしと姦《や》ったとき、角出した？」

ん、と欣治が小首を傾げる。

「……どうだったろう」

「血も、飲んだもんね」

「ああ、飲んだな」

「出さないように注意してた？」

さらに深く首を捻る。

「してたかと言われると……正直、自信はねえ」

だがそれで、欣治を責めることはできない。ホテルに行くのは面倒だからここで飲んじゃいなよ、ついでに姦っちゃおう、と誘ったのは紅鈴の方だ。渋る欣治に抱きついて、大丈夫だって、とキスをせがんだのは自分なのだ。しかも何回も。少なくとも、もう五回はここで姦り、血を飲ませたと思う。

それを、圭一がどこかから覗き見ていたとしたら。

いや、それだったらあんな反応では済むまい。目を光らせて、角を生やして牙を伸ばして、欣治は紅鈴の首から血を飲んだのだ。ひょっとしたら、紅鈴も痛みに耐えるために角を出していたかもしれない。それが人間の目にどう映るかは、容易に想像がつく。

鬼、妖怪、化け物、怪物。

そんなものを目の当たりにして、あんな程度の感情変化で収まるはずがない。自分が二ヶ月も一緒に暮らしていた男と女が、化け物だった、怪物だったとなったら、まさに極限の恐怖体験だ。怪談話そのものだ。警察に駆け込むか、ヤクザから拳銃を買ってきて突き付けるか、あるいはここに帰ってこなくなるか。なんにせよもっとはっきりとした、分かりやすい行動に出るはずだ。

ということは、圭一もそこまでの確信には至っていないと見るべきか。

可能性があるとしたら、なんだ。どういうことだ。見るには見たが、全部は見えなかった。疑ってはいるものの、決定的な証拠があるわけではない。特に欣治の頭。そこに圭一の疑念が向いているのだとしたら、どういう可能性が考えられる。

欣治がダイニングを見回す。

「……隠しカメラか」

「あたしも、今そう思った。圭一ならお手のもんだろ」

「姦ったのは、そっちの和室と、ここだったよな」

「ここだったら、この辺だよね」

紅鈴は、心当たりのある体勢をとってみた。

ダイニングテーブルに上半身を伏せ、欣治に尻を向ける。欣治は後ろから紅鈴に入れてきたが、果たして血を飲んだときはどうだったか。一緒にテーブルに伏せる感じだったか。それとも紅鈴が起き上がり、背中を反《そ》らせて飲ませたのか。

欣治が「あ」と漏らす。

「なに」

「ありゃなんだ」

食器棚の上に、ずっと置いてある「三ケ日《みっかび》みかん」の段ボール。

「あれが、なに」

「穴のところになんか見える」

段ボールの幅が狭い方の側面には、運ぶときに指を入れられるよう、楕円形《だえんけい》の穴が開いている。

欣治がダイニングの椅子を動かし、そこに乗って段ボールの穴を覗き込む。何が見えたのかは分からない。だが欣治がその箱を降ろそうとすると、

「……ん？」

何かが引っ掛かって上手く降ろせない。最大でも五寸くらいしか手前に引っ張れない。

「欣治、なんか、紐みたいのが繋がってる。裏んとこ」

欣治はいったん段ボールを元に戻し、椅子の位置を変えて、段ボールの裏側を覗き込

んだ。

「……コードだ。何かの電気コードが繋がってる」

マズい。これは、完璧にマズい事態だ。

調べた結果、やはり段ボール箱にはビデオカメラが入っていた。

ところが、容易にはその撮影内容が確認できない。

「なんでよ。三角ボタン押せば見れんじゃないの」

「そういうカメラじゃ、ねえみたいなんだよな」

「じゃどういうカメラよ」

「分かんねえよ、そんなの俺だって」

だが、分かったことはある。

圭一は見たのだ。欣治が、紅鈴から血を飲む場面を。

二人の目が光り、頭から角を生やしている姿を。

カメラと段ボールを元に戻した欣治が、椅子の上から部屋を見渡す。

「確かにな……この穴からじゃ、そんなに広い角度では撮影できないのかもしれない。

だとすると、映っていたのは俺の頭だけ、ってこともあり得るか」

そろそろ夕方の五時。仕事に行くなら、支度を始めないと間に合わない。

「……欣治。今夜は、飲まなくても大丈夫？」

「ああ。昨日、濃いのもらったから、しばらくは大丈夫だ」

「あたしはまだ全然平気だから、ちょっとなら、今のうち飲んでもいいよ」

「いや、いい……っていうか、今夜は店、行かないのか」

「行かれないよ。行ったって、心配で仕事になんかなんない」

圭一が一人で戻ってくるとは限らない。何人か仲間を連れてくるかもしれない。それが二人や三人なら、欣治一人でも充分に太刀打ちできる。五人でも、いや七、八人までなら問題ないだろう。だが十五人、二十人と連れてこられて、特殊な銃でも使われたら、さすがに危ない。紅鈴がいてどうにかなるかは分からないが、的が二人になるだけで、戦い方の選択肢は桁違いに増える。

欣治に、一人きりで戦わせるなんて、紅鈴にはできない。

どうせ死ぬのなら、一緒に戦って死にたい。

「欣治。こいつぁちょいと、覚悟が必要かもよ」

「ああ。考えられる落とし処《どころ》は……三つか」

「うん」

「正体を明かして、このまま圭一を、人間として利用し続けるか」

それが一番理想的だが、成功する可能性は最も低い。

紅鈴の案は、これだ。

「……久し振りに血分けをして、闇神にしちまうか」

欣治は頷きも、かぶりを振りもしなかった。

「じゃなけりゃ、飲むだけ飲んで、いつもみたいにバラして……捨てるしかねえか」

「うん」

紅鈴は、改めて欣治の目を見た。

「ずるずる引き延ばしたところで、状況は悪くなるだけだ。圭一に、下手な知恵つける人間も出てくるかもしれない。どうせやるなら、早いに越したことない」

「ああ」

「今夜、片づけちまおう」

「……ああ」

紅鈴とは比べ物にならないほどの躊躇《とまどい》が、欣治の中にはある。それは痛いほどよく分かる。そもそも欣治は人殺しが嫌いなのだ。それが二ヶ月も一緒に住んだ相手となれば、なおさらだ。気が進まないどころか、「絶対に殺《や》りたくない」くらいに思っている。

それでも、欣治はやる気になっている。それもよく分かる。

仕方ないのだ。

闇神として生きるというのは、こういうことなのだ。

待つこと三時間。

圭一は夜の八時過ぎに帰ってきた。

「ただいま」

欣治はいつも通り、ダイニングの椅子に座ってテレビを見ている。

「お帰り」

紅鈴は和室の押し入れに隠れている。圭一が助っ人を連れてくるなら紅鈴が出かけたあとだろう、だったらそれを逆手にとって、隠れていて意表を突こう。そういう作戦だった。

だが、圭一は一人で帰ってきたようだった。

とりあえず、多勢に無勢ということはなさそうだ。

しばし聞き耳を立て、様子を見る。

「あー、腹減った……藤田の要求が、もう滅茶苦茶《めちゃくちゃ》でさ。欣治に手伝ってもらうようになってから、機嫌がいいのはいいんだけど、だったらこれも、こっちもイケるだろ、みたいになっちゃってさ。もう大変よ。下手したら、東和会本部もとか、次辺《あた》り言い出すんじゃねえかな。あんなとこ仕掛けに行って、ちょっとシクったら蜂の巣にされるぜ……あ、このラーメンまだあったんだ。これにしよ」

がさがさと、圭一が腹拵《はらごしら》えの支度をする音。

欣治が体の向きを変えたのか、椅子が軋《きし》む音。

「……圭一。お前にちょいと、訊きたいことがある」

ふいにテレビの音が消える。

「ん？　なに、改まって」

さすがに、押し入れの中まで圭一の体臭は届いてこないが、欣治には伝わっているはず。圭一の精神状態は今、どうなっているのだろう。

「お前さ、俺たちに、何か隠してることがあるだろう」

圭一がラーメンの包装を剝《む》く、その音も止まる。

「えっ……いや、別に、隠し事なんて」

「嘘ついたって、俺たちには無駄だぜ。なんでもお見通しなんだからよ、俺たちは」

「なに、ちょっと……なんか怖《こえ》えよ、欣治」

「怖いのか。お前、俺のことが怖いのか」

表情も何も見えはしないが、緊迫した空気だけは、その場にいるのと同じくらい伝わってくる。

「なんだよ。変だよ、お前、今日……」

「答えろ。俺のことが怖いか」

「いや……違うって。ちょっと、その、言葉の綾だろ。そんな、深い意味は」

「じゃあ隠し事はするな。あれはなんだ」

欣治が、食器棚の上を指差したのだろう。

圭一からの回答は、ない。

「あの段ボールの中には、何が入っている」

長い沈黙。欣治は、たっぷり二十秒は待ったのではないか。

「何が入ってんのかって、訊いてんだよ。俺は」

ようやく、圭一が息を吐き出す。

「……見たの、中身」

「ああ、見たから訊いてんだ」

「いや、違うんだ。あのカメラは、ただの防犯用で、その、俺はほら、いつ、誰に襲われるか、分かんないわけじゃん。忍び込まれて、その場で殺されちゃったら、なんの役にも立たねえけど、でも、パソコンぶっ壊されたりさ、データ盗まれるだけだったら、あとから調べられるじゃん。追跡できるじゃん。そのためのカメラだから」

「あれに何が映ってた」

またた。また圭一が黙り込む。

しばらくして、床に何か当たる音がした。

「……ごめん、欣治」

土下座か。

欣治の鼻息。

「何がだよ」

「だから、その……悪かった。見たよ、確かに、カメラの映像。悪いとは思ったけど、俺だって、いろいろ心配だったし、お前ら、ちょっとよく分かんないとこあるから、不安だったんだよ。だから、その……エッチしてるとこ、盗撮するために仕掛けたんじゃないってことだけは、信じてくれ。ほんと、それだけは信じて」

今の発言が圭一の本心かどうか、欣治には分かるはず。

「それだけじゃねえよな、圭一」

「えっ……」

「俺はさ、そんなことをお前に訊いてるんじゃないんだよ。他にも何か見たんじゃないか、気づいたことがあるんじゃないかって、俺は訊いてるんだ」

さて、圭一はこれに、なんと答えるのだろう。

肚《はら》は、今度は十秒ほどで決まったようだった。

「……ああ、確かに。気になる部分は、あった」

「たとえば」

「たとえば……」

圭一は、欣治の頭でも指差したのだろう。

「ちゃんと言葉で言え」

「欣治の……頭」

「俺の頭がどうした」

「いや、なんか……」

「はっきり言え。勿体《もったい》つけたって、なんもいいこたぁねえぞ」

「だから、その……逆にさ、なんなんだよ、あれは」

「あれってなんだ」

圭一は、また手振りで済ませようとしたらしい。

「ちゃんと言葉にしろ」

「んもぉ……なんかさ、見えたんだよ、お前の頭に……角みたいのが、生えてんの」

すでに半泣き状態か。声が震えていたが、それでも圭一は続けた。

「最初はさ、見間違いかと思ったの、俺も。なんだこりゃって思って、何回も見返したの。でもさ、電気消す前まではさ、なんもなかったのに、暗くなったときも、まだなかったのにさ、少しずつ、エッチしてる途中で、お前の頭から、なんか、尖《とん》がったものが生えてきて……生えてきたように、見えたの、俺には。そんなわけあるかって、何回も何回も見たんだけど、途中で、玩具《おもちゃ》の角みたいの着けたのかな、とか、いろいろ考えたんだけど、お前の手は、紅鈴の乳揉んでんだかなんだか知んねえけど、ずっと下にあるし、他の日の映像見ても、やっぱなんかお前の頭から、生えてきてるように見えるんだよ。それが、エッチ終わったら引っ込んでくみたいに見えたんだよ、俺には。だから、どうなってんだろって、ずっと、お前の頭が気になって、気になって……」

完全に、見られていた。

これが、圭一一人ならまだいい。だが圭一がその映像を誰かに見せて、最悪、専門家に鑑定してもらおうなどという話になったら、もう手遅れだ。いや、今どきはインターネットですぐに広まる。その方がもっと危険だ。

やはり、今夜のうちにけりをつけなければならない。

血分けをして闇神にするか、飲んで殺してバラして捨てるか。

欣治も、考えは同じようだった。

「……見られちまったんなら、仕方ねえな」

欣治が椅子から立ち上がる。

パチパチッというか、パキパキッというか、薪《まき》が燃えるのにも、枯れ枝が折れるのにも似た、でもどれとも違う音が、ダイニングから聞こえてくる。

欣治が、角を生やしている音だ。

闇神が、その正体を現わすときの音だ。

「……お前が見たのは、これだろう？」

ふわっ、とか、はわっ、みたいな、意味不明な声を漏らすだけで、圭一は、きちんとした言葉では答えない。答えられないのかもしれない。

そのうち、床に何かが落ちる、鈍く重たい音がした。

欣治の角の音は続いていたが、その他の物音は一切しなくなった。

「……おい、紅鈴。出てきていいぞ」

「あっそ」

押し入れの襖《ふすま》を開けた途端、臭った。

恐怖、困惑。それと、なんだろう。この変に興奮した臭いは。

あと、濃い小便の臭い。

和室からダイニングに出ると、ほぼ想像通りの状況だった。

欣治はテーブルの傍《そば》に立っている。角はもうほとんど引っ込んでいる。圭一はテーブルの向こう、冷蔵庫の前に倒れている。ジーパンの股間が濡れて、色が濃くなっている。テーブルには包装を剝がした状態のカップラーメンが載っている。フタはまだ開いていない。

紅鈴は、欣治の隣に立った。

「……どうだった」

「そう、それ。あたしらは……」

いきなり、圭一が自分の腿《もも》を思いきり叩く。

「マァージかッ、マジでお前ら」

「聞け、ちゃんと最後まであたしの話を聞け」

「ああ、ごめん」

「あたしらは、日本古来の吸血鬼、闇神なんだよ」

圭一が「やがみ」と呟く。

「暗闇の『やみ』に、神様の『かみ』と書いて、闇神。闇の神。詳しい由来はあたしらも知らないけど、吸血鬼の一種だっていうのは、間違いないね」

すると圭一は、まるで風呂場で裸を見られた女のように、目一杯、両腕で自分の体を隠そうとした。

「じゃ、なに……お前ら、密かに、俺の血、飲んでたの？」

「いや、圭一の血は飲んでない。一度も、一滴も」

「でも飲んだら、もし飲まれてたら、俺も吸血鬼になっちゃってたの？　っていうかなっちゃうの？」

人間がしがちな心配、その一だ。

「それはない。そんなに簡単には、闇神にはならない。映画みたいに、飲まれたらすぐ吸血鬼になっちゃうなんて、あんな馬鹿なことはない」

説明していて、紅鈴は、段々馬鹿らしくなってきた。

圭一が、あまりにも簡単に、紅鈴の言葉を信じるから。

あまりにも平然と、吸血鬼の実在を受け入れようとするから。

「なあ、圭一……お前、目の前で欣治が角生やすの見て、気絶までしたのに、もう、怖くはないのかい？」

圭一が、欣治と紅鈴を見比べる。

「……ああ、まあ、でも、今は生えてないし。いつもの欣治と、いつもの紅鈴だから。今は、そんなに」

「そのあたしたちが、自分たちは吸血鬼だって、告白してるんだよ」

「分かってるよ、ちゃんと聞いてたよ。闇神っていう、日本古来の吸血鬼なんだろ。ってことは、俺は知らない間に、吸血鬼と友達になってたって、そういうことなんだろ？」

友達。

「お前、友達って……それでいいのか」

「っていうかさ、俺の血ぃ飲まないで、じゃあ誰の血飲んでんの」

質問したのはこっちだ、とは思ったが、今は大目に見てやる。

「……あたしは店で、客の血を飲んでくる」

「そんなことしたら、お客さん死んじゃうじゃん」

人間がしがちな心配、その二だ。

「死なない程度に、貧血も起こさない程度に、ちょびっとだけ飲むんだよ」

「でも、そしたらお客さんも吸血鬼に……あ、それはならないのか。だったら大丈夫か……じゃ、じゃあ欣治はどうしてんの。やっぱ、ちょっとくらいは俺の血飲んだんじゃねえの」

欣治がかぶりを振る。

「俺は、店で飲んできた紅鈴から、飲ませてもらってる」

「吸血鬼の紅鈴から、お裾分けしてもらってるってこと？」

「そういうことだ」

「吸血鬼同士で、飲ましっこしていると」

「飲ましっこはしない。俺が飲ませてもらうだけだ」

ふうん、と圭一が深く頷く。

「最近の吸血鬼ってのは、そういうシステムになってるのね」

システムというより、どちらかと言ったら「苦肉の策」だが。

さっきスカされた話をしよう。

「圭一よ。今のお前が、あたしらをさほど怖れず、しかも、あたしらの言う事をほぼ全面的に信じてくれていることは、分かるんだ。あたしらには、人の心を読む特殊な能力があるからね」

「えエーッ、マアージで？」

「うるさい、いいから聞け。で、それは正直、ありがたいと思う。こんなふうに、人間であるお前に、あたしたちのことを理解してもらえるなんて、まるで思ってはいなかったから。でも、お前はそれでいいのかい？　あたしたちが人間でなくても、人間が言うところの吸血鬼、闇神であっても、お前は、平気なのかい？」

圭一は子供のように、こっくりと頷いた。

「だって、吸血鬼と友達なんて、めっちゃ自慢じゃん」

それは駄目。

自慢は、絶対にしちゃ駄目。

4

ヘッドライトが照らし出す、民家の石垣、ブロック塀。パイプ式の黒いガードレール、電信柱。正面の上り坂の、黒く濡れたアスファルト。

時間は止まっている。そう感じる。自動車は走っても、ワイパーが忙《せわ》しなく上下しても、水滴の向こうを風景が通り過ぎていっても、自らに老いを感じることがあっても、時間は止まっている。

流れているのは自分たちで、時間は、じっと止まったままだ。

淵脇大吾《ふちわきだいご》は、景色を追うのをやめた。目を閉じ、後部座席の静かな暗闇に閉じ籠もる。

若い頃は、自分が何者なのかを必死に問い続けた。早く何者かになろうとし、少なからず過ちも犯したが、未知を怖れることはしなかった。時間は自分に味方してくれると信じていたからだ。

やがて可能性のいくつかが潰《つい》え、自分が何者であるのかが明らかになってくると、諦めと同じだけの安堵《あんど》を得た。父親の事業を引き継ぐことに覚えた若かりし頃の反発は、もうなかった。自分はモハメド・アリではなかった。高倉健《たかくらけん》でもなかった。ましてや、ザ・ビートルズの誰かでもなかった。

時間は、少なくとも自分の味方はしてくれなかった。

運転手の佐久間《さくま》が、イヤホンを着けた左耳に手をやる。

「はい、もしもし……いえ、あと、二十分くらいです……そうですか、分かりました。では、そのようにお伝えします……はい、失礼いたします」

こんな時間だ。会社からの電話連絡ではないだろう。

「……誰からだ」

「香奈《かな》さんです」

娘だ。

「なんだって」

「藍雨《あいざめ》さまがお見えだそうで、先ほどからお待ちいただいていると」

「そうか。それは……ちょうどよかった」

二十分くらい、待ってもらっても差し支えはなかろう。

自動開閉のゲートを通り、敷地内に入る。十年前に新築した際に車寄せを造ったので、雨の日でも濡れることなく玄関に入れる。

家政婦の千脇《ちわき》が、ドアを開けて待っている。

「お帰りなさいませ、旦那さま」

「ただいま……藍雨さまが、お見えだって」

「はい。香奈さまが、姫の間にお通しして、お待ちいただいております」

「分かった。私もすぐに行く」

手と顔を洗い、スーツから普段着の着物に着替えて、姫の間に向かった。

襖は開いていた。その場で、立ったままひと声かける。

「……申し訳ありません。遅くなりました」

姫の間の造り自体は和室だが、畳に絨毯《じゅうたん》を敷き、中央にテーブルセットを置いている。その方がいいと藍雨が言うので、この部屋だけはそのようにしている。周りにある調度品も、大正時代くらいのアンティークが多い。全て、藍雨の趣味だ。

丸テーブルの右奥に藍雨、

「お帰りなさい、大吾さん」

左手前に香奈が座っている。

「お帰りなさいませ、お父さま」

香奈はすぐに立ち上がったが、藍雨は座ったままだ。

「お父さま。藍雨さまに今、先月行ったイスタンブールのお話を聞いていただいていたの」

「また若く見られて、何人もの男に声をかけられたっていう、あの話か」

笑みを浮かべる藍雨の、結い上げた髪、細い首、濃い紫の着物の衿《えり》。和装が多いわりに、どことなく欧風な印象を受けるのは、彼女の肌が一般的な日本人のそれよりも白いせいだろう。

「香奈さんは、外国の方にとてもモテるのね」

香奈が、ふざけ半分に口を尖《とが》らせる。

「藍雨さま。それではまるで、私が日本人男性にはモテないみたいではありませんか」

「あら、そんなふうに聞こえたかしら」

「ええ。それ以外に解釈の余地は……」

「よさないか、香奈。もうお前は下がっていいから」

ちろりと舌を出し、それでも香奈は、藍雨には丁寧に挨拶をして出ていった。

「……申し訳ありません。もう三十過ぎだというのに、いつまでも子供で」

「いいじゃありませんか。楽しいですよ、あの子と話をするのは」

さっきより、声のトーンをだいぶ落としている。大吾と話すとき、藍雨はいつもこれくらい声を低くする。

藍雨が、少し背筋を伸ばす。

「今日は、また市内に？」

「はい。民自《みんじ》党の、県連に……本部から、副幹事長が乗り込んで来てまして」

「いよいよ、次の統一地方選挙のテコ入れというわけね」

「ええ。前回が、なかなか思うように勝てませんでしたから」

「貴徳《たかのり》さんは国政に出して、県議会には香奈さんが出るって話は、どうしたの」

淵脇貴徳は、大吾の甥っ子だ。

「いや、貴徳にはもう一期、県で頑張らせるつもりです。県連も党本部も、概《おおむ》ねその意向でして」

「大吾さん。あなたが党本部の言いなりになる必要なんてないんですよ。その気になれば、あなたの望みはなんだって叶うんですから。貴徳さんも、香奈さんも……陽一《よういち》くんだって」

それは、よく分かっている。

「はい……しかし、次の参院選が、衆院とのダブル選挙になる可能性が、今のところ高いので、県連も……できれば手堅く勝負をしたい、今は貴徳を国政に出したくないと、そう申しておりまして」

藍雨が、軽く鼻で嗤《わら》う。形のいい唇が、片方だけ歪《いびつ》に吊り上がる。

「……大吾さん。あなた私に、何か相談事がおありなんでしょう」

「ええ。実は、漁協が少々」

「割れ始めている？」

「はい。新民《しんみん》党が、裏から手を回しているようでして」

「誰に。組合長の船本《ふなもと》さん？」

「いえ、船本は固いんですが、理事の大江《おおえ》が」

はあ、と藍雨が、さも嫌そうに眉をひそめる。

「あの家の男はいつもそう。金に汚くて癖が悪くて。先代も先々代も碌《ろく》な男じゃなかった……分かりました。こちらから誰か向けますから、しばらく様子を見ていらっしゃい。向こうから泣きついてくるように仕向けますから」

藍雨なら、そう言ってくれると思っていた。

「ありがとうございます。よろしくお願いいたします……ちなみに、藍雨さまも何か、私にご用がおありなのでは」

小さく、藍雨が頷く。

「そう、実は通維《つい》がね、先日テレビを見ていて、NHKではなくて、どこかの民放局だったらしいですけど……なんでも、福井県の山中の洞窟《どうくつ》から、とても珍しい形の刀が出土したとかで」

珍しい形の、刀。

「はあ、福井ですか」

「それが、私たちに所縁《ゆかり》のある、ある品によく似ていたと、通維は言うんです。それで、鹿屋《かのや》さんに車を出してもらってね、通維は早速、福井に向かったんですけども、私はそのテレビのニュースを見ていないものだから」

一つ、大吾は頷いてみせた。

「承知しました。では早速調べさせて、そのニュース映像を取り寄せましょう」

「放送局は分からないんですけど、大丈夫？」

「はい、それは、調べればなんとでも。それよりも、何日の何時頃かが分かった方が、話は早いかと」

「一昨日の、夕方六時からのニュースだったらしいです」

「承知しました。とりあえずは、その映像を取り寄せるだけでよろしいでしょうか」

藍雨が小首を傾げる。この女は、どんな仕草をしても艶っぽい。

「ええと、通維は、なんて言ってたかしら……だから、あの辺の大学の、考古学研究室とか、そういうところが発掘したのだと思うんです。でも、発掘して、いつまでもそんな山の中になんて置いておかないでしょう。普通なら、すぐ大学の方に持って行ってしまうから、それですよね。その刀の現物が今どこにあるのかも、できれば調べてもらえると助かります」

「承知しました。それは、番組が特定できれば、あとはその局の人間に訊くだけですから、すぐにご報告できると思います」

「ありがとう」

本当は、この女とずっと話していたい。

いや、言葉も交わさず、ただじっと見つめ合っていたい。

しかしそれは、もう許されない。

「他に何か、藍雨さまの、ご所望のものはございませんか」

藍雨は浅く目を閉じ、かぶりを振った。

「以前は……あなたのお祖父さまやお父さまに、舶来の宝石をねだったりもしたけれど、あれもね……手に入れてしまえば、所詮《しょせん》はただの石くれ。永遠の輝きなんて、ただ退屈なだけ。それなら、三日で枯れる花の方が、私は美しいと思うし、尊いと感じます」

ゆっくりと、藍雨が視線を上げる。

「このところ、大吾さんは、お祖父さまによく似てきましたね」

それは、自分でも感じていた。

すっかり白くなった髪を、大吾はひと撫でしてみせた。

「先々代は、若い頃から白髪でしたからね。それに近くなってきたんでしょう。親父は……白くなる前に」

「髪の毛自体が、なくなってしまったものね」

「ええ。その点は、先々代に似てよかったと思っています」

「あれかしら、淵脇の家系は、隔世遺伝が強いのかしらね。克郎《かつろう》さんも、晩年はつるつるでしたものね」

淵脇克郎は、大吾の曾祖父だ。

「それ、なんですよね。その順番からすると、陽一は親父の系統ということになるので……本人もそれを気にしてか、最近、せっせと頭に育毛剤を振りかけています」

珍しい。藍雨が声に出して笑った。

「無駄よ、そんなことしても。育毛剤なんて効きやしないわ。禿《は》げる人は、何をしたところで禿げるものよ」

そんな、身も蓋《ふた》もないことを。

5

圭一と出会った頃は、まだ夏だった。あの夜、目の前をヒラヒラと通り過ぎていった黄色いアロハシャツを、欣治は今でも鮮明に覚えている。

なぜ体感情報ではなく、視覚情報で季節を記憶しているのか。

それは、闇神には暑さ寒さがあまり関係ないからだ。

決して感じないわけではないが、ほとんど苦にはならない。あくまでも、欣治や紅鈴が気にするのは太陽光だ。近年、科学が進歩してきて分かったのは、その中でも特に紫外線が自分たちの体に悪影響を及ぼしているのだろう、ということだ。

先に気づいたのは紅鈴だった。

ああ見えて紅鈴はそこそこ流行に敏感なので、あと金も持っているので、テレビで見て気になったものにはすぐに飛びつく傾向がある。UVカット商品も、話題になると早速試し始めた。凄いよ、体が軽くなったみたいに感じる、害なのはやっぱり紫外線なんだよ、と、まるで自分が発見したかのように大はしゃぎし、今なおその流行は続いている。

ただし、見るそばから買い漁《あさ》ってくるので、当然ハズレを摑むことも多い。一回使って「駄目だこりゃ」となったら、大抵はゴミ箱直行になる。サングラスも化粧品も、一体どれくらい捨てただろう。服もよくゴミ箱に捨てていたが、さすがにそれは勿体ないと思ったので、欣治が「だったら俺が古着屋に売ってくる」と言ってからは、「これ要らない」と差し出してくるようになった。これがけっこう、いい小遣い稼ぎになった。

闇神であることを圭一に告白したのは、秋の初め頃か。日差しが多少和《やわ》らいでいたのと、圭一が薄手の上着を着ていたのを覚えている。あと、圭一を待っている間に見ていたのは野球中継で、それがペナントレース終盤だった記憶もある。あれは確か、巨人《きょじん》対広島《ひろしま》。欣治は広島を応援していたのだが、かなり負けていたのであのタイミングでテレビを消した、のではなかったか。

年齢について話したのは、その数日後だった。

「紅鈴が、四百歳で……欣治が、二百歳……マジか」

圭一は闇神云々《うんぬん》よりも、むしろ年齢の方に強いショックを受けているようだった。

紅鈴が「いやいや」と補足する。

「四百歳ぴったりじゃないよ、大体だよ。あたしらも細かいことは覚えてないし、何しろほら、昔は『数《かぞ》え』だから。西暦なんて知らなかったし」

「ああ。途中で、数えるのも馬鹿らしくなるしな」

「じゃあ、なに……戦前とか、戦後とかも、知ってるわけ」

昔の自慢話が好きな紅鈴は、堂々と話せるようになって喜んでいる節すらあった。

「知ってるよ。いい時代だったね。あの頃は警察も間抜けだったし。特に『警察予備隊』なんてのは、チョロいもんでね……」

「紅鈴、それ以上はよせ。生身の人間に聞かせる話じゃねえ」

身体的特徴について明かしたのは、さらにその一週間後くらいだったと思う。

紅鈴が包丁を持ち、それを自分の手首に当てる。

それだけで、圭一はブルブルと震えてみせた。

「マジかよ……怖えよ。ほんとに大丈夫なのかよ」

「大丈夫だって、ほら」

そのまま引けば、スパッ、と皮膚が切れ、

「ヒッ」

血が噴き出る、のは人間の場合だ。

闇神は、そんなことでは傷つかない。

「……ん、あれ」

「だから言ったろ、大丈夫だって。もっかいやるよ」

「んん、はい」

何度やっても、大丈夫なものは大丈夫だ。

次に、持っていた包丁と自分の手首を一緒に、圭一に差し出す。

「圭一もやってみ」

「マジで……手品とか、そういうんじゃないの。なんか、コツとかあんじゃねえの。ほんとに、マジでやっていいの。大丈夫なの？」

「大丈夫だって。思いっきり、バッサリやってごらん」

当然、圭一がやっても傷なんぞつかない。

「ほんとだ……マジすげえ」

調子に乗った紅鈴は、Tシャツの裾を捲《めく》って腹を出した。

「両手で構えて、ウリャ、って刺してごらん」

「いや、それはさすがに……」

「だから、大丈夫なんだって。後ろから刺されたって首掻っ切られたって、闇神は傷一つつかないんだって」

「うそぉん……怖い怖い」

この流れから欣治の頭髪の話にもなるか、と思ったが、それはなかった。根っこは同じ原理なのだが、圭一の中では結びつかなかったようだ。

冬になると、圭一は他にもいろいろ気づくようになってきた。

「そもそもよ……お前ら、その恰好でよく寒くねえな」

紫外線対策で長袖Tシャツは着ているものの、屋内ではそれだけ。セーターの類《たぐい》はまず着ない。外に出るときは、それだと目立ってしまうので上着は着るが、その下はやはりTシャツ一枚が基本だ。

紅鈴が自分の襟《えり》ぐりを引っ張ってみせる。

「寒くないよ。ほら、中もなんも着てないし」

「よせよ……見えるだろ」

「何が？」

「うるせーよ」

「あー、圭一があたしのこと、ヤラしい目で見てる」

「お前が見せてんだろ、いっつも」

「圭一があたしのオッパイ見て喜んでる」

「喜んでねーし。ってかブラ着けてんじゃねえか」

だが、圭一が言いたいのはそういうことではないようだった。

「いや、っていうかさ……せっかく二人もいるんだから、暖房くらい点《つ》けといてくんない？　部屋は明るいのに室温が外と同じって、なんか凹《へこ》むのよ。やっぱこう、あったかいところに帰ってきたいわけ、俺としては」

気持ちは分かる。

「でもよ……お前が何時に帰ってくっか、俺たちには分かんねえんだぜ」

「ずっと点けときゃいいじゃん」

「そりゃ勿体ねえだろ。俺たちは寒くねえんだから」

「え、なにお前ら、電気代気にして暖房点けなかったの？」

「そういうわけじゃねえが」

「じゃあ点けといてよ。家賃だって半分出してもらってんだからさ、電気代くらいケチケチしなくていいって」

春になると、圭一はよくズルズルと洟《はな》をすすり、涙目をこすり、目薬を差したり錠剤を飲んだりするようになった。

世にいう「花粉症」というやつだ。

「……いいな。吸血鬼は花粉症になんねえんだ」

　こういう物言いには、紅鈴の方が敏感に反応する。

「そのさ、雑に『吸血鬼』ってひと括りにすんの、やめてくんない。あたしたちは闇神なんだよ。十字架もニンニクも怖かねえっツーの」

「自分で言ったんだろ、『日本古来の吸血鬼』って」

「最初はそう言わねえと分かんねえだろ、お前には」

「よせ二人とも。そんなことで一々《いちいち》喧嘩すんな。闇神は吸血鬼だ」

　それでも、夜桜見物には三人揃って出かけた。

　また紅鈴が、さらりと昔話を始めようとする。

「ああ、綺麗だねぇ……吉原《よしわら》の、仲《なか》ノ町《ちょう》の桜並木を思い出すよ」

　紅鈴にはかつて、吉原遊女だった時代がある。それも、時期を分けて何度も、都合何十年もだ。

　この手の話には、圭一も興味があるようだった。

「じゃあ、あれもやったの。こう、頭をクジャクみてえに飾ってさ、厚底の下駄《げた》履いて、ズリズリズリって、大勢でゆっくり歩くやつ」

「花魁道中《おいらんどうちゅう》な。いや、ああいうのはやんなかった。あたしは『お歯黒溝《はぐろどぶ》』近くの、いわゆる『ちょんの間《ま》』女郎だったから。けっこうしつこく誘われたんだけどね、総籬《そうまがき》の大見世《おおみせ》からも。でも、太夫とか花魁とか、格の高い遊女ってのは制約も多いからさ。お務《つと》めっつーかね。そういうのは、あたしにはちょっと……」

大見世から誘われた、は紅鈴一番の自慢話だが、悲しいかな圭一には通じまい。

「……おはぐろ、ドブ？」

「そう。吉原ってのは、まあ正確には新吉原の方だけど、四方を板塀とドブ川で囲ってあるわけよ。女郎が逃げないように、ってのと、あと変な客が勝手に入ってこないようにね。で、出入り口は大門《おおもん》だけ。その大門を出た先が、日本堤《にほんづつみ》に続く衣紋坂《えもんざか》な。普通さ、女郎が廓抜《くるわぬ》けなんざしようもんなら半殺しよ。けど、あたしは違ったね。吉原の長い歴史ん中でも、あたしだけじゃないかね。門番だの面番所の同心だの、三十人くらいを片っ端から殴り倒して、自分で閂《かんぬき》外して、堂々と大門から廓抜けしたのは」

圭一が「さっぱり分からない」と言いたげに欣治を見る。そうだろうとは思うが、ここは黙って聞いてやってほしい。紅鈴が、欣治以外の誰かに昔話をする機会など、この二百年、ただの一度もなかったのだから。

このとき欣治が一つ気になったのは、殴り倒した人数だ。

最初に欣治が聞いたときは、確か十人ちょっとだったはずだが。

ちょうど、圭一の花粉症が収まるのと入れ替わるように、今度は欣治たちが調子を崩し始めた。もうすぐ梅雨というこの時期。欣治と紅鈴は、昔から「なんでだろうね」とこの季節の体調不良を不思議に思っていたのだが、今はもうその原因も分かっている。なんと、これも紫外線のせいだった。

梅雨は曇《くも》りや雨が多く、人間ですら日焼け対策を怠《おこた》りがちだが、実は夏と変わらないくらい紫外線は降り注いでいるのだと、近年の研究によって明らかになってきた。欣治たちも、直射日光でなければ大丈夫だろうと、かなり油断をして過ごしてきた。紅鈴に至《いた》っては「陽も出てないのに日傘を差す馬鹿はいないだろう」と、ごく軽装での外出を自らに許していた。その結果、知らぬ間に血は薄まり、二人揃って毎年体調不良に陥《おちい》った。

さすがに最近はそこまでの無茶はしないが、それでも、日向と日陰の区別も曖昧な雨の日に、直射日光と同等の紫外線を浴びせられるつらさは依然としてある。直射でなくても、反射で浴びる量が増える、ということなのだろう。

梅雨から夏の終わりまでは、とにかく紅鈴にたくさん飲んできてもらわないと、共倒れになる危険性がある。けっこうな死活問題だ。

「じゃあ欣治、行ってくるよ」

「ああ、頼む」

「いっぱい飲んでくるからね。待っててね」

「見た目が不味《まず》そうでも、ここは一つ、辛抱してな」

「分かってる。赤いゲップが出るくらい、たらふく飲んでくるよ。行ってきます」

その会話を傍で聞いていた圭一は、かなり微妙な反応を示した。

「なんか……悲愴《ひそう》感が、漂っているような、いないような」

分かる。

「あいつがな、途中で笑えない冗談を挟むから、真面目な話も、とんと真面目には聞こえなくなる」

そんな紅鈴がある夜、テレビを見ていて急に声をあげた。

「えっ、ちょっと……」

そのまま、まさに齧《かじ》りつくように見始めたので、ダイニングにいた欣治と圭一には、紅鈴が何に驚いているのかよく分からなかった。

音声から察するに、普通の、夜のニュース番組のようだが。

「おい、どうした」

欣治が訊いても、静かに、というように掌《てのひら》をこっちに向けるだけ。答えるどころか振り返りもしない。

そのコーナーが終わり、話題がスポーツに移ると、ようやくテレビから離れてこっちにくる。

「なあ、圭一……あたし、福井に行きたい」

思わず、圭一と二人で「ハァ？」と声を揃えてしまった。

圭一が、食べかけのアイスキャンデーで紅鈴を指す。

「福井ってお前、めちゃめちゃ遠いんだぞ」

「知ってるよ。だから頼んでんだろうが」

「それが人にものを頼む態度かっツーの」

「お願ァい圭一、車出して連れてってェ。お願いお願ァい」

それ以前に、だ。

「……紅鈴。お前なんで、急に福井なんて。今までそんなこと、一度も言ったことねえじゃねえか」

京都に行きたいとか、北海道に行きたいとか、近場でいいから温泉に行きたいとかいうのは、今までもよく言っていた。だが福井というのは、これまで話題に上ったことすらなかったのではないか。

紅鈴が真顔になって頷く。

「今、ニュースで見たんだけど。福井の山ん中から、あたしが見たことあるのによく似たケンが、出てきたみたいなんだ」

「ケン、ってなんだ」

「刀。ほら……」

拝むように手を合わせ、それを左右に離しながら、上へと伸ばしていく。

「……こういう形の、ふた股の剣」

おそらく、先の長い「刺股《さすまた》」のような形をした剣。それについてなら、欣治も何度か聞かされている。

「山って、何山だよ」

「ヒャクリガダケだって」

それはあとで調べるとして、だ。

「その、ふた股の剣が出たってことは……」

「うん。そこがたぶん、あたしが血分けされた場所、ってことだと思うんだ。四百年、ちょっと前に」

紅鈴が、血分けを受けた、場所——。

これまで、紅鈴すら知り得なかった、自分たちのルーツ。

知りたいか知りたくないかと訊かれたら、むろん欣治も知りたい。だがとてつもない恐怖も、同時に覚える。生命の始まりほどではないにせよ、しかしそれに近い、種の起源に触れようとする行いだ。

あえて宇宙空間に浮いて出るような、あるいは、真っ暗闇の縦穴に飛び込むような。

闇神が闇を怖れるのか、とも思うが、しかし、そう感じる。

怖いは、怖い。

でも、知りたい。


この件に限っては、紅鈴も珍しいくらいの執着を見せた。

「圭一、いつんなったら福井連れてってくれんの」

「俺だっていろいろやることあんだよ。ここんとこ、仕事が立て込んでて大変なの。ちょっと待ってろって」

五分後。

「ねえねえ、福井って車で何時間くらいかかるのかな」

「知らねえよ。そんなん自分の携帯で調べろや」

紅鈴は、いまだに自分では携帯電話を上手く操作できない。

口を尖らせ、ダイニングにいる欣治のところに寄ってくる。

「欣治、圭一が意地悪言うよ」

パソコン仕事をしている圭一が「聞こえてっぞ」と低く呟く。

仕方がない。

「福井の……なんて山だって」

「ヒャクリガダケ」

携帯で調べてみると【百里ヶ岳】と出てきた。

「これか」

「たぶん」

ということは、池袋からだと。

「……まあ、車だと概ね、七時間から八時間、ってところだな」

「たとえば、夕方六時にここを出たとして」

「向こう着は、夜中の一時か二時」

「一時間くらいその周辺を調べたとして、二時に向こうを出たら」

「こっちに着くのは、翌朝の九時か十時、ってとこか」

「やっぱ、そうなるか。そのさ、翌朝の、明るくなってからの何時間かがキツいよね
……でもあれか、昔みたいに、山ん中の洞穴《ほらあな》とかトンネルで半日過ごして、暗くなって
から向こうを出ればいいのか」

「だな」

「ちょっと待てぇい」

圭一が、顔だけをダイニングに向ける。

それを見て、紅鈴が眉をひそめる。

「なによ」

「お前ら、なに勝手に無茶苦茶なプラン立ててんだよ。なんで俺が一時間の休憩だけで、ひと晩に十六時間も運転しなきゃなんねえんだよ」

ちゃんと、聞いてはいたらしい。

紅鈴がヒラヒラと扇《あお》ぐように手を振る。

「ああ、大丈夫大丈夫。あたしたちも適当に運転代わるから」

圭一が、限界まで両目を見開く。

「えっ……お前ら、免許持ってんの？」

「免許はないよ。あるわけないじゃん。戸籍も住民票もないんだから」

「じゃ、運転できねえじゃねえか」

「いやいや、免許なくたって運転はできっから。昔は車運転すんのに、一々免許なんて要らなかったんだから。ねえ、欣治」

確かに、昔はそうだった。

圭一が分かりやすく目を細める。

「……昔ってそれ、いつの話だよ」

「明治の終わり頃まで、かな」

「アホ。百年前の話をつい昨日みたいに言うな。俺は現代の、道路交通法の話をしてんだよ」

「そんなん、捕まんなきゃ法律なんて関係ないだろ。スピード違反と、信号無視さえしなけりゃ大丈夫だって」

そういう紅鈴は大そうなスピード狂だ。夜の遊園地に行ったら、何時間でもジェットコースターに繰り返し乗り続けるタイプだ。

圭一が自分の胸を指差す。

「捕まったら、罰せられるのは俺なんだぞ。免停にでもなったらどうすんだ」

「捕まんないよ。逃げりゃいいんだから」

「俺だけ逃げ遅れたらどうすんだよ。置いてけ堀か」

「そんな薄情なことはしないよ。ちゃんと、圭一は助けてやるさ。ま、そうなったら警察官には可哀相だけど……」

死んでもらうしかない、までは言うな。

もう、そういう時代じゃないんだ。

問題は圭一のスケジュールだけではない。車で半日以上出かけるということは、場合によっては車中で直射日光を浴びる可能性があるということだ。

だがこれに関しては、圭一がいろいろと策を講じてくれた。

「後部座席の窓全部に、一番濃い色のスモークフィルムを貼る。運転席とは、暗幕で仕切りを作る。そうすれば後ろは暗室も同然だ」

紅鈴が、ピンと人差し指を立てる。

「圭一、あたしたちにとって問題なのは、紫外線なんだよ。そのスモークフィルムってのは、ちゃんとUVカットになってんだろうね」

「安心しろ。九十九パーセントカットという優れものを用意した」

フィルム貼りも三人で協力してやった。作業はもちろん夜間。月極駐車場に、材料と懐中電灯を持ち込んで行なった。

「あーッ、紅鈴、駄目、それじゃ駄目、空気が入っちゃう」

「ん？　貼ってありゃ紫外線は防げんだから、大丈夫だよ」

「そういう問題じゃないのよ。こういうのは仕上がり、美観が大事なのよ。もういい、紅鈴は触るな」

「……欣治、また圭一が意地悪言うよ」

今のは紅鈴が悪い。

それよりも、欣治は暗幕で仕切りを作る方が難しいだろうと思っていたが、実際にはそうでもなかった。

「へえ、今は便利なもんがあるんだな」

車内の天井の形に合わせて、自由に曲げられるカーテンレールだ。

「だろ。あとは、暗幕にフックを仕掛けて吊るせば、完璧よ」

作業時間は圭一の器用さもあり、一時間半程度で済んだ。

出来上がる頃には、紅鈴も機嫌を直していた。

「最高、ステキ。圭一ありがと。チューしてあげる」

「いいよ、よせって」

「遠慮しなくていいのよ」

「いいから……いいってば」

紅鈴が、圭一の耳に口を寄せる。

「……あとで一発、口で抜いてあげようか」

「だから、マジで……やめて、触んないで。勃っちゃうから」

すったもんだあったが、例のテレビの十日後には福井に行けることになった。

出発は夜の七時。

紅鈴は大はしゃぎだ。

「よォーし、気合い入れて運転すッぞ」

「やめて。せめて東京出るまでは大人しくしてて」

それでもドライブを満喫したい紅鈴は助手席に陣取り、欣治は後部座席に座ることになった。

まずは首都高速道路に乗る。

紅鈴がこっちを振り返る。

「欣治、車で遠くにいくの、久し振りだね」

「ああ」

「楽しぃね」

「ああ」

圭一がチラリと紅鈴を見る。

「久し振りって、どれくらい」

「分かんない。二十年とか三十年とか、そんくらい」

「ぜってー運転させねえ」

しばらく走り、やがて車は、首都高速から東名《とうめい》高速道路へと進んだ。安物らしいが一応「ナビ」が付いているので、見ているといろいろ分かって面白い。

まもなくパーキングエリアがあるようだ。

圭一も、チラリとナビを見る。

「そうか、お前らって、トイレ休憩も必要ねえのか」

紅鈴が頷く。

「要らないよ。別にお腹も減らないし。あたしらはノンストップでも全然平気」

「へえ、やっぱ吸血鬼って便利だな」

「それ言うなっツッてんだろ。血ぃ吸うぞコラ」

だが冗談でなく、いざとなったら圭一に飲ませてもらわなければならない事態というのも、ないとは言いきれない。それも考えてのことだろう、紅鈴はいつもの注射器セットを用意してきている。

御殿場《ごてんば》を過ぎた辺りから、新東名に入る。

紅鈴が運転席に身を寄せる。

「圭一、そろそろ代わろうか」

「まだいいです」

それでも静岡《しずおか》、浜松《はままつ》辺りまでくると、圭一も少し弱音を吐くようになった。

「……そろそろ、休憩すっかー」

「うん、いいよ。じゃ、そこであたしが運転代わったげる」

「大丈夫。休憩すれば、まだイケる」

豊田東《とよたひがし》からは、伊勢湾岸《いせわんがん》自動車道。豊田ジャンクションからは再び東名に入る。

「ちなみに、欣治と紅鈴だったら、運転はどっちの方が上手いの」

「あたし」

「いや、紅鈴はスピード狂だぞ」

「やっぱりね……じゃあ、交代は欣治に頼もうかな」

小牧《こまき》インターからは名神《めいしん》高速道路、米原《まいばら》ジャンクションから北陸《ほくりく》自動車道、木之本《きのもと》インターチェンジで高速を降りたら、あとは一般道だ。

「んがー……いい加減疲れた。ちょっと、これはハンパねーわ」

そうは言いながらも、百里ヶ岳までは結局、圭一が一人で運転しきった。

欣治が交代したのは、県道から外れて細い山道になってからだ。

いったん車から降りて、バトンのようにキーを手渡される。

「くれぐれも、安全運転で頼むぜ」

案内をする係だ。

「ああ、任せとけ。オートマなんざ楽勝だ」

紅鈴は変わらず助手席。ただここからは、重要な役割がある。

出発前に福井県立大学のホームページを見て調べた、「ふた股の剣」発掘現場まで道案内をする係だ。

こう見えて紅鈴は「昔の人」だから、意外と地図は読める方だ。

「まあ、しばらくは道なりだね。そのうち集落があるから」

「おう」

圭一にとって、ヘッドライトが照らす範囲以外は全部真っ暗闇なのだろうが、欣治たちには樹々の緑も、点在する民家の屋根の色も、近くを流れる小川の水の色も、全て見えている。

「おいおい、ちょっとマジかよ。道、どんどん細くなってってぞ」

「だな。下手《へた》にデカい車じゃなくてよかったぜ。これくらいの軽でちょうどいい」

「いやいや、ちょっと、もうほら、ガードレールもなくなっちゃったし。ヤバいって、マズいってこれ以上は」

「うるせえ、大丈夫だから黙ってろ」

「だって、ほらそこ、落ちちゃうって。落ちたら崖《がけ》だって」

「崖になんてなってねえよ。川だよ、小川。どうってことねえ、ただの水溜りだ」

こういうとき、紅鈴はかえって冷静になる。

「もうすぐ右ね……はい、そこ」

圭一は運転席と助手席の間から顔を出し、必死に前方に目を凝らしている。

「そこ、今の左側……ほんとに川なの？」

「いや、今のは崖」

「ヒィーッ」

標高も、徐々に上がってきている。実際に落ちたら、欣治と紅鈴はともかく、圭一は確実に死ぬだろう。そんなことには絶対にしないが。

紅鈴は、プリントアウトしてきた地図と外の景色を見比べている。むろん、地図を見るのにペンライトなどは必要ない。

「さっきあったのが『おにゅう峠《とうげ》』だから、もうそろそろかな」

圭一が助手席の肩の辺りを叩く。

「今、今んとこのガードレール、なんか、グニャグニャに曲がってたんですけど」

紅鈴が頷いてみせる。

「崖崩れがあったんでしょ。ここら辺、多いみたいだし」

「もぉ、やだやだ、帰ろう。無理無理、これ以上は無理」

「分かった。じゃあ、圭一はここで降りていいよ」

「もっと無理ィ」

しかし、そろそろ本格的に車で進むのは難しくなってきた。路面は一応アスファルトなのだろうが、崖崩れの名残《なご》りか、道全体に砂利《じゃり》が載っており、大きな石も目立つようになってきた。

そしていよいよ、目的地付近まで来た。

「……車は、ここまでだな」

圭一がシートの間から顔を出してくる。

「何それ……じゃなに、あとは歩きってこと？」

紅鈴も、フロントガラス一杯まで身を乗り出す。

「でも待って。ひょっとして、あれじゃない？」

紅鈴が指差したのは、右側斜面の上の方。確かに、濃い緑色の樹々の間に、人工的な乳白色が覗いている。イベントなどで使う、集会用テントの屋根のようにも見える。

「……ああ、かもな。行ってみるか」

「うん。圭一、どうする？　ここで待っててもいいけど」

「行くよ。ここで一人なんて怖過ぎるって」

三人で車を降りる。すかさず圭一が懐中電灯であちこちを照らし始めたが、それは紅鈴がすぐに止めた。

「やめて。チカチカして逆に見づらい」

「えーっ、だって俺、これねえとなんも見えねえもん」

「じゃあ、自分の足元だけにして。前には向けないで」

「そんなぁ……」

ごく最近、崖崩れがあったのだろう。道は数メートル先で、完全に通行不能になっている。

その、崩れかけの斜面を登っていくしかなさそうだ。

「圭一、手ぇ貸せ。引っ張ってやるから」

「欣治、優しい……」

一歩一歩、慎重に登っていく。近くに摑まれるものはない。ここらは樹々も、土砂と一緒に流れて落ちたのだろう。

テントまでは、二十メートルもなかったと思う。そもそも学者がテントを設営できるような場所だから、さして険《けわ》しいはずもない。周囲は少し開けた平地になっており、そこに空っぽのテントだけが放置されている。警備員が常駐しているわけでも、資機材が設置されているわけでもない。

ただ、テントの向こう側に、ぽっかりと黒い闇が口を開けている。ちょうど人一人が通れるくらいの、洞穴の入り口だ。

紅鈴が、フラフラとそこに吸い寄せられていく。

欣治たちも、ついていくしかない。

紅鈴が、何か呟いている。

「こんなとこ、だったかな……こんなふうだったかな……」

闇神は涙など流さない。だが泣くことはある。紅鈴は、明らかに泣いていた。声を震わせ、頰を歪《ゆが》ませ、唇を固く結び、嗚咽《おえつ》を堪《こら》えている。

洞穴の前まできて、紅鈴は崩れるように、その場に膝をついた。

「こんな……こんなとこだったっけ……あたし、全然、覚えてない……思い出せないよ、閣羅《かくら》」

閣羅とは、紅鈴に血分けをした、男の闇神の名だ。

閣羅は紅鈴に血分けをし、自らはその場で果てたと聞いている。

紅鈴は石くれだらけの地面に手をつき、自らを押し上げるようにして立ち上がった。

よろめきながら、一歩一歩、洞穴へと進んでいく。懐中電灯の明かりも届かない、奥へ。そのまた奥へ。

ついていってはいけないと思った。

ここは紅鈴と閣羅、二人だけの場所。二百年という歳月を共にした欣治にさえ、立ち入ることが許されない、聖地。

紅鈴は、四百年前の闇へと還《かえ》っていった。

その背中はもう、欣治にも見えない。

生ぬるい、しめった風が吹いている。


帰りの車中、紅鈴は自らの血分けについて、圭一に話して聞かせた。全て欣治の知っている話ではあったが、あの洞穴を見る前と後ではやはり、抱く印象はかなり違ってくる。

「あたしの父親は、柏倉仁左衛門隆継《かしわくらにざえもんたかつぐ》といって、朝倉義景《あさくらよしかげ》の家臣だった人なの。あとから調べても、分かったのはその名前くらいで、どういう役職にあったとか、そういうのは全然分かんなかった。でも、近くには親戚みたいな感じで、お百姓さんがけっこういて……うん、仲良くしてた。それで、いよいよ織田《おだ》の軍勢に攻め込まれる、ってときだったんだろうね。父親の指示だったのか、不憫《ふびん》に思ったお百姓さんが自主的に、だったのかは分かんないけど、とにかくあたしを連れ出して、逃がしてくれて。それもほら、二宮金次郎《にのみやきんじろう》が薪を背負うみたいな、ああいうので負ぶってくれて……信じらんないかもしんないけど、当時のあたしは病弱でね。お姫さまってほどじゃないにせよ、お百姓さんからしたら、多少は高貴な身分だから。そういうので……うん、助けてくれたんだと思う」

その昔、紅鈴は「世が世ならあたしは姫君だからね」と自慢げに言っていたが、近代になり、父親の位がさほど高くなかったことが判明し、以後はそういった発言をしなくなっていた。

紅鈴の問わず語りは続く。

「ああ、名前は『鈴《すず》』だったの。『紅』なしの、ただの『鈴』。柏倉鈴。綺麗な名前だろ……当時、何歳だったんだろうな。自分では十四って思ってたけど、何しろ昔は、数えだからね、実際には十二、三だったんじゃないかな……で、山ん中を負ぶわれて逃げて。そしたらその途中で、えらい大きな化け物と出くわしてね。それが、闇羅。あたしが最初に出会った、闇神。あたしを助けてくれた人たちは、その場で全員血を飲まれて、殺された。でも闇羅は、あたしだけは殺さずに生かしておいた。昔、好きだった人に似てたんだって。で、そのまま連れ去られて、最初はあそこじゃなかったけど、やっぱり洞穴に連れ込まれて、無理やり犯されて……どうなっちゃうのかなって思ったけど、でも一緒にいるうちに、段々、閻羅のことが好きになってってね。そのまま、二十歳くらいまで一緒に暮らした。今でいう、狼少女みたいな感じかね。ほんと、バリバリの野生児だった。お陰で体も丈夫になった」

圭一が、後部座席から顔を出して訊く。

「じゃあお前も、生身の人間として、闇神と暮らした時期があるってことか」

「そゆこと。ま、閻羅は最初から、あたしに血分けして闇神にするつもりだったんだけどね。だから、二十歳までは人間として育てられた。闇神になると、そこで成長が止まっちゃうからさ。子供のままってのは、何かと都合が悪いだろ。だから……でも実際には、十八か十九ってことだよね。今の年齢で言えば」

圭一は「血分けって?」と訊いたが、そこは紅鈴も適当に流した。

「もうさ……あたしには閻羅しかいないわけだから。いっそ、さっさと闇神にしてくれって思ってたんだけど、なかなか、その辺は閻羅も慎重でね。まだだ、まだだって引き延ばされて、ようやく、もうそろそろってなった頃に、あの事件が起きた……ふた股の剣を持った男の闇神が、閻羅を殺しにきたんだ」

紅鈴は顔を上げ、長くひと息ついた。

「……村の掟がどうとか、なんかごちゃごちゃ言ってたな。あたしはもう、怖くて震え上がっちゃっててさ。閻羅に、逃げろって合図されて、でも何かに蹶躓《けつまず》いたんだか、上手く走り出せなくて、逃げられなくて。その閻羅を殺しにきた男に、ふた股の剣で斬《き》りつけられて、気を失って……次に目が覚めたら、もう闇神になってた」

圭一が低く疑問の声を漏らす。

「目が覚めたら……なっちゃってたの？」

「うん。だから、あたし自身は、血分けをされたときの記憶がないんだ。長いこと、血分けのやり方が分からなかった。闍羅も、大まかにしか教えてくれなかったしね。実際にどういう手順でやったらいいのか、細かいことは全く……それが、二百年後だよ。ひょんなきっかけから分かって、できるようになってね。それで、あたしが血分けをして、闇神にしたのが……この人」

ずいぶん途中を端折《はしょ》りやがったな、とは思ったが黙っていた。

また圭一が顔を出してくる。

「ちなみに、闍羅と、その闍羅を殺しにきた男は、どうなっちゃったの」

「二人とも死んだ、さっきの洞穴で。相打ち、だったんじゃないかな。だから、その後の二百年、あたしはずっと独りぼっちだった。この二百年は……ずっと、欣治と一緒だけど」

細かく言ったら別居した期間もないではないが、それはほんの一時だ。長い目で見たら、ちょっとした別行動と言ってもいい。

さらに圭一が訊く。

「紅鈴は、その二人の遺体を、どうしたの」

「別に、どうもしなかったけど」

「ってことは、さっきの洞穴に、二人の遺骨はまだあるってこと？」

「だってそうだろ。縄文人の骨だって発掘されるくらいだから、四百年前の骨だって、きっと出てくるよ。もしかしたら、もう大学の人に掘り起こされてんのかもしんないけど、でもそうじゃなかったら、まだその、閣羅って人の骨を拾うこともできるんじゃないの？」

「は？」

圭一が、あくまでも親切心で言っているのは分かる。こんなにしょんぼりした紅鈴を見るのは初めてだろうから、なんとかしてやりたいと思う気持ちは理解できる。

だが、そういうことではないのだ。

「ごめん、圭一……今それについては、考えたくない」

その声音の低さ、硬さ、あるいは冷たさか。

圭一もそれ以上は訊かず、話はそこで途切れた。

だが、欣治には分かっている。

紅鈴は「考えたくない」のではない。言いたくないのだ。

闇神が死んでも、骨は残らない。

ただ、土になるだけ。

そのことを、人間である圭一には、知られたくないのだ。

第三章

1

藤田弘義は、新宿警察署の霊安室にいた。

目の前には、白い布をかぶせられた人形《ひとがた》が横たわっている。線香や花、榊《さかき》の類《たぐい》はない。金属製のストレッチャーに載せられたそれが、部屋の中央にあるだけだ。

藤田の隣には極心会会長の大津和夫、ストレッチャーを挟んで向かい側には、鶴田《つるた》という刑事がいる。この刑事とは、数年前にも顔を合わせている。確か南千住《みなみせんじゅ》署に、面倒を起こした若中《わかちゅう》を引き取りに行ったときだったと思う。

「じゃあ、確認していただいて、よろしいかな」

「……ええ」

鶴田が白い布を捲《めく》る。正確に言うと、白い布と半透明のビニールシートを一緒に、だ。間に一枚入れることで、白い布が汚れないようにという配慮、というか工夫だろう。

「久米《くめ》、夏雄《なつお》さんで、間違いないですか」

頭部は、サッカーボール大の「かりんとう」状になっている。要は黒焦《くろこ》げだ。所々に茶色く肉が覗《のぞ》いているところも、見ようによってはそれっぽい。まだかなり刺激臭がある。

頭髪はない。目鼻の窪《くぼ》み、歯が見えるので口の場所も分かるが、それだけで、この遺体が久米かどうかなど判断できるはずもない。

「もうちょっと、捲っていいですか」

藤田がそう言うと、鶴田は「手を出すな」とでも言うように掌を向け、自ら遺体の腹辺りまで布とビニールを捲ってみせた。

焼け焦げているのは頭部のみ。肩から下は綺麗なものだ。左肩から左胸には赤い菊、右肩から右胸には龍の彫り物が入っている。ちょろちょろと生えた胸毛にも見覚えがある。

「……間違いありません。久米夏雄です」

隣で大津も頷《うなず》く。大津と久米とは五分の兄弟。付き合いも長かった。久米が五応会《ごおう》を立ち上げてからは、大津の極心会と並んで、藤田一家には欠かせない戦力になっていた。

鶴田が溜め息をつく。

「……これさえなけりゃ、こっちでも身元は確認できたんだけどね。何しろ、久米には前科《マエ》もあるわけだから」

言いながらもう少し、腰の辺りまで捲る。

久米の両手は頭部と同様、黒焦げにされていた。指に至っては、今すぐ食えそうなくらい見事な「かりんとう」状態だ。

鶴田が、ミゾオチの辺りまで布を戻す。

「ここまでやっておいて、でも免許証はちゃんと現場に残してあった。だから、顔と指紋を焼いて、身元を分からなくしようとしたってことじゃない。つまりは、あんたか、大津さんか、いずれにせよ関係者に、警察まで来てこの『紋々』を確認しろと、そう言いたいわけだ……犯人は」

死因はなんだろう。そもそも久米は、殺されてから顔と手を焼かれたのだろうか。それとも生きながらにして焼かれたのだろうか。おそらく、生きたまま焼かれたのではないかと、藤田は思う。タオルか何かを顔と手に巻き、その上からびしょ濡れになるほどガソリンをかけ、火を点ける。だとしたら、死因は火傷か一酸化炭素中毒ということになる。

なぜそう思うのか。理由は一つだ。

同じことを、藤田も過去にしたことがあるからだ。

しかも、何度も。何人にも。

「なあ、藤田さん。あんたの組は武闘派で鳴らしているようだが、結局は、こういうことなんだよ。あんたがやってきたことの報いは、いずれ形を変え、必ずあんたの身内に降り掛かってくる。最後の最後には、あんた自身を滅ぼすことになる……もうそろそろ、潮時なんじゃないのかね。三代目の中津会長も、どうも芳《かんば》しくないようじゃないか」

こんな下っ端刑事の耳にまで、あの話は入っているのか。

三代目大和会会長の中津剣市は、三年にわたる「大東抗争」の影響で精神を病み、今現在、人前に出られる状態ではないと言われている。鬱《うつ》病なのか、若年性認知症なのか、その辺は定かでないが、大和会を統率するに足る求心力を失いつつあるのは、残念ながら事実と言わざるを得ない。

このままでは、大東抗争の終止符云々《うんぬん》よりも先に、大和会自体が空中分解しかねない。実際、幹部の間では中津降ろしの風が吹き始めている。すでに四代目は大沢《おおさわ》組の仲根《なかね》組長だとか、いや竜神《りゅうじん》会の石塚《いしづか》会長だとか、先走った話までちらほら聞こえてくる。

仮に四代目が早々に決まって、大和会の結束が強まるならまだいい。最悪なのは、四代目の跡目争いが、また新たなる大和会分裂の火種になることだ。その分派した勢力が、東和会と手を組むことだ。そうでなくとも、このところの東和会は勢いを増している。構成員の数だけで言えば、まだまだ大和会の方が圧倒的に優勢だが、戦の勝敗は数だけで決まるものではない。玉《タマ》を取った数、取られた数の話をすれば、今は全くの五分と五分だ。それも、大和会側がギリギリのところで踏ん張って、なんとか押し返しての五分だ。

鶴田が、藤田の顔を覗き込んでくる。

「……早いとこ、東和会とは手打ちにした方がいいんじゃないのかね。ここまでは奇跡的に、一般市民には死者が出ていない。負傷者は十二名出てるが、幸い命に関わる怪我ではなかった。これで、一般市民に死者でも出ようもんなら、おたくら終わりだよ。完全に社会から締め出されることになる。俺たち警察は、それでも一応、あんたらの将来についても考えてるからね。温情だってかけるし、手加減だってしてするさ。でもマスコミは違う。いったん追い込むと決めたら、容赦ないよ。まず行き場をなくすのはあんたらの家族、特に子供たちだ。三下《さんした》まで組員の顔が週刊誌に載ってみろ。お前の父ちゃんヤクザ、お前の父ちゃん人殺しって、虐《いじ》められるぜ、とことん」

藤田にも女房子供はいる。子供は二人で、双子の女の子だ。

家族云々なんぞ、刑事風情に言われなくても分かっている。

「ご忠告、ありがとうございます。遺体の引取りには、家族とも相談しまして、また改めて伺います。今日はこれで……あ、写真、撮ってもいいですかね。これを直接、久米の嫁に見せるわけにもいかないんで。写真で、焼けてないところだけ見せて、確認は俺たちがしたからと、そういうことで、とりあえず納得させますんで」

それが警察内で許される行為なのかどうか、藤田は知らない。だが鶴田は、渋々ではあったが頷いてみせた。

これから、少しの間忙しくなる。

久米を殺した人間については心当たりがあった。

東和会系三次団体、羽根尾《はねお》組の若頭補佐、君岡拳一《きみおかけんいち》。去年、君岡の舎弟だった松澤《まつざわ》崇《たかし》の顔と手を焼いて殺したのが、久米だった。命じたのは藤田だが、向こうは「実行犯を」ということだったのだろう、同じ方法で久米に復讐をしたわけだ。

だったらこっちは、その上をいく方法で返礼するまでだ。

同じ羽根尾組の若頭補佐の泉勇一《いずみゆういち》、舎弟頭《しゃていがしら》の赤間秀竜《あかまひでたつ》の二人を拉致して頭と手を焼き、焦げた部分は切断。確認しやすいように、体は裸のまま組事務所に投げ入れ、焦げた頭と両手は宅配便で君岡宅に送りつけてやった。一羽ずつ鳩の死骸《しがい》も同梱しておいたが、「羽根」繋《つな》がりという洒落《しやれ》がどこまで通じたかは分からない。

ちょうど一連の後始末が終わった頃、浜口《はまぐち》組組長、浜口征二《せいじ》から呼び出しがあった。

「……はい。では、今晩お伺いいたします。失礼いたします」

藤田にとって浜口は親。「来い」と言われれば、地の果てだろうが奈落《ならく》の底だろうが馳せ参じる。仮に怪我をしていても、それがたとえ両脚の切断だとしても、藤田なら這《は》ってでも行く。両手もなければ転がって行く。さすがの藤田も、首を切り落とされたら行かれないかもしれないが、そうなったらせめて、一度だけ化けて出て詫びを入れにいく。申し訳ありません、自分はもう、親父の役には立てなくなってしまいました、と。

今日呼ばれたのは、中目黒にある浜口の自宅だ。二十年前までは藤田もこの屋敷で「部屋住み」をしていたので、間取りはもちろん、廊下のどこに埃《ほこり》が溜まりやすいか、庭に植わっているのはなんの樹か、床の間の掛け軸にはなんと書いてあるのかまで、とことん知り尽くしている。まあ、掛け軸くらいは替わっているのかもしれないが。

城壁の如《ごと》く続く、石造りの外塀。その中央にある自動開閉の門を車のまま入り、大理石で囲われたスペースの突き当たり、白い防弾シャッターの前まで進む。後ろで門が閉まり、屋敷内にいる「モニター当番」が安全を確認したら前のシャッターが開き、ようやく敷地内に入れる。

敷地内の道は時計回り。玄関前の車寄せで停めると、今の部屋住みがドアを開けにくる。

「お疲れさまです」

「おう……」

玄関からは、また別の部屋住みに案内されて奥へと進む。別に一人でも行かれるのだが、そういう仕来《しきた》りなので致し方ない。

通されたのは、三つある客間の一番広い部屋。二十二畳半。高級なワイングラスが並ぶ食器棚、石造りの暖炉、バッファローの剝製《はくせい》、水心子正秀《すいしんしまさひで》の日本刀。この部屋に通されるたび、自分も偉くなったものだと実感する。

「少し、お待ちください」

「ああ」

一分ほどすると、浜口は書斎と通ずるもう一つのドアを開けて入ってきた。お気に入りの白いダブルに、サングラスは薄目のブルー。しかし、その表情から機嫌の良し悪しを読み取ることはできない。

「親父……お疲れさまです」

「ああ。急に呼び立てて悪かったな」

「いえ、とんでもないです」

「まあ座れ」

「失礼します」

中央にあるテーブルには、すでにグラスや皿、フォーク、ナイフ等が用意されている。

食事をしながらゆっくり話がしたい。そういうことだろう。

「弘義は、ビールが好きだったな」

「はい。でも」

「いいよ。俺も最初はビールにする」

浜口が、そばにあったベルを鳴らす。すぐに、さっきとは違う部屋住みが「失礼します」とドアを開け、入ってくる。

「ビール二つと、オードブルとスープ、一緒に持ってこい」

「かしこまりました」

浜口がワインにしなかったのは、二杯目以降を藤田に注《つ》がせないためだ。少し、込み入った話なのかもしれない。

料理は三分で運ばれてきた。

浜口が、軽く部屋住みを指差す。

「十五分したら、次の料理運んでこい」

「かしこまりました」

部屋住みが下がり、浜口がグラスを手にする。倣《なら》って藤田も手に取った。

「じゃ、お疲れさん」

「お疲れさまです。いただきます」

この十五分で、浜口は何を話そうというのか。

「例の……久米の件は、片づいたのか」

「はい。頭と手だけは、君岡のところに送りつけてやりました」

「そうか。奴が若い頃は、俺もずいぶん、面倒見てやったつもりなんだがな」

「はい。とんだ恩知らずです」

「ま、頭の悪い男ではないから、そこまでされりゃ、テメェの『分《ぶん》』ってもんが分かるだろう」

「はい。あれで分からなければ、次は……」

「君岡の頭と手か」

「いえ、下半身を焼きます」

「そりゃまた、なんで」

「君岡が泣いて詫びながら死んでいくのを、若頭の設楽《したら》に、じっくり見せてやろうかと思ってます」

「ほう……いい悪趣味だな」

「恐れ入ります」

スープはカボチャ。浜口は大変な美食家で、一流ホテルの元シェフを専属で雇い入れ、これらの料理を作らせている。だが残念ながら、藤田にはそのありがたみがよく分からない。確かに美味《うま》いとは思うが、ファミレスのそれと食べ比べて違いが分かるかというと、そんな自信はまるでない。

「どうだ、美味いだろ」

「はい。やはり、杉本《すぎもと》シェフは、一流です」

「当たり前だよ、お前……」

ここまではいつもの、お定まりの「挨拶」みたいなものだ。

浜口が、スプーンを置く。

倣って藤田も置く。

「弘義」

「はい」

「三代目のアレについては、ある程度聞いてるだろ」

精神疾患のことか。

「はい。それとなく」

「実際、中津はもう駄目だ。一度、屋敷の奥まで入られたのと、自分の本部事務所でガレージ番が首斬られたので……なんでかな。あれっぱかしのことで塞《ふさ》ぎ込みやがって。あんなに肚《はら》の据わらねえ野郎だとは思わなかったぜ」

それだけ東和会の攻勢が激しい、というのはあると思う。三年という月日の長さもあるだろう。だがそれを差し引いても、情けないことに変わりはない。

「……全くです。ちなみに、次という話は、具体的には、出てるんでしょうか」

難しい顔をして浜口が頷く。

「実はな……これはまあ、ここだけの話だが」

「はい」

「仲根が、手打ちを考えてるっていう、噂がある」

次期大和会会長候補の一人である、大沢組組長、仲根敏夫《としお》がか。

「どういう、手打ちですか」

「五分だとよ」

「そんな……」

離反した東和会と五分で手打ちをしたら、今後、大和会と東和会は貸し借りなしの対等ということになってしまう。身内にこれだけの犠牲者を出しておいて、五分の手打ちはない。

今一度、浜口が頷く。

「そりゃねえよな。幹部連中の意見を聞いて回ったわけじゃねえが、そうそう賛同が得られる話じゃない。いくらなんでもな。実際、石塚は完全な逆張りだ」

竜神会会長、石塚忠光《ただみつ》。石塚も次期会長候補の一人だ。

「逆張り、と言いますと」

「高元を取って、一気に片をつけると言ってる」

何がなんでも東和会会長である高元邦雄を亡き者にし、この一大抗争に終止符を打つと。

どちらかというと、藤田はそっちの話に乗りたいクチだ。

「それは、できるものならそれが一番ですが」

「だよな。じゃ誰がやるんだって話だが、それが……各ブロックからの選抜だって言うんだよ」

「はあ」

「野球のオールスターじゃあるまいし。しかも、直参《じきさん》の各組から、ってんじゃなくて、ブロック選抜ってところにカラクリがある。竜神会の本部事務所は池袋だ」

なるほど。

「となると、ウチの極心会に声がかかる」

「そういうこった。これを細かく見ていくとな、まあざっくり、仲根のところが二、石塚が一、仁藤《にとう》が二、ウチが四、石堂《いしどう》が一って割合になる。そんな馬鹿な話があるか」

浜口組が、全体の四割にあたる人数の兵隊を出すと。

「それ、仁藤の叔父貴《おじき》はなんて言ってるんですか」

「はっきりしたことは言わねえが、あいつぁどっちにでも転ぶからな。油断ならねえ」

「石堂の叔父貴は」

「あいつは俺についてくる。それは間違いない。間違いないが、石塚が下手に浦部《うらべ》を引っ張り上げてくると、面倒なことになる」

白楼《はくろう》会会長、浦部譲司《じょうじ》。浦部は石塚の舎弟。引っ張り上げるというのは、幹部会で白楼会の直参昇格を承認させる、という意味だろう。それをされたら、確かに話はややこしくなる。

浜口がテーブルに身を乗り出してくる。

「そこで……だ」

目が、これが本題であることを示している。

次の料理までは、まだ十分近くある。

「はい」

「今の大和会は、お世辞にも足並みが揃っているとは言い難い」

「はい」

「結束を強め、その上で一気に、東和会を叩きたい」

「もちろんです」

「そのためには、俺が会を束《たば》ねる必要がある」

思わず、は？　と訊《き》き返しそうになった。

次期会長候補の序列で言えば、筆頭は大沢組の仲根組長、二番手は竜神会の石塚会長。浜口はいいところその次か、下手をしたら仁藤組の仁藤組長の次ということもあり得る、そんな位置づけだ。

その、三番手か四番手の浜口が、どうやって大和会を束ねようというのか。

しかし、その疑問を口にする資格は、藤田にはない。

「……はい、もちろんです」

「俺は、他の誰にも、実の息子にもできねえような話でも、お前にだけはしてきた」

「はい」

「それだけ、お前を信頼してる」

「はい。それは重々、承知しております。ありがとうございます」

「それは、他の誰にも任せられない仕事でも、お前になら、任せられるってことだ」

「はい」

「やってくれるか」

これまでにも、何度かこういう流れで、浜口から打診されたことはあった。いずれも無理難題ではあったが、なんとか、藤田はそれらの仕事全てをやり遂《と》げてきた。その実績があるお陰で、今の自分はある。武闘派を自任し、誰に恥じることなく、この業界で胸を張って生きていられる。それは間違いない。

浜口に「やれ」と言われたら、藤田にできる返事は一つしかない。

「……はい。やります」

問題は今回、何を命じられるのかということだ。

浜口が、強く目を合わせてくる。

「弘義なら、そう言ってくれると思ってたよ……じゃあ、お前に頼む。仲根、石塚、仁藤の三人を、やってくれ」

今度ばかりは「思わず」では済まなかった。

実際に、声に出てしまった。

「……は？」

浜口は、同じことを二度繰り返しては言わない男だ。今も黙って、じっと藤田の目を見ている。だがしかし、こればかりは、はっきりさせておかなければならない。

「親父……間違いがあっちゃならないんで、確かめさせてください。仲根組長、石塚会長、仁藤組長……その三人のタマを、俺が取ってくると、そういうことで、間違いありませんか」

浜口は、短く瞬きだけをしてみせた。

「その通りだ……まあ、言うまでもないことだが、俺の差し金ってのが明るみに出ないようにするのは当然として、今回は、お前も手を汚すな。身内は使うな。今まで、ウチとも、大和会とも付き合いのない、新しい人間を使え。それと道具も、今までのルートのものは使うな。仲根、石塚、仁藤が殺《や》られたとなったら、さすがに警察も本気で介入してくる。銃弾から足でも付こうもんなら、何もかも水の泡だ……それと、余計な巻き添えも出すなよ。大きな括《くく》りで言えば、みんな、大和会の大事な戦力だ。あくまでもこれは、俺が会を束ねて、石堂とガッチリ組んで、東和会を完膚《かんぷ》なきまでに叩き潰す、そのための足場固めなんだからよ。まさかとは思うが、爆弾なんて物騒なもんも使わねえでくれよ。慎重に、かつ綺麗にな。頼むぞ、弘義」

まるで、竿《さお》も使わず水にも入らず、魚を釣り上げろと言われているようなものだが、それでも、藤田に許されている答えは一つしかない。

「……分かりました。お任せください」

まもなく、次の料理が運ばれてくる頃だ。

2

ここ数ヶ月、圭一も薄々「おかしいな」と思ってはいたが、やはりそういうことだったのだ。

圭一への、藤田からの調査依頼件数があまりにも多過ぎる。内容的にも、藤田一家と関係があるのか疑わしい案件が少なからず交じっている。

大和会系五條《ごじょう》連合幹部組員の素行調査とか、同じく大和会系の、竹島《たけしま》組を逃げ出した元組員の所在調査とか、果ては大和会と友好関係にある隅田組、その傘下の諸田組関係者が営《いとな》む飲食店の経営状況だとか。それが分かったところで、東和会との抗争で有利になることなどあるのだろうかと、圭一は一人首を捻《ひね》っていた。

そんなある日だ。

大和会系石堂組大政会《たいせい》の、阿南《あなん》という舎弟頭から声をかけられた。阿南とは、藤田の紹介で一度だけ、池袋のキャバクラで挨拶をしたことがあった。

「お、辰巳くんじゃないか」

「ああ、どうも」

そのまま肩を組まれ、自販機の陰に引っ張り込まれた。

「……ちょっとさ、先月頼んだ件、どうなってんの。早くて正確なのが、おたくの売りなんだろう？」

もうこれで、完全にピンときていた。その場は「もうちょっとです、すんません」と答えて誤魔化《ごまか》しておいたが、かなりカチンときてもいた。

藤田は、方々から面倒な調べ事を引き受けてきては、圭一に押しつけていたのだ。もちろん上前は撥《は》ねているだろうし、調査報告書にも目は通すのだろうが、その主な目的は、おそらく「貸し」だ。

ああ見えて、ヤクザは意外と調べ事が得意だ。だが大東抗争が長期化している現状、普段ならできることでも、今はなかなか手が回らないという組は多い。

そんな同業者の耳元で、藤田は囁くのだろう。早くて正確で、何しろ安く使える情報屋がいるんだよ、なんならその件、俺が取り次いでやろうか、とかなんとか。その結果報告が、そのまま藤田から相手への「貸し」になる。ひょっとしたら、調査料はタダということもあるのかもしれない。これくらいいいってことよ、などと言って、大盤振る舞いすれば「貸し」はさらに大きくなるという寸法だ。

確かに、欣治という最強のパートナーを得た現在の圭一に、不可能な調査はほぼないに等しい。去年辺りはそれが嬉しくて、つい頑張り過ぎたきらいがある。でも、だからといってヤクザの通常業務の下請けまでやらされる覚えはない。しかも、数をこなしたところで百万円余計にもらえるわけではない。せいぜい、ボーナスが出たとしても二十万がいいところだ。

藤田の野郎、今度会ったらとっちめてやる。

そう思っていたところに、ちょうど連絡がきた。紅鈴たちと福井に行った、二日後くらいのことだ。

『明日、夜九時、歌舞伎町《かぶきちょう》裏のドンキの前まで来い』

正確には「ドン・キホーテ新宿店」前ということになる。

「分かりました。では明日の、夜九時に」

しかし翌日、時間通り待ち合わせ場所に行ってみても、辺りに藤田の姿はない。何か間違えたのかと思い、携帯を見てみると、なんてことはない。藤田からメッセージが届いていた。

【そのまま東新宿方面に歩け】

指示通り行くと、十メートルほど先の路肩に、純白のベンツがテールランプを点けたまま停まっていた。藤田の自家用車だ。運転手はおらず、藤田自身が左ハンドルの運転席から顔を出し、圭一に手招きをしている。要するに、降りるのが面倒だったのだろう。

残りの数メートルは小走りだ。

「……どうも。お疲れさまです」

「乗れ」

そう言って、藤田が顎《あご》で助手席を示す。見たところ、後部座席にも人はいない。

「失礼します……」

圭一が助手席に乗り込んだら、即出発。

普段、圭一が呼びつけられるのは藤田一家の本部事務所か、極心会の事務所が多い。こんなふうに、車に乗せられるのは今日が初めてだ。しかも運転手なし。よく考えたら、藤田が自分でハンドルを握るのを見るのも初めてかもしれない。

「藤田さん、今日は……」

「黙って乗ってろ」

マズい、と思った。一瞬にして変な汗を搔いた。

ゆうれい居酒屋2

白石一文
見えないドアと鶴の空

家計を支える妻、妻の幼なじみの女性との三角関係からはじまる想像を絶する事態。生きる意味を読者に投げかける長編

●935円
791976-4

藤野恵美
淀川八景

陰惨な家庭をサバイブした姉妹、妻から逃れるように淀川縁を歩く夫、気儘に暮らす個人投資家――。大阪で今まさに息づく、八つの物語

●759円
791977-1

逢坂剛
銀弾の森
禿鷹Ⅲ〈新装版〉

渋谷の利権を巡りヤクザの抗争に火をつけたのは神宮署生活安全特捜班のハゲタカこと禿富鷹秋。稀代の悪徳警官が新装版で戻ってきた

●1045円
791978-8

群ようこ
おやじネコは縞模様
〈新装版〉

「ここ、よくね」と通って来る外ネコしまちゃん、食べ残しを一列に並べるチワワのプリンちゃん。サルまで登場する爆笑動物エッセイ

●737円
791979-5

髙尾昌司
刑事たちの挽歌
〈増補改訂版〉
警視庁捜査一課「ルーシー事件」

犯人の織原城二を追い詰めた捜査員達が実名で証言。映像化に伴う追加取材で、異色の山代班が敢行した秘密捜査の内幕を初めて明かす

●979円
791938-2

自分は何か、知らぬまにマズいことをやってしまったのだろうか。知ってはならないことまで知ってしまったのだろうか。最近の調査報告にそこまで危ない内容はなかったはずだが、同じ事柄でも人によって感じることは違う。解釈、認識、いろいろ違う。藤田がそれに何を感じ、どう考え、どういう行動に出るのか。それは圭一には分かりようがない。

これは、あんた上前撥ねてんだろ、などととっちめられるような状況ではない。

車は東新宿の交差点で右折し、新宿御苑《ぎょえん》の方に向かっている。繁華街ではないので、新宿といっても眺めはさほど明るくない。

藤田が口を開いたのは、さらに新宿二丁目で左折し、新宿通りを四谷《よつや》三丁目付近まで来た頃だった。

「今回は……どうあってもお前に、やってもらわなきゃならねえ仕事がある」

すでに、人にものを頼む口調ではない。脅迫、あるいは恫喝《どうかつ》。もうこれだけで、圭一にとっては「引き受けなければ殺す」と言われているも同然だった。

「えっと、どういう、調査で……」

「調査じゃねえ。人捜しだ」

そう聞いて一瞬ほっとしたが、甘かった。

「……人捜しっツッても、逃げた組員とか、そんな話じゃねえぞ。殺しができる人間だ。それも、完璧な仕事をする人間だ。今回は、最低三人は用意しろ。ただし、今までウチで使った人間は使うな。ウチとも、大和会とも関わったことのない奴を連れてこい。あと、道具の入手ルートにも細心の注意を払え。大和会絡みのルートで密輸したハジキは使わせるな。かといって、そこらで買った刃物なんかも駄目だ。包丁、ジャックナイフ……とにかく足の付く道具は全部禁止だ。もちろん爆弾なんて物騒なもんも駄目だ。どこの誰がやったのか、全く、絶対に分からないようにやり遂げさせろ」

圭一が、挙げられた禁止事項に抵触しない武器で、唯一思いついたのはレーザーガンだが、充分な殺傷能力があり、かつ携帯できるまでに小型化されたものが現存するかどうかは、圭一も知らない。

「ええと……じゃあ、具体的に言うと、どういう方法が、望ましいんでしょうか」

「それはお前と、実行する人間で考えろ」

そんな無茶な。

赤信号で停止。藤田が圭一の方を向く。

「お前いま、そんなの無理だって思ったろ」

はい。

「あ、いや……」

「思わなかったのか。じゃあできるんだな」

「いや、そういう、アレでも……」

「できるな」

「いえ、まだ、なんとも……」

「ここまで話したんだ。できないって言うんなら、お前には死んでもらうまでだ。参考までに言っとくが、逃げても無駄だぞ。お前は、住居不法侵入やらなんやら、刑法違反を犯した証拠をたんまり、俺んところに持ち込んでんだからよ。もちろん、逃げたら俺も死に物狂いで追っかけるが、そうなったら、今度は警察も黙っちゃいねえってこった」

そんなことしたらあんたも一蓮托生《いちれんたくしょう》だろ、とは思ったが、それを口にしたら「逃げる」と宣言しているも同然なので、今は心の中にしまっておく。

信号が青になった。

「期間は一ヶ月やる。その間に探して、実行しろ。分かったか」

これで「分かりました」と言えるはずがないことは、藤田も分かって言っているのだろう。何しろ圭一は、まだ誰を殺せばいいのかを知らされていないのだから。

麹町《こうじまち》まで来た。正面の夜空がひどく暗く感じる。この先に皇居があるからだろうが、圭一には、何か別の物が自分を待ち受けているように思えてならない。

引き受けない、わけにはいかないのだろうが、引き受けた方が身の安全が確保できるのかというと、そんな気はまるでしない。唯一、まだ殺害対象者の名前を聞いていないという点に、ひょっとしたら、引き返す余地が残されているのではないかと思わなくもなかったが、じゃあ聞かずに帰してもらえるかというと、そんなことは万に一つもないのは分かっている。

何しろ、相手はあの藤田弘義なのだ。

「……辰巳。返事をしろ」

それこそ、無茶というものだろう。

「藤田さん、そりゃ、いくらなんでも……」

「二千万出すからよ」

「えっ……」

ふいに、斜め上から光が射した気がした。

二千万――そうか。今回は、いつもの「二十万の色付き」とか、そんなケチな単位の話ではないのだ。

「えっと、二千万……円ですか」

「当たり前だろ。俺が今までウォンで払ったことがあるか」

それは、確かにない。

「マジっすか……」

「前金一千万、円、成功報酬一千万、円だ。内訳はお前が好きにしろ。やる奴に千五百万、お前が五百万でもいいし、タダでやるって物好きをお前が連れてこれるんなら、お前が二千万総取りにしたっていい。そこはお前の、交渉の腕次第だ……まだ、親の賠償《ばいしょう》金《きん》の借金も残ってんだろ。ここらで、漢《おとこ》になってみろや」

確かに、借金は増えたり減ったりで、今もまだ七百万近くは残っている。これ一発で返すとしたら、実行犯に支払えるのは千三百万が限度ということになる。いや、それはいくらなんでも高望みが過ぎるというものだろう。五百万でも三百万でも、なんなら二百万でも、もらえるのならありがたく――。

いや、ちょっと待て。そもそも殺し屋を三人揃えて二千万って、高いのか、安いのか。

よく考えたら、そんなにいい話でもないように思えてきた。どうせなら、もう一千万上乗せできないですか、くらいの交渉はしてみてもいいのかもしれない——などと思わされた時点で、圭一は藤田の術中に嵌《はま》っていたのだろう。

「ちなみに殺してもらうのは……大沢組組長、仲根敏夫。竜神会会長、石塚忠光。仁藤組組長、仁藤靖之《やすゆき》。以上の三人だ」

頭の中が真っ白になる、というのはよく聞くが、真っ黒になるのを経験したという人は、ほとんどいないのではないだろうか。

だが、今の圭一は、まさにそれだった。

全てが、繋がった。

藤田の話の奥底に見え隠れしていた「闇」が、今まさに圭一の思考の全てを呑み込んでいた。

そうか。藤田は、次期大和会会長候補である仲根敏夫、石塚忠光、仁藤靖之の三名をまとめて消すことによって、四代目大和会会長の座を、自分の親である浜口征二に献上しようというわけだ。言わば身内殺しだ。だからか。だから絶対に足の付かない道具、繋がりのない実行部隊が必要なのか。このことが露見したら、最も立場を危うくするのは、他でもない浜口征二だ。同時にそれは、藤田にとっても最低最悪の状況ということになる。

ならばそれを逆手にとって、圭一がマスコミにリークするというのはどうか。駄目だ、証拠がない。しかも、そんなことがバレたら圭一の身が危うくなるだけだ。というか、確実に消される。どうしたらいい。普通に考えたら、これは、どうしようもない。どうしようもないが、引き受けざるを得ないことは、最初から分かっている。じゃあ引き受けてどうにかなるのか。言われた通りに、組長殺しをやり遂げるなんてことができるのか。それも、三人もまとめて。そんなこと、できるはずがない。そもそも、東和会との抗争で過剰なまでにガードが固くなった状態の大幹部組長を殺害するなど、それこそ爆弾でも使わない限りできるわけがない。

どうする、どうする、どうする。

車は、いつのまにか皇居から逸《そ》れ、九段坂上《くだんざかうえ》まで来ていた。

赤信号で、また停車する。

藤田はなぜか、そこでサイドブレーキを引いた。

その状態で横向きになり、圭一に正面を切る。

「辰巳……頼む」

肘《ひじ》置きに両手をつき、まるで土下座のように頭を下げる。

「ちょっと、藤田さん」

「頼む。俺を助けると思って、引き受けてくれ。これしかねえんだ。俺にはもう、これしか残された道はねえんだよ」

「藤田さん、やめてください、頭、上げてください」

圭一が言えば言うほど、逆に藤田は肘置きに強く額を押し当てる。

「頼む。もう、お前しか頼れる人間がいねえんだ。組織の人間は使えねえ。バレたらとんでもねえことになる。でももう、あとには退《ひ》けねえんだ」

信号が青になった。

「藤田さん、ほんと」

「頼む、辰巳、頼む。頼むよ」

後続車が盛大にクラクションを鳴らす。それでも藤田は土下座の形を崩そうとしない。

「藤田さん」

「頼む、頼むよ辰巳、引き受けると言ってくれ」

何台もの車が、車線変更をして圭一たちを追い越していく。なおもクラクションを鳴らし、車内を睨《にら》みつけつつ走り去っていく。

終《しま》いには、藤田に手を握られた。

震えていた。藤田は圭一の手を握りながら、震えながら、涙を流していた。

「頼む、辰巳……俺を、漢《おとこ》にしてくれ……」

もう、辺りに車の影はなかった。

クラクションも、遠く聞こえなくなっていた。

暗い道の真ん中に、ぽつんと、圭一たちだけが取り残されていた。

そのあとのことは、正直、あまり覚えていない。

車を降ろされたのは、池袋駅の東口。十時半くらいで、まだ街には人が溢《あふ》れていた。

みんな、楽しそうだった。会社で嫌なことがあったり、恋人と上手《うま》くいっていなかったり、子育てに悩んだりはしているのかもしれないが、それでも、とても楽しそうだった。


この世の地獄は、平凡な日常と隣合わせにある。

そんなことを、初めて実感した。

これから、一ヶ月。

自分は、どうやって生きたらいいのだろう。


圭一は文字通り、死に物狂いになって組長殺しの請負人を探した。

簡単に見つかるなどとは端《はな》から思っていない。だがしかし、ここまで何もできないとも、実のところ思っていなかった。

金で殺しを請け負う人間は、確かにいる。その実力を直《じか》に測ることはできないので、あくまでも評判ということになるが、実績を持つ人物であればあるほど、答えはシンプルだった。

「あの抗争に首を突っ込むような、馬鹿なプロはいないよ」

そんな中でも、射撃の名手で知られる「サイトウ」だけは、少し長めに話をしてくれた。

「俺たちに、組合みたいな横の繋がりはないんでね。ひょっとしたら俺が知らないってだけで、そんな仕事でも引き受けてくれる物好きも、いるのかもしれないけど……まあ、少なくとも俺は嫌だね。そんな、殺るか殺られるかなんて、不確定要素の多い仕事は引き受けられない。そんなのは、懲役《ちょうえき》上等のチンピラを鉄砲玉にすれば済むことだろう」

それじゃ駄目なんだよな、とは思ったが、圭一には「ですよね」と相槌《あいづち》を打つことしかできなかった。

サイトウが続ける。

「できて、一人がいいところだろう。一人殺られたら、向こうはさらに警戒を強めるからな。残りの二人は余計に難しくなる……しかし、君が言うように、仮に東和会の幹部三人を、まとめて片づけることができたとして、だ。じゃあそれで、あの抗争に本当に終止符が打たれるかどうかってなると、実際は怪しいもんだぜ」

圭一が、主に大和会系の仕事をする情報屋であることは、裏社会ではすでに知られている。そんな圭一が、大和会系組長を殺してくれる人間を探している、などとは口が裂けても言えない。かといって、引き受けてもらってから、「実は、対象者は大和会系の組長三人なんです」などという騙《だま》し討《う》ちはアンフェアに過ぎる。よって圭一には、あくまでも「仮に、東和会系の組長三人を始末するような依頼が、あったとしたら」みたいな、危ない世間話の域を出ない訊き方しかできない。

そんな頼み方で、組長三人殺しを請け負ってくれる人物など見つかるわけがない。仮に相手が話に乗ってきても、今度は金額面で折り合いがつかず、いずれも交渉は決裂した。そもそも、二千万ぽっちで組長三人を殺してほしい、という話が無理筋なのだ。ある人には「億は下らない」とまで言われた。

参った。正直、こんなに追い詰められるのは人生で初めてだ。

命の危険を感じたことはこれまでにも何度かあった。でもそれは一瞬か、長くてもせいぜい一日か二日のことだった。こんなふうに期限を切られ、刻一刻と迫りくる死の恐怖に晒《さら》され続けるなんて事態は、今までに経験したことがない。

だが圭一には、まだ一つだけ、試していない方法があった。方法というか、ルートというか、策というか。

藤田には、完璧な殺しができる人間を使え、と言われている。

この条件を、少しだけ緩和してみる、というのはどうなのだろう。

つまりこの仕事を、人間ではない何者かに、引き受けてもらったら、ということだ。

いや、でも、友達をこういうことに引っ張り込むというのは、それこそ人間としてどうなんだ。

それも、大の親友を、二人もだ。

3

正直、ショックだった。

だがそれは、自分が血分けされた場所を再び訪れ、あのときの惨劇が脳裏に甦《よみがえ》ったから、ではない。むしろ逆だ。

ほとんど覚えていなかった。そのことが、紅鈴には何よりもショックだった。

洞穴《ほらあな》に入って、少し進むと左に折れ曲がる。そこまでは記憶と重なった。だがその先、右手には紅鈴が寝床にしていた、小上がりのような横穴があったはずなのだが、そんなものはなかった。洞穴自体、紅鈴が思っていたよりずっと狭かった。当然、四百年の間に内部の形状が変わった可能性はある。でもそれにしても、あまりにも自分の記憶と重なる部分がなかった。本当にこんな場所だったかな、というのが、ありのままの印象だ。

しかし少し経つと、それでいいのか、とも思えてきた。

あの洞穴が、本当に自分が血分けを受けた場所だったとしても、いや、そうであるのならなおさら、当時の記憶と重ならなくても仕方ないのではないか。

あの場所で過ごした頃、紅鈴はまだ人間だった。あの場所で自分は、生身の人間として物を見、閻羅に与えられた肉を食し、排泄《はいせつ》し、閻羅に抱かれ、女としての痛みも感じ、生存術と格闘術を叩き込まれ、疲れ果てて眠りについた。閻羅を一人洞穴に残し、日中の明るい森に出ることも少なくなかった。

すでに四百年、闇神の目で人間社会を見、光と闇を感じてきた紅鈴が、いま同じ場所を見たところで、あの頃と同じに感じられないのは、むしろ当然のことなのかもしれない。

そうと分かって、寂しくはあるけれど、紅鈴は安堵《あんど》もした。

自分は何か、償《つぐな》えない罪のようなものを、ずっと背負ってきたように思う。

でもそれは、幻だった。

いつのまにか、そんな罪は消えてなくなっていた。ひょっとしたら、そんなものは初めからなかったのかもしれない。

そのことに紅鈴は、ようやく気づいたのだ。

福井行きは紅鈴個人の問題なので、紅鈴さえ引きずらないようにしていれば、その後は特に話題にもならなかった。実際は欣治が気を遣って、圭一に「余計なことは訊くな」と言ってくれたのだと思うが、でもそれで済む話だった。

むしろ、問題なのは圭一だった。

最近仕事が忙しそうだな、とは思っていた。疲れた、マジ疲れた、とよくこぼしていたが、表情そのものは明るく、体調面も特に心配なさそうだった。

それが、福井から帰ってきて二日か三日した頃からだ。

明らかに表情が優《すぐ》れなくなった。紅鈴や欣治が話しかけても返事をしない。声を大きくしてもう一度呼ぶと、「ん?」とようやくこっちを向く。体臭も、曇《くも》っているというか濁《にご》っているというか、とにかく良くない臭いがした。淀《よど》んだ池の臭い、古い日本家屋の床下の臭い、関所から漂ってくる厩《うまや》の臭い——いや、どれとも微妙に違う気がするが、何にせよ普通ではなかった。

極めつきは小便だ。

紅鈴たちは大小便をしないので、基本的に便所には入らないのだが、それでも臭いは感じる。ダイニングにいても圭一の大小便の臭いは嗅いでいる。

一つ、圭一が誤解していたのは、そんなに臭いが分かると何を嗅いでも、特に東京なんて、どこにいてもクサくてクサくて堪《たま》らないのではないか、ということだ。

そんなことはない。

これはたぶん犬も同じなのだと思うが、何千倍も、何万倍も嗅覚が優れているからといって、クサい臭いを嗅いだときのダメージが何千倍、何万倍もあるわけではない。喩《たと》えるなら、映像や画像の鮮明さ、不鮮明さに意味合いは似ている。

映像も画像も、鮮明な方がより多くの情報が得られる。細かいことまで詳しく分かる。それは間違いない。しかし、映っているのが林檎《りんご》一個だったら、それは鮮明だろうが不鮮明だろうが林檎一個なのだ。これと同じ話。どんなに優れた嗅覚をもってしても、ウンコはウンコ、オシッコはオシッコの臭いでしかない。ただそれが、人間には分からない程度に薄まっても、闇神ならまだ嗅ぎ分けられる、というだけのことだ。欣治とはよく「臭うね」「クセえな」と口に出して言い合うが、実際は「分かる」というだけで、本当に顔をしかめるほどクサいと思っているわけではない。

要は、そういうレベルの話だ。

圭一の小便が、ちょいと臭う。普段と違う臭いが交じっている。しかも、紅鈴の嫌いな臭いだ。

そう、「死人の血」の臭いだ。

いやいや、圭一は生きているのだから、それは言い過ぎか。正確には「生き血ではない血」の臭いだ。体から流れ出て、役に立たなくなった血の臭いということだ。

つまり、血尿。ひょっとして圭一は、何かの病気に罹《かか》っているのか。

だいぶ前から忙しそうにしていたから、その無理がいよいよ限界を超えたのかもしれない。とはいえ闇神は医者ではないから、体臭の変化と血尿だけで、圭一の体のどこが悪いのかなど言い当てられるものではない。

パソコンの前に座り、ぼんやりと画面を眺めている圭一に訊いてみる。

「なあ、圭一。お前最近、大丈夫か？」

それだけでは返事がない。もう一度「圭一」と呼びかけると、ようやくこっちを向く。

「……あ、なに？」

「なにじゃないよ。大丈夫かって訊いてんだよ」

「なに、が？」

駄目だこりゃ。

「お前、体調、よくないんじゃないかい？」

「いや……そんなこと、ないよ」

「オシッコ、変な色してない？」

「なに……見たの」

「見るわけないだろ。お前の盗撮カメラじゃあるまいし」

「はは……そりゃそうだ」

前は「盗撮じゃないの、あれは防犯用なの」と否定していたのに、それもなしか。いよいよ本物だ。完全におかしくなっている。

夜の九時半。壁掛けの時計を見て、圭一は立ち上がった。

「俺、ちょっと出てくるわ」

欣治も、紅鈴の向かいで心配そうな顔をしている。

「俺は、一緒に行かなくていいのか」

「うん、今日も、いいや。そういう、アレじゃないから」

どういう「アレ」かは分からないが、ここ何日か、圭一は一人で出かけることが多い。

「じゃ、行ってきます……」

「行ってらっしゃい」

紅鈴がそう言っても、こっちを見もせず、ドアを開けて出ていく。

思わず、欣治と目を見合わせた。

「……やっぱ、変だよね」

「ああ。完全に調子を崩してるな」

血尿の疑いについては、すでに欣治とも話している。

「今日はどうだった、ションベン」

「相変わらずだな。ネットで調べてみたら、悪性の腫瘍《しゅよう》ができてる可能性もあるし、腎臓《じんぞう》がやられてるとか、膀胱炎《ぼうこうえん》って場合もあるらしい。あと、結石《けっせき》か。なんにしろ早めに検査した方がよさそうだな。ただ、癌《がん》とかさ、そういう可能性はなさそうだから、もう手遅れ、みたいな話にはならないと思うが」

「いやいや、その『悪性の腫瘍』ってのが、癌ってことなんじゃないの」

「そう、か。そういうことか。じゃマズいじゃねえか」

「マズいよ。刺し傷くらいなら治してやれるけど、さすがに癌じゃね。あたしにも手の施《ほどこ》しようがない」

闇神の血を人間の血と混ぜ、人間の外傷に塗り込むと、その傷はたちどころに塞がる。紅鈴はその方法で、何度も閻羅に大怪我を治してもらった。だが風邪をひいたり、腹を下したり、高熱を出して倒れたりしても、閻羅は何もしてくれなかった。よくなるまで寝てろ、と言われるだけだった——ように、記憶している。

紅鈴は、テーブルの端に置いておいたハイライトの包みに手を伸ばした。

「……圭一、健康診断とか、行ってなさそうだしね」

「吸血鬼に健康の心配をされるようじゃ、人間もお終《しま》いだな」

不思議と、欣治が「吸血鬼」という言葉を使っても腹は立たない。

「掛かりつけの医者とか、あんのかな、あいつ」

「そもそも、国民健康保険とか入ってんのか」

「それは、さすがに入ってるでしょ。知らないけど」

欣治が紅鈴のハイライトを指差す。そういえば欣治は、さっきセブンスターの包みを捻ってゴミ箱に投げ入れていた。最後の一本を吸ってしまったらしい。

包みごと渡すと、欣治は詫びるように手を上げてから受け取った。

「……そういや、心因性の可能性もあるって、どっかに書いてあったな」

「ストレスとか、そういうこと？」

「だろうな。そもそもあいつ、なんであんなに忙しそうにしてんだろ。俺には、一緒に来いって言われねえのに」

それだ。

「最後に呼ばれたの、いつ？」

「福井に行く……いや、福井の次の日か」

ということは、もう一週間以上呼ばれていないことになる。

「前は、出番なくても一緒に出かけてたよね」

「ああ。俺も、ここにいたって暇だからな。あとまあ、俺が車で留守番してりゃ、安心して路上駐車できる。コインパーキング代が節約できる」

ここから考えられるのは二つ。圭一がこのところ通っているところには、ちゃんと駐車場所がある、という可能性。

もう一つは、欣治を連れて行きづらい仕事をしている可能性だ。

「ねえ、圭一の仕事って、基本的には盗撮と盗聴なんだよね」

「基本的には、そうだな。あと、そのパソコンでハッキングとかもしてるらし……」

紅鈴は、人差し指を立てて話を遮《さえぎ》った。

「それ、前々から訊こうと思ってたんだけど、ハッキングってなに」

欣治が「ああ」と斜め上を見上げる。

「インターネットを介して、他人のコンピュータに入り込んで、中の情報を勝手に見たり、盗んだり、破壊したりすること、じゃないかな。たぶん」

なんだ。

「結局『覗き見野郎』なんじゃないか、あいつは」

「それを言うなって。一応、自称は『裏社会の情報屋』なんだからよ」

ということは、いま圭一が手掛けているのは、盗聴・盗撮を手伝わせている欣治にも知られたくない、見せたくないような仕事、ということか。たとえば、盗み、強請《ゆす》り、人殺し。いや、そんなことでは紅鈴も欣治も驚いたりしないし、ましてや圭一を責めたりもしない。それはもう、圭一だって分かっているはずだ。

だとすると、盗聴・盗撮をしているうちに、知ってはならないことを知ってしまったとか。それで追われる立場に――いや、そこまで切羽《せっぱ》詰まった感じはない。そんなことになっているなら、一刻も早くここを引き払うべきだろう。なので、これも違うと思う。

となると、まさか、闇神に関することか。今になって圭一は、紅鈴と欣治の情報を誰かに売ろうとしているのか。その罪悪感から体調を崩し、血尿を垂らしているということか。いや、それも違うか。それならもっと、圭一はおどおどした態度になるはず。今の圭一は、もっと他のことに気をとられていて、紅鈴と欣治が視界に入っていないというか、背を向けているというか、そんなふうに見える。

「欣治、お前からも圭一に訊いてやんなよ」

「何を」

「どうしたんだって。何かあったのか、大丈夫かって」

「さっき訊いたじゃねえか、お前が」

「あたしより、欣治から訊かれた方が圭一は話しやすいんだよ。あいつ、ほんとお前のこと大好きだから」

その夜、圭一が帰ってきたのは夜中の二時過ぎだった。紅鈴も欣治もなんとなく起きていて、テレビを見ていた。

「……ただいま」

出かける前より、さらに元気がなくなって見えるのは気のせいではないと思う。

「お帰り」

そう二人で声を揃えても、圭一は目も合わせようとしない。しかも、また体臭が変化している。淀んだ臭いに加えて、緊張を示す酸っぱい臭いが強まっている。この緊張感は、外で何かあったことを示しているのか。それとも紅鈴と欣治に対するものなのか。今はまだ分からない。

圭一がトイレに入る。出てくると、やはり血尿の臭いがした。続いて洗面所。うがいをして、顔を洗って出てくる。

椅子に座ったまま、欣治が圭一を見上げる。

「おい圭一。お前、最近やっぱり、おかしいぞ」

圭一が足を止める。

「……何が」

出かける前と同じ返事だが、でも、今のとさっきのとでは表情が違った。訊かれるのを待っていたというか、そう紅鈴たちに仕向けた節すらあった。

どういうことだろう。

欣治はずっと圭一を見上げている。

「血尿が出てるのもそうだが、最近、仕事には俺を連れてかねえし、盗聴機材も減ってねえじゃねえか。かといって回収もしてきてねえ。パソコンの前に座ってもぼーっとしてやがって、俺らの話も碌《ろく》に聞いてねえ。どうしたんだろうって、心配すんのは当たり前だろう」

圭一が、鼻の辺りをクシャッと歪《ゆが》める。

「……欣治」

「体調が悪いなら、早く病院行った方がいいぞ」

「確かに、小便は、アレだけど……違うんだ。病気とか、そういうんじゃないんだ、たぶん……」

「じゃなんだよ。何かあるんなら話せ。必ず力になるとまでは言えねえが、口に出すだけで、他人に聞いてもらうだけで、楽になるってこともあるだろう」

もう圭一は、ほとんど泣き始めている。

「欣治、俺……」

話す気になったのか、欣治の隣の椅子を引き、圭一が座る。

「俺……藤田に、大変なこと、頼まれちゃって」

欣治も圭一に向き直る。

「大変なこと？　なに」

「仕事」

「そら分かってる。どんな仕事だ」

「殺しのできる、プロを、連れてこいって」

「そんなの、似たようなことは前にもやってたろ」

「今度は、マジでヤベえんだよ」

「何が」

「相手が」

「殺す相手がか」

「うん……」

「誰だよ」

「三人いる」

「三人殺せ、って言われたのか」

「そう」

あー焦れったい、だからさ、と紅鈴は割って入ろうとしたが、欣治に目で止められた。

ここは俺に任せろ、ということだ。

「……その三人が、三人ともヤベえのか」

「うん。もう、マジでヤバい」

「誰だよ」

圭一が、目を閉じて俯《うつむ》く。

「……これ言ったら、欣治たちもヤバく……いや、欣治たちは別に、ヤバくなんないかもしんないけど」

殺しの対象を聞いただけでヤバくなるって、どういう話だ。

圭一が続ける。

「だからさ……その、藤田って、藤田一家の総長じゃん。藤田一家って、浜口組じゃん。浜口組は、大和会の直参じゃん。だから、浜口組の組長にだって、大和会の会長になるチャンスっていうか、ポジション的には、それもあり得る位置にいるわけよ」

「ああ」

そういえばこの前、その藤田弘義が紅鈴の勤めている「パール・ガール」に来ていた。どうやらあの店のケツ持ちが、東和会系の仙庭組から大和会系の藤田一家に替わったらしく、その挨拶というか宣言というか、要は脅しにきたわけだ。藤田総長が直々《じきじき》に。

そのときに「この店のナンバー・ワンは誰だ」みたいな話になったのだろう。で、店長が「ちょうどいま来てますよ」みたいに言ったのだろう。たまたま出勤していた紅鈴はスタッフに呼ばれ、挨拶させられる破目になった。

「……初めまして。マリアです」

常日頃、圭一から「角《つの》のない般若《はんにゃ》」だの「色黒の閻魔《えんま》大王」だのと聞かされていたので、どんなおっかない顔をしているのだろうと楽しみにしていたのだが、実際はそうでもなかった。

「ほう、さすがだな。この店のナンバー・ワンともなると……なるほどなるほど……マリアか。名前もいいじゃねえか。引き続き、がんばって稼いでくれよ」

まあ、その日はたまたま機嫌がよかっただけ、なのかもしれないが。

圭一の泣き言は続いている。

「でさ……藤田にとって浜口は親だからさ、浜口を大和会会長に押し上げたいって気持ちが、あるわけよ、藤田には。でも、浜口ってはっきり言って、最有力候補ではないわけ。贔屓目《ひいきめ》に見ても三番手か、見方によったら四番手くらいでさ」

なるほど、そういう話か。

欣治も、ほぼ同時に悟ったようだった。

「つまり、テメェの親を大和会会長に据えるために、その他の会長候補三人を始末しろって、そういう話か」

「……そゆこと」

そう言って一度は頷いたものの、すぐに圭一は首と両手を同時に振り始めた。

「違うの、そんな簡単な話じゃないの。だから、言わば身内殺しなわけだから、だからこそ、絶対にバレちゃいけないっていうんで、あわよくば東和会の仕業に見せかけたいってのもあって、だから、前に大和会系の仕事をした人間は使えないし、大和会ルートで仕入れたチャカも使えないし、ただでさえ大和会系の組長を三人も殺すわけだから、一時的には戦力が落ちるっていうか、大和会内部がガタつく事態は避けられないわけで。だからこそ、三人の組長以外は一人も殺すな、傷つけるなって言うわけよ、藤田は。しかもさ、しかもよ、ギャラはそのプロと俺とで、合わせて二千万だっていうのよ。俺だってね、けっこう探したんだよ。でもさ、二千万ぽっちでこの仕事受ける奴なんていないのさ。下手《へた》したら、億だって言う奴もいたんだから。そんなの無理に決まってんじゃん。なんで俺が、さらに八千万も借金して、大和会の組長を殺す算段つけなきゃなんないんだよ……」

　途中から、欣治はニヤニヤし始めていた。紅鈴も笑いを堪《こら》えるのに必死だった。

　圭一が眉をひそめる。

「なんだよ、笑い事じゃないんだよ、マジで」

「いや、笑い事だろ」

「違うんだって。マジなんだって、藤田は」

「そうじゃなくて、圭一……お前なんで、最初っからその話、俺たちにしなかったんだ」

　すると、見る見る圭一の目鼻が、口が、顔の中央に集まってくる。両目から、ぽろぽろと涙がこぼれ始める。

「だって、こんなこと……俺、友達に、言えないもん……」

「なに言ってんだよ」

「友達に、人殺し、してくれなんて……俺、頼めない」

「だからってよ、お前」

「欣治が、人殺し嫌いなの、知ってるし、知ってるから……こんなこと、頼めないって、俺、俺……」

「だからって、血の小便垂らすほど我慢するこたぁねえだろ。馬鹿だな、お前は……大馬鹿野郎だよ」

　欣治が、圭一の頭をクシャクシャと撫でる。

「……もう、なんにも心配すんな。その一件、俺たちが綺麗に片つけてやる。なあ、紅鈴」

ようやく出番が回ってきた。

「うん、面白そうじゃん。やろうやろう。むしろ、あたしらが一番得意な仕事かもしんないよ。生身の人間には不可能な殺し方をすればいいんだから。チョロいもんさ」

「欣治ぃ、紅鈴ぅ……」

圭一は立ち上がり、欣治に抱きつき、でもそれだけでは悪いと思ったのか、紅鈴にも手を伸べて引き寄せ、肩を組むようにして輪を作った。

「んもぉ……欣治ぃ、紅鈴ぅ……俺、吸血鬼と友達で、ほんとよかった。ほんっと、よかった」

だから「吸血鬼」って呼ぶなって何度も言わせんな、とは思ったが、まあいい。

今日だけは、大目に見てやろう。

4

翌日、圭一は「打ってつけの殺し屋を見つけました」と、大威張《おおいば》りで藤田に報告したらしい。当然「どんな奴だ」と藤田には訊かれたが、そこは「知らない方がいいんじゃないですか」と濁しておいたという。圭一にしては上出来だ。

しかも、その時点で藤田は前金の一千万円を圭一に手渡している。

圭一は、百貨店の紙袋に入ったそれをダイニングテーブルに置き、大事そうに両手で撫《な》でた。

「マジでありがと。マッジで、ありがと。感謝する。恩に着る。俺、一生欣治についてく」

紅鈴が聞いたら「あたしは」と割り込んできそうだが、今は幸い仕事に行っていて留守だ。

「そうは言っても、お前の一生と俺たちの一生じゃ桁《けた》が違うからな。それと……あんまり、こんなこたぁ言いたかねえが、俺たちがその気になりゃ、人間三人を殺るなんてのは、ほんと造作もねえことだから。本能みてえなもんだからよ、あんまり大袈裟《おおげさ》に考えんな。言ったら、犬が電柱に小便引っかけんのと変わんねえんだから。特に紅鈴はな」

圭一が、百貨店の紙袋をテーブルの真ん中まで押し出してくる。

「そんなことねえって。スゲえってやっぱ。ある意味、超人だかんね、二人は。いなかったんだから実際、この仕事受けられる奴なんて。だからさ、この前金は、二人で使って」

そういう意味だろう、と思ってはいたが。

「いや……いいよ、金は。あっても別に使い道ねえし。そもそも不自由もしてねえしよ」

「そう言うなって、ほんと感謝してんだから。こんなボロアパートじゃなくてさ、もっと高級なマンションとかに住んだっていいじゃない。これ頭金にして、買っちゃったっていいんだから」

前に欣治たちが住んでいた部屋と比べたら、ここはボロでもなんでもない。闇神の尺度で言ったら、限りなく新築に近い。

「マンションね……そういう欲も、俺たちにはねえんだ。お前は、まだ借金だってあるんだし、妹を大学に通わせるのにだって、金はかかるんだから、そういうことに使えよ。俺たちのことは考えなくていい」

圭一が眉をひそめ、口を尖らせる。

「それじゃ、俺の気が済まねえって。第一、紅鈴はなんて言ってんだよ。紅鈴は服だのなんだの、いろいろ欲しいものあるんだから、金は要《い》るだろう？」

信じられないかもしれないが、紅鈴はああ見えて、けっこう金は持っている。欣治もあえて訊きはしないが、たぶん何百万かは、常に持っていると思う。今も押し入れの枕元に置いてあるはずだ。

「あいつのことも考えなくていい。それよりも、この仕事にゃ期限があるんだろ。それも、三人いっぺんに片づけるとなりゃ、何より肝心なのは段取りだ。一人が大阪、一人が仙台、一人が東京なんて日じゃ手間がかかって仕方ねえ。移動距離が長くなれば、それだけ手掛かりを多く残すことにもなる。間が空けば、二人目、三人目の守りも固くなる。三人とも東京にいる夜を狙って、短時間のうちに片づけねえと上手くねえ」

圭一が深く頷く。

「確かにな……ってことは、大和会の定例会とか、幹部会とかが狙い目か」

「いや、そういう場所は警備も厳重だろうし、ひょっとしたら警察の目もあるかもしれない。侵入するのは上手くいったとしても、そんな大勢いるところに乗り込んでいったら、人違いだって起こりかねない。仮に間違いなく三人殺ったとしたって、逃げる間に囲まれる可能性はある。他の組員を傷つけないってのも、条件の一つなんだろ。俺たちだって、囲まれたら優しくはしてやれねえ。手荒な真似もせざるを得なくなる。だったら、多少移動の手間はかかるが、三人が、バラけた状態で都内にいる夜が望ましい。三人が三人とも愛人宅にしけ込む夜……なんてのがあれば、一番理想的だがな」

少しだけ、圭一の表情が和《やわ》らぐ。

「三人が三人とも、か。水曜日は浮気の日、みたいな？」

「一人はジムで体力作り、とかでも構わねえが」

「いや、ジム通いはそもそも難しいんだよ。刺青《いれずみ》してたら入会できないから。特にいいお店は」

なるほど。運動後はシャワーくらい浴びるだろうから、そういった面では、ジムは大衆浴場に近い性格の施設、とも言えるわけか。

「まあなんにせよ、三人の日頃の行動パターンを調べ上げて、この日だったら間違いねえ、ってのを決めねえとな。それが決まったら……そうだな、次は周辺の防犯カメラか。いくら正体不明の吸血鬼だって、映像に残るようなやり方は利口じゃねえ」

圭一が欣治を指差す。

「あ、いま『吸血鬼』って言った」

「自分で言うのはいいんだよ、馬鹿野郎……それから、防犯カメラの場所がチェックできたら、それに映らないような侵入ルートを考える。なんだったら、二、三軒先のマンションから、跳び移って跳び移って行ったたっていいんだから」

「盗聴器仕掛けるときと同じ要領だな」

「ああ。壁なんざ跳び越えりゃいい。有刺鉄線も引き千切《ちぎ》りゃいい。扉は蝶番《ちょうつがい》を引っこ抜いちまえばいい。とにかく、普通の人間には不可能な侵入方法であればあるほどいい……仕事が済んだら、あとは逃走ルートだ」

圭一が掌を向ける。

「ちょっと待った。車、どうする？　俺の軽じゃ、最悪追っかけっこになったとき、スピード的に不利じゃない？」

それについても、欣治は考えていた。

「お前、バイク用意できるか。ナンバーを見えないように加工したのを、二台」

分かりやすく、圭一が大きく両目を見開く。

「なに……お前ら、バイクも乗れんの」

「だから、昔は免許とか関係ねえからよ。ちょいと借りるぜって、そこらのを乗り回したって問題なかったんだよ」

「でも、何十年も乗ってなかったら、けっこうスイッチとかいろいろ変わってて、運転できないってこともあんじゃねえの？」

「大丈夫だ。何十年も乗ってねえってこたぁねえから」

「あ、適当にパクッて乗ってたな」

「そこは想像に任せる……とにかく二台。足がつかねえように工夫したのを用意してくれ」

一瞬、圭一は斜め上を見上げ、自分を指差した。

「えっ……じゃ、俺は？　バイク二台って、欣治と紅鈴だろ。俺はどうなんの。軽であとから追っかけんの？」

「いや、お前はここで留守番してろ」

これに対する「エエーッ」は、近所迷惑レベルの大声だった。

「……うるせえ。落ち着け」

「だって、だってだって、俺一人留守番って、そりゃないっしょ」

「遠足じゃねえんだからよ。行かねえで済むならそれに越したこたぁねえだろ」

「そりゃないっしょ。見張りでもなんでも、俺にだって役に立てることはあるだろが」

その気持ちも分かるが、ここは現実的な話をしよう。

「圭一、こういうこたぁな、頭数は少なきゃ少ねえほどいいんだ。もし何か下手を打って、お前がパクられでもしたらどうすんだ。テメェは慎重にやってるつもりでも、横から出てきた車にぶつかられたらどうすんだ。でもその点、俺たちなら心配ねえ。人間じゃねえんだからよ。そう簡単には死なねえし、滅多なことじゃ怪我もしねえ。最悪、ヤクザだろうが警官だろうが、殴り倒して走って逃げりゃ済むこった。なんだったら、走ってきた車の屋根に跳び乗って、停まりそうになったら反対車線の車に乗り移って、陸橋に差し掛かったらその上から跳び下りて、下を通ってる電車の屋根に下り立って逃げたっていい。そういう修羅場を、俺たちはくぐり抜けてこれまで生き延びてきてんだ。

お前は大人しく……ここでビールでも飲んで待ってろ」

圭一が、さも悔しそうに歯を喰《く》い縛《しば》る。

「……俺じゃ、足手まといだって言うのかよ」

「そういうこった」

冷たいようだが、それが現実というものだ。


翌日、圭一は早々に気持ちを切り替えたようで、

「じゃあ俺、出かけるからな。ケータイ、電話したらちゃんと出ろよな」

「……ああ……行ってらっしゃい」

押し入れの襖《ふすま》越しに声をかけ、昼前に出かけていった。

戻ってきたのは夕方。

「よし、夜になったらもう一度出かけよう。今度は欣治も来てくれ」

「そりゃ構わねえが、具体的には何すんだ」

「今夜は仁藤組長の周辺に、重点的に盗聴器を仕掛ける。自宅がちょっと難しそうだけど、欣治なら問題ないだろ」

ちょうど、紅鈴が風呂から出てきた。頭と体にタオルを巻きつけただけの恰好だ。

圭一が眉をひそめる。

「ちょっと……下着くらい着けてから出てこいよ」

「だって、圭一が帰ってくるなんて思ってなかったんだもん。声が聞こえなかったら、

これもなしだったかもね。そしたらフルヌードよ、フルヌード」

「いいから、早く行けよ」

「ちらっ」

「よせっツッてんだろが」

紅鈴が和室に入ると、まったく、と呟いて圭一は頭を掻いた。

「……ほんとに大丈夫なのかね、あんな調子で」

「その心配はねえ。あいつの戦闘能力の高さは折り紙付きだ。万が一、俺にしくじることがあったとしても、あいつにはねえ。くぐってきた修羅場の数が、二百年分違うんだよ」

圭一が、何か思い出したように「ん」と漏らす。

「なんだ」

「そういえば昨日、欣治、電車の屋根に跳び乗ってとかなんとか言ってたけど、そんなことしてさ、お前ら感電とかしないの？」

現代人の感覚も、どうして侮《あなど》れない。

「……すまん。そこはちょっと、なんて言うか……正直に言うと、俺たちが跳び乗ったのは、電車じゃなくて、汽車だった。だから電線はなかった。煤《すす》だらけにはなったが、感電はしなかった。電車の屋根に跳び乗ったら、さすがに感電すると思う。たぶん……感電したことねえから、分かんねえけど」

圭一が泣き笑いのような顔をする。

「へえ……欣治も、見栄張ったりすること、あるんだね」

うるせえ。

各組の事務所や組長宅、愛人宅、お気に入りのクラブなど、ありとあらゆる場所に盗聴器を仕掛けて回った。これまで圭一が請け負ってきた仕事は、ほぼ大和会や浜口組、藤田一家と利害が対立する団体の情報収集に限られていたので、同じ大和会に属する竜神会、仁藤組、大沢組、およびその関連施設に仕掛けるのは今回が初めて、全て新規の設置となった。

仕掛けてはデータを回収し、アパートに持ち帰っては聴く。毎日毎日、これの繰り返し。移動や待機の時間も無駄にはできないので、ときには欣治が代わりに聴いて、有力情報の有無を圭一に報告することもあった。

地道に作業を続けていけば、ちゃんと、三人の趣味や行動パターンは分かってくる。

竜神会の石塚会長は大変な犬好きで、自宅でポメラニアンと秋田犬、本部事務所でもドーベルマンを飼っており、普段は若中に散歩をさせるが、週に二回か三回は自分でも行くとか。ただしそれはいつも明るいうちなので、欣治たちが襲うにはタイミングが悪いとか。

仁藤組長は、映画好きが高じて本部事務所にシアタールームを設け、月に三回か四回は組員を集めて上映会を開いているとか。ヤクザ映画のときはまだいいが、フランス映画は退屈なようで組員には評判が悪いとか。それでも上映中に寝ると大目玉を喰うので、中には覚醒剤を打って上映会に臨む組員もいるとか、いないとか。

大沢組の仲根組長は、もうすぐ三歳になる孫娘を、まさに目に入れても痛くないくらい可愛がっており、なんとか「グランパ」と呼ばせようと頑張ってはいるが、今のところ「ジジ」としか呼んでもらえていないとか。

圭一はこのネタがやけに気に入っており、仲根宅の音声データをチェックするたびに、腹を抱えて笑っている。

「ひでえ、ひでえよ……家政婦まで、仲根のこと、陰で『ジジ』って呼んでやがる……あれじゃや、ミナちゃんが『グランパ』なんて呼ぶわけねえって」

できれば、その手の話は詳しく聞きたくない、というのが欣治の本音ではある。

ヤクザにも家庭があり、子供がいて孫がいて、方法に違いはあれど、誰かを大切に想っているのは堅気と同じ。当たり前のことだが、それを具体例として知っているのと知らないのとでは、大きく違う。まさか、見たこともない孫娘の顔が脳裏をよぎり、ここぞというときに二の足を踏んでしまう、などということはないと思うが、その可能性は皆無と言いきることもまた、欣治にはできない。小さな女の子の絡む話だと、どうも亡くなった妹を思い出し、気持ちがざわついてしまう。

もう、とっくの昔に顔も忘れているというのに。

だがそんな気分も、たいていは紅鈴が紛《まぎ》らわせてくれる。

「圭一、石塚は六本木の愛人宅で殺るんだろ」

「うん。それが今のところ、石塚に関しては第一候補かな」

「マンションの見取り図と周辺写真、あったよな。持っといで」

圭一が「えーと」と言いながら、プリントアウトした見取り図と写真を探し始める。パソコン周りの床には今、似たような資料が大量に散乱しているが、圭一の言い分は違う。それらは、見やすいよう広げてあるのであって、決して散らかしているのではないという。なので、今は欣治たちも近づかないようにしている。

「あったあった……はい、これね」

資料の川を大きく跨《また》ぎ、圭一が手を伸ばして資料を差し出す。

紅鈴は「あいよ」と受け取り、それらを改めてテーブルに並べた。

「組長の愛人ともなると、いいとこに住んでやがんな……圭一、これって直接、マジックとかで書き込んでもいいの」

「いいよ」

「じゃ、マジック貸して」

「色は」

「赤」

圭一が、パソコンの傍に置いたペン立てから一本抜き、紅鈴に向けて放り投げる。紅鈴はあえてそれを見ず、資料に目を落としたまま、顔の横で受け取ってみせる。

圭一が「おお」と漏らす。

「ナイスキャッチ」

「……だろ」

紅鈴は視野も広いが、聴覚も非常に鋭い。今のも、目の端で見ていたというよりは、ペンが飛んでくる音で判断していたのだと思う。

早速、紅鈴は赤い縁《ふち》の眼鏡をかけて詳細を吟味《ぎんみ》し始めた。

「このビルの屋上……より高いのか。じゃこっちの非常階段から跳び移るとして、防犯カメラが……ここと、ここと、ここか……事前にさ、レンズを塞いじまうってのも手じゃないかね、あるのは分かってんだから……いや、このマンション、六階までなんかの配管が出てんじゃん。これでいいよ、これ伝ってけば上れるよ。楽勝、楽勝……で、下りるときはベランダからこっちに回って、隣のビルに下りちゃえばいいと……廊下からは……まあ、マンションのドアなんざ全部外開きだもんね。蝶番、捩《ね》じって取っちゃえばいいんだから……まあ、ほんとはね、事前に侵入しておいて、愛人眠らせて、万事静かにやり遂げる方が、綺麗でいいけどね……」

少しすると、また資料の川を跨いで圭一がこっちに出てきた。トイレか。ちなみにこ数日、小便に混じるあの臭いはすっかり治まっている。やはり心因性の血尿だったようだ。他の内臓をやられたりしていなくて、本当によかった。

トイレから出てくると、圭一は怪訝そうな目で紅鈴を見、欣治の耳元に口を寄せてきた。

「ねえ……紅鈴って、目、悪かったっけ」

「いや。悪くねえよ」

「じゃ、なんで眼鏡かけてんの」

「気分だろ」

UVカットになっている伊達《だて》眼鏡を買ってはみたものの、やはり外に出るならサングラスの方がいいといって、しばらくしまい込んでいたやつだ。

紅鈴が顔を上げ、ニヤリとしてみせる。

「こういうのすると、あたしでも、ちょっとOLっぽいだろ」

「OL、というよりは……スケベな社長秘書かな」

「それもありだな」

眼鏡ごときで女の本性は隠せない、ということだ。


検討に検討を重ねた結果、作戦の決行は七月二十九日の夜と決まった。

まずは竜神会の石塚会長。これは欣治が一人で担当する。二十九日は愛人の松村志津子《まつむらしずこ》がママを務めるクラブが定休日。そういう日は必ずといっていいほど、石塚は志津子のマンションを訪れる。地下駐車場で車を降り、エレベーター前までは運転手を兼ねたボディガードが同行するが、その後は石塚一人で八階まで上がり、事が済んだらまた一人で降りてくる。防犯カメラの位置等を考え合わせると、やはり事前に志津子の部屋に侵入しておいて仕留めるのがよさそうだ、という結論に至った。

次は大沢組の仲根組長。これは紅鈴が担当する。二十九日は例の孫娘、仲根美奈《みな》の三歳の誕生日に当たり、そういうときは例年、渋谷区松濤《しょうとう》の自宅で誕生パーティを催《もよお》すことが分かっている。紅鈴は、孫娘の話が出たときの欣治の様子を見ていたのだろう。

「仲根はあたしが殺る」と、自ら進んで引き受けてくれた。

最後は仁藤組の仁藤組長。残念ながら二十九日に上映会が開かれることはなさそうだが、そうでなくとも仁藤は一人、夜中まで本部事務所で映画を見ていることが多い。特にここ一年は一人息子がアメリカ留学に出ており、伴って女房も頻繁《ひんぱん》に渡米するようになった。だからだろう。仁藤はこのところ、週に二日程度しか自宅に帰らなくなっている。仁藤には意外と進歩的なところがあり、自宅にボディガード以外の、いわゆる「部屋住み」は置いていない。そのような慣習を女房が嫌ったのか、詳しい事情は分からないが、とにかく家族のいない家に帰るくらいなら、泊まり当番もいる事務所の方がいい、ということなのだろう。二十九日は午後に仁藤組の幹部会が予定されているので、そのまま事務所に居残る公算が高いと圭一は読んでいる。

三ヶ所への侵入計画は、主に紅鈴が立てた。これが圭一には意外で仕方なかったようだが、欣治にとっては当たり前の話だ。

紅鈴は、欣治より格段に「ワル」なのだ。誇張でもなんでもなく、昔は本当に、日常的に人殺しをし、金品を奪い、平気で火を放って後始末をしていた。それを欣治が、やめよう、もうやめよう、やめてくれ、やめろよ、もうそういう時代じゃないんだからよせと、何十年も言い続けて、ようやく最近、滅多にはやらなくなってきていた。

だから変な話、今回のこれには非常に乗り気なのだ。欣治に文句を言われずに殺しができる。それが、楽しみで仕方ないのだ。

「あたし、ちょっと黒いスプレー買ってこよっと」

欣治には大体予想がついたが、一応訊いておく。

「黒いスプレーなんて、なんに使うんだ」

「ほら、なんだっけ、洋画にあったじゃないか、戦う前に、目のところにプシューッてやる場面が。あれさ、あたしいっぺん、やってみたかったんだよね。なんかさ、こう……とにかく、カッコいいじゃないか」

たぶん、SF映画の『ブレードランナー』のことを言っているのだと思う。もう圭一も気づいているだろうが、紅鈴にはああ見えて、けっこうミーハーなところがある。

5

そうと意識せずとも、慣れ親しんだものというのはある。

たとえば、書き物をするときに必ず使う、龍を象《かたど》った鋳物《いもの》の文鎮《ぶんちん》。石塚の家に昔からあったもので、それをなぜ組事務所に持ち込んだのかは覚えていないが、でも自分の文鎮といえばそれなので、今もなんとなく使い続けている。

石塚の専用車である、このベンツの後部座席もそうだ。買い替えた当初は、背もたれのカーブが自分の体に合わないように感じたが、先日、仲根敏夫の車に乗せてもらったとき、これだったらウチの車の方がいいと密《ひそ》かに思った。それからというもの、この後部座席シートを妙に心地好く感じるようになった。いつのまにか、自分の体の方が座席に順応してしまったのかもしれない。

志津子が住むマンションの、地下駐車場の反響音も、そうかもしれない。石塚は元来、こういう甲高《かんだか》く耳障りな音を好まない。塗装されたコンクリート床とタイヤがこすれる音。エンジン音の、金属的な部分だけが跳ね返って増幅されたような音。だがしかし、今はこの音を耳にすると「着いたな」と思う。志津子の部屋までもうすぐだな、という安堵すら覚える。

そしていつもの駐車場所。

運転手の亀田《かめだ》がサイドブレーキを引き、エンジンはそのままにして素早く降りる。周囲の安全確認をし、何もなければ後部ドアを開けにくる。いつも同じ動作。手抜かりはない。

後部ドアが開くと、外の蒸れた空気が車内に流れ込んでくる。決して心地好くはないが、これもまた慣れ親しんだものの一つなのだろう。

石塚が降りると、亀田は静かに、だがしっかりとドアを閉める。

亀田は無口な男だ。そこが、石塚は気に入っている。一々《いちいち》「会長どうぞ」とか、「お疲れさまでした」などと謙《へりくだ》る必要はない。亀田がいかに慎重な運転をするか、どれほど周囲に気を配り、安全確認に神経を使っているか、石塚はよく知っている。それで充分だ。

車を離れる際、初めは亀田が前を歩く。だが途中で歩を遅らせ、石塚の後ろにつく。エレベーターホールに入るドア前まできたら再び前に回り、開けて特に異常がなければ、初めてリモコンを使ってエンジンを切り、ドアをロックする。亀田は常に、襲撃を受けたらどう反撃し、どう石塚を逃がすかを最優先に考え、行動している。

地下駐車場全体が、にわかに静まり返る。

ホールに入り、エレベーター前まで来たら、亀田が上向き三角のボタンを押す。

「今日は、もういい。明日、九時に来てくれ」

「はい」

地下一階にカゴが到着し、中に誰も乗っていなければ、亀田の今日の仕事は終わりだ。

「お疲れさまでした。ではここで、失礼いたします」

「……ああ」

石塚一人が乗り、自分で【8】のボタンを押す。

閉まり始める自動ドア。その隙間に小さくなっていく亀田の脳天を、最後の一瞬まで見ておく。頭を下げたまま動かない亀田。それは同時に、石塚の身の安全を意味してもいる。

八階に着いたら、内廊下を一番奥まで進む。高級ホテルのようでよかろうと思い、購入したのだが、志津子はこれを少々不満に思っているようだ。

新築だった入居当初はよかった。だが一年ほどした頃からか、雨の日は廊下がカビ臭くなると言い出した。なるほど、確かに外廊下の方が通気性はよかろう。カーペットではなくコンクリート床なら、多少のことでカビ臭くなることもなかろう。だが安全性には替えられない。マンションの外廊下なんぞ、どこの誰に、どうやって狙われるか分かったものではない。カビ臭さについては、不動産屋を通じて管理会社に注意しておく、と志津子には約束しておいた。

八一二号室。ドア脇にあるボタンを押し、チャイムを鳴らす。少し待ったが、シャワーでも浴びているのか返事がない。仕方なく、自分で鍵を使ってドアを開けた。

玄関にも、その先に見えるリビングにも煌々《こうこう》と明かりが灯っている。テレビを見ているのか、音楽が聞こえてくる。流行《はや》りのポップスのようだが、石塚には誰の歌だか分からない。

「おーい……」

靴を脱ぎ、廊下に上がる。

「おい、いるんだろ」

リビングのドア口まで来ると、左手に焦げ茶色のソファが見える。手前の肘掛けには素足が二つ覗いている。珍しい。テレビを見ているうちに眠ってしまったようだ。これまで、一度としてこんなことはなかった。志津子はいつも必ず、きちんとした身形《みなり》で石塚を迎える女だ。ひょっとして、具合でも悪いのか。

「おい」

そう、少し強めに言った瞬間だった。

右手のキッチンに気配を感じ、顔を向けると、すぐそこに男が立っていた。小柄な男だ。この暑いのに、黒いライダースーツのようなものを着ている。似た素材の手袋までしている。それでいて目出し帽のようなものはかぶっていない。坊主頭が見えている。ただし、目の周りは真っ黒く塗ってある。いや、スプレーで吹き付けたのか。

「なんだお前」

こんなご時世だ。東和会の手の者だろうくらいの察しはついた。だが、男の両手には何もない。チャカもヤッパも持っていない。隠し持てるような服装でもない。他に仲間の気配もない。

「なんだって訊いてんだテメェ」

喧嘩の七割は胆力で決まる。弱みを見せたらヤクザは終わりだ。自分から前に出なければ、勝てる喧嘩も負けになる。

「聞こえねえのかコラ」

男は、歳で言ったら石塚の半分くらいの若造だが、お互い素手。体格では石塚に分がある。リーチも、石塚の方が圧倒的にある。

「この野郎」

手を伸べ、正面から喉首を摑《つか》むつもりだった。喉輪の要領で動きを封じたら、そのまま壁際まで押し込むつもりだった。

ところが、そうはできなかった。

男の首に手が届くより前に、逆に、手首を摑まれてしまった。

「ンッ……」

なんだ、この馬鹿力は。骨が、砕ける。手首が握り潰される。

とっさに左手で殴ろうとした。だがそれも、同じように摑まれてしまった。メシッ、と両手首の骨が軋《きし》む。男に、下向きに力を加えられると一切の抵抗はできず、ただ膝を屈するよりほかになくなった。

「んオッ……」

なんだキサマ、何が狙いだ。そんな言葉すら声にならなかった。両手首が捩じ切られる、いや弾け飛ぶような痛みの前に、石塚は全てを諦めざるを得なかった。ヤクザとしてのプライドも、漢《おとこ》としての意地も、悲鳴をあげることも、何もかもだ。

その場に正座させられた。その状態で、男は正面から体を寄せてくる。石塚の両腿《りょうもも》に跨《また》るような恰好だ。唯一思いついた反撃は股間への頭突きだが、それも高さが合わない。当たってもせいぜい下っ腹だろう。さらに男は前へと出てくる。石塚は仰け反《の ぞ》り、終《しま》いには、仰向けに寝転ばざるを得なくなった。正座を崩さず、真後ろに寝転ぶのだ。普段なら絶対にできない恰好だ。膝はもちろん、この歳では体も碌に後ろに反らない。それでも、そうならざるを得ない。エビ反りになる苦痛より、両手首を捥《も》がれるような痛みの方が遥かに勝っている。

跨られるというよりは、もう完全に、男に馬乗りになられていた。

その体勢で、男が石塚を見下ろす。

俺を、どうするつもりだ——。

顔に唾《つば》を吐きつけられて終わり、という冗談だったらどんなにいいだろう。なんだ馬鹿野郎、フザケやがって、汚えじゃねえか。そんなふうに啖呵《たんか》を切れたら、失くしたプライドも欠片《かけら》くらいは戻ってくるかもしれない。

しかし、そんな都合のいい妄想も、失禁と共に脳内から流れ落ちていった。

パチパチと、枯れ枝が燃えるような音が聞こえた。男の、頭の方からだ。もはや、呻《うめ》き声も出なかった。

信じられないことに、白い、まさに白樺《しらかば》の枝のようなものが、男の頭から二本、突き出ている。いや、生《は》えてきている。それが、パチパチという音をたてている。見る見るうちに伸びてくる。それだけではない。牙《きば》だ。薄い唇を捲り上げて、下向きに二本、白い牙が伸びてきている。

そして、目だ。目が、黄色く光っている。

鬼だった。

ライダースーツを着た、坊主頭の鬼が、石塚の喉笛に、嚙みついてくる。ぶりっ、と皮膚が破れる音が、耳のすぐ下で鳴った。そのままひと口、削り取るように喰い千切られるのを感じた。ぞぞ、ぞぞ、と血が流れ出る音も聞こえる。鬼が喉を鳴らし、喉を鳴らし――飲んでいるのか。

俺は、鬼に、血を、飲まれているのか。

●

そんなに難しいのだろうか。美奈は、今日も「グランパ」とは呼んでくれなかった。それでも、仲根が渡したウサギのぬいぐるみを「あいがとぉ、じぃじ」と受け取り、右と左、頰に二回もキスをしてくれた。

天使だ。あんなに可愛い人間の子供などいるはずがない。あの子は天使に違いない。一重瞼《ひとえまぶた》の目と、丸っこい鼻が仲根とよく似ている。唇がぽってりと厚いのは母親、長男の嫁の亜紀子《あきこ》似だろうか。同い歳の子と比べると言葉が遅いようだが、そんなことは気にする必要ない。美奈は誰よりも可愛いのだ。その絶対的事実があるだけで充分だ。

来年からは幼稚園に通うことになる。育ちの悪い、馬鹿な男子に意地悪をされることもあるかもしれないが、心配は要らない。そんなガキは全身の皮を剝《は》いで園庭のジャングルジムの一番上に有刺鉄線で括りつけてやる。美奈は何も怖がらなくていい。グランパに全て任せておけ。面倒は全部片づけてやる。

楽しかった美奈の誕生パーティも終わり、自室へと戻った。

部屋の中央にはキングサイズのベッドがあるが、そこに寝るのは仲根一人だ。女房には別に寝室を与えてある。かれこれ二十年くらい前からだろうか。その方が、何かと夫婦円満でいられるものだ。

シャツとスラックスを脱ぎ、マッサージチェアの背もたれに引っ掛けておく。そうしておけば、いずれ家政婦の誰かが洗濯するか、クリーニングに出すかしてくれる。脱いだ下着も一緒にしておけば、適当に処理されるだろう。

とりあえず、風呂を浴びるとしよう。

全裸になり、洗面室のドアを開ける。

正面、天井まである大きな鏡に、彫り物を入れた自分の上半身が映る。右肩に荒鷲《あらわし》、左肩に龍。ここで後ろ向きになってもちゃんとは見えないが、背中には鯉が入っている。

出来は荒鷲が一番いい。龍は、もっと黒目が小さい方がよかった。どうも、目が優しく見えてしまって物足りない。

　鏡の下、御影石《みかげいし》の洗面台にはいつも通り、バスタオルとバスローブが用意されている。入浴後、これを着てブランデーでも飲めば石原裕次郎《いしはらゆうじろう》みたいで恰好いいだろうと思うのだが、残念ながら仲根は酒が一滴も飲めない。昔は冷たい牛乳を一杯飲むのを入浴後の楽しみにしていたが、最近はコレステロールを気にして豆乳に替えている。初めは不味《まず》いと思ったが、これも美奈のため、長生きするためと思えば苦ではない。

　浴室の照明を点けた。だが、いつもより何かが暗く感じた。浴室の折れ戸、その曇りガラスに、薄っすらと影のようなものが透けて見える。

　誰かいるのか。

　そう思うと同時に、勢いよく折れ戸が開いた。

　うっ、とも、ぐっ、ともつかない音が漏れただけで、仲根は声を封じられた。真正面から、顎を摑まれたのだ。

　誰だ――。

　瞬間的に覚悟したのは、東和会が差し向けた、屈強なヒットマンの襲撃だ。サイレンサー付きの拳銃で撃たれる、ジャックナイフで心臓をひと突きにされる、そういう状況だ。だが浴室にいたのは、そうではなかった。

「……こんばんは」

　若い女だ。長い黒髪を一つに括り、黒い革製のツナギを着た、ごく小柄な女だ。一つ、目の周りを墨《すみ》のようなもので黒く塗っている点に狂気じみたものを感じなくはないが、それでも日本最大の指定暴力団、大和会の頂点まで、あと一歩というところまで上り詰めた自分が怖れるような相手では、決してない。

そう。見た目は、ちょっとイカレた小娘に過ぎない。

しかし今、仲根の全身の肌は恐怖に粟立《あわだ》ち、筋肉は石のように固く強張っている。まるで身動きがとれない。

顎が、潰れる――。

小柄な女の、小さな手に握られる痛みではない。もっと別種の、ゴリラに摑まれたとか、工作機械に挟まれたとか、とにかく人間以外の、圧倒的かつ絶対的な怪力に捕らわれ、自分の顎は林檎の如く砕け散ろうとしている。

このような体勢で顎を摑まれ、その相手の手をどうにかしようとするのは素人だ。こっちの両手は空いている。ならば相手の顔面を殴るなり、目を潰すなりすればいい。喧嘩とはそういうものだ。無傷で済まそうとすると、かえってダメージは大きくなる。ある程度痛い思いをするのは覚悟の上。それよりも、相手により多くの傷を負わせ、痛みを味わわせ、ダメージを与え、肉体的にも精神的にも屈服させることを優先する。それが喧嘩というものだ。

若い頃、仲根はそのように教わったし、実践もしてきたつもりだ。ところが、今はそれができない。生まれてこの方味わったことのない激痛に、肉体も精神も、思考さえも支配されてしまっている。ただ一点を攻められただけで、もうその苦痛から逃れることしか考えられなくなっている。

両手が勝手に、女の手をどけようと必死に摑みかかる。しかし、ビクともしない。最初からその形をした、石像の腕をどうにか曲げようとしているかのようだ。

女の唇が、薄く笑いの形に開く。

「組長さん、あんたに恨みはないんだよ。でも、頼まれちまったからさ。それを、引き受けちまったからね」

待て、なんだ、お前、最初から、そんな目の色を、していたか。

「ただ、それじゃあんたが可哀相だから、冥途《めいど》の土産《みやげ》に聞かせてやるよ」

黒髪を分けて、頭皮から突き出てきた、それはなんだ。パリパリという、その変な音は、なんだ。

「いいかい組長さん、よくお聞きよ。あんたに死んでほしがってるのは、東和会の高元邦雄でも、その下の誰かでもない」

喋りながら、その唇の端から、出てきたそれは、なんだ、牙か。

「浜口。あんたの兄弟分、大和会傘下の、浜口組組長の、浜口征二だからね」

そんな馬鹿な、浜口が、なぜそんなことを。

「化けて出るなら浜口のところにしなよ。間違っても、あたしんところになんか出るんじゃないよ」

女が、ぐいと顔を近づけてくる。そのまま、抱擁《ほうよう》でもするように体を寄せてくる。もう一本の腕で、仲根の体が逃げないようにがっちりと固定する。その昔、コンクリートの柱に括りつけた男を、トラックでゆっくりと潰したことがあったが、あのとき、奴が味わったのもこんな感覚だったのかもしれない。

生身の人間には逆らえない、堪《た》えられない、圧倒的な、力。

「じゃ、遠慮なくいただくよ……南無阿弥陀仏《なむあみだぶつ》」

その状態で、女は、仲根の喉元を齧《かじ》り始めた。

なぜだ、何が、誰が、どうして――。

●●

もう何度も、ひょっとしたら何十回も見ているのかもしれないが、やはり仁藤は、この『鮫肌男と桃尻女《さめはだおとこともももじりおんな》』という映画が好きだ。主演は浅野忠信《あさのただのぶ》。組の金を盗んだ男「鮫肌」と、叔父である変態ホテルオーナーの元から家出をしてきた女「トシコ」が、逃避行を共にするという物語だ。バイオレンス、アクション、任侠、ラブコメディ、ノワール――どのジャンルにも当てはまらない、独特な作風が気に入っている。

むろん、組の金を盗むのはよくない。そんなことをされたら、仁藤だって死に物狂いで追い込む。金額の多寡《たか》も問題ではあるが、それよりも重要なのは面子《めんつ》だ。そんな、顔に泥を塗られた挙句《あげく》に後ろ足で小便交じりの砂をかけるような真似をされて、黙っているわけにはいかない。その点においてだけは仁藤も、主人公である鮫肌を、ひいてはこの映画を認めることができない。

しかし、それ以外の部分は大好きだ。命懸けの銃撃シーンでもユーモアを忘れない、そんなところが洒落《しゃれ》ている。命というものを軽く笑い飛ばしながら、それでも必死に逃げ回る様がいい。恋愛感情があるはずなのにそれっぽく態度には出さず、それでいてさらりと体を張るところが涙を誘う。

今夜も、エンドロールまでじっくりと見てしまった。

いい。やっぱりいい。この感動を肴《さかな》に、もう一杯飲みたい。

手が届くところに置いておいた電話の子機で、泊まり当番の若中を呼び出す。今の気分だと、酒はウイスキーかワインがいい。ツマミは、生ハムみたいなものがあればいいが、まずないだろう。普通のハムかウインナー、そんなものでいい。なければコンビニにでも買いに行かせる。だったら、ついでにチーズも買ってこさせよう。できればスモークチーズ。なければ、スライスでも6Pでもなんでもいい。

おかしい。いくら鳴らしても出ない。また居眠りでもしているのか。今日の当番は誰だ。高田《たかだ》と、柄本《えのもと》と、あと野崎《のざき》か。立つのが面倒だから子機を抱えて映画を見ていたのに、かけても出ないんじゃ意味がないだろう。

弛《たる》んでいる。どいつもこいつも。抗争も、三年続くともはや日常ということか。ここらで一発、シメておく必要がありそうだ。

仁藤は映画鑑賞用のソファから立ち、ドアの方に向かった。でもそのときは、まだ気づいていなかった。

事務所スペースの明かりが消えていることに気づいたのは、ドアを引き開けた瞬間だった。

「……おい、どうした、停電か」

いや、そんなはずはない。室内のテレビはちゃんと点いている。ＤＶＤのメニュー画面が表示されている。

「おい、どうなってんだよ」

こっちの照明スイッチはどこにある。長らく自分で点けたことなどなかったが、常識でいったら出入り口の、あの辺りにあるはずだ。

手探りをしなければならないほど暗くはない。自室の明かりが漏れてきているので、ぼんやりとだが見えている。事務机、キャスター椅子、応接セット、書類棚、傘立て。

しかし、全く予期しないものがそこに転がっていれば、蹴躓《けつまず》くことになる。

「おっ……と」

誰だ、こんなところに物を置きやがったのは。いつも掃除と整理整頓は徹底しろと口を酸っぱくして言っているだろう。おい高田、柄本、野崎、聞いてるのか、お前ら——。

だがそれが、うつ伏せに倒れている柄本の脚だと分かった瞬間、仁藤の体温は一気に下がった。

何があった。

「おい、柄本……」

跪《ひざまず》き、揺すってはみたが返事がない。身じろぎ一つしない。そもそも仁藤が躓いたというのに、それに対する反応すらなかった。

「おい柄本、どうした柄本、おい……」

仁藤が声に出せたのは、そこまでだった。

いきなり、何者かに背後から脇を抱えられ、強引に立ち上がらされた。しかも、軽々と。立ったというよりは、体が勝手に浮き上がったと言った方が近い。

そのまま羽交《はが》い締《じ》めのようにされる。

誰だ。

「……べにすず、のめ」

真後ろで男の声がし、頭髪を鷲摑みにされ、真上を向かされた。

「いいよ、きんじのみなよ」

答えたのは女の声だ。両方とも聞き覚えはない。

それ以前に、話している意味がよく分からない。

こいつら、何者だ。

「あたしはいつでものめるんだから、きんじのみな」

「でもよ」

「好き嫌い言ってる場合じゃないだろ。時間がないんだから」

「まあ……な」

すっ、と男が力を抜き、拘束が解かれた。逃げる、あるいは反撃する絶好のチャンスだった。この一瞬を逃がすか活《い》かすかで、自分の運命も、生死すらも大きく変わる、そういう瞬間だった。

だが、仁藤は活かせなかった。

あっという間に腕を搦《から》め取られ、後ろに捻り上げられ、また頭髪を摑まれて上を向かされた。

何か、細くて硬いものが折れるような音が聞こえたが、

「ヒッ……」

目の前に、黒い顔が現われ、その目が、黄色く光っているのが見えて、すぐに——。

第四章

1

久し振りに飲んだ。

生きている人間から、直接。

その人間が死ぬまで。腹が一杯になるまで。

徐々に弱くなっていく心拍。心臓が止まった瞬間、血はなぜだか不味《まず》くなる。ひどく苦くなり、とてもではないが飲めたものではなくなる。だから、最後の方は心臓マッサージをしながら飲むことになる。もうひと口、せめてあと一滴、お前のその心臓で、生命の源である新鮮な血液を、この喉元の傷口まで運んでおくれ。俺に、お前の命を飲ませてくれ。

舌先にピリッときたら、潔《いさぎよ》く飲むのはやめる。それ以上飲み続けたらどうなるのか。実を言うと、欣治はよく知らない。遠い遠い昔に、一度か二度は経験しているはずなのだが、全く記憶にない。紅鈴によると、気分が悪くなったり、腹が痛くなったりするらしい。腐ったものを食べるのと一緒だよ。紅鈴はそう、事もなげに言う。

石塚忠光の死亡を舌先で確認したら、この任務は完了だ。ソファで失神している松村志津子は、そのままにしていく。軽く首を絞め、脳への血流を一時的に鈍らせただけだから、数分したら意識は戻るはず。普通は後遺症もない。何かあったとしたら、それはおそらく本人の問題だ。もともとどこか悪かった可能性が高い。早めに病院で精密検査を受けることを勧める。

侵入経路を戻ることはせず、ベランダから隣のビルの非常階段に跳び移り、屋上まで上がって反対隣のビル、そのまた反対隣のビルへと移り、屋上の柵《さく》を越え、そこに頭を出している排気ダクトを伝って途中まで下り、そこからまた隣のビルの屋上に移り、あとは低い方、低い方へと下りていき、最終的にはそのブロックの反対側に駐めたバイクに乗って現場を離れた。

紅鈴とは新宿で待ち合わせた。黒いライダースーツに、黒いヘルメット。お揃いにしようと言ったのは紅鈴だ。

「どうだった、久し振りのナマは」

「……そりゃ、旨《うま》いよ。旨かったよ」

「だろ?」

「今日だけだ。もうしない」

「さぁて、そいつぁどうだかね」

仁藤組事務所にも、基本的にはビル伝いに接近し、屋上のドアを壊し、内部の階段を使って下りた。接近途中に二ヶ所だけ、どうしても防犯カメラ前を通過しなければならなかったので、そこだけは黒スプレーでレンズを潰してから通った。

あとは簡単だ。

事務所のドアをノックして宿直の組員を廊下に誘《おび》き出し、顎《あご》を軽く弾いて気絶させ、明かりを消し、もう二人いた組員も同様に処理し、しばし様子を窺《うかが》った。

次は、シアタールームのドアをノックして仁藤を呼び出すか、あるいは手っ取り早く押し入って事を済ませるか。だが、結果的には欣治たちが何をするまでもなく、仁藤の方から自発的に出てきてくれた。まさに「飛んで火に入る夏の虫」だ。

足音を殺して背後に回り、あと一歩で手が届くというところで、仁藤が床に寝かせておいた組員の脚に躓《つまず》いた。欣治の方が近くにいたので、即座に抱さ上げて羽交《はが》い締めにし、

「紅鈴、飲め」

さらに頭髪を鷲摑《わしづか》みにして上を向かせた。

「いいよ、欣治飲みなよ。あたしはいつでも飲めるんだから、欣治飲みな」

「でもよ」

「好き嫌い言ってる場合じゃないだろ。時間がないんだから」

「まあ……な」

だがさすがに、ひと晩のうちに二人は飲み過ぎだった。途中で腹がはち切れそうになり、あとは紅鈴に飲んでもらった。

「……欣治、お前いつのまに、そんなに少食になったの」

「お前と違って、俺は燃費がいいんだよ」

「なんだそりゃ」

帰りは窓から。別方向にビルを伝い移り、その先に駐めておいたバイクに跨《また》って再び移動した。

最後はバイクの処理だ。

同じ新宿区の大久保《おおくぼ》。路地裏にあるコインパーキングに駐めておいたワンボックスカー。その荷台にバイクを担《かつ》ぎ入れ、ついでに車内でTシャツとジーパンに着替え、目の周りの黒塗りも落とし、歩いて小滝橋《おたきばし》通りまで出て、そこからはタクシーで池袋まで帰ってきた。ワンボックスカーとバイクは明朝、圭一が手配した業者が処理する手筈《てはず》になっている。

ここまででかかった時間は、ざっと三時間半。

「ただいまぁ、圭一」

「ただいま」

圭一はダイニングテーブルの椅子に座り、祈るように手を組んでいた。その状態で、顔だけをこっちに向ける。

「おかえ……り」

しばし、互いに見合う。

室内には、圭一の不安げな体臭が充満している。欣治たちが帰ってきたのを見ても、その精神状態に変化はない。

まだ、黙っている。

痺《しび》れを切らしたのは紅鈴だった。

「なんだその、捨てられた犬みたいな顔は」

「えっ……だって」

欣治はスニーカーを脱ぎ、ダイニングに上がった。

「終わったよ、全部。もう、なんも心配することぁねえ」

途端、圭一の顔が花開いた。体臭も変化する。不安が消え、安堵《あんじ》の臭いが強まる。小麦粉とか、生米のそれに近い。「食える物」という意味では「いい匂い」の部類に入るだろう。

「マジで……マジか。ほんとに、終わったのか」

「ああ、石塚も仁藤も」

紅鈴が隣にきて頷《うなず》く。

「仲根も、きっちり仕留めてきたよ。それ以外は一人も殺してないし、傷つけてもいない。銃も刃物も使ってない。万事、お前の要望通りにしてきたよ」

圭一はいったん椅子から立ち上がり、しかしすぐ、その場にヘナヘナと膝をついた。

「よかった……マジか、ほんと……ああ……やったのか。やってくれたのか、お前ら」

放っておくとまた泣き出しそうだったので、欣治は手に提《さ》げていた酒屋の袋を差し出してみせた。

「とりあえず、今夜はお疲れさまの打ち上げだ。シャンパン買ってきたから、乾杯しよう」

圭一が「えっ」の顔をする。

「乾杯ったって、お前ら、飲めないんじゃないの」

「俺たちは、だから、葉巻を買ってきた」

「葉巻？　旨いの、葉巻って」

「普通に吸ったら、キツい。じゃあ、俺たちでもクラクラする」

「へえ、そりゃいいな。今夜は三人で酔っ払えるな」

それからテレビを点け、久し振りに綺麗に片づいている圭一の仕事部屋、その床に輪になって座り、祝杯を挙げた。

「乾杯。欣治も、紅鈴も、ありがとう。お疲れさまでした」

紅鈴が照れたようにかぶりを振る。

「あたしはなんも。ただ、飲んで帰ってきただけだし」

それが謙遜《けんそん》であることは、むろん欣治も分かってはいるが。

「まあ、そういった意味じゃ紅鈴より、俺の方がだいぶ働いたな。な、圭一」

「うん、欣治は下調べとか、いろいろ……」

即座に紅鈴が目を尖《とが》らせる。

「ああそうかい。そういう差をつけるのかい、お前たちは。なぁんだ、あたしは仲間じゃなかったんだ」

圭一が、紅鈴の膝にすがりつく。

「紅鈴ぅ、そういうんじゃないんだよぉ。お前はとびっきり可愛いんだから、それだけでいいんだよぉ」

いい加減、圭一も紅鈴の機嫌の取り方は心得ている。

そのときだった。

「おい、出たぞ」

テレビ画面の上の方。番組内容とは関係ない、白い文字列が表示されている。

【大和会系暴力団竜神会の石塚忠光会長が　都内マンションで殺害されているのが発見された】

それを見つめる、圭一の横顔。

「おお……ほおぉ……きたな。こりゃ、きてるな」

眉間に皺を寄せ、画面を睨《にら》むようにしながら、しかし口は笑いの形に広げ、頬を歪《いびつ》に強張《こわば》らせ——なんと言うか、もう、気が狂う一歩手前のような、そんな表情を浮かべている。

「……しっかし、すっげーなお前ら。俺その間、飯食って風呂入っただけだぜ」

三時間半もあったのだから、もう少し何かできただろう。

「ほんとに飯と風呂だけか。ほんとは、エロビデオも見てたろ」

「み、見てねーよ、馬鹿……いやいや、ちょっとこれ、スゲーぞこれマジで。もう一回乾杯しよ。っていうか、こっちが本チャンの乾杯な。はい、はい紅鈴も、はい、カンパーイ」

実際の石塚殺しはどうだったのか。侵入経路は、愛人の松村志津子は、石塚はどんな表情をし、何を言い、どんな抵抗をし、どんなふうに血を飲まれたのか、詳しく圭一に説明してやった。

「うひぃ……ガチだ、こいつら。ガチの吸血鬼だ」

「だからよ、あたしらは」

「もういいって、吸血鬼で」

そんな話をしているうちに、二件目の速報が流れた。

【大和会系暴力団大沢組の仲根敏夫組長が　渋谷区内の自宅で殺害されているのが発見された　警視庁は石塚会長殺害事件との関連について調べている】

圭一が、シャンパンのボトルを目の高さまで上げる。

「ヤベ、もうなくなっちゃった……もう、発泡酒でもいいや。もう一回乾杯しよ。マジで、こりゃスッゲーって。ヤベーって……俺の目の前に犯人いるし、マジで」

欣治たちの葉巻はほとんど灰になっている。だがそんなことは、圭一には関係ない。

「もうグーでもいいから。はい、はいはい、カンパーイッ。いやァ、めっちゃ楽しィーッ」

しかし明け方近くになり、仁藤靖之殺害まで報じられ、各局のレポーターが警察署前や事件現場近くから中継するようになると、圭一は逆に、少し心配になってきたようだった。

「ちょっと、なんか……そりゃまあ、大事《おおごと》は、大事なんだけど。それは最初から分かってんだけどさ。実際、どうなの……いや、二人のことは、もちろん信頼してるし、二人以上の仕事ができる奴なんて、どこにもいないのも、分かってんだけどさ。でも……でも、バレたりしないよな。大丈夫だよな。計画、完璧だったもんな。なんも、やり損ねたアレとか、なかったんだよな。警察に、尻尾《しっぽ》摑まれたりしねえよな。な？」

今さら何を言う。警察が役に立つのは、あくまでも犯人が人間だった場合のみだ。

「あのな、圭一。警察官なんてのは、つまりはただの役人だ。役人の頭なんてのは石より硬えと、昔から相場は決まってんだ。あの連中はな、吸血鬼の存在なんて絶対に認めねえ人種だ。見てろ。この事件の捜査はじき暗礁《あんしょう》に乗り上げる。運中はテメェの頭の硬さに自滅するんだ。警察なんてのは屁《へ》ほども怖かねえんだよ」

隣で、紅鈴が何やら言いたげに頰を釣り上げたが、少し待っても口を開かなかったので、欣治が続けた。

「それよりも……圭一。むしろこれから気をつけなきゃならねえのは、ヤクザだ。浜口組の親分か……」

あれ、おかしい。本当に葉巻で酔っ払ったのか、急に、もう一人の方の名前が出てこなくなった。

「その……お前に話を振ったそいつが、お前を始末しに動かないとも限らねえ」

「そんな、藤田はそんな奴じゃねえよ」

そう、藤田だ。藤田弘義だ。

「……なぜ、そこまで言いきれる」

「あいつ、俺の前で泣いたんだぜ。俺の手ぇ握って、震えながら、頼む辰巳、俺を漢《おとこ》にしてくれって、涙流したんだぜ。お前しかもう、頼れる人間がいねえんだ、って……前金だって、ちゃんと払ってくれたしさ。俺と藤田は、親分子分でも、仲間でもねえけど、でもここ何年も、藤田が俺を必要としてきたことは確かだし、俺がそれに応えてきたのも、確かなんだよ……危ねえ橋を、いくつも一緒に渡ってきたんだ」

今の圭一は、これはこれで不安定な精神状態にあるように見えた。あまり、突き詰めた話をしても通じまい。

「ああそうかい。それならそれで、俺はいいけどよ」

いざとなったら、自分たちが藤田を始末すればいい。

そして、それこそが本当の意味での一件落着になるのだと思う。

圭一は一睡もせず、朝七時頃になって出ていった。

「全然眠くねえし、だったら車の処理とかさ、ちゃんとやってくれたかどうか、確認しに行こうと思って」

「そうか。でも、気をつけろよ。誰がどこで見てっか分かんねえんだから」

「分かってるって。じゃあな……電話、したらちゃんと出てくれよ」

カーテンはだいぶ前に遮光タイプに替えてもらったので、陽が昇っても室内なら快適に過ごせるようになっている。冷房はさすがに、紅鈴と二人のときでも点けている。気温が高いこと自体は気にならないが、湿度が高過ぎると、やはり息苦しい感じがして嫌なのだ。

紅鈴は仕事部屋の壁にもたれ、ぼんやりとテレビを見ている。

「なんか……あっという間だったね」

「まあ、な。終わってみると、そうかもな」

「あれで、よかったんだよね」

「何が」

自分でも、少し意地の悪い訊《き》き方をしてしまったと思ったが、本当に分からなかったのだから仕方ない。

紅鈴が、浅く溜め息をつく。

「よかったんだよね。実際、他に方法はなかったわけだし」

喉元を喰い千切《ちぎ》り、血を飲み干した死体を放置してきたことを言っているのか。

「藤田も、酷な条件を出したもんだよな。俺たちのやり方以外で、他にどんな方法があるってんだ」

逆に、欣治も訊いてみたくなった。

「お前は、どうだったんだ。あれでよかったのか」

視線を泳がせたまま、紅鈴は「ん？」と訊き返すように顎を上げた。

「あたし？　あたしは……よかったよ。久し振りに、欣治と一緒に動けたし。欣治が生きた人間から飲むところも、じっくり見られたしさ。実際、何年振り？　昭和の中頃までは、欣治だってけっこう、普通に飲んでたよね」

「普通にじゃねえが、戦後くらいまでは、まあ、よく飲んでたな」

膝を抱え、紅鈴がそこに頬を載せる。

「米兵とかね。けっこう容赦なかったよね、あの頃の欣治は」

終戦直後のことは、いま思い出しても腸《はらわた》が煮え繰り返る。

「ありゃ、赦《ゆる》せなかった。奴ら、日本人を、ヘラヘラ笑いながらいたぶりやがった。慰《なぐさ》み者にしやがった……だから、じっくり恐怖を与えてから飲んでやったんだ。味も、思ったより悪くなかったしな。当時の、痩せっぽちの日本人と比べたら、むしろ飲み応えがあった。確かに、遠慮なくいただけたよ、あの頃は」

「そういうとこ、ほんと昔から変わんないよね。人助けをせずにはおれない、お節介《せっかい》で、人情派の闇神」

「……よせや」

紅鈴が「そういえば」と顔を上げる。

「圭一、何日か前に、純子ちゃんだっけ、妹に会いにいくって言ってたけど、あれどうした」

「ああ、行ってきたらしいぞ。残りの借金、一括で返してもまだ余ってっから、二百万かな、妹に渡してきたって」

「へえ、いいお兄ちゃんだ」

そう思う。欣治も、できればそういうことを、たまにしてやりたかった。

紅鈴が続ける。

「……ってことは、圭一の手元には、もういくらも残ってないってわけか」

「そういうこった」

わざとだろう。紅鈴が、少し目の色を黄色くする。

「……残りの半額、成功報酬の一千万。あの藤田が大人しく払うと思うかい？」

「いや、まずあり得ねえだろうな。残金払うくらいなら、圭一の口を塞《ふさ》いだ方が手っ取り早い」

「だよね。人間の考えることなんざ、所詮《しょせん》そんなもんさ。もちろん、放っとくつもりはないんだろ？」

当たり前だ。

「ああ。いずれ近いうち、藤田は残金を渡すと言って圭一を呼び出す。そのときだろうな。向こうだって、街中で殺《や》るつもりはないだろう。人気のない、どこか静かな場所を指定してくるはずだ。でもそれは、藤田に都合のいい場所というよりは、むしろ俺たちに、ということになる。泣こうが喚《わめ》こうが、誰も助けに来ちゃくれねえ」

紅鈴が、ニヤリと頬を歪ませる。

「何人来るだろうね。でも、最近の欣治は、一人でお腹一杯か」

「馬鹿言うな。それとこれとは話が別だ。何人だろうが殺るだけだ。それこそ、遠慮は要らねえんだから。今まで、暴力で散々、汚《きたね》え商売してきたんだろ。その報いを受けさせてやるまでさ。釣りがくるくらい、たっぷりとな」

そう言っている間、紅鈴はずっとニヤニヤしながら、欣治を見ていた。

「……なんだよ。気味ワリい笑い方しやがって」

「嬉しいの、あたしは」

「何が」

「欣治のそういうところ、あたし、昔から大好きだもん」

何を言ってやがる。

「だから……よせって言ってんだろ」

「なんでよ。女が、強い男に惚れるのは当たり前だろ。欣治は誰よりも強いんだから。その誰よりも強い欣治を、久し振りに見られるんだから。嬉しくなって当たり前じゃないか……」

床に両手、両膝をついた紅鈴が、猫のように這《は》ってくる。ダイニングの椅子に座った欣治の膝元まで来て、甘えるように頬をこすりつけてくる。

「欣治……しよう」

「こんな朝っぱらからか」

「欣治が、人間を滅茶苦茶に引き千切ってるところ想像したら、興奮してきちゃった……不思議だよね。涙も汗も出ないのに、あそこだけは、濡れるんだから」

紅鈴が、右手を自分の股間に差し込む。左手で、欣治の股間をまさぐる。

「お願い、して……人間の頭を捩《ね》じ切って、手も脚も捥《も》ぎ取って、腹を掻《か》っ捌《さば》いて内臓を引きずり出すのを想像しながら、あたしを犯して……ほら、早く」

まったく。悪魔だな、この女は。

2

その夜、藤田はあえて普通の居酒屋を選んだ。チェーン店ではない、昔からよく知っている台湾人のオヤジがやっている店だ。いや、何年か前に帰化したと言っていたから、正確にはすでに日本人か。

そのわりに、出てくるものはごく普通の居酒屋料理だ。味付けが台湾風とか中華風とかいうことは、残念ながらない。枝豆は塩味、豚の角煮は甘辛の醤油味だ。

「はい串盛り、お待たせしました」

料理を持ってくるのはオヤジの嫁だ。日本人で、歳は藤田の二つか三つ上だから、まだ四十代半ばということになる。一方、オヤジは六十をいくつも超えている。よくもまあ、こんな若い嫁をもらえたものだと感心する。

それはさて措《お》き、なぜ今夜、藤田はここを選んだのか。事務所でも自宅でもなく、顔《かお》馴染《なじ》みの堅気がやっているこの店に来たのか。その小上がりでどっかりと胡坐《あぐら》を搔いているのか。

それは夕方、あの辰巳圭一から電話があったからだ。

『……今夜、やります。また連絡します』

辰巳の様子は、普段と全く違っていた。肚《はら》の据わった、いい声をしていた。期待できると思った。

少し間を置き、浜口にも知らせた。

「今夜、やるそうなんで。できるだけ普段通りに、お願いします」

『分かった。そうする』

辰巳がどういう人間を雇ったのかは聞いていない。辰巳が「知らない方がいいんじゃないですか」と言うので、それ以上は藤田も訊かなかった。ただ、アリバイだけは作っておこうと思った。わざとらしくならない程度に、証言が得られる場所にいようと思った。熟考した結果、この店が相応《ふさわ》しいという結論に至った。

一緒に山平と市原、極心会の花井と、和嶋《わじま》という若いのを連れてきた。山平やその他の連中が万が一にも疑われたりしないように、という配慮、いわば藤田の「親心」の表われなのだが、むろんそんなことは誰も知らない。みんな、いつもと変わらない馬鹿話に花を咲かせている。

「……それが、ひでぇババアでよ」

「山平さん、それ、いくつんときの話っすか」

「中二か、中三か。どっちにしろ、ようやく皮が剝《む》けた頃だよ」

「よく勃《た》ちましたね」

「だよな。俺も、今んなっとそう思うよ」

「そうは言ったって、七十、八十ってこたぁねえだろ。中三にとっちゃババアでも、実際には三十かそこらだったんじゃねえの」

「いや……五十は、いってたんじゃねえかな」

静かな夜だ。事務所を出て見上げた空には、少し欠けてはいたが綺麗な月が浮かんでいた。マスコミは「大東抗争」などと騒ぎ立てているが、そんなのは、多くの堅気には関係のない話だ。朝早くから勤めに出て、額に汗して働き、一口分の憂《う》さを酒場で晴らす。今夜も、そんなたわいない一日の終わりに過ぎない。

それは、この店にとっても同じだ。

店の隅、壁の高いところに掛けられた薄型テレビ。流れているのは、お笑い芸人たちが自分の行き過ぎた趣味をしきりに自慢し合う番組。今夜のテーマは「爬虫類《はちゅうるい》ペット」。「レインボーアガマ」という、スプレーで色付けしたような派手派手しいトカゲを三匹同時に飼っている、と話す女芸人。

彼女が《一番のお気に入りは》と紹介しようとしたところで、変に上ずった電子音が割り込んできた。しかも二回連続で。

ニュース速報だ。

【大和会系暴力団竜神会の石塚忠光会長が　都内マンションで殺害されているのが発見された】

その、白い文字列を目にした藤田の興奮になど気づきもせず、山平たちは、今までで一番クサかった女の話で盛り上がっている。

「おい、お前ら……」

だが、そう藤田が漏らすと、即座に四人ともが真顔になる。藤田の視線の先に何があるのか、確かめようとする。

しかしもう、画面上に文字列はない。

「なんすか、社長」

「もうちっと、待ってろ……テレビ、見てろ。また、流れるかもしれねえ」

目を見開き、同時に、可能な限り呆然としてみせる。むろん、こんなのは芝居だ。本当は跳び上がって喜びたい。やったやった、とジャンプしながら万歳したい。辰巳、やってくれたなオイ、大した野郎だなお前はまったくよ、と叫び、代わりに和嶋を抱き締めて頬ずりしてやりたい。

どれくらい待っただろう。十秒か、三十秒か、一分か。

果たして期待通り、全く同じ白い文字列が再び、画面上端に現われた。

大和会系暴力団、竜神会の石塚忠光会長が、都内マンションで、殺害されているのが、発見された――。

「えっ……」

「う、嘘だろ」

いや、本当なんだよ。本当に、辰巳がやってくれたんだよ。

藤田は痙攣《けいれん》するほどの笑いを無理やり嚙み殺しながら、脱いで丸めておいた上着に手を伸ばした。内ポケットにあるはずの携帯電話を探る。

「……花井、大津に連絡しろ。どこにいるか訊いて、安全な場所なら動くなって言っとけ。俺は浜口の親父にかける。市原は事務所。もし警察が来ても、令状がなかったら入れるなって言っとけ。とにかく、俺が行くまでは下手《へ た》に動くなって」

現状、警察が来るとしたら、それは藤田一家及び極心会が報復になど動かないよう足止めをするためだ。決して石塚会長殺しについて調べるためではない。とはいえ、警察はいったん中に入れたら何をし出すか分からない。勝手に事務所内を調べ始めるかもしれないし、無断で指紋を採るかもしれない。冗談ではない。そんな真似は絶対にさせられない。

山平が顔を寄せてくる。

「とりあえず、出ましょうか」

「いや待て、慌てて動くな。このまま見てたら、またすぐ続報が入るかもしれない。事が事だ、サツは別件だろうがなんだろうが、俺たちを見つけたら引っ張ろうとするかもしれない。下手に歩き回るのは危ねえ。とにかく、迂闊《うかつ》に動かねえように徹底させろ。それ以上のことは……親父と相談して決める」

案の定というか、期待通りというか。

夜中の二時まで粘っていると、自宅で仲根敏夫が殺されているのも発見された、という速報が流れた。時間が時間なので、店主のオヤジには申し訳ないことをしたと思う。実際、彼は隅っこのテーブル席で腕を組み、こくりこくりと船を漕いでいた。二十歳近く若い嫁は、洗い物を済ませたあとは姿が見えなくなっていた。

残るは仁藤靖之、ただ一人だ。

藤田一家の事務所に戻ると、泊まり当番の三人に加え、十人ほどの若中《わかちゅう》が出てきていた。一応「動くな」という藤田の命令を知ってはいたものの、居ても立ってもいられなかったのだという。どいつもこいつも眉を吊《つ》り上げ、鼻息を荒くし、今にも懐《ふところ》からヤッパを抜いて飛び出していきかねない顔をしている。まあ、ヤクザとしてはごく自然な反応だ。状況さえ違えば、むしろ頼もしい心意気と言っていい。他の連中とも連絡はとれており、待機の命令は行き届いているという。

テレビはずっと点けっ放しにしていた。午前三時過ぎ。どこの局も通販だの海外ドラマだの、さして制作費のかからない下らない番組ばかりを流していたが、途中で報道センターや警察署前の映像に切り替わり、石塚や仲根の事件の続報を流し始めた。

麻布《あざぶ》警察署前の、川村《かわむら》さん。はい、いま私は麻布警察署前におります。こちらでは、少し前まで警察車両が慌ただしく出入りするのが見られたのですが、今現在はそれもなく、ひっそりと静まり返っている状態です。川村さん、容疑者が逮捕されたというような発表は、まだないのでしょうか。はい、今のところそういった発表はなく、事件に関する詳しいことは、まだこちらでも分かっておりません。分かりました、川村さん、ありがとうございました。では、渋谷警察署前の武本《たけもと》さんを呼んでみましょう。武本さん。はい、渋谷署前の武本です。こちらでは、大和会系大沢組の、仲根組長殺害事件の捜査が始まっております。事件の現場となったのは、渋谷区松濤にある、仲根組長の自宅内ということですが、詳しいことはまだ分かっておらず、容疑者が逮捕されたというような情報も、今のところありません。現場周辺は閑静な住宅街になっておりまして、普段はとても静かな場所なのですが、今夜は近隣住民の方も多く外に出てこられ、現場の状況を窺っている様子でした。こちらからは以上です。はい、武本さん、ありがとうございました。

社長室で、一緒に見ていた山平が舌打ちをする。

「社長、浜口組長のところに、行かなくていいんですか」

何も知らない山平が、浜口の身を案ずるのは当然のことだ。

「大丈夫だ。親父の部屋は核シェルターも同然だ。そこらの軍隊だって手出しできゃしねえさ。カシラとも連絡はとれてるし、親父の安否も確認できてる。今のところ、兵隊の数も足りてるらしい。守りは完璧だとよ。今はとにかく、下手に動かねえに越したこたぁねえ。出番は……俺たちにも必ずあるからよ」

だが午前四時半になり、仁藤靖之まで殺害されたと報じられるようになると、いよいよ藤田の芝居も難しくなってきた。

若中も、遠慮なく社長室に押しかけてくる。

「社長、マズいっすよ」

「うるせえ、浮足立つんじゃねえ」

テレビのニュースを見て、それらの情報から導き出せる推測以外、決して口にしてはならない。

「仁藤組長は本部事務所で殺られた。しかも、殺られたのは組長一人のようだ。じゃあ誰が警察に通報した。泊まりの若中か？　そんなはずはねえ。泊まりはまずカシラか誰かに連絡したはずだ。それで幹部の何人かが事務所に駆けつけ、仁藤組長の死体を確認した。もちろん、泊まりは半殺しの大目玉だろうがな……それが何時くらいだったのか、その時点で、石塚会長と仲根組長の件は報じられていたのか……どっちにしろ、仁藤組長が殺られたことは、すぐには公《おおやけ》にしない、という方法も考えただろうな。だが石塚会長と仲根組長、二人の死亡が報道され始めたら、ウチだけ隠してるわけにもいかねえ、とはなっただろう。しかし、正直に通報すれば、当たり前だが警察が来る。鑑識だの現場検証だのが始まる。それはマズい」

まるで見てきたように、仁藤組事務所の混乱した様子が頭に浮かんでくる。

「事務所にはヤバいものが山ほどある。ヤバいものを動かすか、死体を動かすか……いや、死体を動かすのはリスクが大き過ぎる。それじゃ死体遺棄になっちまう。それくらいは、誰にだって分かる。となると、ヤバいものの方を動かすしかねえ。チャカだのシャブだのは言うに及ばず、帳簿だの強請《ゆす》りのネタだの、警察に見せたくねえもののお引越しが始まったはずだ。石塚会長は……あの、ニュースで言ってた『マンション』ってのは、なんなんだろうな。女の部屋かなんかだろうとは思うが、だとしたら、通報したのは女だ。仲根の叔父貴《おじき》は自宅。通報したのは家族ってことだろう。だから、その二件は通報も警察発表も早かった。間が空いたのは何時間だ。三時間くらいか。その三時間ってのはつまり、仁藤組事務所のお片づけの時間だった……ってことじゃ、ねえのかな」

山平が首を傾げる。

「ということは、三人の組長は、同時に殺されたってことですか」

「まさに『同時』かどうかは分からねえが、『ほぼ同時』と言っていい程度の時間差しかなかったんじゃねえか、と考えることはできるわな。つまり現時点で……ってもう三十分も前だが、浜口の親父の無事が確認できてるってことは、今回の、少なくとも今夜の、一斉《いっせい》襲撃の対象に浜口の親父は入っていなかった、と考えていいんじゃねえかと、俺は思うんだ」

市原が割り込んでくる。

「だからと言って、安心はできねえんじゃないですか」

「もちろんそうだ。二の矢、三の矢がある可能性は考えとかなきゃならねえ。ただ、俺たちには考える時間が与えられた。幸か不幸かな……重要なのは情報収集だ。三人が殺られたのはどういう手口で、相手はどんな奴だったのか。東和会はそいつらを、今どこに匿《かくま》ってるのか。次の襲撃があるとして、同じ連中を使うのか、他の兵隊を用意してるのか……やるべきことは、山ほどあるってことだ」

我ながら、なかなかいい演技だったと思う。

七月三十日はもう、てんやわんやどころの騒ぎではなかった。

全国から大和会系の直参組組長が上京して本部事務所に入り、正午から今後の対応について協議が重ねられた。最悪だったのは、先頭に立って会を仕切らなければならない立場の三代目会長、中津剣市が、まるでその役目を果たせなかったことだ。

藤田自身はその場にいなかったので、あくまでも伝聞ということになるが、中津はもう完全に「次は自分だ」と思い込み、震え上がる筋力すら萎《な》えたのか、ただ茫然《ぼうぜん》と、目の前に置かれた緑茶の湯飲みを見ているだけになっていたという。

その中津に代わって会を仕切ったのが、他ならぬ浜口だった。

ただし、この時点ではまだ関係者の多くが警察に拘束され、事情聴取を受けている段階だったので、詳しい情報はないも同然だったらしい。三人がどのような手口で、何時何分頃に殺害され、犯人は何人で、どこから侵入してどのように逃げたのか。そういったことの一切が分かっていなかった。

殺害方法について初めて報じられたのは、夕方のニュースだった。

三人の組長は、いずれも刃物のようなもので首を切られ、殺害されたと見られている――。

刃物か、というのが藤田の、正直な印象だった。

確かに、大和会系のルートで仕入れた拳銃は使うなという縛りは設けた。しかしそれは、東和会系ルートで仕入れたものなら構わない、という意味で言ったのだ。銃器全般の使用を禁じたつもりは、少なくとも藤田自身はなかった。刃物については、そこらの金物屋で買ったものを使われても困るので禁止としたが、そもそも本気で刃物を使うとは思っていなかった。

刃物だけで、あのクラスの組長を、三人も殺せるものか。

それが匕首《あいくち》だろうが日本刀だろうが青龍刀だろうが、非常にリスクの高いやり口であることに変わりはない。しかも藤田の要求通り、三人以外に死者は疎《おろ》か、怪我人すら出ていないようなのだ。気絶させられた泊まり当番は何人かいたようだが、でもそれだけ。

仮に彼らの顔面が腫れ上がっていたとしても、それは事件そのものとは関係ない。そっちはあくまでも事件発覚後、駆けつけた幹部に殴りつけられたことが原因だろう。

夜七時になり、藤田は辰巳に連絡を入れた。藤田一家の事務所があるビルの屋上。ここが結局、一番安全な場所なのだ。

『……はい、もしもし』

大仕事をやり遂《と》げ、ひと皮剝けたのだろうか。辰巳もなかなか、一端《いっぱし》の声を出すようになっていた。

「ああ、俺だ」

『はい、お疲れさまです』

「今回は、ご苦労だったな。こっちも、まだ詳しい情報は集めきれてねえんだが、現時点で言えるのは……完璧だ、ってことだ。正直、驚いてる。大したもんだ。予想以上、想像以上、完全なる完璧だ。恐れ入ったぜ」

『……ありがとう、ございます』

「いやいや、こちらこそだよ。本当に、ありがとうな……見直したなんて言っちゃ、もう失礼なんだろうが、約束通りの、成功報酬を……もうよ、成功報酬なんてもんじゃねえよな。大、大、大、大成功報酬だよ。ほんと、あまりにも見事過ぎて、そっちの方も厳しいし、バーンと弾んでやりてえのは山々なんだが、こっちもいろいろ、警察のマークも厳しいし、下手に大きな金を動かすと、痛くもねえ腹を探られ……いや、実際に腹は痛えんだが、それはまあ、いいとしてだ」

辰巳が、クスリと笑いを漏らす。

『いえ、大丈夫です。最初の約束の額で、俺は充分ですから』

「辰巳よ……泣かせんなよ、お前」

本当に、涙が出てきそうだ。

「じゃあよ、お前も、しばらく姿隠す都合もあるだろうから、金はできるだけ、早めに渡すよ。とは言っても、そうだな……あと三日、俺に時間をくれないか。だから、八月の二日か。二日には満額、きっちり払う。約束する。それでどうだ」

『分かりました。場所は』

「それは、また考えて連絡する」

『分かりました。じゃあ……』

待て。まだ個人的に、どうしても訊いておきたいことがある。

「おい辰巳、もしもし」

『……はい、なんですか』

「ああ、あのよ……その、実際、今回のアレをやったのは、どんな奴なんだ。警察の発表じゃ、凶器は刃物ってことになってるが、チャカもライフルもなしで、しかもあの三人を、それもひと晩のうちに片づけるなんてのは、並の腕でできることじゃねえ。プロ中のプロ……いや、そんなレベルすら超えてる。一体、どういう筋の人間なんだよ。まさか、アメリカの元特殊部隊とか、工作員とか、そういう関係か」

辰巳は、もう笑わなかった。

『藤田さんは、知らない方がいいですよ』

「そんなこと言わねえで、教えてくれよ。いざってときにゃ、また頼むことも、あるかもしれねえじゃねえか」

『それは、どうですかね……実は、俺も直接は会ったことないんですよ。だから、次も頼む、って言われても、向こうに受けてもらえるかどうか……今回のこれは、一回こっきりと思ってもらった方が、いいかもしれないです』

決して曖昧《あいまい》な言い方ではなかった。辰巳の肚は、初めから決まっていたように聞こえた。

今日のところは、これくらいにしておいた方がよさそうだ。

「そうか、分かった。あれほどの腕だ。ちょいと惜しいがな……とりあえず、金を渡す場所については、改めて連絡するよ」

『はい。じゃあ、失礼します』

「ああ。またな……」

電話を切り、携帯をシャツのポケットに捩じ込んだ。

懐にまで入り込んだ蒸し暑い風が、心の内を玉虫色に掻き混ぜる。

不可能とすら思えた仕事をやり遂げた、興奮。そのカラクリを知り損ねた、興醒《きょうざ》め。

それと、ある種の「情」すら湧きかけた辰巳圭一を、いずれは始末しなければならないという、憐《あわ》れ。これも修羅《しゅら》の道か。虚《むな》しくないと言えば嘘になるが、他に許される生き方など、今の自分にありはしない。全ては浜口征二のため。これでいいのだと、自身に言い聞かせるより他にない。

「……藤田弘義殿で、間違いありませぬか」

ふいに呼ばれ、ぞっとしながら振り返った。誰だ。ここは藤田だけの場所。上がってくる者は、まず滅多にいない。

「なんだ……お前ら」

男、二人。えらく小さな老人と、ガタイのいい三十代くらいの男。とはいえ若い方も決して大きくはない。身長は確実に百七十センチを下回っている。二人とも作務衣《さむえ》のようなものを着ている。老人は洗い晒《ざら》した紺、若い方はグレーだろうか。髪形は、どうだろう。二人とも長く伸ばし、後ろで括《くく》っているように見える。それがホームレスを連想させるのだろうか、小汚い感が否めない。

とりあえず、武器の類《たぐい》は持ってなさそうだ。

藤田の問いに答えたのは、老人の方だった。

「我々が何者かを知る必要はありませぬ。ただ藤田殿が、今まさに世間を騒がせている、組長三人殺し……その下手人《げしゅにん》に興味がおありなのなら、助太刀《すけだち》をして進ぜようかと、思いましてな」

なんだ、この爺《じじい》。頭でもおかしいのか。

「言ってる意味が分からねえな。そもそもお前ら、どっから入ってきた。このビルは部外者立入禁止だぜ」

「藤田殿は、その殺し屋との仲介役を担《にな》った、辰巳圭一という男も、始末なさるおつもりなのでしょう」

なぜ、それを。

「……おい爺、答えろ。何もんだ、お前ら」

「知る必要はないと、先ほどお答えいたしました……が、まあ、一つだけお教えいたしましょう。組長殺しの下手人たちは、我々にとっては裏切り者。つまり、藤田殿と我々は、同じ敵を持つ身、と申すことができましょう」

下手人、たち。

組長殺しの実行犯は、確実に複数いる、ということか。

3

七月三十日、十三時。

警視庁刑事部捜査第一課殺人犯捜査第二係、主任警部補である桜井克臣《さくらいかつおみ》は現場検証のため、新宿区大久保一丁目にある仁藤組本部事務所に来ていた。

「桜井主任、ウチの係長が、戻りは何時頃になりそうかて、訊いてきてるんですが」

「分かんないよ、そんなの。大体、戻りってそれ、どっちに戻るか決まったのかよ。新宿か、それとも本部か」

「すんません……それも、訊いときます」

昨夜、大和会系暴力団の組長が立て続けに三人も殺された。誰がどこから見ても、これは「大東抗争」の新たな局面であり、実行犯が何者かはさて措き、首謀したのが東和会であることに疑いの余地はない。よって本件は、警視庁組織犯罪対策部第四課が捜査を担当すべき事案であり、桜井が所属する刑事部捜査一課が関わるべきそれではない。

ただし、どんな組織の人員にも限りはある。

そもそも、日本最大の広域暴力団である大和会と、そこから離反してできた東和会が三年も抗争を続けているのだ。街中での小競《こぜ》り合いから暴行、傷害、器物損壊、銃刀所持、発砲、殺人、死体遺棄——「大東抗争」関連事件はこれまで、まさに数えきれないほど発生している。そこにきての「組長三人殺し」だ。組対四課だけでは手が回らない、というのも無理のない話ではある。

しかし、刑事部と組対部はあくまでも別組織。得意とする捜査方法も、ベースとして持っている情報の量も質も違う。桜井自身、あまり暴力団事情に詳しい方ではないので、たとえば大和会系の三次団体である極清会《きよくせい》の若頭は誰だ、と訊かれても、すぐには答えられない。道栄会《どうえい》はどこの傘下の組か、などと訊かれても、やはり即答は難しい。

今のところ、桜井にできるのは殺人事件としての初動捜査だけだ。被害者周辺の詳しい事情も、通常の事件捜査同様、次の会議で仕入れられれば問題ないと思っている。

被害者は仁藤靖之、四十九歳。死亡時刻は二十九日の二十三時から翌三十日零時頃。死因は頸部《けいぶ》大動脈損傷による出血性ショック。犯行時刻もほぼ同じ。仁藤は三階の大部屋出入り口付近に、うつ伏せで倒れている状態で発見されたという。

しかし、妙なことだらけ、としか言いようのない事件だ。

まず、致命傷となった頸部損傷の形状。警視庁は「被害者は刃物のようなもので首を切られた」と発表したが、これは完全に事実に反する。桜井も写真でしか見てはいないが、凶器は明らかに刃物ではない。断言してもいい。使われたのはもっと切れ味の悪い、ギザギザとした何かだ。

桜井が想像したのは、たとえば剣山《けんざん》のようなものだ。生け花に使う、あの剣山。あれをカスタネットのように二枚、握力で開閉できるよう掌に装着し、まさにピラニアが噛みつくように、喉元を――摑むというか、抉《えぐ》るというか、まあ、要は噛みつくようにしたのではないかと考えた。

考えはしたが、それはないとも思う。

マル害（被害者）はヤクザの親分だ。犯行当時、事務所には宿直の組員が三人もいた。外部からの出入りは防犯カメラで常時監視していたし、今現在はどこに隠したのか見当たらないが、警察が来るまでは銃器や刃物だって売るほど事務所内にあったはずだ。そんなところに、剣山カスタネットで殴り込んでくる馬鹿はいない。犯行に使用された凶器は、もっと他の何かだ。

さらに妙なのは、頸部の傷は横八センチ、縦六センチほどの楕円《だえん》形をしており、傷の深い部分は左の頸動脈を完全に断ち切っていた。当然、夥《おびただ》しい量の出血があったはずであり、それは現場となった事務所の床や壁に残っていて然るべきである。

しかし、それがない。

マル害はうつ伏せで倒れていたため、ほんの少量、死亡後に傷口から垂れた程度の血痕は、確かにあった。でもそれだけだ。量で言ったら、せいぜい五十ccくらい。その程度の出血で人間は死んだりしない。むろん鑑識も妙に思い、マル害が倒れていたとされる場所の周辺でルミノール試験を行った。だが、出ない。さらに範囲を広げ、最終的にはこの本部事務所のあらゆる場所で試験を行った。それでもルミノール反応は出ない。それが何を意味するのか。ショックで死亡するほどの出血は、少なくともこの建物内では発生していない、ということになる。

ここをまず、明らかにしておく必要がある。

昨夜、ここで泊まり当番をしていたという仁藤組組員、野崎昌彦《まさひこ》に改めて訊く。

「本当に、組長が倒れていたのはこの場所で、間違いないのか」

「……はい、間違いないっす」

親分を亡くして消沈するのはよく分かるが、それでも捜査には協力してもらわなければならない。

「なあ、どういう事情かは訊かないから、気が動転してたんでもなんでもいいからさ、死体を動かしたんなら動かしたって、ちゃんと正直に言ってくれよ」

「ほんとですって……ほんとに、親父はここに倒れてたんですって」

昨夜の泊まり当番は野崎と、高田友征《ともゆき》、柄本浩継《ひろつぐ》の三名。三名とも顔面を赤紫に腫れ上がらせており、野崎に至っては今も左目がほとんど塞がった状態だ。

それについて訊くと、野崎は「階段から落ちた」のだと言う。

「当番の三人が、三人揃って階段から落ちたのか」

「はい、そうです」

どんなに訊いても、仁藤組長を殺した犯人にやられたわけではない、あくまでも階段から落ちたのだと言い張る。こっちも確認のために訊いているだけだから、それ以上は追及しなかった。おそらく真相は、兄貴分に「お前らがしっかり守ってねえから親父は殺されたんだ」などと怒鳴られて殴られたとか、そういうことなのだろう。

だから、それはいい。

「でもな、この事務所のどっからも、人が死ぬほどの、出血の痕《あと》なんて見つからないんだよ。っていうことは、お前らが組長の死体を、ここではないどこかから、運び込んだってことになるんだよ」

かなり痛いだろうが、それでも野崎は怒りに顔を歪《ゆが》めた。

「そんなことしませんよッ。なんのために、なんの得があってそんなこと、俺がするんすか」

「君だとは言ってない。高田かもしれないし、柄本かもしれない。あるいはもっと偉い誰かって可能性もある」

「誰もしませんってそんなこと。さっき話したじゃないっすか。急にドアがノックされて、でも、下から誰か上がってきたわけはないんで、俺もモニター見てましたし、それはないんで、誰か残ってた人かなと思ってたら、柄本が出てって、はいってドア開けたら、カクンって、その場に倒れて。で、部屋が暗くなって、なんかよく分かんないうちに、俺も気絶させられたんだと思うんすけど……気づいたら……もう、親父が、ここに倒れてて。大丈夫っすかって、高田と抱き上げて、そしたら、こ……ここが、割れたザクロみたいに、グッチャグチャになってて……血が、垂れてて……もうヤバい、駄目だって思ったけど……親父が、親父が殺られたなんて、信じたくなかったけど、でも、どう見ても、これは、駄目だろうって……」

高田、柄本を別々に立ち合わせての現場検証は、すでに済んでいる。二人の証言内容は、いま野崎が口にしたそれと完全に一致している。むろん、各々《おのおの》が倒れた位置やそこから見えた状況、意識を取り戻したタイミングなどに差はある。しかし、それすらもパズルのピースがパチッと嚙み合うように、綺麗に組み合わさって一つの状況を浮かび上がらせる。

この三階建てビルの屋上から侵入した何者かが、事務所のドアをノックし、対応に出てきた柄本をまずノックアウトした。部屋が暗くなり、高田、野崎も相次いで意識を奪われた。三人のうち、最初に意識を取り戻したのは高田で、彼は近くに倒れていた野崎をまず見つけ、しっかりしろと揺さぶった。そのとき部屋の照明は点いていた。やがて意識を取り戻した野崎と事務所内を点検し始め、少し足が重なるような恰好で、L字になって倒れている柄本と仁藤組長を発見した――。

恐ろしいことに、この経緯は石塚忠光殺害事件とも、仲根敏夫殺害事件とも、多くの点で似通っている。

まず、危害を加えられたのはいずれの現場でも組長ただ一人、ということ。近くには内縁関係の女性であったり、家族であったり組員であったり、組長以外の人間がいたにも拘わらず、誰一人として、危害を加えられた事実はないという点だ。厳密に言えば失神はさせられているのだが、現時点で後遺症を訴え出た者は一人としていない。

次に殺害方法。三人とも頸部大動脈を皮膚ごと削ぎ取られ、失血死あるいは出血性ショック死しているにも拘わらず、現場には血痕がほとんど残っていないという点。

もう一つは、多くの関係者が周りにいたにも拘わらず、誰一人犯人の姿を見ていないということ。いつのまにか侵入していた犯人に失神させられ、気がついたら組長が殺されていた、という点だ。

各現場の侵入経路など、まだ桜井が把握していない情報も多々あるので、今後さらなる共通点が明らかになる可能性はある。

しかし、あまりにも不可解な事件だ。

現場検証を終え、野崎はいったん帰した。

桜井もいい加減、喉が渇いていた。ちょうど現場の向かいに自動販売機がある。あれでミネラルウォーターでも買おう、などと思っていたら、現場から誰か出てきた。

新宿署の井岡《いおか》巡査部長だった。

「桜井主任、水臭いやないですか。休憩するんやったら、ひと声かけてくださいよ」

「なんだよ。声かけたら奢《おご》ってくれたのか」

「いや、ワシが奢ってもらおうと思て」

「馬鹿野郎」

井岡とは妙な縁があり、これまでに二つの特別捜査本部で一緒になっている。最初は玉川署《たまがわ》、二度目は蒲田署《かまた》。フザケた男だとは思うが、特に女性警察官からいい評判を聞いたことがない、というか最悪の評価しか聞かない男ではあるが、桜井自身は嫌いではない。むしろ刑事として、ちょっと魅力的だとすら思っている。

「……で、どれにすんだよ」

「へ？　エエんですか。ほな遠慮なく、このエナジードリンクで」

微妙に高いのを選ぶ辺りが、また井岡らしい。

「はい、自分で押しますぅ……はいはい、ありがとうございますぅ」

井岡は、缶を取り出すついでのように釣銭も摘《つま》み出し、ポケットに入れようとする。

「こら、釣りは返せ」

「あー、すんません。なんや自分で買《こ》うた気になってましたわ」

「笑えないんだよ、お前」

でも本当は、ちょっと面白いと思っている。

なんとなく、自販機の前に二人で並び、買ったものを飲み始めた。

ボトル半分ほどを飲んだところで、桜井は訊いてみた。

「お前さ……仁藤の死体、直《じか》に見たの」

「ああ、はい、見ましたけど。昨夜は泊まりやったんで、いち早く。疾風《はやて》のように現われてエ、ですわ」

「どうなってた、あの傷口。俺、写真でしか見てないからさ」

井岡が、ふんふんと浅く頷く。

「なんやこう、齧《かじ》られた傷のように、見えましたな」

「齧られた？　何に」

「さあ」

「人間に、か」

「かもしれませんけど、なんちゅうか、もっとこう、余計に深いところもあったんで、それが、牙《きば》と言うか……んー、牙で齧ったように、はい、見えましたな、ワシには」

写真でも確かに、深いところがあるようには見えた。

「でも、おかしいんだよな。あんなザックザクの傷なのに、周りには血痕がほとんど残ってない。組員が何かを隠蔽《いんぺい》するために動かしたんじゃないか、とも考えたんだが、松濤の現場でも、六本木の現場でも血痕が少ないのは同じだという。石塚の死体を発見し、通報したのは石塚の愛人だ。仲根の死体を発見したのは家政婦、通報したのは今のところ、堅気の息子ってことになってる。仁藤はともかく、石塚と仲根の死体を彼らが動かすとは考えづらい。ということは……死に至るほどの大量出血は、どこにいっちまったんだろう。ホシは殺す前に、床に何か敷いたりしてたんだろうか……とても、そんな手間をかけられる状況ではなかったと思うんだが」

井岡は真上を向くほど缶を傾け、一滴も残すまいと、しきりに缶の口を吸っている。

「それは……犯人が、飲んでもうたからと、ちゃいますか。ちょうどこんなふうに。チュー、チューて」

その「チュー」の口の形が気持ち悪い。

「なんのために」

「それは、知りませんけど。ひょっとしたら、犯人は吸血鬼なのかもしれませんな」

冗談は措いておいて、だ。

「飲むったってお前、実際に血は、二リットルないし三リットルも失われてるんだぞ。組長を殺しにきた奴が、なんで血なんか……単純に逃げるにしたって、腹がタッポタポになっちまうだろ」

「そやから、理由はワシにも分かりませんけど、でもそれについて、桜井主任は今、考えとるやないですか」

それがどうした。

「ああ、考えてるよ」

「それが狙いっちゅー可能性も、ないとは言いきれませんわな」

「狙い？」

「捜査の攪乱《かくらん》ですわ。みんながそのことを、あーじゃこーじゃ言うとるうちに、ホシはまんまと雲隠れか、高飛びしてまうんやないですかね」

いま思いついた。バキュームとか集塵機《しゅうじんき》みたいな機械で吸い取ってしまう、という方法なら、可能なのではないか。

石塚忠光殺害事件は麻布署、仲根敏夫殺害事件は渋谷署、仁藤靖之殺害事件は新宿署

が、それぞれ初動捜査に当たった。だが事件の詳細が明らかになるに連れ、その同時多発性を重く見た警視庁上層部は三十日、一連の事件の捜査本部を、暫定的にではあるが警視庁本部庁舎に設置するとし、マスコミにもその旨を伝えた。

正式名称は「大和会幹部連続殺人事件特別捜査本部」。

だがマスコミ各社は、すでに「大和会系組長三人殺し」もしくは単に「組長三人殺し」と称し、大々的に報じ始めていた。おそらく「三」という数字と事件の連続性、さらに付け加えるなら、犯行がひと晩のうちに行われたという共通点から、ニュース番組のプロデューサー辺りが、昔の「津山《つやま》三十人殺し」を想起し、命名したのではないかと桜井は推測する。ある意味、分かりやすくていい略称だと思う。

初回の捜査会議は、三十日の二十時に開始された。

「気をつけ、敬礼……休め」

警視庁本部庁舎、十七階の大会議室。天井が高く、そういった意味では小さな体育館のような部屋だ。廊下側と窓側、壁の高いところには歴代警視総監の肖像写真が飾られている。厳密に言うと、初代警視総監ともいうべき川路利良《かわじとしよし》大警視から何代かは写真ではなく、油絵になっている。

そんな部屋に、何人だろう。とても目では数えられないが、少なくとも百五十人は捜査員が集まっている。通常の捜査本部のようなスタイルではなく、会議テーブルが並んでいるのは部屋の半分くらいまで。後ろ半分はパイプ椅子のみ。桜井はギリギリパイプ椅子を確保したが、これにも座れなかった者は立ち見だ。そんな状況だから、情報デスク等も設置されていない。なので、雰囲気は会議というよりも、むしろ「集会」に近い。

上席には組織犯罪対策部長、同四課長、同担当管理官、刑事部長、同捜査一課長、同担当管理官が並んでいる。

司会は組対部の係長が務める。

「大和会幹部、連続殺人事件特別捜査本部、初回の捜査会議を始める。殺害されたのは、竜神会会長、石塚忠光、五十五歳、大沢組組長、仲根敏夫、六十二歳、仁藤組組長、仁藤靖之、四十九歳の三名。以下、事案発生時刻の順ではなく、通信指令本部の事案認知順に、司法解剖の結果を報告する。ではまず、石塚忠光から……」

驚いたことに、係長が読み上げた石塚、仲根、仁藤の各検死結果は、創傷《そうしょう》にミリ単位の差がある、拘束の仕方が違うなど、多少の差異はあるものの、あとはほとんど同じ内容と言ってよかった。

要約すると、こういうことだ。

頸部左の頸動脈を断ち切る、直径八センチ程度の楕円形の表皮剝奪《はくだつ》。表皮は頸部中央に寄っており、欠損はしていない。死因は失血及び出血性ショック。三人はいずれも相当な威力、腕力で自由を奪われた上で殺害されている。石塚は両手首、仲根は顎に強く摑まれたような圧痕《あっこん》があり、拘束者の手形を示す形で皮下出血が見られる。仁藤は羽交い締めにされたのか、両肩を脱臼《だっきゅう》している。胸部に打撲痕《だぼくこん》、これによる皮下出血、石塚のみ胸骨体《きょうこつたい》、肋軟骨《ろくなんこつ》に骨折が見られる。胸部の打撲痕には生活反応がある――。

ひと通り読み上げた係長が、報告書から目を上げる。

「司法解剖の結果報告は、以上だ。何か質問は」

前の方で手が挙がった。どこの誰かも分からないが、係長に指名された捜査員が立ち上がる。

「胸部の打撲痕に生活反応があるということは、マル害はまず胸部、ミゾオチ辺りを殴られ、抵抗できなくされた上で拘束され、頸部を切りつけられたということでしょうか」

係長が再び資料に目を落とす。

「胸部が先か、頸部が先かというのは、現時点では明言できないが、関連する事柄が別途、説明されているので読み上げる……通常、このような損傷、胸部の打撲痕だが……このような損傷は、心肺蘇生《しんぱいそせい》法の一つである、心臓マッサージを行った際に発生し得る。胸骨体や剣状突起《けんじょうとっき》、肋軟骨が骨折に至ることも珍しくない。しかし、心肺蘇生法を施すということは、当然のことながら心肺は停止していたのであり、そのまま被救助者が死亡すれば、これらの損傷に生活反応が見られることはない。よってこの胸部の打撲痕及び骨折は、心肺蘇生法を施したことによって、起こったものではないと判断できる……要するにホシは、動いている心臓に心臓マッサージをした、ということのようだが、それ以上のことはまだ分かっていない」

質問者は一礼して座ったが、今の説明では到底納得などできまい。

別の手が挙がり、また係長が指名する。

「記者発表では、凶器は『刃物のようなもの』としていましたが、具体的にどのようなものが使われたのかは、まだ分からないのでしょうか」

係長も困り顔で頷く。

「正直、これの判断には迷っている。解剖担当医が言うには、最も近いのは、獣《けもの》の咬傷《こうしよう》だそうだ。つまり、三人の組長はそれぞれ、愛人宅で、自宅で、組事務所で、猛獣に喉元を喰い千切られて死んだ、というのが、医学的には最も合理的な説明というわけだ」

会議室全体がざわつき始めたが、係長の「ただし」の声でいったん静まり返る。

「担当医からそのような見解が示された以上、我々もそれを無視するわけにはいかない。そこで、記者発表では、口頭で『ハモノ』と説明した。あくまでも口頭で『ハモノ』だ。ハモノの『ハ』が『ヤイバ』の『刃』だとは、断じて言っていない。こちらとしては、歯医者の『歯』という意味で『歯モノ』と言ったのだが、それを包丁等の『刃物』と勘違いして書くのは、マスコミの勝手だ。我々は嘘をついたわけでも、騙《だま》そうとしたわけでもない」

誰もが「そんな馬鹿な」と思っただろうが、異を唱える者は一人としていなかった。

さらに手が挙がる。

「現場には死に至るほどの血痕はなかったとのことですが、これについては」

「それもまだ分からん」

一瞬、井岡の「吸血鬼説」が脳裏をよぎったが、むろん言うつもりはない。それならまだ「バキューム説」の方が信憑性《しんぴようせい》があると、個人的には思う。

4

欣治には話したが、圭一は作戦決行前の日曜日に、妹の純子に会いにいってきた。

純子がいま世話になっているのは、東京都板橋《いたばし》区にある児童養護施設「板橋あけぼの園」。最寄りの板橋駅から池袋駅までは埼京《さいきょう》線でひと駅、五分とかからない距離だが、何もこんなときまで池袋でなくてもいいだろうと思い、新宿で会うことにした。埼京線だと新宿は池袋の次だから、移動時間も交通費も大きくは変わらない。

待ち合わせ場所は、紀伊國屋《きのくにや》書店新宿本店の裏手にあるカフェ。本当は歌舞伎町の方が知っている店もいろいろあって便利なのだが、昼間とはいえ、十七歳の女子高生を連れて歩くのはなんとなく気が引けた。なので、歌舞伎町よりはちょっと手前の、できるだけお洒落《しゃれ》な店にしようと思い、ここに決めた。

「いらっしゃいませ。一名様ですか」

「いや、もう一人来るんで、窓際の席がいいんですけど」

「かしこまりました。ご案内いたします」

道に面した側は天井までの全面ガラス張り。自然光がたっぷり射し込んでおり、店内は落ち着いた明るさに充ちている。また建物の一角が中庭のように凹んでおり、そこに植わっている樹が見えるのも洒落ている。まるでヨーロッパの街角にあるオープンカフェのようだ。まあ、ヨーロッパなんて行ったことはないし、そんなに興味もないので、実は全然違うのかもしれないが。

純子が来たのは待ち合わせ時間ぴったりの、十一時半だった。

ライムグリーンのプリントTシャツに、デニムのミニスカート、足元は厚底のサンダル、バッグは大きめのコットントート。そんなにダサくもないし、かといって遊んでるふうでもない。まあまあ、高校生としてはいいバランスなのではないかと、兄は思う。

圭一に気づいた純子は少し照れ臭そうに手を挙げ、あちこちに視線を泳がせながら近づいてきた。そんなふうにされると、急にこっちも照れ臭くなってくる。初デートでもあるまいし。

「……久し振り」

「おう。まあ座れ」

へえ、お兄ちゃんにしては洒落たお店選んだじゃん、みたいに言われることを期待していたのだが、そうはならなかった。

「またそんな、チンピラみたいな恰好して」

何枚か持っているアロハシャツの中でも、黒地で落ち着いた一枚を選んできたつもりなのだが。

「チンピラじゃねえよ。アロハはハワイじゃ男の正装だよ」

「ここは日本の新宿です。ハワイの常識は通用しません」

なんだろう。このぐうの音《ね》も出ない正論は。

「いいんだよ、これが一番涼しいんだからよ……それより、なんにする。ここで昼飯にしてもいいし、ここはお茶だけにして、何かお前の好きなものを食いにいってもいいぞ」

「どしたの。やけにサービスいいじゃん」

「ま、いろいろあってな……話したいこともあるし」

結果、圭一がアイスコーヒー、純子がグレープフルーツジュースを頼み、それだけで最初の店は出た。何か食べたいものはないかと訊くと、純子はしばらく「なんでも」と答えていたが、最終的には「ステーキ」と白状したので、遠慮せず腹一杯食えそうな、新宿三丁目の店に連れていった。

「えっ……じゃあ、このプレミアム、USステーキ……とか？」

探るような上目遣い。高くない？　大丈夫？　お兄ちゃん、本当にちゃんと払える？

とでも訊きたいのか。

「いや、もうコースにしちまおうぜ。そしたらステーキも、ローストビーフもエビのなんちゃらも入ってんじゃん。フライドポテトも付いてるじゃん」

「いいよ、そんなに無理しなくて」

そういうことを声に出して言うもんじゃない。

「いいんだって。大丈夫だから、な、このコースにしよう。そしたら飲み放題だし。俺もじゃんじゃん飲めるし」

「お兄ちゃん、車じゃないの？」

「電車で来たよ。当たり前だろう」

「あそう……じゃあ、いいか」

小さい頃からそうなのだが、圭一と違って、純子は非常にしっかりとした、真面目な性格をしている。十歳で両親を亡くして施設に入ってからは、さらにしっかりと、より真面目になったように思う。

苦労、かけたよな。

口には出さないが、圭一は常々思っている。だから今日くらいは、思いっきり食べさせて、遊ばせてやりたい。

前菜の盛り合わせとビール、マンゴー&グアバジュースが来たところで乾杯。

「いただきます」

「おう、じゃんじゃん食え」

さすがは十七歳の育ち盛りだ。さっきまでの遠慮はなんだったのか。純子はフードファイターさながらのハイペースで料理を口に運んでいく。

それでいて、会話も一応成立している。

「……前に言ってた人、なんだっけ」

「ああ、欣治と紅鈴」

「ねえ、その名前あり得なくない？　絶対本名じゃないでしょ」

「いや、本名らしいけどね」

「名字、なんつーの」

最初、あの二人はなんと言っていたのだったか。

「……ああ、谷本」

「谷本欣治と、谷本紅鈴？」

「うん」

「あり得ない。特に谷本紅鈴が変。欣治はともかく、紅鈴はおかしいでしょ。人間の名前じゃない」

実際人間ではないのだが、それは措いておこう。

「確かに、名前はちっと変わってっけど、でもいい奴らなんだよ、ほんと」

「二人は結婚してんだっけ？　きょうだいなんだっけ？」

「きょうだい」

「その二人が、お兄ちゃんの部屋に転がり込んできたわけでしょ？」

「そういうこと」

「変、絶対変だって、その二人。なんか裏があるって」

実は吸血鬼なんだよ、と告白したら、純子はどんな顔をするだろう。そもそも受け入れられるだろうか。吸血鬼は実在するという、この現実を。

「ないないない、全然大丈夫。むしろ、二人のお陰で仕事もいろいろ……うん、上手くいくようになってさ」

「何よ、いろいろって」

「いろいろは、いろいろだよ……まあ食え」

シーザーサラダに続き、いよいよメインのステーキが出てきた。

「すっごい、美味《おい》しそ」

「だな。アメリカーン、な感じだな」

純子とは、普段から連絡はとっていた。平日は高校に通い、部活動はせず、週に三日か四日はファストフード店でアルバイトをしていると聞いている。だがそのバイト代は、ほとんど携帯電話代と洋服代で消えてしまうようだ。洋服といっても贅沢なものではなく、ただの普段着。友達と遊びにいくのも「ディズニーランドとかは無理」と断わっているらしい。

「これ、食い終わったらどうする。遊園地でも行くか」

ステーキを頬張りながら、純子は首を横に振る。

「……いい」

「なんで」

「どこも混んでるし、今から行ったって……疲れるだけだよ」

「じゃあ、映画とか」

「DVD借りた方が安いし、そんな、今すぐ見たい映画とかもないし……いいって、そんなに無理しなくて」

可哀相にな、と思う。同じ年頃の子が普通にしていることを、この子はずっと我慢して生きてきた。それが当たり前になってしまっている。そしてそれは全部、圭一が、両親の起こした事故の賠償金を一人で背負い込むという、愚かな選択をしたことが原因なのだ。

「純子。もうさ、そういうの全部、大丈夫になるから」

純子はストローを咥《くわ》え、頬張った肉をジュースで流し込む。

「……なに、そういうのって」

「俺さ、ようやく借金、全額返せたんだ」

人間の目ってそんなに開くのか、と思うほど、純子は大きく目を見開いた。

「えっ……返せた、って、どうやって」

「ちょっと、デカい仕事手掛けたからさ。それで、バーンと、綺麗にしたんだよ。スッキリしたぜ。だからさ……」

近々一緒に住もう。予備校も行って、思う存分勉強して、お前は大学に行け。遊園地も映画も普通に行って、お洒落もして、カレシでも作れ——そういう話をしたかったのだが、またまた思い通りにはいかなかった。

「……お兄ちゃん、何やらかしたの」

殺し屋の仲介、などとは口が裂けても言えない。

「やらかしてねえよ。盗んだわけでも、人を騙したわけでもねえから安心しろ」

「じゃあ、何やったのよ」

適当な言い訳を事前に考えておかなかった自身の愚かさを呪ったところで、もう遅い。

「まあ……コンピュータ関係の、アレだな」

「なに、ハッキングとか?」

我が妹ながら、そこそこ鋭い。

「違う違う、そんなんじゃない」

「じゃ何よ。何でそんなに大儲けしたの」

「だから、その……プログラムの開発、みたいな、そういうことだよ。詳しいことは、企業秘密だから言えないけど」

「お兄ちゃん、そんなことできたっけ」

「できちゃったんだな、これがまた。不思議なことに」

「めっちゃ嘘臭いんですけど」

「ま、コンピュータの世界なんざ、全部まやかしみてえなもんだからよ」

「なに恰好つけてんのよ」

これ以上突っ込まれて、ボロを出したくはない。

「じゃ、恰好つけついでによ……」

バッグから用意してきた茶封筒を取り出し、テーブルに置く。

それを、純子の方に押し出す。

「これ、渡しとくわ」

「……何これ」

「中身は見るな。そのましまえ」

「だから、何って訊いてんでしょ」

「金だよ……二百、ある。たまには、ディズニーいったり、映画見にいったり、しろ。ちびちび、ケチケチ使え」

純子は見ているだけ、封筒に手も伸ばさない。

「なんでよ……借金、まだ七百万近くあるって言ってたじゃん」

「だから、それは、返したって」

「足したら九百万じゃん。ほとんど一千万じゃん」

「ああ、そうね」

ようやく封筒に手を置いた、と思ったら、純子はそのまま、押し戻すように突き返してきた。

「いくら稼いだんだか知らないけど、私、こんなのもらえない」

「いや、だから、いいんだって」

「だって、お兄ちゃんだって……」

純子の両瞼《りょうまぶた》が、何かを追い払おうとするように、忙《せわ》しなく瞬きし始める。

「……お兄ちゃんだって、一人でずっと、頑張ってきたじゃん。借金返すために、いろいろ無理してきたじゃん。我慢してきたじゃん……私はいいんだよ。施設の人、みんな優しいし、よくしてくれてるし。小っちゃい子たちは、みんな弟妹みたいなもんだし、寂しくなんてなかったよ。でもお兄ちゃんは、ずっと……ずっと一人で頑張ってきたじゃん。それなのに、私一人だけ大学いって、遊園地いって遊んだって、楽しくないよ。そんなの……嬉しくない」

まさか、ここで泣かれるとは思わなかった。

自分までもらい泣きするとも、思っていなかった。

「い、いや……ほんと、いいんだよ。大丈夫なんだって。確かに、借金とそれ、合わせたら、一千万近くになるんだけどさ、それは、あくまでも前金だから。その仕事、最後までやり遂げたら、もう一千万、入ってくるんだ。そういう契約なんだよ。だから、お前にそれくらい、小遣いやったたって、全然、平気なんだ、俺は。だから、心配すんな。遠慮しねえで、とっとけ……な？」

女が怖ろしい生き物であることは、重々承知しているつもりだった。特にこの一年は、紅鈴という本物の化け物と――などと口走ったら八つ裂きにされそうだが、実際一緒に暮らしてきたので、その怖ろしさは骨身に染みているはずだった。

だが、甘かった。

純子は、涙こそ流していたものの、本気で泣いてなどいなかった。

「……お兄ちゃん。総額で二千万ってそれ、どんだけヤバいことに手ぇ出してんの。いい加減白状しなよ」

まだまだ子供だと思っていた妹が、いつのまにか、一端の女になっていた。

そんなことを、思い知らされた一日だった。

欣治が言うことは、分かる。

組長三人の抹殺計画が成功裏に終わった今、藤田が残りの一千万を約束通り支払うかどうかは、贔屓目《ひいきめ》に見ても五分五分だろう。

でも、決行前に純子に会い、無事作戦が終わってみると、ことさらに思う。

もう一千万、欲しい。

あと一千万あれば、確実に純子を大学に通わせられる。その上で、もう自分には借金もないのだから、大和会絡みの無茶な仕事を続ける理由もなくなる。純子さえ大学に行かせられれば、もうそれ以上に望むものはない。その後は知り合いの飲み屋かどこかで働かせてもらってもいいし、いっそ東京を離れて、田舎暮らしを始めてみてもいい。

あと一千万あれば、自分はもう、自由な生き方をしていい。

欣治と紅鈴の世話になって、なんとかあの計画を完遂した、というかほとんどやってもらった自分が言うのは、あまりに図々しい、虫の良過ぎる話だというのは百も承知だが、それでも圭一は思ってしまう。少しだけ、夢見てしまう。

もう一千万あれば、自分はもっと、人間らしい生き方ができる。

むろん、欣治と紅鈴にはそれなりの礼をするつもりでいる。自分名義で二人のために部屋を借りてもいいし、一緒に東京を離れるのもアリだと思う。

まだ一年しか一緒にいないので、今のところはさほど違和感も感じないが、あの二人が本当に不老不死なのだとしたら、当たり前だが今後は圭一だけが歳をとっていくことになる。圭一が三十歳、くらいならまだいいだろうが、四十歳、五十歳になっても、あの二人は今と変わらず、せいぜい二十三、四歳の外見のままであり続ける。圭一はそれでも一向に構わないが、周りは変に思うだろう。

いつまでも若いままの二人。圭一が六十になり、七十になり、死んでもなお、二人は今のまま。

となると、周囲に怪しまれないよう、十年周期くらいで住む場所を変える必要が出てくるのか。人間関係がリセットできるくらい離れた場所に、転々と移り住んでいくことになるわけだ。

そんな人生も、いいかもしれないな。

などとぼんやり考えていたら、いきなり紅鈴に頭を叩かれた。

「イッ、て……何すんだよ」

「いや、あんまりにもボケーッとしてっからさ、死んでんじゃないかと思ったけど、生きてたね。よかったね」

まだ脳天がピリピリと痺れている。

「もうちょっと、他にも確かめようはあるだろ。痛えんだよ、お前のは何するんでも。加減ってもんがあんだろうが」

紅鈴が、ふざけたように口を尖らせる。

「そんなことないよ。お客さんのは、優しく優しく、扱《しご》いてあげてるよ。けっこう、評判いいんだから、あたし……」

言いながら、紅鈴が圭一の股間に手を伸ばしてくる。

「よせって、だから……欣治はどうしたの」

「風呂入るよって、さっき声かけたろ」

「聞こえなかった……だから、よしなさいって」

さらに紅鈴が体を寄せてくる。

「お前はね、今一つあたしに対する敬意が足りないんだよ。それはあたしの、女としての本当の魅力を、きちんと理解してないことに原因があるんだと、あたしは思うんだ」

「充分理解してます、大丈夫です……だからって、それもやめて。ツネんないで、痛いから本当に、チンコとれちゃうから」

かと思うと、急に「女の子座り」でペタンと床に尻をつける。

「そうだ、圭一この前、妹に会ってきたんだろ？」

話に脈絡がないのも、もう慣れた。

「……ああ、会ってきたよ」

「どんな子だよ」

「どんなって……普通の、高校生だよ」

「可愛いのか」

「いや、そんな、可愛いわけでも……だから、普通だよ。たぶん」

「見せろよ」

「何を」

「写真とか、撮ってきたんだろ」

「撮んないよ。新宿で飯食って、ちょっと洋服買うのに付き合ってやっただけだもん」

「ねえのかよ、写真は一枚も」

ない、と答えるのに、一瞬間《ま》が空いてしまった。

そういう「一瞬」の意味を、紅鈴は鋭く見抜く。そういうところがある。

「あるな、写真」

「ないって」

「あるね。あるって書いてあるね、顔に。どこだよ。こっちか？　この本のどっかに挟んであんのか。それともあっちか？　あのミカンの箱ん中か？　こら圭一」

「分かったよ……でも、あれだぞ、この前のじゃないぞ。この前は、ほんと写真なんて撮んなかったんだから」

「じゃ、いつのだよ」

「純子が高校入るときの、入学式は俺、ちょっと行かれなかったから、帰ってきて、施設の玄関前で撮ってもらったのなら、ある」

「それでいいから見せな」

「ったく、なんでそんなに見たいんだよ……ちっと待ってろ」

写真屋でならタダでもらえそうなチャチな写真ホルダーにだが、一応、純子の写真は一つにまとめてある。

それを書棚から抜き出し、制服姿で写っているページを開いて、紅鈴に向ける。

「……へえ、圭一の妹にしちゃ、上出来じゃん」

「どういう意味だよ。褒めてんのか、貶《けな》してんのか」

「褒めてんだよ。けっこう可愛いじゃん。これで高一？　へえ、立派なもんだ。アレだろ、今はこの写真より、もっとおっぱいデカくなってんだろ」

「知らねえよ。そんなとこ見てねえから」

「嘘だね。見てないわけないね、男が。正直に言いな。デカくなってたろ。いや、絶対デカくなる胸してるもん、この子。エロいわぁ、けっこうエロくなるよ、この子」

まあ、うん。

ちょっと、そんな感じだったような、気も、しないではない。

5

淵脇大吾と鹿屋史郎《しろう》の関係は、少々複雑である。

大吾は、十六年前に父・充史《みつふみ》から「淵脇運輸株式会社」の経営を引き継ぎ、今なお代表取締役を務めている。祖父・武治《たけはる》がトラック一台で始めた「有限会社フチ運送」は瞬く間に事業規模を拡大し、現在ではトラックによる一般輸送に留まらず、海上コンテナ輸送から国際物流サービスまで手掛ける県内有数の大企業へと成長した。また、これまでに身内から市議会議員九人、県議会議員四人、参議院議員も二人出しており、地元では名家の一つと数えられるようにもなった。

一方、史郎の家系、鹿屋一族についての詳細は、大吾も把握していない。分かっているのは、鹿屋家が代々「村」を守ってきたということと、それを経済的に支えてきたのが淵脇家であるということ、それだけだ。鹿屋家は現在、史郎とその妻・佐和《さわ》、長男の鉄雄《てつお》、次男の伸武《のぶたけ》、史郎の妹である友実《ともみ》の五人。先代の松彦《まつひこ》は七年前、その妻・佑季《ゆき》は十二年前に他界している。

よって両家は、直接の主従関係にはない。どちらが上、どちらが下というのもない。かといって、むろん無関係ではない。強いて言うならば、「村」を介しての対等な協力関係、ということになるだろうか。

その鹿屋史郎から、二日か三日に一度のペースで連絡が入る。

『通維さまが、応援を寄越すようにと、仰《おっしゃ》っちょるんですが』

史郎は通維と靭午《じんご》に同行し、福井県まで刀探しに出ている。通維が藍雨に「私たちに所縁《ゆかり》のある品に似ている」と言った、あの刀だ。

「応援って、何をするんですか」

『見張り、だそうです』

「見張り？　福井で、何を」

『刀の出てきた、山ん中の洞穴《ほらあな》を、見張るんじゃと』

「なんのために」

『分かりもはん。とにかく、そんために人と車が必要なんじゃと』

「どれくらい、必要なんですか」

『車二台、人は四人くらいかと』

「ちなみにそこを、何日くらい見張るんですか」

『相手が来るまで、一年でも二年でも、十年でも二十年でも……と、通維さまは仰っちょります』

そんな馬鹿な、というのはこちら側の論理で、そんなものは通維たちには通用しない。

「鉄雄くんは、もう行ってるんですよね。じゃあ、一人は仲武くんということで」

『いや、仲武は残しちょかんと。藍雨さまに何かあったら困りますんで』

「じゃあ村の、他の方は」

『村のお方は、よう知らんもんと車で遠出なんぞ、したがりもはん』

「そう、ですよね……」

ということは、どこかの「組」に頼んで四人借りてくるか、社の人間で口の堅そうなのを四人選抜するか、あるいは何度か使ったことのある興信所に丸投げするか。いずれにせよ、面倒なことに変わりはない。

「……分かりました。では、こちらで見繕《みつくろ》って、四人、向かわせます。車二台で」

『はい。よろしく頼みあげもす』

それから三日ほどして、また連絡が入った。

『通維さまが、例の刀を保管しちょう大学に行って、取り返して来っでと仰っちょるんですが』

また、とんでもないことを。

「それはつまり、忍び込んで、例の刀を盗み出すということですか」

史郎が、ふくふくと押し殺した笑いを漏らす。

『そりゃまあ……そげん言い方に、ないかもしれもはんが。とにかく、取り返しに行っどと』

「通維さまと靭午さまの、お二人でですか」

『いえ、おいたちも送り迎えは致しますが、おはんらの四人は行けんやろかい、と思いまして。そりゃ、こっちは人手があるに越したことはありもはんが、あんまい……そういう仕事まで手伝わせちゃ、いけんのかなと思いまして』

これに関しては、その日のうちに藍雨に意見を求め、なんとか、大吾が送った社員四人は免除してもらえることになった。

その連絡の二日後には、もうニュースになっていた。

【二十八日、福井県立大学歴史文化学科の研究室に何者かが侵入し、先月に県内の山中で発掘された刀剣が盗み出されていることが分かった。研究室の責任者である高城《たかぎ》宗之《むねゆき》教授は「文化財としても研究対象としても大変価値の高い、珍しい二又《ふたまた》の剣です。どういう方法でも構わないので返還していただきたい」と語った。保管されていた剣は八百六十年ほど前に薩摩《さつま》地方で作られたとされる「介座《かいざ》ノ剣」に酷似しており、研究室は来月にも、鹿児島県内に残る文献と発掘された剣の照合作業を始めることにしていた。】

盗み出したのは通維たちなので、たとえば質屋に持ち込むとか、転売して足が付くようなことは絶対にあり得ない。よってこの件はこのまま収束、その他多くの事件と同様、未解決のまま風化するのを待つしかない。

しかし、それだけでは終わらなかった。

『おいたちは今、東京に向かっちょるんですが、おはんらの四人は、もうそっちに帰しました。ご心配なく』

四人が一週間足らずで御役御免になったのは喜ばしい限りだが、その『東京に向かっちょる』というところが分からない。

「なんでまた、東京になんて」

『見張りの甲斐もあって、通維さまの見越した通り、ドブネズミが三匹も引っ掛かりまして。そいが東京の、練馬《ねりま》ナンバーの車に乗っちょったんで、追っかけて東京まで行っど、そういうことです。ただ、おはんらの四人には車一台で帰ってもらって、もう一台はこっちに残してもらいました。通維さまが、車は二台あった方がよかと仰るんで』

まだ、東京行きの理由がよく分からない。

「その、ドブネズミというのは、なんなんですか」

『詳しいことは、藍雨さまにお尋ねください。では』

その日は時間が合わなかったが、翌日には藍雨に会い、話を聞くことができた。

「珍しいわね、大吾さんがこっちまでいらっしゃるなんて」

藍雨の言う「こっち」とは、つまり「村」のことだ。

場所は「村」の中心に位置する「御池《おいけ》の間」。天井も壁も床も板張りの、薄暗い道場のような部屋だ。あるいはベンチのないサウナか。ただし気温は一年中、常に十六度前後に保たれている。

「実は、鹿屋から聞いたんですが、なんでも通維さまたちは、福井から東京に足を延ばすとか。一体、どういうことなのでしょう」

藍雨が浅く頷く。部屋の暗さもあり、今のところ表情から読み取れるものはない。

「大吾さん。これは、私たち、一族の問題です」

「……はい」

「大吾さんは、あの戸の向こうを、ご覧になったことがあったわね」

藍雨が左手にある、両開きの大きな引き戸を目で示す。

「はい。かれこれ、二十年ほど前に、一度だけ」

「あれが何を祀《まつ》った場所であるのかも、ご存じね」

「はい。村の、初代の長《おさ》であり、御一族の祖でもあらせられる……」

「この村には、決して犯してはならない掟があります」

チッ、と剃刀《かみそり》で、耳たぶを搔き切られるような感覚。

「……はい」

「それについて、大吾さんにお話ししたことはあったかしら」

「主だったところは父から聞いておりますが、藍雨さまから直接は、ございません」

藍雨が、両開きの戸に体を向ける。

「細かな決まり事をさて措けば、重要なのは二つ……一つは、村を抜けてはならないということ」

「はい」

「もう一つは……長の許しなき血分けは、決してしてはならないということです。大吾さんには、この意味がお分かり？」

そういうことか。

「基本的に……この村の外に、闇神は存在しない、と」

「いいえ。絶対に、存在してはならないということです」

「はい……しかし、それが、存在してしまったと」

「鹿屋さんはなんと言っていましたか」

「ドブネズミが、三匹と」

今日、藍雨は初めて笑みを浮かべた。この暗さの中にあっても、月明りに照らされたように浮き上がる、艶《なま》めかしい笑みだ。

「ドブネズミとは、また……でもまあ、そういうことです」

藍雨が大吾に向き直る。

「東京ナンバーの車だそうですね。上手《うま》く尾行して、ネズミの棲《す》み処《か》までたどり着ければいいけれど、途中で見失ったら……ああ、でも、康孝《やすたか》さんに頼めば、あとからでも調べはつきますか」

大吾の従弟《いとこ》に当たる淵脇康孝は現職の参議院議員。国交省にどれほど影響力を持っているかは分からないが、康孝も、藍雨の命とあらば断ることはできまい。

もういくつか、確かめておきたいことがある。

「しかし藍雨さま、例の剣を大学から盗み出して……ああ、ニュースで、あの剣は大昔に、薩摩で作られた『介座ノ剣』という刀に酷似していると読みましたが、それは、本当なのでしょうか」

今度は、少し困ったように首を傾げる。

「まさかね……あのときの刀鍛冶《かじ》が、あの剣についての記録をとっているとは、私自身、思ってもいませんでした。嘘か本当かと訊かれれば、本当です。通維が、確認をした上で取り返すと言ったのですから、それは間違いなく、介座の剣なのでしょう。私が鹿屋さんに頼んで、当時、谿山《たにやま》にいた腕のいい刀鍛冶に作らせたものです。その記録が、どこにどうやって保管されていたのか……それが見つかったのは、つい最近ですよ。確か大正の終わりとか、昭和の始めとか、そんな頃です……でもね、記録が見つかったからといって、現物はないわけですから、どこにも。現物がなければ、そんな記録はただのお絵描きですから。学者連中も、そんなに注目はしてなかったんじゃないかしら。私も忘れていたくらいですから、その記録については」

どうも昔話に脱線しがちで、話が上手く進まない。

「ではその、介座の剣を大学から取り戻して、東京に行って……」

かと思うと、藍雨は急に結論を突きつけてくる。

「もちろん、始末するんですよ、そのドブネズミどもを。この村の外に、闇神は決して存在してはならないのですから。当たり前でしょう」

「始末、って……そんな、いきなり」

藍雨が眉をひそめる。

「いきなりじゃありませんよ。村が介座の剣を失ったのが、四百年以上前。もちろん、村には絶対に必要なものですから、同じものをすぐに作らせはしましたけど、でも何しろ、ふた股の剣でしょう。変わってるでしょう、形そのものが。いくらお金を積んでも、いくら細かく指示を出しても……そんなに難しいのかしら、全く同じには作れないのね、どんなに腕のいい職人でも。七本か八本、作らせたんじゃないかしら。その内、四本か五本はまるで使い物になりませんでした。一本は五十年くらいで折れてしまって、いま残っているのは、結局二本。まあ、一本あれば用は足りるんですけど、でも不安じゃありませんか。四本も五本も駄目にして、いいかと思ったらまたすぐ、一本折れてしまって……それを考えると、最初の一本は本当にいい出来でした。通維があれを取り戻したいと思うのは、至極当然のことなんですよ」

いや、大吾が聞きたかったのは、そういうことではない。

「そもそも、介座の剣とは、いかなるものなのでしょう」

「ですから、闇神を処刑するための、専用の剣ですよ。それ、言ってませんでしたか、私」

言ってない。

「……申し訳ありません。私が、聞き逃したのだと思います」

「それは、どっちでもいいですけど」

いよいよ藍雨の機嫌が斜めになりかけてきたので、これを最後の質問にしたい。

「しかし、その……私も鹿屋から電話で聞いただけですので、詳細は分からないのですが、通維さまたちは洞穴に向かう道の、おそらく三ヶ所程度に分散して、その出入りを見張っていたのだと思うんです。そこに、東京の練馬ナンバーの車が通りかかり、それに乗っていた三人が洞穴までたどり着き、周りを調べるとか、中を調べるとか、したのだろうと思います……ですが、それだけで三人が闇神であると、果たして断定できるものでしょうか」

ゆっくりと、藍雨が瞬きをする。

「少なくとも私には、何を仰りたいの」外見だけでそれが闇神であるのか、人間であるのかを見分けることはできません。しかし通維さまであれば、見分けることもできるのだろうと……そう思いもいたしますが、ではどういったところをご覧になって、通維さまは、三人が闇神であることを見抜いたのであろうかと……少々、疑問に思いまして」

藍雨の顔から、感情という感情の全てが抜け落ちる。

能面、よりもさらなる無表情。

最も近いのは、人の死に顔ではなかろうか。

「大吾さん……それは、あなたがどうこう案ずる類の事柄ではありません。通維がそう言ったのですから、通維には確信があるんですよ。その三人は闇神です。村の掟に背いた闇神は、亡き者にしなければなりません。それもまた、この村の掟です」

それ以上は問い質すことも、意見することも、大吾にはできなかった。

ただ口の中に生じた、ザラザラと不快な何かを飲み下す。

錆《さ》びた鉄の味がした。


七月三十日未明、大吾は携帯電話の振動音で目を覚ました。

ナイトテーブルに置いた目覚まし時計を見る。四時半。窓に引いたカーテンもまだ夜の色をしている。

隣に寝ていた妻、香椰《かや》が寝返りを打ち、なに？　とでも言いたげに目を開ける。大吾は掌で寝ていろと示し、自分だけ、ベッドから上半身を起こした。

携帯電話に手を伸ばす。ディスプレイを確かめると【鹿屋史郎】と出ている。ここしばらく連絡を寄越さなかったくせに、と毒づきたくなる気持ちを抑え、通話状態にする。

「……もしもし」

『社長。今すぐ、テレビを点けてくいやんせ』

この部屋にもテレビはあるが、用件が分からない今の段階で、香椰に見せたくはない。香椰もむろん、淵脇と鹿屋、闇神一族との関わりについて把握はしているが、でもそれだけだ。直接何かする立場にはないので、できるだけ不安な思いはさせたくない。

「少し、待ってください」

大吾は立ち上がり、携帯電話を耳に当てたまま寝室を出た。リビングよりも遠くなるが、客間まで行こうと思う。あそこのテレビなら、点けても誰も気にするまい。

暗い廊下を進む。屋敷を包み込む空気の音が重たい。ひょっとすると、雨が降っているのかもしれない。

史郎は黙っている。

客間のドアを開け、照明のスイッチを入れたところで訊いた。

「……チャンネルは」

『どこでも』

テレビ台に置いてあったリモコンを掴み、電源を入れる。映ったのは地元の民放局だが、何があったのか、男性レポーターが書類とマイクを握り締め、ひどく深刻な面持ちで喋っている。傘は持っていないので、現地は雨が降っていないのだろう。後ろに映っている建物は、警察署のように見える。

もう少しボリュームを上げる。

「緊急報道番組、と出ていますが」

眼鏡がないので字幕が読みづらい。画面に顔を近づけ、それでなんとか解読を試みる。

大和会系、竜神会会長、殺害？

「史郎さん、これは……」

『なんが出てますか』

「竜神会の会長が、殺されたと」

『他局も見てもらえれば分かると思いますが、東京で今夜、大和会系の組長が、三人殺されました』

分派した東和会と抗争中の、あの大和会系の組長が、三人もか。

だがしかし、東京でどんな暴力団抗争事件が起ころうと、こっちにはほとんど関係のない話だ。

「これが、何か」

『こいをやったのが、例のドブネズミ、東京の闇神なんです』

東京の、闇神。三匹の――。

「どういうことです。東京の闇神は、暴力団とツルんでいるということですか」

『かれこれ一ヶ月、連中の行動を見張っちょったんですが、三人おったうちの、一人は闇神ではあいもはん。堂々と昼間、外を歩いちょりました。じゃって、闇神はおそらく二人、男と女が一人ずつ。しかし闇神ではない、その昼間に歩いちょった男が、大和会と深い関わりを持っちょりまして。その関係で、今回の組長抹殺計画が立てられたようです』

ちょっと、よく分からない。

「関わりが深いのは、東和会と、ではなく?」

『そいが、逆なんです。男は、大和会系の組の命を受けて、大和会の幹部組長三人を殺した。いわば身内殺しです……いや、人間の男が殺しを請け負い、男女の闇神二人に実行させた、ということなのだと、私らは思っちょります』

奇妙な話だが、東京のヤクザ業界では、そういうことも起こり得るのかもしれない。

ただ、問題はそこではない。

「今の話が、事実そうなのだとして、通維さまは、それをどうなさるおつもりなんですか」

『藍雨さまから、お話はお聞きになってるでしょう』

「ええ、大まかなところは」

『通維さまは、例の取り戻した刀で、二人の闇神を成敗なさるおつもりです。そいについてのお考えは、少しも変わっちょりもはん。ただ、すでに警察沙汰になっちょいます。

こちらもいろいろと、策を講じねばならんくないもうした。もし、仮にこの一連の事件が、闇神によるものと世間に暴《あば》かれ……まあ、日向《ひなた》にでも引っ張り出されて、そのまま死んでくれれば手間も省けますが、はぐれ者とはいえ、連中も闇神です。そう易々と殺られはせんでしょう。人間が、そいなりに知恵をつけるまでは逃げ延び、生き延びるでしょう。通維さまが案じておられるのは、まさにその点です。あん二人が逃げ延びれば逃げ延びるほど、強く人間の興味を惹《ひ》くことになる。二人が人ならざる者と分かれば、生け捕りにしようとさえ、するやもしれもはん。そいは何より……村にとっては、一番避けたか事態です』

史郎の話を聞いていると、たまに分からなくなる。

お前は本当に人間なのか、心はすでに闇神なのではないか、と。

「では、その二人が逃げ出す前に、始末をつけると」

『そんつもりです。ただ、ドブネズミとはいえ、相手も闇神やっで。しかも、村の庇護も一切なく、おそらく四百年以上、人間社会の闇に生き永らえてきたわけで。それなりの知恵も、力も持っちょると、思っておかねばなりもはん。連中が、東京のビルの壁を上るのを、おいも何度か見ましたが、それには通維さまも、舌を巻いとられもした。あれでは、正真正銘の、化けもんじゃと』

男と女の、闇神。あの通維ですら、舌を巻くほどの化け物。

それは一体、どんな闇神なのか。

第五章

1

とんでもないことを、してしまったような。

実際には、それほどでもないような。

紅鈴は今、四百年生きてきた中で、初めての感覚を味わっている。

いつテレビを点けても、必ずどこかのチャンネルが「大和会系組長三人殺し」について報道している。他局が韓国ドラマを流している、ゴルフ中継をしている、料理番組をやっている、その裏で、紅鈴たちが手掛けた「組長殺し」について、コメンテーターたちがああでもないこうでもないと、飽くことなく憶測を並べ続けている。

闇の存在であった自分たちの影が、人間社会に少なくない影響を及ぼしている。そういう現実が、いま目の前にある。

間違った情報が、繰り返されるうちに事実と認識されていく、というのは間々《まま》ある話だ。

紅鈴が思い浮かべる江戸の街並み、人々の様子。たとえば、日本橋《にほんばし》を行き交う天秤棒《てんびんぼう》を担《かつ》いだ物売りたち、向島《むこうじま》を訪れる大勢の花見客、板塀の隙間から湯屋の女湯を覗《のぞ》く助《すけ》平野郎《べいやろう》、芝居小屋の活気、商店や祭りの賑わい。

だが実際に、紅鈴がそんな光景を目にすることはなかった。当たり前だ。紅鈴が本当に知っているのは、夜の江戸だけなのだ。真っ昼間の江戸は歩いたことすらない。それでも容易に思い浮かべられるのは、浮世絵で見たり、のちにテレビの時代劇で見たりしたからだ。それで自分の記憶にない部分を補い、繋《つな》ぎ合わせ、まるでそうであったかのように思い込んでいるだけなのだ。よって紅鈴の「江戸観」も、当時の現実からは多少乖離《かいり》していると言わざるを得ない。

今回のこれにも、少し似た部分はある。

組長三人殺しについて、それがたとえ見当違いの憶測であっても、こうも繰り返し聞かされると、段々、そうだったのかなと錯覚し始め——いや、心底錯覚したりはしないけれど、でも、当たり前のように「東和会の差し向けた殺し屋」という見立てを繰り返されると、瞬間的に勘違いしそうにはなる。あれ、藤田って東和会系だったっけ、いやいや、大和会系だよ、馬鹿な勘違いしなさんな、と自分でツッコミを入れ、苦笑したりしてしまう。

ただ今回のこれが決定的に違うのは、闇神の所業が、大々的にマスコミに取り上げられているという点だ。これは大きい。こんなことは人類史上初めてではないだろうか。ひどく勘違いされてはいるけれど、警察もなかなか事件の詳細を明らかにしないけれど、それでも間違いなく、世間は今、闇神の所業によって沸き返っている。

四百年も人間を喰い殺し続けていれば、それなりの噂になったことも確かにある。全国各地で伝えられる「雪女」や「山姫」の伝承のいくつかは、白分で言うのもなんだが、紅鈴の杜撰《ずさん》な所業がネタ元になったものだと思う。しかしそれらは、あくまでも伝承。今で言ったら「都市伝説」の域を出ない。連日マスコミに取り上げられるのとは訳が違う。

自分たちのような、人間社会の闇に生きる異形《いぎょう》の者でも、場合によっては、表社会で取り沙汰されることもあるんだな、と素直に驚いている。また、迂闊《うかつ》にこういう事態を招かないよう、欣治はいろいろ注意してくれていたんだな、とも思う。

紅鈴一人だったら、どんなに慎重を期したところで、どこか抜けていたり、雑になったりしてしまう。それを永年、辛抱強く後始末してきてくれたのが欣治であり、社会の変化に合わせて、徐々に抑制する方向に導いてきてくれたのも、欣治なのだ。

「……なんだオメェ、気味の悪い笑い方しやがって」

パソコンに向かっていたはずの欣治が、いつのまにか紅鈴の方に向き直っていた。

「ああ、なんか……欣治って偉いな、と思って」

「急にどうした。益々《ますます》気味が悪いぞ」

欣治が、キーボードの横に置いていたタバコの包みに手を伸ばす。

「しかし……オメェもよく飽きねえな。そんな、組長殺しのニュースばかり見てて」

飽きるか飽きないかで言えば、とっくのとうに飽きている。紅鈴も、別に面白くてこんなものを見続けているわけではない。

「いや、警察がね、なんで凶器を『刃物』って発表したのか、ってのが気になってさ。それくらいは、なんかこう、猛獣に嚙み殺されたとか、そういう、もうちょっと事実に沿った見解を示したっていいんじゃないかな、と思って。そんな話、一向に出てこないけど」

欣治が大きく煙を吐き出す。

「……猛獣に嚙み殺される方が、連中にとっちゃ、よっぽど事実として認め難いんだろう。ま、真相はさらに認め難いだろうがな」

そればかりか、組長三人の死体には血がほとんど残っていなかったことについても、テレビでは一切言及されない。それについても警察は公表を控えている、ということなのだろうか。

欣治が「そうだ」とパソコンに目を戻す。

「ちょいと今、妙な記事を見つけた。見てみろ」

「なに」

「いいから、こっち来い」

近頃の、欣治のこういう態度には若干《じゃっかん》、癪《しゃく》に障るものがある。自分だけパソコンの使い方を習得し、すっかり現代人の仲間入りを果たした気になっている、ように、紅鈴には見える。

「何よ、もう……」

近くまで行くと、欣治は紅鈴にもよく見えるようパソコンの前を空けた。

「これだ」

　こっちもニュースのようだが、写真は一枚もない。文章だけが横書きで並べられている。

【二十八日、福井県立大学歴史文化学科の研究室に何者かが侵入し、先月に県内の山中で発掘された刀剣が盗み出されて……】

　福井県内の山中で発掘された、刀剣って。

「ちょっとなに、これって、あのふた股の剣のこと？」

「最後まで読んだか」

「っていうか、二十八日って……三日前？　組長殺しの前日？」

「いや、これはもう一ヶ月前の記事だ。俺たちが気づいてなかっただけだ。まあいいから、最後まで読め」

「発掘されたのって五月だったの？」

「いいから、続きを読めっツッてんだろ」

　そう言われても、どこまで読んだのだったか。

【……刀剣が盗み出されていることが分かった。研究室の責任者である高城宗之教授は「文化財としても研究対象としても大変価値の高い、珍しい二又《ふたまた》の剣です。どういう方法でも構わないので返還していただきたい」と語った。保管されていた剣は八百六十年ほど前に薩摩地方で作られたとされる「介座ノ剣」に酷似しており、研究室は来月にも、鹿児島県内に残る文献と発掘された剣の照合作業を始めることにしていた。】

初めて知ることだらけで、正直、どこから驚いていいのかすら、今の紅鈴には分からない。

「あれ、って……介座の剣、っていうんだ」

「そうらしいな。あくまでも、その文献と同一のモノであれば、って話だが」

「にしても、名前があったんだ。知らなかった……でなに、薩摩地方で作られたって
……ああ、だから鹿児島に、文献が残ってたんだ。その文献と、照らし合わせるはずだったのに、盗まれちゃったと。そりゃお気の毒に……っていうか、誰が盗んだんだろう。あんな変な形の剣なんて誰も買わないだろうし、こんなニュースになっちゃったら、質にも入れられないよね」

欣治が、眉をひそめてこっちを見る。

「お前、気になるのはそこか」

「え、なんで？」

「八百六十年前に作られた、ってところには引っ掛からねえのか」

「ああ、そうね。すっごい大昔だね。あたしの人生の倍以上だ」

さらに、欣治が眉の角度を険しくする。

「お前さ……ここしばらく、しれっと『だいたい四百歳くらい』みてえに言ってるけど、朝倉義景が死んだのは、一五七〇年代の始めだぜ。それ考えたら、お前はすでに、四百五十歳に近い勘定になるんだがな。さらにそれを倍にしたら、九百年だぞ」

歳のことは、自分が一番よく分かっている。

「うるさいね。女に、しつこく歳の話をするもんじゃないよ。そういうの、なんて言うか知ってるかい。デリカシーがない、って言うんだよ」

「知ってるよ」

ケッ、と欣治が唾を吐く真似をする。

「知ってんなら気ぃ遣いな」

「三十やそこらの娘じゃあるめえし、四百歳越えが五十だけ鯖《さば》読んでどうすんだ……ま、そらいいとして。八百六十年前と言ったら平安時代末期だ。そんな時代に、なんでふた股の剣なんかが作られたんだろうな。しかも、薩摩で作られたそれが、今になって、福井で発見された。お前の記憶が確かなら、それは四百何十年か前に、薩摩から福井、当時の若狭国《わかさのくに》辺りに持ち込まれたことになる……ということは、だ」

確かに。

「あの剣を、介座の剣を福井に持ち込んだのは、闇羅を追ってきた、闇神の村の刺客だよ。たぶん、そこだけは間違いない。ってことは、奴は薩摩から、介座の剣を持ってきた……つまり、当時の闇神の村は薩摩にあった、ってことなのかな。あの刺客は、介座の剣を担いで、薩摩くんだりからエッチラオッチラ、若狭まで闇羅を捜しにきたってことなのかな」

欣治が首を捻《ひね》る。

「エッチラオッチラかどうかは知らねえが、碌《ろく》に地図もない時代だ。しかも、刺客を放つといったって、今みてえに携帯電話が電波を出してるわけでも、防犯カメラがあるわけでもねえ。闇神といったって、閻羅は、見た目だけなら一人の人間に過ぎなかったわけだろう。それを捜し歩いて、薩摩から若狭、今の鹿児島から福井にか？　まったく、気の遠くなるような話だな」

そうだと思う。

「でも、時間だけは闇神に味方する。何年かかったって、何十年かかったって構わないんだから。たぶん、閻羅を殺すまで帰ってくるな、くらい言われて出てきたんじゃないかな、あの刺客も。その結果、二人は相打ちになった」

二人とも、あの洞穴《ほらあな》で土に還《かえ》った。

「そしてお前一人が、闇神として残った」

「……そういうこと」

珍しく二人とも話に没頭していたらしく、玄関ドアが開く瞬間まで、圭一が帰ってきたことに気づかなかった。

「ただいま……いやぁ、ツいてるときはツいてるもんだね。パチンコ出まくりよ。二人にもほら、ちゃんとお土産《みやげ》あるんだよ。ツーカートンずつ、ハイライトとセブンスターね……これは俺のマルボロと、高級レトルト食品セット。あとカニの缶詰とか……けっこういいもん揃ってるんだよ」

声と表情だけなら、パチンコで勝ってはしゃいでいるように受け取れる。お前、藤田の出方もまだ分かんないのに気ぃ弛《ゆる》め過ぎだろ、くらいは言ってやりたくなる。だが数秒待って臭いを嗅いでみると、そうでないことは容易に分かる。

圭一も不安なのだ。不安だから、それを紛《まぎ》らわせるためにパチンコに出かけ、思いがけず勝ってしまったからはしゃいだ振りをしている。そういうことなのだ。

ダイニングテーブルに一つずつ並べられた景品。

欣治が、セブンスターの箱を二つ重ねる。

「こいつぁ、ありがてえ。遠慮なくいただいとくぜ」

「おう、気にするねい」

大阪人がエセ大阪弁を嫌う気持ちは、よく分かる。

圭一に江戸言葉を真似されると、上手《うま》い下手《へた》は関係なく、なんとなく腹が立つ。

どんな犯罪者でもそうなのだろうが、犯行後は、いや犯行後だからこそ、普段通りに過ごすのがよかろうと、紅鈴は思っている。

さてと、そろそろ化粧をしようか。

圭一が、景品で獲《と》ってきたハンディマッサージ器を肩に当てながらこっちを向く。

「なに、紅鈴……今日は……仕事、いくの」

闇神には肩凝りもないが、それはあとで、ちょっとやってみたい。気持ちよさそうだ。

「ああ。お前と違って、あたしらは特に大儲けしたわけじゃないんでね。日々、労働に精を出さなきゃならないんだよ」

「いや、だからさ、俺は紅鈴たちにだって……」

欣治が、何か言いたげに圭一を見る。

それだけで、圭一も気づいたようだった。

紅鈴は何も、稼ぐためだけに働きにいくわけではない。生き血。客から血を飲んでくるというのも、重要な目的の一つである。そのことに、思いが至ったのだろう。

「……まあ、な。汗水垂らして働くのは、なんにしろいいことだよ。俺も、いい機会だからさ。もうちょっと普通の仕事に就こうかなって、考えてたとこなんだ」

欣治が小首を傾げる。

「普通って、たとえば」

「たとえば、知り合いの飲み屋を、手伝ってみるとかさ」

「どこの」

「まあ……ゴールデン街とか」

「あんまり代わり映《ば》えしねえな」

「じゃあ、六本木とか」

「いっそ、東京を離れてみるってのはどうだ」

出た出た。欣治の、田舎暮らし願望。

「そう、それ。俺もさ、そういう選択肢もアリだと思ってたんだよ」

「だろう」

「たとえば、欣治だったらどこら辺がいい？」

「こう見えて、俺たちもけっこう、日本全国、あちこち歩いてきたが、北海道は一度もなかったからな。北海道なんか、いいかもな」

沖縄も行ったことないだろ、とは思ったが、UVカットの口紅を塗っている途中だったので、口は挟まなかった。

「北海道か。冬が厳しそうだけどな」

「俺たちは、寒いのは苦にならねえんだ。なあ、紅鈴」

黙って、目で頷《うなず》いておく。

「そりゃ、お前たちはいいかもしんないけどさ……じゃあさ、だったらいっそ、沖縄とか、どう？　いいと思わない？」

アロハシャツを着た圭一が、サングラスをかけて短パンを穿《は》いて、「なんくるないさー」とポーズをとる様を想像する。

それもまた、全く代わり映えしないように思う。


とはいえ、紅鈴も二日前に一・五人前飲んでいるので、感覚的には満腹状態、おやつ感覚で飲んでおこうかな、という程度だった。

だが、そういう日の終業間際に限って、不思議と抜群に旨《うま》そうなのが回ってくる。二つ前の、あんな豚まん野郎なんて飲まなきゃよかったと、心底後悔する。

「はっ……マ、マリアちゃん……いい、いいよ」

「私も、イキそう」

若いし、筋肉質だし、タバコも吸ってないし、二枚目の美男子だし。渇いていたら、五百ccくらいは飲んじゃおうかな、というくらい好みの客だった。おまけに易々《やすやす》と騎乗位を許してもくれた。次、次に来たときは絶対に飲んでやる、と心に決める。

別れ際の営業も、本気の本気だ。

「ご都合のいい曜日とか、あるんですか？　そしたら、私もその日、出勤にしちゃおうかな」

「え、ほんと……水曜と、土曜とかだと、わりと来やすいんだけど」

「分かりました。じゃ、私も水土は出勤にします……あ、でもそれで、他の女の子指名したりしたら、マジで怒りますよ」

「しないよ、必ず、マリアちゃんを指名するよ」

「絶対ですよ」

「うん、絶対」

今日のところはそれで釣れた感はあったが、実際、彼が今後も来てくれるかどうかは分からない。風俗の客なんてそんなものだ。プライベートの予定だって、職場の同僚との付き合いだって、懐具合の良し悪しだってあるだろう。その上で、気が向いたら来るかもしれない。その程度の約束でしかない。

そしてこれこそが、紅鈴の日常なのだ。

その日に飲めなくても、これと思った客には粉をかけておき、次も指名してきたら「よっしゃ」と心の内で拳を握る。飲んでみて、見た目通りの旨さだったら、さらに「よし」だ。

でもたまに、嘘だろというくらい不味《まず》いのもいる。原因は分からない。体臭には表われていないけれど、実は病気持ちなのか。機嫌はよさそうだったが、実は違法薬物でハイになっていただけなのか。

覚醒剤と阿片《あへん》と大麻くらいだったら、紅鈴も臭いで察知できるので飲まないが、それ以外の新しいのはよく知らないので、間違って口にしてしまうことはある。途中で止められればいいが、どうしようもなく渇いており、堪《こら》えきれず飲んでしまったこともある。三回くらい、実際に気分が悪くなった。あれはなんだったのだろう。ＭＤＭＡとか、コカインとかだったのだろうか。その他の医療薬でも、闇神の体には合わないとか、そういう可能性も考えられる。

変わり続けていく人間社会。闇神もその変化に、否《いや》が応でも対応していかなければならない。四百年以上生きてみても、日々これ勉強。確かにパソコンは使えないけれど、紅鈴だって、それなりに現代社会に順応し、頑張って生きている——と、自分では思っている。

「お疲れさまでした」

私服に着替えて事務所に顔を出すと、なんと、またあの藤田弘義が来ていた。パイプ椅子に腰掛け、何やら店長とサシで話し込んでいたようだが。

「……おう、マリアか。今日も全部、指名客だったらしいじゃないか。大した人気だな」

「お陰さまで。ありがとうございます」

前に会ったときとは、だいぶ雰囲気が違う。顔には出ていないが、かなり緊張しているし、それを紛らわせようとする葛藤もありそうだ。

組長三人殺しを仕組んで、目論見《もくろみ》通りやり遂《と》げたのだ。達成感とは別に、これからのことを考えたら不安にもなるだろう。何せ、始末できたのは身内の幹部だけ。現段階では、東和会には何一つダメージを負わせていないのだ。むしろ藤田にとっては、これからが腕の見せ処《どころ》なのではないか。

藤田がこっちに向き直り、紅鈴を見上げる。といっても、紅鈴の背が低いのでさほどの高低差はない。

「どうだ、これからちょっと、付き合わないか。寿司でも摘《つま》んでから帰れよ」

隠そうともしない下心がムンと臭う。嫌いではないが、今夜はお生憎《あいにく》さまだ。

「ありがとうございます。でも、ペットに餌をやりに帰らなきゃならないんで。またの機会に、お願いします……総長」

明らかに藤田は、最後のひと言に反応を示した。「社長」「組長」「親分」と呼ぶ人間は大勢いるだろうが、わざわざ「総長」と付け加える素人《しろうと》は滅多にいないはずだ。

藤田は、分厚そうな頬肉を歪《いびつ》に持ち上げた。

「ペットって、なに飼ってんだよ」

「アオダイショウです。もう一メートルくらいあります」

さも気味悪そうに、藤田が眉をひそめる。紅鈴に対する男としての興味も、半ば萎《な》えたように見える。

「……餌は、なに食わせんの」

「ネズミです。ピンクの」

「そのネズミも、飼ってるのか」

「まさか。冷凍の、餌用のネズミを買ってくるんですよ、ペットショップで」

「へえ……いるんだな、本当に。爬虫類《はちゅうるい》を飼う女って」

嘘だよ馬鹿。男の誘いを断わるときに使う、ただのネタだよ。

2

そんなのは人数を数えれば分かることだろう、と桜井は思ったが、同時に、過《あやま》ちをいつまでも正せないよりはマシか、とも思う。

警視庁は七月三十一日深夜になって、大和会幹部連続殺人事件特別捜査本部を、警視庁本部から新宿警察署に移す方針を固めた。以後の捜査会議はそれぞれ、石塚事件については麻布署、仲根事件は渋谷署、仁藤事件は新宿署で行い、各会議で得られた情報は、新宿署に設置される新特捜本部に集約するとした。

「……各会議から上がってきた情報は、新宿署に別途設ける幹部会議を経た上で、改めて各署に伝達、共有することとする」

本部庁舎大会議室の上席でマイクを握った組織犯罪対策部長は、何やらごちゃごちゃと尤《もっと》もらしく理由を並べてはいたが、要するに捜査員の数が多過ぎて、朝夕二回の全員会議だけでは情報が掌握しきれなかった、というだけの話だ。だから麻布は麻布、渋谷は渋谷、新宿は新宿で一回まとめて、それを幹部会議に持ってこいと、そういうことだ。

たった二回、大人数の会議をやっただけで音《ね》を上げやがって、あんたら馬鹿か、と面と向かって言ってやりたい気持ちはあるが、無理もないと言えば無理もない。組長三人がひと晩のうちに殺され、各事案の概要も分からないまま、とにかく何か形を作らねば、と慌てて設置した特捜本部。しかし、いざ捜査を始めてみると、これが奇妙奇天烈過ぎて何が何やらさっぱり分からない。殺害に使用された凶器は獣の牙《きば》のようなもの、死に至るような血痕はいずれの現場にも残っておらず、足痕も指紋も満足に採れず、防カメ映像や目撃証言は皆無、おまけに侵入方法すら合理的に説明できないときている。

そう、侵入方法だ。

侵入「経路」については、あくまでも「概《おお》ね」ではあるが分かっている。

石塚忠光が殺されたマンションは十一階建て。事件現場となった愛人宅はその八階。犯人はベランダの窓をガラスカッター等を用いて損壊、解錠し、室内に侵入。シャワーを浴びて浴室から出てきた松村志津子の頸部を圧迫して気絶させ、その後に同室を訪れた石塚を殺害。犯行後は再びベランダから逃走している。

分かっているのはそこまで。分からないのは、その前後だ。

犯人がベランダから侵入して犯行に及んだのは間違いない。しかし、どうやってベランダまで上ってきたのかが分からない。ベランダの床に靴底の模様を潰した下足痕《げそくこん》はあった。だが同じものは屋上にはない。よって、犯人は屋上から八階のベランダに下りてきたわけではないと考えられる。非常階段が利用された痕跡もない。建物の外壁に摑《つか》まってよじ登れるような突起物はない。どういうことだ。犯人は、ヘリコプターか何かでマンションに接近し、ロープでぶら下がってベランダに降り立ったとでもいうのか。比べて仲根敏夫が殺された松濤のケースはもう少し、ほんの少しだけではあるが分かりやすい。

屋敷の周囲は高さ三・五メートルの外塀で覆われており、その上端にはステンレス製の剣先型忍び返しと有刺鉄線が仕掛けられている。おそらく、猫やハクビシンでもこれを飛び越えて侵入することは不可能と思われる。

だが、この事件の犯人はやってのけた。どんな道具を用いたのかは分からないが、一ヶ所だけ、その鋭利な剣先型忍び返しを内向きに折り曲げ、そこを足掛かりに侵入したと見られている。あとは石塚事件の現場同様、窓から屋内に侵入して犯行に及び、同じルートをたどって逃走している。

最も奇怪なのは大久保の現場だ。

六本木同様、犯人が如何《いか》にして仁藤組本部事務所の屋上に上ったのかは分からない。さらに犯人は、ここから建物内部に侵入するために、屋上のステンレスドアの蝶番《ちょうつがい》を捥《も》ぎ取り、ドアそのものを外している。この蝶番を捥ぎ取った方法が、皆目分からないのだという。

これに関しては、組対部長も相当苛《いら》ついていた。

「なんでそんなことが分からないんだッ」

どんなに怒鳴られても、分からないものは分からない。刑事部鑑識課の主任は、滑稽《こっけい》なほど落ち着いた様子で報告していた。

「……つまり、それに相応《ふさわ》しい器具が分からない、ということです。想像すらつきません。たとえば、建築用の工作機械でなら切断することも可能なのでしょうが、そんなものを屋上に運び込んだ形跡は、もちろんありません。それこそ、上空からヘリコプターで吊《つ》り降ろしていいのなら可能かもしれませんが、そんなことを新宿の街中でやるわけにはいかないですし、そういった目撃証言も実際にありません。そもそも、蝶番は切断されたのではなく、あくまでも捩《ね》じ切られているんです。何かで強力に固定された状態で、横回転の力を加えられ、捥ぎ取られています。上下二ヶ所ともです。さらにいえば、蝶番がなくなったからといって、それでドアが開くわけではありません。施錠用のラッチは掛かったままですから、それも圧《へ》し折らないとドアは外せない。でも犯人は、それを現実にやってのけている……」

組対部長が鑑識課主任を指差す。

「何かこう、持ち運びできる道具を複数、上手く組み合わせて使うとか、梃子《てこ》の原理を利用するとか、トリックって類《たぐい》の話じゃないのかもしれんが、何か見落としてる点があるんじゃないのか。専門家には訊《き》いてみたのか」

桜井も、心情的には組対部長に近かったが、鑑識課主任は確信ありげにかぶりを振った。

「……まあ、もう少し範囲を広げて、専門家の意見も聞いてみたいとは思いますが、まず最初の段階として、蝶番はとんでもない力で固定されていたはずなのに、その痕がないんです。たとえば、壁に突起物があって、それをペンチで捩じ切るとしましょう。普通は、ペンチの柄をグッと強く握って、突起物を、強く挟み込みますよね。噛ませますよね。それが固定する力になる。でも固定力が強ければ強いほど、突起物は傷つくじゃないですか。ペンチ先端の、ギザギザした歯の形状が、突起物を傷つけるじゃないですか。そういう損傷が、蝶番の側には一切ないんです」

今度は、組対の管理官が彼に訊く。

「そんなのは、タオルとかゴムとか、そういうので保護すれば可能になるだろう」

「いえ、タオルやゴムでは、あのレベルの力は受け止めきれないと思います。たぶん途中で切れてしまって、やはり蝶番を傷つけてしまうでしょう。仮にそのクッション性を高めていったとしても、今度は回転力が蝶番に伝わらなくなります。結果、捩じ切ることはできなくなる。本末転倒です」

「じゃあ、どんな道具なら可能なんだ」

「それが、分からないと申し上げているんです」

「想像でも、現実に存在しなくてもいい。架空の道具でもいいから」

「ですから、想像すらできないと、まず申し上げました」

確かに、彼は最初に「想像すらつきません」と断わりを入れていた。

これに関しては、よく聞いていなかった幹部連中の方が悪い。

翌八月一日から、桜井たちは新宿署に設置された新特捜本部の一員として捜査を継続することになった。組対四課のチームは当面、東和会系組織の犯行日前後の動きを洗い出し、捜査一課のチームは地取り（現場周辺での聞き込み）を徹底的に行なうこととなった。

ただしこれも、笑いたくなるほど何も出てこない。

犯行に拳銃が使用されたのなら、銃声を聞かなかったか、と訊くことができる。侵入経路が最初から最後まで特定できていれば、その最初の入り口、最終的な出口付近で不審な人物を見なかったかと訊くことができる。

だが、仁藤組本部事務所の所在地は新宿区大久保一丁目、いわゆる「コリアンタウン」のど真ん中だ。犯行当夜、周辺では日本人も在日韓国人も外国人観光客も、ビジネスマンも学生も売春婦も、変質者も善良なる一般市民も入り乱れ、まさに飲んだくれていたはずである。そんな場所で、音もない事件の、どの辺りから現場に接近したかも分からない犯人について、何をどう訊いたらいい。

「二十九日の夜、この近くで、何か変わったことはありませんでしたか」

「変わったことって、言ったってな……たとえば、どんなこと」

「不審な人物とか、物音とか」

「どうだったかな……酔っ払って、オッパイ出しちゃったオバちゃんはいたけど」

「そういうこと、ではなくて」

「ああ、ブラジル人かなんかが、急に太鼓みたいなの叩き始めて、リオのカーニバル？あんな感じで踊り始めてさ。それがけっこうウケて、盛り上がってたね」

「いや、そういうんでもなくて……」

せめて、犯人の人着《にんちゃく》に関するヒントがあれば訊きようもある。黒いキャップをかぶっていたとか、身長百八十センチくらいの痩《や》せ形《がた》の男とか、一つでも特徴が分かっていれば、それを端緒に聞き込みを進めることができる。だが現状、そういったことは何もない。何一つない。何一つないのだから、何かありませんか、知りませんか、としか訊きようがない。そんな訊き方しかできないのだから、碌な答えが返ってこなくても仕方ない。

さて、どうしたものか。とりあえず昼飯でも食うか。

刑事捜査には一般的に、捜査範囲という一種の「縄張り」がある。地取りなら、一丁目の担当は一丁目だけで聞き込みをする。自分のところで何も出ないからといって、勝手に二丁目まで行って聞き込みをすることは許されない。とはいえ、自分の担当地区に手頃な飲食店がなければ、そこから出て昼飯を食うくらいのことはある。

十三時二十分。桜井が新宿署刑事課の相方を連れて韓国料理屋に入ると、桜井と同じ捜査一課殺人班（殺人犯捜査）二係の有村《ありむら》巡査部長が、やはり新宿署の相方と丼飯を頬張っていた。

「あ、桜井さん。お疲れさまです」

「おう……なんだ、昼飯がてら、ここらでもちゃっかり聞き込みか」

「勘弁してくださいよ。桜井さんの担当地区荒らしてる余裕なんてありませんって。まだ自分ところも、碌に回れてないんですから」

そうだろうと思う。何しろ、捜査はまだ始まったばかりなのだ。隣のテーブルが空いていたので、桜井たちはそこに座った。

「それ、なんてやつだ」

「これっすか。俺のは韓国風豚丼で、こいつのはボサム定食です」

若い有村の相方が、会釈《えしやく》のように頷いてみせる。

「なんだ、ボサムって」

「あ……茹《ゆ》で豚、です」

「旨いのか」

「はあ……まあ、わりと、見たまんまの味です」

結果、桜井と桜井の相方はキムチチャーハンを注文した。

午後一時を過ぎているからか、テーブルは半分くらい空いている。少しなら、仕事の話もできそうだ。

「……どうだった、午前中は」

有村が、分かりやすく眉をひそめる。

「全然、なんにもなしです。っていうか、この手のヤマ、地取りでなんか挙げようったって、無理なんじゃないですかね」

「この手って、マルB（暴力団）絡みってことか」

「というよりは、プロの仕事、みたいな」

なるほど。素人の犯行ではないのだから、目撃証言なんぞを拾って回るのは無意味だろうと、そう言いたいわけか。

「そうと決まったわけでもないんだろうが、まあな……見事なまでに綺麗な仕事、ではあるよな。何せ、血の痕もないんだから」

「ええ。だから、挙げられるとしたらやっぱり、組対の追ってる線なんじゃないですかね。どこの組の誰が動いて、誰を雇って、そいつを今どこに匿《かくま》ってるのか……只者じゃないですよ、あの手口は。しかも、三件を二時間以内に、でしょ。誰かが言ってましたけど、たとえばＣＩＡの元工作員とか、暗殺を手掛ける専門部隊の元隊員とか、そういう線、あながちハズレでもないんじゃないかなって、思えてきましたよ」

確かに。

「それが本当なら、日本国内に前例がないことの説明にもなるしな」

「そうですよ。いっそ入管を当たって、その線を洗うことって、できないんですかね」

「そいつはどうかな。元ＣＩＡや暗殺部隊の隊員が、成田《なりた》空港でパスポートを提示して入ってくるとは思えない。来るとしたら、在日米軍基地に直接だろう。横須賀《よこすか》とか、横田《よこた》とか……むろん、米軍基地を捜査するなんてことは、俺たちにはできない。あそこは、日本であって日本ではないんだから」

有村が首を捻る。

「そんな奴が、なんで日本のヤクザの親分を暗殺するなんて、アホな仕事を引き受けたんでしょうね」

「知らねえよ、そんなことは。そうと決まったわけでもねえし」

ひと組、スーツを着た三人連れが席を立ち、会計をして出ていった。残りは三組。中国人観光客らしき四人連れの家族と、営業マン風の男が一人と、韓流アイドルが好きそうな女子の三人連れ。いずれも桜井たちからは遠いテーブルにいる。

左手でトレイを持った、黄緑色のTシャツを着た女性店員が近づいてくる。

「キムチチャーハンです、お待たせしました」

意外なことに、見た目は写真よりも旨そうだ。真ん中に載っている、濃いオレンジ色の卵黄も食欲をそそる。

「はい、いただきます」

「……いただきます」

豚丼を食べ終えた有村が、爪楊枝《つまようじ》でシーシーし始める。

「そっか……CIA、暗殺部隊の線が駄目なら、あとは何があるかな……チャイニーズマフィアか、ロシアンマフィアか、はたまた北朝鮮の工作員か……」

なんにせよ、外国人だったら躊躇《ちゅうちょ》なく銃を使うだろうから、いずれの線も桜井は「ない」と思ったが、ちょうどチャーハンを頬張ったところだったので、あえて指摘はしなかった。チャーハンは、味の方もまあまあだ。

ただ、なんとなく銃からナイフを連想し、さらにサバイバルナイフだったらどうか、という想像をするに至った。それも刃の裏側、刀でいうところの「峰」がギザギザになっているタイプだ。あのギザギザを使えば、獣の咬傷に近い創傷を作ることもできるのではないか。いや、もしそれができたとしても、まだ出血をどうやって消し去ったのか、という謎は残る。案外、犯人が飲んだという井岡の説が一番論理的なのかも——というところまで考え、ひと息、鼻で笑って打ち消した。馬鹿馬鹿しい。ヤクザの親分を殺して、その血を飲むなんて、無意味が過ぎる。

定食を食べ終えた、有村の相方が口を開いた。

「でも、その……」

有村が眉をひそめる。

「なんだよ」

「はい……自分は、なんというか、上手く言えないんですけど、あの手口って、わりと日本的っていうか、あんまり、海外っぽくない気がするんですが」

同感だ。パッと見はお坊ちゃん風だが、なかなか鋭い感性の持ち主と見た。

しかし、有村は賛同しかねるようだ。

「あれのどこが日本的なんだよ。あんな傷口、ゾンビ映画でしか見たことねえぞ」

「それはまあ、そうですが……現場に血が残ってなかったことを考えると、ゾンビよりもむしろ、吸血鬼の方が近い気はしますけど」

おい、若いの。君に今度、話の合いそうな先輩刑事を紹介してやろう、井岡っていう巡査部長だけどな——と思ったが、よく考えたら彼も井岡と同じ新宿署刑事課所属なのだから、その必要はないか、と思い直した。穿《うが》った見方をすれば、今の彼の見解自体、井岡から吹き込まれたものだったのかもしれない。そう、井岡はこの「組長殺し」の特捜には招集されていない。面倒臭い男なのは事実なので、どうせ刑事課長辺りに嫌われてハジかれたのだろうが、個人的には残念に思っている。特捜には、ああいう面白い奴が一人くらいいた方がバランスがとれる。

有村が、面白くなさそうに鼻息を吹く。

「吸血鬼って、お前……それはさて措《お》くとして、現実問題、実行部隊は三人殺して、いくら貰ったんだろうな。やっぱ、三億くらいかな」

「一人殺して一億、三人で三億ですか」

「じゃねえかな。ちっと計算が単純過ぎるか」

「それは実行部隊の人数にもよりますよね。十人いたら、一人三千万でしょ」

「ああ、下調べや見張り役、運転手まで入れたら、そうだな、それくらいの人数が動いた可能性もあるか。でもそうしたら、実行犯が三人で、五千万ずつ、残りの七人が……二千万ちょっとずつ、ってとこか」

「どうなんでしょうね。そもそも今の東和会にとって、三億は安いんでしょうか、高いんでしょうか」

「決して安くはないだろうが、出す価値はあるよな。それで大和会を潰せれば、東和会はあとからいくらでも回収可能なんだ……っていっても、相対的な組織力で言ったら、大和会の方が圧倒的にデカい。実際、組長三人を失ったところで、後釜はまだいくらでもいる。直参《じきさん》と言われる直系組長だけで四十人は下らない。果たして、東和会はあと何人、直参組長の玉を取れば、大和会に勝ったことになるのやら……」

相方が頷く。

「ですよね。実際の落とし処って、どうなんですかね」

「分からん。俺はもっと、東和会はゲリラ的な戦法で、大和会の足腰を弱らせていくんだとばかり思ってたんだがな。まさかこんな、敵の本陣近くに爆弾を落とすような、過激な作戦に打って出るとは思ってもみなかったよ」

落とし処、ゲリラ、敵の本陣、過激な作戦――。

決して、有村が「爆弾」という言葉を使ったからではないだろうが、桜井の頭の中で、手榴弾のピンが「ピン」と外《はず》れるような、妙な感覚があった。

口の中にあったチャーハンを、ゆっくりと飲み込む。

待て、落ち着け。慌てるな。この感覚を見失うな。ちゃんと待っていれば、何かと何かが繋がって、大きく、何かが弾ける。そんな予感が、確かにある。

コップの水をひと口飲む。

考えろ。筋道を立てて、きちんと考えるんだ。

そもそもこの抗争において、大和会と東和会とでは思い描く「落とし処」が違っていて当たり前だ。大和会は、東和会に詫びを入れさせ、再び傘下に収めるのが最も理想的なはず。一方、東和会は自分たちの手にある権益を守り、大和会に独立を認めさせられれば万々歳だろう。何も、大和会を自らの傘下に置くとか、ましてや解散に追い込もうなどとは更々《さらさら》考えていまい。

ということは、双方とも、相手側が全滅するような事態は最初から望んではいない、と考えることができる。

そういった見地からすると、今回の「組長三人殺し」は、かなりやり過ぎの感が否めない。大和会に独立を認めさせれば充分だったはずの東和会が、事実上、大和会に本気の戦争を、ガチンコの殲滅《せんめつ》戦を仕掛けたことになるのだから。実際、いま大和会はガッチリと一つにまとまりつつあるという。

東和会にとって「組長三人殺し」の成功は、本当に喜ぶべきことだったのだろうか。逆に大和会の結束を強固にする、カンフル剤を打ってしまったことにはならないか。

大和会を、一つに――。

桜井はいったん、ステンレス製のレンゲを置いた。

「……有村。今はまだ、大和会のトップは、三代目の中津剣市で間違いないんだよな」

「ええ、一応、そうですね。ただこの三年で、かなりメンタルをやられたらしいじゃないですか。組対の連中なんか、今の中津は完全に鬱《うつ》だ、みたいに言ってますよ」

そこにきての「組長三人殺し」か。

「その、中津の代わりに、総会を仕切った直参組長がいる、みたいな話、あったよな。あれって誰だっけ」

「ああ、浜口ですか。初代浜口組組長の、浜口征二」

それだ。

「……浜口って確か、そんなにトップどころじゃないんだよな」

「いや、バリバリの、トップ集団の一角ではありますよ。若頭補佐とか、なんかそんな役職じゃなかったですかね」

「殺された三人の組長と比べて、どうだったのかな」

有村が首を捻る。

「それを言ったら、どうなんですかね。四代目候補の筆頭と見られてたのは……」

「殺された、大沢組の仲根だろ」

「だと、思います。あとは横一線か、石塚が頭一つ……」

有村は、早くも桜井の言わんとする処を悟ったらしい。

汚らわしいものでも見るような目を、桜井に向けてくる。

「それって、なんすか、桜井さん……まさか」

「ああ。そういう線だって、あり得るんじゃないかな、ってね」

「このヤマは、東和会が仕掛けたもんじゃない、ってことですか」

ここはいったん、首を傾げておく。

「……今んところ、なんの根拠もないけどな。ただこの一件で、本当に得をしたのは誰かって考えたら、必ずしも東和会とは言いきれないんじゃないかって、ふと思ってな。このまま、激情に駆られた大和会と殲滅戦になってみろ。どう考えたって、規模で劣る東和会の方が不利だ。それも、とことんまで追い詰められて、玉砕《ぎょくさい》覚悟で突っ込んだってんなら、まだ分かる。でも現状、東和会はそこまで追い詰められていたわけじゃ、ないらしいじゃないか。むしろ規模で劣るわりに、いや、劣るからこそ、知恵を使ったゲリラ戦で、ここまで上手く立ち回ってきた。人によっちゃ、昨今は東和会の方に分があるという見方すらあった。そんな戦況を、この『組長三人殺し』は、台無しにしちまったんじゃないかな……少なくとも、今後の東和会にとって、プラスになるとは決して思えない」

有村は、まだ納得とまではいかないだろうが、それでも興味ありげに頷いてみせた。

「……ってことは、なんですか、桜井さんは、このヤマで一番得をしたのは、浜口だって言いたいんですか」

「かもしれねえぞ、ってとこかな。でも実際、大和会は浜口のリーダーシップのもとに固まりつつあるんだろ。三代目も、三人のライバルも押《お》し退《の》けて、浜口は今まさに、大和会のワントップに伸し上がろうとしている。おまけに、東和会をぶっ潰す大義名分まで手に入れた。幹部組長三人の弔《とむら》い合戦、というね」

有村が「ほほう」と漏らしながら笑みを浮かべる。

「それ、面白いじゃないですか。どうせ、地取りなんてやったって何も出てきやしないんだし、東和会方面は組対四課に牛耳《ぎゅうじ》られてる。だったらいっそ、こっちはその、浜口ネタで動いてみるってのは」

こうもあっさり、有村が乗ってくるとは思っていなかった。だが「面白い」と言われれば、桜井も悪い気はしない。

「夜の会議で、一発ぶち上げてみるか」

「もうその前に、俺たちだけで動いちゃいましょうよ。会議まではまだ半日あります。浜口が仕掛けたんだとしたら、実行部隊はどこだったのか。誰だったら、同じ大和会の幹部組長を殺すなんていう、クレイジーな隠密作戦に乗るのか……いやマジで、もう地取りなんてやってる場合じゃないですって」

そう、かもしれない。

3

紅鈴は相変わらず、部屋にいるときはテレビに齧《かじ》りついて「組長三人殺し」の報道を見続けている。

これには圭一も、いい加減呆《あき》れ気味だ。

「ねえ、もうそれ、見なくてもよくない？」

「なに。他に何か見たいもんでもあんの」

「そういうわけじゃねえけど、何もそんなに、ずーっと見てなくてもいいっしょ。夜十時のニュースとか、一つチェックすれば充分っしょ」

「夜じゃあたしは見られないんだよ」

「だったら朝のとか」

「だから朝のを見てんだろうが」

「もうとっくに昼だって」

馬鹿と頑固の会話には、基本的に出口がない。

仕方ない。欣治も割って入ることにする。

「紅鈴。お前は、何をそんなに気にしてんだ」

近頃は「体育座り」と言うらしいが、床で膝を抱えていた紅鈴が、足先だけを動かして欣治の方に向き直る。

「……逆にあたしが訊きたいよ。お前ら、よく気にならないね。こんなトンチンカンなこと、人間どもがほざき続けてるってのに」

圭一が「俺も人間だけど」と呟《つぶや》いたのは聞き流す。

「トンチンカンだって仕方ねえだろ。マスコミなんてのは、もともとこんなもんだ」

「にしたって、いまだに凶器が刃物っておかしいだろ。記者は何やってんだよ。石塚の愛人に話聞けば、首んところをごっそり喰い千切《ちぎ》られてたってことくらい分かるだろ。仁藤はともかく、仲根の死体を見つけたのは家政婦なんだろ。堅気の一般人じゃないか。その家政婦に、記者はなんで取材しないんだよ。そういうのを、職務怠慢って言うんじゃないのかい」

その言い分も、分からないではない。

「確かにな。仁藤の組事務所に直接乗り込んでくような、肚《はら》の据わった記者はもう、今どきはいねえのかもしれねえが、愛人や家政婦にくらい、訊いてみるのはアリだろうな。ってことは、話は聞いたのに報道できない、って線で考えた方が、理に適ってるのかもしれねえ」

紅鈴が小首を傾げる。

「どういうことよ」

「警察が、報道しないよう圧力を掛けることは実際にある。『秘密の暴露』っツってな、犯人しか知らないはずの情報を、警察はたまに、隠し玉として取っておくんだ。たとえば、お前が逮捕されて、取調べを受けるとする。で、いろいろ訊かれてるうちに、うっかり、首に縊りついたりするもんか、と口走っちまう。すると取調官は、被害者は首を縊られて殺されたなんて、俺たちは一度も言ってないし、報道もされてないぞ、なのになぜお前は知ってるんだ、それはお前が犯人だからだ……とまあ、一種の引っ掛け問題だな。そういう都合で、分かってても報道しない、させない場合もある……らしいぞ」

紅鈴が「けっ」と、さも面白くなさそうに唾を吐く真似をする。

「じゃあ、それはいいよ。そういうことだとしよう。じゃあ東和会黒幕説はどうなんだい。百人いたら百人、千人いたら千人、全員が全員、東和会が大和会に刺客を差し向けたって話になってるじゃないか。こういう場合さ、一人くらいいたっていいだろ。俺は違うと思う、むしろ大和会内部の人間が、身内の幹部暗殺に動いた可能性の方が高いと思う、とかさ。一番可能性が高いのは浜口征二だろう、みたいなさ。証拠も根拠もなくて構わないんだから、それくらいの説ぶちかまして、目立とうとする奴がいたっていいんじゃないのかね」

紅鈴が苛立っているのは、その口調からも体臭からもよく分かる。だがその理由となると、欣治にも分からない。

「お前、それを期待してテレビを見続けてたのか」

「期待してるわけじゃないよ」

「じゃあなんなんだよ」

「今の欣治の説に乗っかるわけじゃないけど、じゃあそれも警察の圧力で報道できないだけだとしたら、どうなる」

なるほど。

「……警察はとっくの昔に気づいてる、マスコミもそれを把握しているのに、あえて報道していない、ってことか」

「だとしたらどうなんだ、って話だよ」

圭一がパソコン前の椅子から立ち上がる。

「そりゃ、確かにマズいかもな。浜口が警察やマスコミに目を付けられたら、実際に動いたのは藤田だってなるのも、時間の問題だ」

紅鈴が、斜めに圭一を見上げる。

「残金の受け渡しは明日なんだろ」

「うん。板橋区の、高島平《たかしまだいら》にある食品倉庫に来いって言われた」

その連絡がきたのは昨夜、紅鈴が仕事で出かけているときだ。高島平の倉庫とはまた、この上なく胡散《うさん》臭い場所を指定してきたものだと思うが、今それはさて措く。

「仮に、藤田にマークが付いていたとして、だ。そんなところにのこのこ圭一が出ていって、現金でも受け取ろうもんなら、一同諸共《もろとも》御用になるのは自明の理だな」

圭一が泣き顔をして近づいてくる。

「欣治、どうしよう」

「狼狽《うろた》えるな。紅鈴が言ったのも、俺が言ったのも全部仮説だ。何一つそうと決まったわけじゃねえ。ただ、そういう可能性も考えておく必要はある〟って話だ」

「警察の捜査がどこまで進んでるかなんて、どうやったら調べられんのかな」

紅鈴が「ハッ」と笑いを吐き出す。

「そんなの、お得意の盗聴でどうにでもなるだろ」

「バカ。ヤクザの事務所と警察とじゃ、警備のレベルが違うんだよ。第一、どこの警察署のどこの部屋で会議やってんのかも分かんねえのに、どうやって盗聴器仕掛けんだよ」

「お前いま、あたしのこと『バカ』っツッたか？」

それも今は措いておけ。

「何も、警察署に盗聴器を仕掛ける必要なんてねえ。藤田がマークされてるかどうかを知りてえんなら、藤田の近辺を見張れば済むこった」

圭一が心細そうに口を尖らせる。

「……見張ってるだけで、警察のマークが藤田に付いてるかどうか、欣治には分かるの？」

「そりゃ、やってみなけりゃ分からねえ。ただ、サツには特有の臭いと雰囲気があるからな。距離にもよるだろうが、分かるっちゃあ分かる。あとは、藤田が動くのを上から見てれば、一緒に動く人間がいるかいないかくらいの確認はできる。それで大体の察しはつくだろう。その結果、危なそうだったら、明日の受け渡しは延期ってことにすればいい。なんだったら、尾行が付いてるぞって、藤田に教えてやったっていい。そうしたらまた恩を売れる」

「あたしも付き合うよ。いい加減、テレビも見飽きてたんだ」

紅鈴が頷く。

それはまあ、そうだろう。

藤田の、日中の動きは圭一に探らせ、陽が沈んだら欣治と紅鈴が交替する、という形をとった。

欣治が外出する時間として、夕方六時半というのはかなり早い。

「ほら欣治、日焼け止めクリーム、ちゃんと塗って」

「ベタベタすっから、そういうの嫌いだって言ってんだろ」

「最近のはそうでもないの。これなんて、けっこうサラサラしてて気持ちいいよ」

「長袖着てきゃ、それで充分だろう」

「四の五の言わないで。これ塗って、長袖着て、帽子かぶって、コンタクトまでしろとは言わないけど、サングラスもするの。もうこれ、現代闇神の常識だから」

「お前一人の常識だろうが」

仕方なく、紅鈴に言われた通りの恰好をし、一緒に部屋を出た。

真夏の夕方六時半。遮るもののない大平原を歩かなければならないのだとしたら、それはつらい。天気によっては命の危険すら感じるだろう。だがここは東京、豊島区池袋だ。地面を歩いている限り、地平線が見えることなど絶対にあり得ない。視界は常に、戸建ての家屋やビル、長いコンクリート塀で塞《ふさ》がれている。見通しがよくなるのは幅の広い幹線道路を渡っているときくらいで、それ以外はずっと何かしらの壁に沿って歩き、何かしらの壁に沿って曲がる、その繰り返しだ。東京の街を歩くというのは、そういうことだ。

圭一とは、まんま藤田一家の本部事務所前で待ち合わせるわけにもいかないので、少し離れた中池袋公園、の近くにあるコンビニエンスストアで落ち合う予定にしていた。

紅鈴が、雑誌コーナーにある週刊誌に手を伸ばす。

「なんか、この……最近は立ち読みできないように、一々《いちいち》テープが貼ってあんのね」

「立ち読みは情報泥棒、って風潮だからな、昨今は」

「泥棒って……そりゃまた、ずいぶんひどい言い草だね。ちょっと読んで、気に入ったら買うのに」

「ちょっと読まれて、買われないことを心配してんだよ、売り手は」

紅鈴が、サングラスの上端から欣治を睨《にら》む。

「欣治。最近お前、やけに現代人振るじゃないか。生意気だよ」

「気に障ったんなら謝るよ……すんません、アネさん」

圭一が入ってきた。

「おぉ、涼し……んーと、今は事務所にいる。けど、少ししたら北口に移動するんじゃないかな。なんか、個人的にはあっちの方が落ち着くみたいだから」

北口というのは、藤田一家の下部組織である「極心会」の事務所を指している。

藤田一家の本部事務所は池袋駅東口から徒歩五分、藤田自身が所有する八階建てビルの一階と二階にあり、三階から八階まではダミー会社の事務所や若中《わかちゅう》の住居など、やはり一家の関係者が使用している。いち暴力団の拠点として、これは比較的大きな方らしい。

一方、極心会は池袋駅北口近くにある、九階建てマンションの最上階に部屋を借り、事務所を置いている。かなり小規模だが、そもそも極心会は、藤田一家の実動部隊を独立させただけの組織なので、あまり商売熱心ではないし、それを期待されてもいない。藤田に命じられればいつでも動く、なんでもする。そういう猛者《もさ》の、言わば待機所のようなものらしい。

さて、どうしたものか。

「じゃあ、こっちは俺がしばらく見る。紅鈴は北口に先回りしててくれ。奴が動いて、別のところに向かうようだったら、そのときまた連絡する」

「あいよ」

圭一が自分の鼻を指差す。

「俺は？」

「飯でも食ってこい。車が必要になったら、そのときは連絡する」

「分かった」

紅鈴と圭一はそのままコンビニを出、欣治はタバコを買ってから藤田のビルに向かった。

監視拠点はビルの屋上と決めていた。そこから地上の動きを探る。建物内部から屋上に上ることはできないので、裏手のマンションの非常階段から跳び移ることにした。そこら辺の見極めは、長らく圭一の仕事を手伝ってきたお陰でお手のものだ。

まもなく夜七時。陽は完全に沈み、空の色もだいぶ濃く落ち着いてきている。長方形をした屋上には階段室が一つ突き出ており、その上に高架水槽が載っているが、他は特に何もなかった。実に殺風景な屋上だ。強いて言えば、通りに面した側、腰壁の真ん中辺りにスタンド灰皿が一つ置いてある。わざわざここまで上がってきて、一服する人間がいるということか。まさか、ヤクザのビルが全面禁煙なんてことはないと思うが。

その灰皿の辺りから下を覗く。真ん前の道路は一方通行になっている。そのまま進めば、五十メートルくらいで明治通りに出られる。人通りはそこそこある。いま通っていったのは、楽器のケースを背負った若者二人組、スーツの男が別々に三人、反対向きにミニスカートの女が一人、ジーパンの女が一人、作業員風の男が一人。

警察がここを張込むとしたら、どこからだろう。

真向かいのビルは工事中、右斜め向かいは、いわゆる雑居ビルだ。雑居ビルの一階はコーヒーショップになっている。あのコーヒーショップからでも、このビルの出入りを見張ることは充分できる。それを言ったら向こうは公権力なのだから、工事中のビルに協力させて場所を借りることだってできるだろう。

これは困った。

圭一には「分かる」と軽く言ってしまったが、この状況だと、意外と分からないかもしれない。見渡す限り周りはビルだらけ。極端な話、どのビルのどの窓からでも見張ることは可能に思えてくる。ただ、実際に藤田が出てきたら警察は尾行しようとするだろうから、そんなに高い階に陣取ることはあるまい。せいぜい、一階か二階。あと、この夏場だから、どこも冷房をかけるために窓は閉め切ってある。開いている窓は一つも見当たらない。そのほとんどは曇《くも》りガラス、閉めたままでは張込みにならない。そう考えると、警察がいそうな場所はかなり絞られてくる。

隣の隣のビルの非常階段とか。十メートルほど先の角にある、コインパーキングとか。工事現場の警備員に化けて、というのもアリかもしれない。

見上げると、真上の雲がいつのまにか厚みを増している。雨が降ってきたら、人は傘を差す。当然、屋上からでは状況が分かりづらくなる。ビルから出てきたのが藤田なのか、子分なのか、見分けがつかなくなる。

雨は決して嫌いではないが、今夜ばかりは降ってほしくない。

八時過ぎになって、ようやく藤田はビルから出てきた。幸いまだ雨は降り出しておらず、若中二人が藤田をガードするように並び、明治通り方面に歩いていくのが確認できた。

欣治はすぐビルの裏側に走り、そのまま飛び下りた。背中合わせになっているマンションとの間は、わずか七十センチほど。両方の外壁に手をつき、二、三回勢いを殺してやれば、五秒かそこらで難なく地上まで下りられる。さすがに掌は真っ黒に汚れたが、致し方ない。あとで公園のトイレでも洗おう。

明治通りに出るところで、藤田たちの後ろ姿は確認できた。三人は左に折れ、駅方面に歩いていく。彼らに倣《なら》って左折する人間は見当たらない。とりあえず、尾行は付いていないように見える。

全ては、紅鈴と自分の取り越し苦労か。それならそれに越したことはない。欣治も、少し距離をとりながらついていく。

藤田は黒のスーツ姿、若中の一人は黒シャツに白いスラックス、もう一人は臙脂《えんじ》のシャツに黒いスラックスという恰好。さほど威圧的な出で立ちでもないので、行き交う通行人たちに警戒する素振りはない。ごく普通に、ぶつからないようにすれ違うだけだ。

駅東口北の交差点まできて、しばし信号待ちをする。

ここまでくると、眺めは昼間の如く明るい。百貨店、家電量販店、飲食店の多くはまだ開いている。ネオンも引っ切りなしに、チカチカと瞬《また》いている。こういう光なら、闇神も平気でいられる。どんなに明るくても、それに紫外線が含まれていなければダメージはない。多少は浴びているのかもしれないが、少なくとも体調不良に陥るようなそれではない。

周りには勤め人風のグループ、学生と思《おぼ》しきグループ、カップル、白人、黒人、いろいろいる。刑事は、やはりいないように見える。

三人が極心会事務所に向かうなら、横断歩道を渡って正面、「ウイロード」という地下道を通っていくはず。駅構内を通るより、圧倒的に早く北口前に出られるからだ。案の定、信号が青になって駅側に渡ると、三人はファッションビル「パルコ」の脇を通って「ウイロード」の方に進んでいった。

一緒に信号待ちをしていた連中は、右に左にと散っていった。藤田たちと同じ「ウイロード」に進むのは、たぶん欣治一人だけだ。

地下道には饐《す》えた水の臭いと、人間どもの蒸れた体臭が充満していた。あと、鉄の車輪と線路がこすれ、空気中に舞った金属粉の臭いもある。頭上にはＪＲ山手線《やまのて》、埼京線、湘南《しょうなん》新宿ライン、東武東上線が通っているので当然だ。それらの車両の通過音もうるさいが、地下道を出たところでは、ギターをぶら下げた若い男がしきりに声を張り上げて歌を唄っている。それも、欣治にとっては耳障りだった。正直を言うと、欣治はあまり音楽が好きではない。特に、現代的な西洋音楽には全く興味がない。たぶん、自分の音楽的素養は江戸時代の感覚のまま停止しているのだと思う。

地下道を抜けると三人は左手、駅北口に向かう通路を上がっていく。その先にある信号のない横断歩道を渡ったら、極心会事務所の入っているビルはもう目の前だ。

近くまで来てるぞ。

そう紅鈴に知らせてやろうと思い、携帯電話を取り出そうとした瞬間だった。

タカタッ、と背後で靴音が鳴り、欣治の右肩に何かが当たった。

人間だった。スーツ姿の、三十代後半くらいの男。自分からぶつかってきて、自分でよろけて、地面に手をついている。振り返るようにして欣治を見上げ、何か言いたげに口を開く。

だがその目を見て、欣治は思わず舌打ちしそうになった。

こいつ、刑事じゃないか。

恰好は普通の勤め人風だ。欣治に因縁をつけるつもりはないらしく、顎を出すようにして短く詫び、卑屈《ひくつ》な笑みすら浮かべている。しかし、目が詫びていない。笑ってもいない。実に冷静に欣治を観察し、分析し、分類しようとしている。普通の勤め人は、こんな目で他人を見たりしない。さらに――そう、警察官特有の臭いもする。上手く説明できないが、紙と、革と、皮脂と、こもったカビ臭さと、コンクリートと、メッキされた金属と――とにかく「古い臭い」だ。身形《みなり》はきちんとしているのに、漏れ漂う臭いだけが古臭い。身に付けているもの全てを点検させてもらえれば、もしかしたらその原因も特定できるのではないか。案外、警察手帳の臭いとか、そういうことかもしれない。

とにかく、こいつは刑事だ。間違いない。

畜生。尾行されてたのはこっち、ということか。

とはいえ、こんな公衆の面前で事を構える気は、欣治もない。

「……大丈夫ですか」

「ええ、大丈夫です。すみません」

普段なら手を差し伸べるところだが、それはする気になれない。相手が刑事というのもあるが、何しろ今、欣治の手は真っ黒に汚れている。申し訳ないが、自力で立ち上がってもらう他ない。

刑事は中腰になり、ズボンの膝を軽く手で払い、その手と手をこすり合わせ、改めて欣治に目を向けた。

嫌な目をしていやがる。

二秒、三秒、四秒――。

無言で向かい合う二人の左右を、色鮮やかな現代人たちが、何喰わぬ顔で通り過ぎていく。途切れていたギターの音も、再び鳴り始めた。

デカさんよ。俺なんかにかかずらってたら、あんた益々、時代に取り残されてくだけだぜ。

だが、それを面と向かって言うのはさすがに酷《こく》だろう。

「……まだ何か、俺に用でも」

「いえ、すみませんでした。お怪我はありませんでしたか」

「俺は大丈夫だ。あんたこそ気をつけろよ」

「はい、申し訳ありませんでした。気をつけます」

少し脅かしてしまったか、語尾の辺りで怯えのようなものが臭った。

「……じゃあ、失礼します」

刑事は藤田たちとは反対、右側の通路から地上に向かった。彼が欣治にぶつかってきた目的は分からない。藤田たちから引き離すため、欣治を足止めしたかったのか、あるいは欣治の顔を確認したかったのか。

まあいい。こっちもとくと、その顔は拝んだ。記憶に刻み込んだ。

あとは紅鈴に、この一部始終を報告するだけだ。

4

桜井たち四人は、韓国料理屋から近くのファミレスに移動して話を続けた。

「仮に、浜口が今回の事件の黒幕なのだとしたら、ですよね……」

暴力団関係については桜井の相方、新宿署刑事課の秋野《あきの》巡査部長が一番詳しそうだった。

有村が頷きながら身を乗り出す。

「ああ、黒幕だとしたら」

「浜口の一番の理解者といったら、やはり奥山《おくやま》組の組長、奥山広重《ひろしげ》だと思うんですよ」

「ああ、奥山広重……名前しか知らないけど、奥山ってのはつまり、浜口の子分なのか」

「いえ、関係としては兄弟分になります。ただ、浜口の方がかなり上の……ですから、七・三とか、下手したら八・二とか、それくらいの兄弟です。決して五分の兄弟ではないです」

「その奥山だったら、浜口の命を受けて組長殺しに動く可能性があると」

「あると思います。傘下にはスガワラ組、イノマタ組、テンシュウ会などがありますが、中ではテンシュウ会が大きいですかね」

秋野が自分の手帳にフローチャートを書いて示す。奥山組の下に、菅原組、猪俣組、天洲会がぶら下がっている構図だ。

「動くとしたら、天洲会の誰」

「ナンバラヨシオ、辺りが有力ですかね。かなりの策士です」

秋野が「南原義男」と手帳に書く。

桜井も訊いてみる。

「浜口の直系はどうだ。普通、子分の方が必死になって動くもんだろう」

「そう、ですね……」

さらに秋野がフローチャートに書き足す。

「大きいのは五條連合、シノギの上手さで言ったら山城《やましろ》組、長江一家。喧嘩っ早さで言ったら、藤田一家ですかね」

藤田一家なら桜井も聞いたことがある。

「藤田一家ってのは確か、池袋を拠点にしてる組だよな」

「はい。浜口組系で……というか、大和会系で武闘派といったら藤田一家、特にその下部組織の、極心会が有名ですね。まあ、極心会は藤田一家の戦闘部門みたいなものですから、下部組織というよりは、表裏一体と解釈していいと思います」

有村が、からかい顔で秋野を指差す。

「秋野くん、やけに詳しいじゃない。なに、マルBにでもいたことあんの」

「はい。自分、六月半ばまで組対課だったんですよ。たまたま刑事課に配置換えになって、そしたらすぐこの事件が起こって」

有村の相方、本川《もとかわ》巡査部長が頷く。

「秋野さん、こっちじゃなくて、組対四課のチームに行った方がいいんじゃないですか、とか、冗談で言ってたくらいで」

秋野が先々月まで組対にいたとは、桜井も知らなかった。

「じゃあ、浜口から命を受けて動くとしたら、藤田一家か極心会、っていうことか」

それにはなぜか、秋野はかぶりを振る。

「いや、それなんですけど……」

誰の耳を気にしているのか、秋野が急に声をひそめる。

「藤田って、やることは過激なんですけど、あんまり頭はよくないっていうか……それは極心会の連中も一緒なんですけど、ほんと、恨まれるとか狙われるとか、そういうことは全然考えてない、気にしてないみたいで。とにかく容赦なく痛めつけて、わざと相手側に見せつけて、恐怖心を植えつけて押さえ込む、黙らせる、みたいな……そういうタイプですから、今回みたいな、ある意味、緻密《ちみつ》な仕事は、どっちかっていうと、向いてないと思うんですよね」

桜井は「なるほど」と思ったが、有村は納得できなかったようだ。

「そうは言っても、首を斬って殺して現場に放置だぜ。わざと相手側に見せつけるって意味じゃ、むしろ藤田っぽい手口なんじゃないのか」

「いや、そういうんじゃなくて、藤田の手口って、もっとリンチっぽいんです。残酷の極みっていうか。今回のって、もっと綺麗じゃないですか。あっさりしてるっていうか。なんで、藤田の線は除外して考えていいんじゃないですかね」

果たしてそうだろうか。

「いや、手口云々《うんぬん》の話をするんだったら、じゃあ誰ならあんな仕事ができる、ってことだよ。東和会系ならいるのか、奥山組系にいるのか、って話だよ」

秋野が「はあ」と浅く頷く。

「そう言われると、そうなんですよね」

「だったらもう、手口云々はさて措いて、誰なら浜口のために動けるのか、って点に絞って考えた方がよくないか」

再度、秋野が頷く。

「そういう論点でしたら、奥山組系天洲会の南原義男、浜口組系の藤田弘義、ですかね」

「じゃあ、とりあえずその二人の動向を探ってみようか」

有村が「よしよし」と揉み手をしてみせる。

「ここはまあ、先輩に花を持たせるってことで、藤田は桜井さんに譲りますよ。俺たちは南原を当たろう」

有村の乗り気は嬉しい反面、若干怖くもある。

「分かった。藤田は俺たちで当たるが、でも今日のところは会議までだぞ。夜の会議には、四人ともちゃんと出よう。最初からじゃなくてもいいから、とにかく出るだけは出て、係長と管理官に話を通して、大和会系の動きを探る了解をとろう」

本川が「でも」と割り込んでくる。

「下手に会議にかけたら、この線も組対に握られちゃうんじゃないですかね。刑事部は下手な手出しするな、お前らは地取りだけやってりゃいいんだ、みたいな」

それには有村がかぶりを振った。

「そりゃないよ。連中はここまで東和会一本で通してきたんだ。今さら大和会内部の犯行だ？　ハァ？　ってなもんだろ。これだから刑事部はよ、って言われて終わりだよ。ま、そこが俺たちにとっては狙い目なんだけどな」

おそらくそうだろうと、桜井も思う。


桜井も今日一日で、厳密に言ったら会議までの半日で成果が上げられるとは思っていない。今日のところは藤田弘義の顔を直《じか》に見ておく、本部事務所周辺の地理を把握しておく、なんとなく全体の雰囲気を摑んでおく、それくらいでいいと思っている。

藤田のビルから見たら斜め向かいの角、雑居ビルの一階がチェーン店のコーヒーショップになっている。夕方からはそこで、秋野と二人で張込みに入った。あえて窓際ではなく、一つ奥まったテーブルを選んだ。ここからでも、ビルの出入りは充分確認できる。少し頭を下げて見上げれば、最上階の窓まで見える。もう少し暗くなれば、窓の明かりの有無で動きを察知することも可能になるだろう。

最初に注文カウンターで会計まで済ませ、自分で飲み物をテーブルに運ぶスタイルも張込み向きだ。あとで会計をする店だと、なかなか、相手の動きに合わせてすぐ店を出るということができない。仕方なく、札で渡して釣りももらわず飛び出すことになる。当然、領収証もレシートももらえない。これが続くと、刑事はけっこうつらい。

秋野が、ふいに呟く。

「……案外、暇なんですかね。誰も出てこないし、入ってもいかないですね」

「だな。一応、藤田の持ちビルなんだろ？」

「ええ。元同僚の話では、そうらしいですけどね」

だが、十九時を少し過ぎた頃だ。

なんの気なしに最上階を見上げると、その上、屋上になっているのであろうビルの天辺に、何か黒いものが覗いている。

あれは、人の頭か。

「秋野くん……ちょっと、あっちの空いてる席にいって、屋上を、それとなく見てきてくれないか。誰か、チラチラ下を覗いてるように見えるんだが」

「分かりました」

ずっと、ではない。人の頭らしき黒いそれは、出たり引っ込んだりを繰り返している。
二、三分すると秋野が戻ってきた。
「確かに、誰かいますね。黒いキャップに、サングラスをしているように見えましたが」

映画に出てくるスナイパーがしそうな恰好だ。

こんな時間になって、そんな面白いことをされたら、困るじゃないか。

「秋野くん、もうそろそろ、君は特捜に戻ってくれ」

「自分一人、ですか」

さっき有村に言ったこととは矛盾するが、致し方ない。

「この状況は君の方が的確に報告できるだろうし、その必要性については、有村が説明するだろう。俺は、もう少しここに残る。あの、黒い頭がどうしても気になる」

秋野は「しかし」と眉をひそめた。

「一人では、何かあったときに」

「大丈夫だ。この歳になって、そんな無茶はしないさ……ほら、早く」

渋々ではあったが、秋野は「では、お先に失礼します」と店を出ていった。

桜井はその後も、ビルの出入り口と屋上を交互に監視し続けた。黒い頭は、数秒出ては引っ込み、また数秒すると出てくる、というのを繰り返していた。ビルに近づく人間を監視しているのだとしたら、奴は藤田一家の構成員、いわば「見張り番」ということか。でもそれなら、防犯カメラで用の足りる話だろう。

では、逆のパターンだったらどうか。藤田の敵が、藤田のビルの屋上に上って――まさか、あれが組長殺しの実行犯だなんて、そんなことがあり得るのか。組長殺しの黒幕は浜口、というのはとんだ筋の読み違いで、やはり東和会の向けた刺客の仕業だった、次に狙われているのは浜口で、その前に懐刀《ふところがたな》である藤田を始末しようとしている、そういうことなのか。

動きがあったのは、二十時を過ぎた頃だった。

藤田弘義と思しき男が、二人の若中を連れてビルから出てきた。秋野が元同僚から送ってもらった顔写真とは、やはり若干印象が違う。やたらと目尻が吊り上がっており、ほうれい線が深く、頬が強張っている。それを、身内の組長三人が殺されたことからくる緊張感と見るか、身内殺しを自ら手掛けたことに対する罪悪感と見るかは、判断の分かれるところだろう。

桜井は身を屈め、屋上の方を見上げてみた。

空が暗くなって見分けがつきづらい、というのはある。だがそれにしても、例の黒い頭がそこにあるようには見えなかった。数秒待っても出てこない。どういうことだ。

桜井はカップの載ったトレイを食器返却口に運び、出口に向かった。特に意識していたわけではないが、その作業を、下手に急いで済ませなくてよかったと、心底思った。

なんと、コーヒーショップのすぐ前を、黒色のキャップにサングラス、同色の長袖Tシャツにジーンズという恰好の男が、速足で通り過ぎていったのだ。

どうなっている。奴も、動き出した藤田を追っている、ということか。でもそれにしては、屋上から下りてくるのが速過ぎないか。むろんエレベーターは使ったのだろうが、それにしても速過ぎる。桜井の感覚でいったら、ほとんど瞬間移動に近いくらい速い。

とりあえず、追ってみるしかない。

男は明治通りに出て、駅方面に進んでいく。数メートル後ろにつくと、その先、藤田たちも駅方面に向かっているのが確認できた。

池袋駅東口北の交差点で信号待ちをし、青になると、藤田たちも黒い男もパルコ側に信号を渡り始めた。そして、そのまま直進。駅北口に抜ける地下道の方に進んでいく。

桜井の興味は、今や完全に、黒い男の方に移っていた。

決して大柄ではない。身長は百六十センチ台半ばではないだろうか。肩の感じからすると、わりと筋肉質のように見える。喩《たと》えるとしたら、体操選手のそれが近いかもしれない。

見たい。奴の顔を、どうしても確認しておきたい。

警察官なのだから、職務質問という手は当然ある。だが顔を確認するだけなら、そんな七面倒臭い手順を踏む必要はない。

桜井は地下道の突き当たり、左右が上りスロープになっているT字路まできて、思い切って男の肩に、背後から体当たりをかました。

嘘だろ、と思った。

背後から自分より背の高い、おそらく体重もある桜井に体当たりされたにも拘《かか》わらず、男は、微塵《みじん》も体勢を崩すことなく、ただその場で足を止めただけだった。

それだけではない。桜井の受けた衝撃は、とても人間の肩に当たったときのそれではなかった。電信柱とか、建物の角とか、絶対に人間の力では動かすことのできない何かにぶつかり、自分一人でその衝撃を引き受け、弾《はじ》き返された、そんな感じだった。それでいて、当たった肩はさほど痛くない。そこだけは、人間と人間の肩が当たった感覚だった。

なんなんだ、今のは。

そして意外にも、男の方から声をかけてきた。

「……大丈夫ですか」

まるで抑揚《よくよう》のない、形ばかりの優しい言葉遣い。

「ええ、大丈夫です。すみません」

思っていたより、ずっとずっと若い男だった。二十歳をいくらも出ていないのではないか。肌が、青みがかって見えるほどに白い。サングラスで目は見えないが、顔全体は整っている方だと思う。この夏場に長袖のTシャツということは、前腕まで彫り物が入っているとか、そういうことか。なぜだろう、掌が、左右とも真っ黒に汚れている。

「……まだ何か、俺に用でも」

少し長く、見過ぎてしまった感は否めない。

「いえ、すみませんでした。お怪我はありませんでしたか」

「俺は大丈夫だ。あんたこそ気をつけろよ」

あんた？　明らかに、どこからどう見ても年上である自分に「あんた」はないだろう、とは思ったが、

「はい、申し訳ありませんでした。気をつけます」

そう自分で言ってみて、初めて気づいた。

いま自分は、この男を怖れ始めている。理由はない。でも感じている。動物的本能のレベルで察している。

自分は、この男には敵《かな》わない。

「……じゃあ、失礼します」

男に背を向け、あえて藤田たちとは反対側のスロープを上って地上に出た。

嫌な感じの汗を、しかも大量に掻いていた。

これまでの警察官人生で経験したことのない、奇妙な敗北感だ。

無意識のうちに、あの男から逃げようとしていたのかもしれない。あの男がいない場所、絶対に来ない場所。それは、藤田一家の本部事務所だ。少なくとも藤田たちが帰ってくるまでは、あの男もここには戻ってはこないはずだ。二階と四階の窓には明かりがあるが、その他にはない。一階には、普通のマンションでいうところの管理人室があるが、ここの場合は、さしずめ監視係員室といったところだろう。

あの男は、藤田一家の身内だったのか、それとも外部の人間なのか。味方なのか、敵なのか。どちらにせよ、今の桜井が「こんばんは」とビル内に入っていくことはできないのだから、外から様子を窺うしかない。

あの男はどうだったのか。ひょっとして、隣のビルから跳び移るとか、そういう方法で屋上に出入りできたりするのか。それは石塚の六本木の現場でも、仁藤の大久保の現場でも検証されたことだが、少なくともあの二ヶ所に関しては「不可能」という結論になっている。しかし、ここで「こうすれば上り下りできる」というのが解明できれば、それを端緒に六本木と大久保の現場も、説明可能になるかもしれない。

左右とも、隣合ったビルとの間に通り抜けられるような隙間はない。だが反対側に回ってみると、真裏のマンションとその隣との間には路地に近い隙間があり、そこを通っていけば、藤田のビルの真裏まで接近できることが分かった。

しかし、これでは意味がない。仮に屋上から外壁伝いに下りることが可能だったとしても、ぐるっと回らないと藤田ビルの入り口前には出られない。あの男が現われたタイミングはそんなものではなかった。もっと、もっともっとずっと早かった。

桜井は、藤田のビルの裏側を見上げた。夜空が、細く帯状に見えている。そこから一人、黒い男が飛び下りてくるのを想像する。正気の沙汰ではない。

どう考えても、そんなのは自殺行為だ。

そう、思ったときだった。

「あなた、そこで何をしておられます」

声のした方を振り返ると、ひどく小柄な老人が一人、そこに立っていた。全く、今の今までそんな気配はなかったのに。

「あ、すみません……決して、怪しい者ではないんです」

怪しさで言ったら、老人の方がよほど怪しい。黒っぽい作務衣《さむえ》のようなものを着用し、白髪をポニーテールのように、後ろで一つに括《くく》っている。

老人が頷く。

「ええ、承知しております。警察の方でございましょう」

なぜ、それを。

とっさには、肯定も否定もできなかった。どう答えるべきか、判断する材料が少な過ぎた。

老人が続ける。

「この一件、警察の方には手出しをご遠慮いただきたい」

ほんの少し訛《なま》りがあるが、それがどの地方のものかまでは、桜井には分からない。それ以前に「この一件」とは何を指しているのか。

「すみません、仰《おつしや》る意味が分からないのですが」

「大和会系組長、三人殺しについてでございます」

何者だ、この男。

「それは……どういう」

「そのままの意味でございます。警察の手出しは無用。なので、あなたにはここで、死んでいただきます」

もう一つの気配を、背後に感じたときにはもう、遅かった。

圧倒的な、絶対的な力で頭を押さえつけられ、顎《あご》をガッチリと摑まれ、身動きがとれなくなり、首が――。

5

紅鈴の携帯電話に欣治からかかってきたのは、夜の八時半頃だった。

『藤田、近くまで来たんだが』

「うん、三人だろ？　分かってる。ビルに入ったの見てた」

『お前、今どこにいる』

紅鈴も、連絡が来たらどう説明すべきか考えていたのだが、これがなかなか難しい。

「あのね……たぶんこれ、東武東上線の、駅舎なんだと思う」

『たぶん、ってなんだ』

「玄関から入ったわけじゃないから、非常階段から適当に上ってきただけだから、よく分かんないんだよ。これ、何階建てだろ……五階建てくらいの、ビルみたいな建物なんだけど、極心会の入ってるビルの斜め向かいにあって、東上線の線路に架かってる……要は真下に、線路があんのよ」

『ああ、そこか、分かった。それのどこにいる』

「屋上」

『手ぇ振ってみろ』

「どっちに」

『道に向かって』

あっちが線路だから、こっちか。

「おーい……見えた？」

『見えた。けど、お前そこ、どうやって入った』

夜の八時半とはいえ、場所は池袋北口だから、周りには駅に出入りする通行人がわんさかいる。そんな衆人環視の中、何メートルもある塀を乗り越えて線路に入ろうものなら、間違いなく誰かが目撃し、確実に駅員か警察に通報するだろう。防犯カメラに映る可能性だってある。

なので、紅鈴はこうした。

「公衆便所あるの、分かる？」

『分かる。今その近くにいる』

「その脇から柵《さく》越えて、線路側に入って、出発する電車とすれ違うように入ってくれば、ホームからも見えないし、駅員にも見つからないよ」

『分かった。やってみる』

欣治は紅鈴の指示通り、柵を飛び越えて塀の内側を通り、非常階段を使って屋上まで上がってきた。上からは丸見えだが、大丈夫。他からはほとんど見えなかったはずだ。

「……なるほど。こりゃ、いい場所見つけたな」

「だろ」

極心会の入っているビルの出入りも分かるし、高さもあるから、通り全体も見渡せる。

欣治は屋上を囲う塀を背もたれにし、コンクリートの床に腰を下ろした。

ポケットから、セブンスターの包みを取り出す。

「……今さっき、そこで刑事に、体当たりされた」

「なにそれ」

「たぶん、奴も藤田を追ってたんだろうが、俺より後ろにいてな。それで、目を付けられたんだと思う。いきなり、後ろからドンッて」

無謀な刑事もいたものだ。

「で、そいつはどうしたの」

「ホテル街の方に向かったけど、どうしたんだろうな。まだ近くにいるのか……」

欣治が別のポケットに手をやる。携帯電話が震えているらしい。むろん、かけてきたのは圭一だろう。

「……もしもし……そりゃ、マズいじゃねえか……ああ、こっちは大丈夫だけど……分かった。そうする」

慣れた手つきで電話を切り、ポケットに戻す。その淀みない一連の動作が、なんとも憎たらしい。

「なに、マズいって」

「車、ぶっ壊れたって。だから二人は、歩いて帰ってくれって」

なんだそりゃ。


圭一がアパートに戻ってきたのは零時過ぎ。

「いやぁ、参った参った。いきなりエアコン効《き》かなくなっちゃうし、エンジン吹かしてもスピード上がんねえし。やっぱ福井行きで、ちょっと無理させちゃったのかな」

「なんだよ、あたしのせいだって言いたいのかよ」

「そんなこと言ってねえだろ。でも助かったよ。友達がすぐに代わりの貸してくれたから」

三人で、その貸してもらったという車を駐車場まで見にいった。

しかし、これは、どうなんだろう。

「……また友達も、えらくボロいのを寄越したね」

圭一は「ちょっと古いスカイライン」と言っていたが、どう見ても「ちょっと」ではない。形は古臭いし、塗装も全体に色褪《いろあ》せていて、ところどころ剝《は》がれて錆《さ》びてもいる。かなりみすぼらしい。

欣治が眉をひそめる。

「その、貸してくれたってのは、どういう友達だ」

「車の解体業者、兼、中古自動車屋」

「このナンバー、本物か？」

「どうだろうね。盗難車とかも、けっこう受け入れてるみたいだから……ま、いいじゃない。とりあえず明日の受け取りに乗っていければ。そしたら、もっと新しい、ちゃんとしたの買うよ」

そんなわけで、翌日の報酬受け取りには、そのボロいスカイラインで行くことになった。

アパートを出たのは、夜の十時。

「じゃ、出発します……お二人とも、本日も、よろしくお願いいたします」

「はいよ。任しときな」

「とりあえず、安全運転でな」

まあ、車内は軽のワゴンより広いので、乗り心地自体は悪くない。後部座席でなら余裕で寝られる。カーテンレールと暗幕も付け直してあるので、いざというときも安心だ。

あとカーナビもか。

スピードも一応、前の軽よりは出る。

助手席にいる欣治が圭一の腿《もも》の辺りを叩く。

「おい、安全運転て言ってんだろ」

「いや、なんか、やっぱ軽とは違うなって……分かってる、ゆっくり行くよ」

しばらく、夜の山手通りを走る。交通量はさほど多くない。途中までは首都高速の高架下を通っていたが、やがて首都高速の方が左に逸れていき、夜空が開ける。

ふいに、欣治が前方を指差す。

「次辺りで、左に入ってみろ」

「分かった」

欣治が、さっきからチラチラと後ろを振り返っているのは、尾行の有無を確認するためだ。ひょっとしたら、昨日の刑事がまた尾《つ》けてくるかもしれない。欣治はそのことを案じている。

だが住宅街の細い道をしばらく回ってみて、欣治も納得したようだった。

「……いねえな。よし、山手通りに戻ってくれ」

「了解ぃ」

山手通り。いや、紅鈴は寝転がったままずっとナビを見ているのだが、ここはもう山手通りではなく、中山道《なかせんどう》のようだった。江戸五街道の一つの、あの中山道だ。紅鈴も何百回、何千回と歩いて通った道だが、むろん江戸時代の面影などどこにもありはしない。

唯一「志村一里塚」という史跡が道沿いにあるくらいで、あとは六、七階建てのマンション、車関係の店舗、ファミレス、普通の民家、シャッターを閉めた商店、コンビニ、交番、歩道橋――今なら日本中どこでも見られる、幹線道路沿いのありふれた風景だ。

百年後、ここはどんな眺めになっているのだろう。SF映画のように、車が空を行き交うようになっているのか。それとも、核戦争でも起こって、廃墟になっているのか。

そもそも、闇神は核爆弾の放射能に耐えられるのだろうか。核爆弾は、小さな太陽みたいなものだと聞いたことがある。それが本当だとしたら、闇神が生き残る可能性はゼロだ。確実に、人間より先に死ぬ。

ハンドルを握る圭一が、ちらりとルームミラーに目を向ける。

「……紅鈴、なに黙ってんだよ」

「別に。明日はまた仕事行かなきゃな、かったるいな、と思ってただけ」

前方に、青い道路案内標識が見えてきた。直進がさいたま、戸田橋《とだばし》方面、右折すると浮間《うきま》方面、左折して高島通りに入ると、高島平方面。交差点はもう二百五十メートル先。

ちょっと、欣治に訊いてみる。

「もう、尾行はなさそうかい？」

「ああ、ないな。少なくとも、この車を人間が目で見て追いかけてこられる距離に、同じ車はない。途中で交代してる可能性もなくはないんだろうが、昨日のな……あの程度の接触で、俺を徹底的にマークするかってぇと、そこまで警察も暇じゃやねえ、ってことなんだろう」

左折して高島通りに入ると、一段と眺めが暗くなる。この先にある高島平は、昭和の高度成長末期に造られた団地街だ。あの頃はまだ高い建物が珍しかったからか、あるいは同じ色形の建物が規則正しく並ぶ様が人の心を狂わせたのか、当時はやたらと飛び降り自殺が多かった。自殺の名所といったら高島平。そんな、ありがたくないイメージで語られることの多かった街だ。今がどうだかは、紅鈴も知らないが。

都営三田《みた》線の高架に沿って進むと、店舗の多い西台《にしだい》駅辺りでいったん通りは明るくなるが、そこを過ぎるとまた暗くなり、続く高島平駅、新高島平駅と進むにつれ、周りは公園の緑地と三田線の高架だけの、まるで死んだような眺めになっていく。

「ここ……かな」

圭一は【板橋市場入口】とある交差点で、ハンドルを右に切った。

そろそろなので、紅鈴も体を起こす。

事前に調べたところ、この界隈《かいわい》には卸売市場の他に、民間企業の倉庫やトラックターミナルがいくつもある。近くに高速道路の出入り口があるので、物流の中継点として都合がいいのだと思う。確かに、眺めからしてそんな雰囲気ではある。昼間はともかく、夜に活気がないのは致し方ないところだろう。

藤田が指定した【ニッセー食品東京第二配送センター】の看板が見えてきた。

「……あれだね」

「ああ」

欣治が頷くと、圭一はハンドルを左に切り、開けっ放しになっている配送センターの

紅鈴たちもドアを開け、それぞれ車から降りる。今日も、組長殺しのときと同じライダースーツを着てきた。結局、これが一番動きやすい。闘いやすい。

紅鈴が車の前まで出て、あとからドアを閉めた圭一が紅鈴の右後ろに並ぶ。左後ろには欣治がいる。さすがにこの距離では相手の臭いも分からないが、向こうが意外に思っているであろうことは、その雰囲気から充分に察せられた。

二メートルほど距離を詰め、そこで足を止める。

数秒の沈黙ののち、第一声を発したのは、藤田だった。

「辰巳……そのお二人は、どちらさんだい」

圭一の、緊張の臭いが半端ない。

「この、二人は……ただの、付き添いなんで……ご心配なく」

「なんでまた、付き添いなんてのが必要なんだよ」

「あの、ほら、今日は、その……大金、じゃないですか、けっこう……だから」

「ほう」

藤田たちも、ゆっくりと前に出てくる。周りにいる四人のうち、二人はすでに、笑いに肩を震わせている。

「大金、だよな、そりゃ」

「ええ、大金……ですよ」

「いくらだっけ。いくらって、約束したんだっけ」

一千万。そう圭一が答えるより早く、藤田たちは懐から、腰から、腹から、ブツを取り出した。むろん札束などではない。

拳銃だ。五つの銃口が真っ直ぐ、紅鈴たちを睨んでいる。

「オメェも……たいがい頭が回らねえよな。俺が、はいどうぞって一千万、耳揃えて差し出すとでも思ってたのか」

それさえ聞ければ、あとは紅鈴と欣治の仕事だ。

「圭一、お前はもう下がってな」

「あ、ああ……頼む」

圭一の盾になりつつ、欣治と並び、前に出る。

「なあ、藤田さんよ……あんたは、あの組長三人がどうやって殺されたか、知ってんのかい」

藤田が怪訝そうに眉をひそめる。

「……誰だ、オメェ」

この距離、この暗さでは、まだ人間にはこっちの顔が分からないらしい。

「テレビじゃしきりに、凶器は刃物だったって報じてるけど、あれ、嘘だからね」

だがこっちには、拳銃を握るその手に力がこもるのも、ぐっと奥歯を嚙み締め、顎が固くなったのも丸見えだ。

「……刃物じゃなきゃ、なんだってんだ」

「これだよ」

紅鈴が指を鳴らすと、すぐ隣で、太い枝を圧し折るような音が響いた。欣治が一気に、二本の角を限界まで伸ばした音だ。牙を生やした音だ。

藤田たちの、短い悲鳴。

「行くよ、欣治」

「おう」

紅鈴は真っ直ぐに駆け出した。欣治は数歩の助走ののち、紅鈴を飛び越えるようにして、上から襲い掛かった。

五つの銃口が一斉に火を吹く。当たったところで痛くも痒《かゆ》くもないが、紅鈴は姿勢を低くし、藤田の足元にすべり込み、そこから一気に、伸び上がりながら右手で、藤田の首を鷲掴みにした。相撲でいう喉輪。そのまま建物の壁際まで押し込んでいく。左手で藤田の右手首を払うと、それだけで拳銃はどこかに吹っ飛んでいった。

横目で欣治の姿を探す。

すでに二人、地面に倒れている。欣治はその一人の頭を、さらに手刀で叩き割った。間髪を容れず、三人目の側頭部に回し蹴り。ガクンと、首が九十度以上折れ曲がり、さらに胴体も同じ向きに捩じれながら倒れ込む。

四人目は、少し手数をかけるようだ。

顔面を摑んだまま、反対の拳を鳩尾《みぞおち》に、つまりは心臓に、何度も何度も打ち込む。そのたびに相手の両足が、跳ねるように浮き上がる。やがて足は地面に着かなくなる。欣治の右拳が腹に突き刺さり、浮き上がったままの状態だ。欣治は、それをさらに頭上まで持ち上げ、思いきり、今度は両手で地面に叩きつける。ドスンとか、ゴツンとか、あらゆる鈍い音が同時に鳴り、また一人、ヤクザが地べたでペシャンコになった。

ご丁寧にも、欣治はその四人の背骨を、順番に踏みつけて回った。もっと折れる骨はないか、潰せる内臓はないか。まるでゴミ箱の残飯を漁《あさ》る野良犬だ。しかも、笑いながらだ。

ああ、なんと美しい笑みだろう。なんと清らかで、残酷で、無垢《むく》で無慈悲な野良犬だろう。

紅鈴の右手にある、藤田の喉がグルリと鳴った。泣き出す暇もなく感情の糸が切れたのか、今は威圧感の欠片《かけら》もない、実に情けない表情になっている。ヤクザなんてのは、所詮こんなものだ。

「……テメエらの方が利口で、用意も周到で、場数も踏んでるから大丈夫だと思ってたんだろ。でも、お生憎《あいにく》さま。ハジキが通じないなんて、とんだ誤算だったね。藤田の親分さん」

いや、ここは「総長さん」と言ってやるべきだったか。

それでも、藤田は気づいたようだった。

「マ……マリアか、お前」

「ん？　ああ。風俗嬢ってのはさ、それこそ世を忍ぶ仮の姿さ。これがあたしたちの、本当の姿だよ」

紅鈴も、角と牙を一気に生やしてみせた。

「ひっ……いっ……」

見開いた藤田の目に、じわじわと溢れてくるものがある。それだけではない。下の方から、もやもやと便臭が立ち昇ってくる。

黄色くした目で、藤田の両目を覗き込んでやる。

「あんたが雇ったのは、喉笛を喰い千切る風変わりな殺し屋なんかじゃなかったんだよ。実は、人間ですらない……いいかい藤田、よくお聞きよ。あたしたちはね、あんたらの言うところの、吸血鬼なんだよ」

よく見えるよう、牙を剥《む》き出してみせる。

その上で、

「ンゴォ……」

喉元に喰らいついた。牙を深く突き入れ、下顎に力を入れ、だが、齧って半分まで皮膚を剝いだそのとき、背後で誰かの悲鳴がした。

圭一か。

目だけを向けると、振り返った欣治が、慌てて圭一の声がした方に駆け出すのが見えた。紅鈴も、今はさほど飲みたいわけではない。藤田の首から口を離し、顎の先端を持って、そのまま右肩の方に押し込んだ。真横より、もう少し後ろを向くまで。

藤田の首の中で、骨と骨とを繋ぐ筋が捩じ切れる音がした。手を放すと、藤田はその場に崩れ落ちた。もはや、藤田の頭と体は首の皮で繋がっているに過ぎない。そうでなくとも、喉元からはぶしゃぶしゃと血が噴き出している。放っておけば、ものの数分でこの男は死に至る。

それよりも、圭一だ。

体ごと向き直ると、数メートル先、乗ってきたスカイラインの手前辺りに、欣治の後ろ姿があった。全身から、変に力が抜けている。棒立ち。あんな無防備な立ち方をする欣治は、ここ二百年見たことがない。なんだ。どうした。

しかも、ジリ、ジリ、と後退《あとずさ》りしてきている。

見れば、欣治が片づけたヤクザは四人とも、さっきの場所に倒れている。藤田も建物の壁際にへたり込んでいる。

なぜだ。五人とも始末したのに、なぜ圭一は悲鳴をあげた。

びしゃ、と何か、地面に水を撒《ま》くような音がした。

すると、どうしたことだろう。

欣治の体がこっち向き、真後ろに、傾《かし》いでくる。

欣治が、板か何かのように倒れ、地面に、大の字になる。

その腹の辺りからは、赤黒い何かが、噴水の如く、繁吹《しぶ》いている。

それは、なに？　まさか、そんなはずはない。欣治の体から、血が噴き出すなんて、そんなことは、あり得ない。あるはずがない。あるとしたら、それは、たった一つ――。

誰だ。そこにいる、欣治の向こうに跪《ひざまず》いている、あれは誰だ。

「欣治ッ」

思わず叫び、走り出そうとした瞬間だった。

大木か大蛇か、とてつもなく太く、硬い腕が二本、紅鈴の体に巻きついてきた。そのまま羽交い締めにされる。

　こんなものは、と思ったが、

「ンッ……」

　信じ難いことに、びくともしない。人間がその肉体を如何《いか》にして鍛《きた》え上げようと、闇神の腕力や身体能力を凌駕《りょうが》することはできない。迫ることすら、絶対にあり得ない。だとすれば、答えは一つ。

　こいつも、闇神――そういうことなのか。

　前を向くと、欣治の向こうにいる何者かが、ゆっくりと立ち上がるのが見えた。小さな、白髪の男だ。

　その手にある、大振りの、ふた股のそれは、

「……ようやく見つけたぞ、闇羅の女よ。ぬしは自分が制裁を受けねばならぬ、その故は……分かっておろうな」

　まさか、介座の剣。まさかそれで、欣治を――。

　白髪の男は倒れた欣治を跨《また》ぎ、こっちに一歩一歩、近づいてくる。

「闇神は、闇神の長の許しを得て初めて、闇神の村においてのみ、血分けをすることができる。村抜けをした闇羅が、まさか……ぬしのような、どこの何者とも素性の知れぬ、如何なる病を持つやも知れぬ売女《ばいた》に、あろうことか、選ばれし者のみが授かることを許される、この神の血を分け与えるとは……愚かにもほどがある。しかもぬしは、さらに血分けを繰り返した。まさか、あの男の他にもいるのではあるまいな。ぬしが血分けを

し、作り出した紛《まが》い物は何人おる。まったく……ぬしらのような虫けらが他にもおるのかと、考えるだけで虫唾《むしず》が走る。蛆の如く湧くさまを、御器齧《ごきかぶ》りの如く物陰に潜《ひそ》むさまを、思い描くだけで吐き気がする」

これは、あれと、同じなのか。闇羅が殺された夜、紅鈴が血分けされたあの夜と、同じなのか。

こいつらは、闇神の村の刺客。そういうことなのか。

だが、今は身動きがとれない。欣治を、倒れて血を噴き上げている欣治を助けにいきたいけれど、悔しいことに、一歩たりとも前に出ることができない。

畜生、畜生、なんで今さら。

「……闇羅を追っていったレンマからの報《しら》せが途絶えて、四百有余年。以後、闇羅を見たと言う者、レンマを見たと言う者は一人としていなかった。代わりに、ぬしであろう、女の闇神の噂は幾度となく耳にした……どうだ。ぬしが他にも血分けをした、そのドブネズミどものもとに、我らを案内するというのは。それならば今しばらく、その穢《けが》れた血によって生き永らえることを、特別に許そう……どうする。仲間を売って、野良犬から飼い犬になってみるか。それとも、野良犬は野良犬のまま、ただ無駄に吠えて牙を剝くのみか」

できることなら、この牙でその喉笛を喰い千切ってやりたい。

「……そう、おいそれと口は割らぬか。それでも構わぬ。ぬしが口を割らずとも、我らは必ず捜し出す。また四百年、五百年かけて見つけ出し、この介座の剣で粛清するのみだ。その身を以て知るがいい……」

白髪の男が、提《さ》げていた剣を構える。

「これが闇神の掟だ。土になるがいい……この、阿婆擦《あばず》れの、ムシケラがッ」

この瞬間を待っていた。紅鈴が勝機を見出すとすれば、今この瞬間以外にはない。

白髪の男が剣を突き出してくる、羽交い締めにしている男の腕に一層の力がこもる、そのときを狙って紅鈴は、

「シッ……」

渾身《こんしん》の力で前に屈んだ。

力の差はあれど、闇神も人間も骨格は同じ。つまり体の使い方は同じ。腕に力をこめればその他は疎《おろそ》かになる、踏ん張るより仰《の》け反《ぞ》る方に重心を移す、それも同じ。ならば、一緒に伸び上がって、腰を使って相手の体を浮かせてやればいい。いったん体を浮かせてしまえば、あとは投げ飛ばすも振り払うも自由自在だ。前屈みになって、背負い投げの要領で担ぎ上げれば、身代わりに剣の切っ先を受けさせる「盾」にすることも難しくはない。

力に頼るな、理で闘え。閻羅が教えてくれた、格闘術の極意。

紅鈴は、自ら背負ったその塊《かたま》りで、確かに介座の剣の一撃を受けきった。

「ンガッ……」

背中の塊りがビクリと震える。羽交い締めをしていた二本の腕が、萎《しぼ》むように力を失う。

「ンダッ」

すぐに上半身を起こし、その塊りを後ろに投げ捨てる。

見れば、白髪の男の手に介座の剣はない。ということは狙い通り、背中にあった塊りと一緒に飛んでいったのだろう。

「キサマ……」

「さあ爺さん、今度はこっちの番だよ」

繰り出す蹴り、突き。白髪の男は、その一つひとつを丁寧に受けてみせた。だが、これならどうだ。腕を搦《から》め取る、そのまま背負う、投げる、地面に叩きつける。即座に立とうとする、その足を払い、仰向けに倒す。馬乗りになって、男の両目に、左右の親指を同時に捩じ込む。さらに頭蓋ごと摑んで引き寄せ、体重を浴びせながら、アスファルトの地面に叩きつける。

叩きつけて、叩きつけて、叩きつける。

闇神の肉体は、刃物だろうと銃弾だろうと、一ヶ所に対する攻撃であれば絶対に傷つかない。だが、二ヶ所も三ヶ所も同時に攻撃された場合は、その限りではない。おそらく、闇神の驚異的な肉体修復能力は、生命力の全てを一ヶ所に、瞬間的に集中することにより発揮されるのだろう。だから、複数個所に対する同時攻撃には、驚くほど弱い。あの介座の剣がいい例だ。二ヶ所を同時に刺し貫く。実に、闇神の粛清には持ってこいの武器だ。

男の白髪が血に染まる。後頭部がひしゃげ、頭の骨格全体が変形し始める。しかし、こんな攻撃では駄目だ。闇神の急所は、なんといっても血を送り出す心臓。心臓を破壊しなければ、息の根を止めることはできないはず。

それにはやはり、介座の剣が最も有効だ。

紅鈴は、男の両目に指を入れたまま、白髪の頭蓋を摑んだまま、その体を引きずって歩いた。さっき投げ飛ばした男、あれの背中にある、介座の剣を取りにいく。

「何が、掟だ……何が、長の許しだ、フザケるな」

なんとか、手が届くところまできた。

右親指を眼窩《がんか》から抜き、左肩を下にして倒れている男、その背中に刺さっている介座の剣に手を伸ばす。掌についていた白髪の男の血は瞬時に乾き、もう土埃のような黒い粉になっている。

これが、闇神の成れの果て。いや、今はそれどころではない。

介座の剣の柄を握り、思いきり引き抜く。するとまだ絶命していなかったのか、倒れていた男は血飛沫《ちしぶき》を上げながら、ごろごろと転げ回り始めた。

これまで、数えきれないほど人間を殺《あや》めてきた紅鈴だが、同族である闇神を殺す、あるいはその死に様を見るのは、これが初めてになる。命の源である血を撒き散らしながら、自身ではそれをどうすることもできず、ただ地べたをのたうち回る。なんと無様な姿だろう。なんと醜い死に方だろう。口から出すものなど何もないが、見ていると、どうしようもなく吐き気がしてくる。

それでも、殺《や》るべきときは殺らねばならない。

紅鈴は、白髪の男に介座の剣を向けた。

「お前らの……お前らが勝手に決めた掟なんざ、こっちは知ったこっちゃないんだよ。関係ないってんだよ、あたしたちには……あたしたちはあたしたちなりに、ずっと、ちゃんと、二人でやってきた。お前らはその、何が気に喰わない」

二百年、二百年だぞ。その間、紅鈴も欣治も、血分けなんて誰にもしてこなかった。誓って、誰一人として闇神にはしなかった。あるいは紅鈴が生きてきた四百年。ただの一度でも、闇神の村に迷惑をかけたことなどあったか。そんなこと、たったの一つでもあったか。

「あたしたちが生きてることで、お前らに、一体、なんの不都合があるってんだ。今さら、それを今さら、お前たちの勝手になんてさせないよ……あたしたちは、あたしたちの好きなように生きていく」

切っ先の一つを、白髪の男の胸に合わせる。

「……まあ、そう言ってみたところで、あんたらは、はいそうですかって許しはしないだろうね……いいよ、それならそれで。こっちはこっちの生き方を通させてもらう。その邪魔だてをするってんなら、望むところだよ」

もう一方の切っ先を、喉元に合わせる。

「逆に、闇神の村とやらに消えてもらおうじゃないか……さあ、お言い。お前たちのアジトはどこにある。闇神の村は、本拠地はどこにあるッ……介座の剣は、もともと薩摩で作られたものだそうじゃないか。闇神の村も、その辺にあるんだろ。アアッ」

白髪の男[illegible]の絡[illegible]左の眼球で、紅鈴を見る。

口元に、引き攣《つ》った笑みが浮かぶ。

「そこまで、分かっているのなら、話は早い。旧ウシネ村だ。山姫のサトを、訪ねるがいい……闇神の村を、守ってきたのは、代々の、フチワキ家だ……村は、喜んでお前を、迎えるだろう……閻羅の女よ」

「あたしの名前はね、紅鈴っていうんだよ」

「なるほど……閻羅が、そう名付けたのか」

その通りだが。

「どうして、そう思う」

「もう、ぬしに伝えるべきことは何もない。早く殺せ……まだ今なら、あの、お前の連れ合いも、助かるやもしれぬぞ」

「ああ、そうだね。何か他に、言い残すことはないかい」

「……ない」

「だったら、土におなり」

体重を掛け、グッと深く、介座の剣を突き刺す。

「んぐぉ……」

白髪の男の顔が、見る見る黒く朽《く》ちていく。

介座の剣を抜くと、さらに腐《ふ》敗《はい》の進みが早まる。

「……欣治」

立ち上がり、欣治のもとへと急ぐ。

途中で介座の剣を捨て、

「欣治ッ」

その傍らに跪き、両手で抱き起こす。

「欣治、欣治ッ」

紅鈴が白髪の男を刺したのと、全く同じ個所だった。心臓と喉元。二ヶ所とも、かなり深い。

「欣治、しっかりしな。今、いま血を飲ませてやるから、しっかり、気をしっかり持つんだよ」

袖を捲《まく》り、いつものように、欣治の口元に手首を宛《あて》がおうとするが、欣治は、逆に紅鈴の手を握り、よけようとした。

よせ、というのか。

「なによ、なんでよ、欣治、飲んでよ、飲むんだよ、早く」

二百年、ずっと見続けてきた坊主頭を、胸に抱き寄せる。

「欣治、飲んでよ、お願い、飲んでってば……」

その、坊主頭をひと撫《な》ですると、ズルリと、表皮が剥け落ちた。

それもすぐに、土へと還っていく。

「……欣治、欣治ッ」

顔に、白く美しかった欣治の顔のあちこちに、黒い染みが浮き出てくる。それが焦げるように、見る見る大きくなっていく。隣同士、次々と繋がり合い、広がり続ける。

「やだ、やだやだ、欣治、やだよ」

広がり続ける。

「駄目だよ、欣治、駄目だってば、ダメ、ダメ、絶対ダメ、欣治、ほら、欣治、欣治ッ」

広がり続け、欣治の顔が、すっかり黒く染まる。でもまだ、口を開くと、白く歯が覗いた。だがそれも、徐々にぐらつき、一本一本、抜け落ちていく。

「やだ、欣治、やだ、やだ……」

それでも、舌はまだ動いている。

何か、言おうとしている。

「なに？　欣治、なに？」

口元に耳を寄せると、腐った血と、生々しい土の臭いが鼻を突く。

「欣治、なに？　なに」

湿った音と共に、ざらりと、その土が鳴る。

「……べ、に……すず……」

「うん、欣治、なに」

ぐじゅ、と欣治の胸が、音をたてて潰れる。

「なに欣治、なに」

黒く朽ちた顔で、欣治が、微笑む。

「あり……がと……お前、と、暮らせ、て……楽し、かった……」

聞き取れたのは、そこまでだった。

「なに言ってんの、欣治、やだ、欣治、やだッ」

その声はもう、欣治の耳には、届きそうになかった。

欣治にはもう、耳がなかった。

「……きんじ……」

崩れていく。腕の中にいる、欣治が、留めようもなく、崩れ落ちていく。こぼれ落ちていく。流れ落ちていく。

形あるものは、いつか必ず、壊れるのだけど、欣治だけは違うと、この愛だけは違うと、信じたくて。信じていたくて。

永遠の命は、約束されたものでは決してなく、一日一日、守っていくものだと、分かっていたのに。ちゃんと、知っていたはずなのに。

もう、永遠の別れに苦しむのは、悲しむのは嫌だから、だから、死ぬときは一緒だって、必ず一緒に死ぬんだって、欣治と一緒に、地獄に行くんだって、決めてたのに、ずっと前から、二百年も前から、心に決めていたのに。

また、駄目だった。

やっぱり、駄目だった。

また紅鈴は、独り、生き残ってしまった。

終章

1

八月二日の夜、正確には三日未明。

淵脇大吾は、またしても携帯電話の振動音で目を覚ました。

慌てて、ナイトテーブルに置いたそれをすくい取る。見ると、案の定ディスプレイには【鹿屋史郎】と出ている。幸い、隣にいる香椰はまだ目を覚ましていない。

一人ベッドから抜け出し、通話状態にしながらドアに向かう。

「もしもし」

静かにドアを開け閉てし、リビングに向かう。

『し、社長……大変なこと、なりもうした』

それは、声の調子からも充分に伝わってくる。

「どうしました」

『あ、あの……っ、通維さまが』

「ええ、通維さまが」

『殺され、ました』

闇神は不老不死。それが殺されるとは妙な話だが、そもそも通維たちは、村外に存在した闇神を粛清するため、東京に出向いていた。言わば闇神征伐。であるならば、通維が返り討ちに遭って殺されるということも、可能性としては充分にあり得る。

「靭午さまは」

『靭午さまもです。靭午さまの方が、先に……』

二人とも、か。

「それで相手の、二人の闇神はどうなったんですか」

『二人いたうちの一人、男の方は仕留《しと》めましたが、女の方は、仕損じました。女は、通維さまに何やら問い質し、その直後に……通維さまから奪い取った、例の刀で、通維さまを……』

「あなたそれを、どこで見ていたのですか」

『そこは、駐車場のようになっちょいまして。その、敷地の外から、塀越しに、覗《のぞ》き込んで……じゃって、ようは見えもはんし、助けにも、入れもはんで……』

なんてことだ。

「じゃあ、二人のご遺体は」

『そいは、その……あとから、おいたちも中に入りまして、ご遺体は、どげんしたのか、もう、消えちょいましたので、お召し物だけ……お召し物と、靴だけ、拾ってまいりました。そいと、例の刀ですが……生き残った、女の闇神が、持ち去りました』

どうも、これだけの説明では状況が想像しづらい。

「史郎さん、この件、藍雨さまには」

『そんな……こげなこと、私から、藍雨さまには……』

「いや、言いづらいのは、私も分かりますが」

『何卒《なにとぞ》、この件は社長から、藍雨さまに』

「いやいや、困りますよ史郎さん」

『お願いいたします……で、こんまま東京におるべきか、もう戻るべきか、ご指示をいただければ、おいたちは、そん通りにいたしますんで……』

言いたいことだけ言って、史郎は電話を切ってしまった。

リビングの柱時計を見ると、二時三十七分。村を訪ねていっても問題ない時間帯ではある。

大吾は寝室に戻り、急いで寝間着から普段着に着替えた。香椰も起きて手伝ってくれたが、大吾の様子が普段と違うと感じたのだろう。何も訊《き》かず、ただ「行ってらっしゃいませ」と見送ってくれた。

見送るといっても、玄関から出かけるわけではない。屋敷の奥、姫の間の向かいにある木製の引き戸を開け、そこからやはり木製の階段を下りていく。

約一階分下りたら、あとは下り傾斜の廊下を進んでいく。一応明かりはあるが、人間にとっては決して充分ではない。低い天井のところどころに、ごく小さな照明が点在するだけだ。途中に曲がり角や扉はない。ゆるく左に弧を描く通路を、突き当たるまでひたすら進む。

やがて、両開きの扉に行き当たる。村の者及び関係者は、これを「御門《ごもん》」と呼んでいる。

村外の者は、ここで声をかける。

「……大吾です。火急の用件があり、お訪ねいたしました。藍雨さまにお目通り願いたい」

すると錠前を外す音、閂《かんぬき》を抜く音に続き、御門が開く。中は六畳ほどの板の間になっている。

今夜の門番は架慈《かじ》だった。村の者の中では比較的見た目が若い方だが、実年齢がどうかは分からない。

「お入りください。今、お呼びいたします」

ここまでの造りだけを見れば大昔の、城か何かの地下道のようだが、当然ここにも電気は来ているし、上下水道も通っている。携帯電話も通じるし、テレビも地上波、ケーブル、なんでも見られる。

架慈が呼び出しに使ったのは壁に埋め込まれた内線電話だが、返答があったのは彼の携帯電話にだった。

「……はい、承知いたしました。では『雪の間』に、ご案内いたします」

携帯電話を懐にしまい、架慈が向こう正面にある別の戸を開ける。

そこで待っていたのは、白辻《しらつじ》。闇神の女は、名前に色を示す文字を入れることが多い。

架慈が命じる。

「大吾さまを、雪の間に」

「承知いたしました。ご案内いたします……」

そして闇神の女は、誰もが皆、美しい。白逵も見た目は若く、名前に「白」が入っているからだろうか、大吾は彼女を見ると、いつも「羽衣天女」を連想してしまう。そんな神々しいまでの美しさが、白逵にはある。

やや広めの廊下を進み、右手にあるのが「雪の間」だ。そうと書かれた木札があるわけでも、雪にちなんだ装飾があるわけでもないが、ここがそうだ。

「……大吾さまを、お連れいたしました」

「お入りになって」

藍雨の声が応え、白逵が引き戸を開ける。

御池の間ほど殺風景ではないが、ここも造りは非常に質素だ。板の間で、右手に床の間、正面には松と孔雀《くじゃく》の絵柄の襖《ふすま》があるが、あとは猫脚のダイニングチェアが四脚と、それに合わせたテーブルがあるだけ。床の間にも壁にも、何も掛かってはいない。

藍雨は、そのチェアの背もたれに手をやり、立っていた。今日も着物を着ている。

「失礼いたします」

大吾が入ると、背後で白逵が戸を閉める。

藍雨は、一つ溜め息をついてみせた。

「……あまり、よい報せでは、なさそうね」

闇神は人の心を見透かす。

大吾は頷《うなず》くしかない。

「はい」

「ありのままを仰《おつしや》って。言葉を飾ったところで、失われた物は返ってなどきませんから」

そう言われても、この憚られる気持ちはいささかも軽くなりはしない。なりはしないが、しかし、言わねばならないのもまた事実だ。

「はい……先ほど、鹿屋から、電話がありまして……通維さまと、靭午さまが、亡くなられたと……」

微塵《みじん》も表情を変えず、藍雨が頷く。

「そうですか。相手の二人はどうなりましたか」

「男の方は仕留めたものの、女の方は……」

「仕損じたと」

「はい」

「ではその、女の方に、通維と靭午は殺《や》られたということですか」

「……はい。その、ようです」

また浅く、藍雨が溜め息をつく。

「あれほど、カクラの女を侮《あなど》ってはならないと忠告したのに。介座の剣を取り戻したことで、おそらく気持ちに、弛《ゆる》みが生じたのでしょう……鹿屋さんは他に、何か言ってませんでしたか」

その「カクラの女」が何を意味するのかは分からないが、史郎が言っていたことといえば、こうだ。

「自分たちはこのまま、東京に留まった方がいいのか、それとも戻った方がいいのか、藍雨さまにご判断を仰ぎたいと」

藍雨が、小さく二度頷く。

「戻ってもらって構いません」

しばし待ったが、それに続く言葉はなかった。

戻って構わない。ただそれだけか。

「藍雨さま、捕り逃がした女の方は、如何《いかが》なさるおつもりですか」

「通維と靭午、先に殺されたのはどっちですか」

その順番に、何か意味はあるのか。

「私は……靭午さまの方が先だったと、聞いております。女は、通維さまに何事か問い質《ただ》し、その後に介座の剣で……と、鹿屋は申しておりました」

すると、もう一度頷く。

「ならば、何もする必要はありません。放っておけば、いずれ必ず、カクラの女はここまでやって来るはずです。どんな手を使ってでも、どれほどの時間を費やそうとも、カクラの女は……たとえ一人きりでも、必ずこの闇神の村に乗り込んでくるでしょう。あの、介座の剣を携えて」

分からない。藍雨が、この事態を如何《いか》にして収束させるつもりなのか、まるで見当がつかない。

だが、そんな大吾の気持ちすら、藍雨は容易に見透かしてしまう。

「大吾さん。こんな時間に、わざわざ申し訳なかったわね。ここから先は、村の問題ですから。あなたは何も心配しないで、戻ってお休みなさい。明日は、漁協の大江さんがお見えになるんでしょう。しっかりと、あの男に、立場というものを分からせておあげなさい」

こんな気持ちのまま、眠ることなどできるだろうか。

2

圭一の亡骸《なきがら》をどうするか、すぐには判断できなかった。

「ごめん、ごめん、圭一……」

刺されていたのは心臓と下腹部。村の刺客は、圭一も闇神だと思い込んでいたのだろうか。だからこんな殺し方をしたのだろうか。それを確かめる術《すべ》は、もはやない。今はただ、圭一の最期が長い苦しみの末に訪れたものではなく、ほんの一瞬の出来事であってくれたならと、そう願うのみだ。

欣治と二人の刺客の亡骸は、すでに土に還《かえ》っている。それはいい。だが圭一はどうする。車に乗せて、別の場所に遺棄するか。

いや、圭一は闇神ではない。普通の人間だ。

この現代社会に生まれ、戸籍を持ち、学歴も銀行口座もあり、純子という肉親もいる。その死はやはり、社会に認知されなければならない。辰巳圭一という一人の男は今夜、この場所で最期を迎えた。そのことは、広く人間社会に認知されるべきだと思う。現代社会を生きた人間として、最後まで、その尊厳は守られなければならないと思う。

そう。紅鈴たちが飲んで殺した数多《あまた》の人間たちと同じように、圭一の亡骸を切り刻み、忽然《こつぜん》と消えたかのように処理することは、紅鈴にはできない。身勝手なのは承知の上だが、できないものはできない。

「圭一、ごめん。ごめんなさい……でも、ただ放って、置いていくんじゃないんだよ。お前を……お前のことを大切に想ってるから、だから、このままにしていくんだよ……ただ、あたしの気持ちは、ここに置いていく。あたしの心は、お前と一緒に、ここにあるんだからね……忘れないよ、永遠に。お前のことを、永久にこの胸に刻んで、あたしは生きていく。本当だよ……圭一、ありがとう。本当に、ありがとう。純子ちゃんのことは、心配しなくていい。あたしが、ちゃんとするから。不自由な思いをさせないように、あたしがちゃんと考えるから……だから……ごめん、もう行くよ。銃声がしたから、たぶん、すぐに警察が来ると思う。その前に、行かなきゃ……」

さよならは、結局、言えなかった。

欣治が着ていたライダースーツは、できるだけ土が漏れないように丸め、車に運んだ。靴も回収した。それと、介座の剣も。

念のため車の後ろに回ってみると、地面に焦げ茶色の、何か平たいものが落ちているのが目に入った。バッグのストラップのような帯も二本付属している。

拾い上げてみると、分かった。

革製の、介座の剣の鞘《さや》だ。白髪の男がここに置いたのだろう。

これは使える、と思った。

いったん後部座席に入れた介座の剣を取り出し、試しに収めてみる。鞘というよりは、むしろケースに近いか。側面から刃部を挿し込み、最後に柄をはめ込むと、カチンとしっかり固定される。収まった状態は、カバーを付けたテニスラケットに似ている。質感も、かなり現代的だ。とても八百六十年前の品とは思えない。おそらく、ごく最近作られたものなのだろう。

再度それを後部座席にしまい、運転席に座る。

「じゃ、行こうか……欣治」

でも、どこに。


圭一の遺体が発見されれば、さして間を置かず警察官が大挙してアパートを訪れることになるだろう。その前に、必要なものは運び出しておかなければならない。

ドアを開け、ただいま、のひと言を呑み込む。二人のいない、明かりもない部屋を見て、でも心を乱すまいと歯を喰《く》い縛《しば》る。

まずは和室、押し入れの上段。自分の寝床の枕元から、札束の入ったナイロンポーチを摑み出す。それを、何組かの着替えと一緒にボストンバッグに詰める。

圭一のコンピュータ関係。欣治と紅鈴の姿が映っている、例の防犯カメラ映像はマズい。あと、組長三人殺しに関するデータの数々もマズい。でも、どれが何だかは紅鈴には分からないので、結局全部、運び出せるものは全て運び出し、車のトランクに詰め込んだ。幸い力はあるので、さして苦にはならなかった。折を見て、分解して処分しようと思う。

さて、今度こそどこに行こうか。

とりあえず新宿に向かった。駅西口に確か、二十四時間営業の地下駐車場があった。あそこに車を入れてしまえば、しばらくは宿代わりに利用することができる。駅とは地下通路で繋《つな》がっているので、何か買うにしても、電車移動するにしても便がいい。同じような駐車場は池袋駅にもあるが、何しろ藤田を殺した直後なので、警察官が回ってきて職務質問でもされたら面倒だと思った。それを言ったら組長殺しから一週間も経っていないのだから、新宿だって状況は似たようなものなのかもしれないが、他に思いつかなかったのだから仕方ない。とにかく今は新宿でいい。

駐車場には難なく入ることができた。場内は禁煙かもしれないが、一本だけ、吸わせてもらう。

「……ふう。疲れた」

えらく長い時間、黙っていた気がする。

この二百年、紅鈴の傍《そば》には常に欣治がいた。離れるのは仕事に出ている間か喧嘩をしたときくらいで、それ以外はずっと一緒だった。さらにこの一年は圭一も一緒だった。

闇神であることを告白してからは、欣治よりもむしろ、圭一と会話を交わすことの方が多かったくらいだ。

毎日が楽しかった。なんの予定もなく、ダラダラと過ごす時間でさえ、自然と笑みが浮かんでくるほど楽しかった。闇神であることを隠さずにいられるのが、こんなにも幸せだなんて知らなかった。思ってもみなかった。

あれはいつ頃だったか。圭一は、紅鈴の肘《ひじ》の辺りの匂いを嗅いで、妙なことを言い始めた。紅鈴の汗を集めて、瓶詰めにすることはできないだろうか、と。

汗というほどの汗は掻いていないはずだが、問題はそこではない。

紅鈴は、そんなものを集めてどうするのかと訊いた。

「へへ……媚薬だよ。び、や、く。お前の体臭には、きっと媚薬の成分が含まれてんだよ。俺はそう確信してる」

確かに、その可能性もないとは言いきれないが、そもそもこの匂いが、瓶に入れて保存が利《き》くものなのかどうかが怪しい。仮に保存できたとしても、それをどうするつもりなのか。

「お前、案外鈍いね。気に入った女の前でそれを香水代わりにつけりゃ、途端に女は俺にメロメロ、ってなるだろう」

そんなに上手《うま》くいくだろうか。紅鈴の体臭に媚薬の成分が含まれていたとしても、それが男にしか作用しなかったら、どうなる。圭一が香水代わりに使ったところで、寄ってくるのは男だけ、という結果になりはしないか。

「あ、そうか……そっちは全然、考えてなかったな」

圭一ってやっぱり馬鹿だな、と思った。でもそんな会話が、妙に楽しかった。そんな毎日が、今となっては、痛いくらいに愛おしい。

あんな時間が訪れることは、自分にはもう、二度とないのだろう。

自分にあんな仲間が、友達ができることは、もう永遠に、ないのだろう。

「圭一……」

圭一のため、欣治のために今、自分ができること。いや、自分が正気を保っていられるよう、なすべきこと。それは、一つしかない。

復讐だ。

あの、白髪の男が残した言葉を思い出してみる。

「旧ウシネ村だ。山姫のサトを、訪ねるがいい……闇神の村を、守ってきたのは、代々の、フチワキ家だ……村は、喜んでお前を、迎えるだろう」

旧ウシネ村、山姫のサト、フチワキ家。

山姫といったら、いわゆる妖怪の一種だ。山に住む、女の姿をした化け物だ。その手の伝承の中には、紅鈴自身の所業が由来になったものもあったはず。

それはそうだろう。昔は全く、死体処理に気なんて遣わなかった。夜、山の中で焚き火をしている男を背後から襲い、飲み終わったらそのまま放置。後日、捜しにきた仲間か家族が血の気のない死体を発見したら、騒ぎになるのは当然だ。

これは妖怪の仕業だ、山姫に血を飲まれ、殺されたのだ――。

死体だけを見て女の仕業と断ずることはできないはずだから、おそらく、飲んでいる場面そのものを見られたこともあったのだろう。あったのだ、と思う。そんな地方を数年後、数十年後に改めて訪れてみると、その出来事は伝承となって土地に根付いている。男が一人で山に入ると、山姫に血を吸われて、殺されるぞ――。

ただし、紅鈴がやらかした地方と、白髪の男が言った「山姫のサト」が同じ場所かどうかは分からない。おそらく、山姫の伝承は全国各地にある。紅鈴由来の話も、一つや二つではないと思う。この情報だけで闇神の村の所在地を絞り込むことは難しい。

あとは、旧ウシネ村か。地図でも買ってきて、地道に調べるか。フチワキ家というのはなんだ。電話帳でも当たれというのか。

たぶん、こういうことはインターネットで調べたら早いのだと思う。欣治は携帯電話でも調べられると言っていたが、どうも紅鈴は、自分ではできる気がしない。それよりも、やっている途中で訳が分からなくなり、電話自体を壊してしまうのではないかと、そのことの方が心配でならない。

今になって思う。携帯電話の使い方を、もっとちゃんと習っておけばよかった。下手に意地なんて張らないで、欣治にでも圭一にでもいいから、ネットを使って調べ事をする方法くらい習っておけばよかった。

今からでも、誰かに頼めば教えてもらえるのだろうか。

こんな自分でも、使えるようになるだろうか。

朝十時の開店に合わせて、新宿駅東口にある紀伊國屋書店に向かった。

地下道のみで行き来できるのは本当にありがたい。経路が多少複雑にはなるが、一度たりとも地上に出ずに済む、この利便性は何物にも代え難い。人間が地下道や地下鉄を発達させたのは、実は吸血鬼のためなのではないかとすら思う。実際、駅直結のホテルと地下道を利用して暮らしていた時期もあった。あの頃の欣治は——いや、今それを思い出すのは、やめておこう。

まず地下道からの入り口にある、紀伊國屋書店、新宿本店。

着いた。

各階の案内図を見る。妖怪に関する本は、果たしてどの売り場にあるのだろう。

地下一階は旅行ガイド、地図。地図はいずれ必要になるだろうが、今はまだいい。一階は新刊、雑誌、洋書など。ここにはなさそうに思うが、どうだろう。二階は文学、文庫、新書、選書。選書ってなんだ。でも、何かありそうな気はする。三階はビジネス、社会、就職など。ここは違う。四階は理工学書、建築、コンピュータ、美術、演劇、古典芸能。ここも違う。五階は医学、六階は児童書、七階は学習参考書。どう考えても違う。やはり、あるとしたら二階か。

階段で二階まで上がり、真正面の棚で本を並べ直している、エプロン姿の女性に訊いてみた。

「あの、すみません。妖怪に関する本って、この階にありますか」

「はい、ございます。タイトルや著者名は、お分かりになりますか」

「いえ……そういうのは、全然、分からないんですけど、なんとなく、満遍なく調べられる本があったらいいな、と思いまして」

「承知いたしました。お調べいたします」

意外だった。妖怪の本を欲しがるなんて変な女、という目で見られるのは覚悟の上だった。だがその女性店員はいささかも笑みを崩すことなく、疑念や困惑を示す体臭を発するでもなく、紅鈴を「こちらにどうぞ」と会計カウンターまで案内した。

そして自らはカウンターに入り、パソコンを操作し始める。

「妖怪の、ジテンみたいなもので、よろしいのでしょうか」

「そう、ですね。そういうのが、いいです。ありますか」

「はい……何点か、ございます」

彼女が、くるりと薄型の画面をこっちに向ける。

「いかがでしょうか」

なるほど。確かに「妖怪」と「事典」で調べたら、こうなるのも無理はない。候補一覧に挙げられたタイトルのほとんどは、水木《みずき》しげる氏の著作か、もっと子供向けの図鑑のようだった。それが悪いわけでは決してないが、今の紅鈴の目的とは必ずしも合致しない。

ただ下の方に一冊だけ、やや毛色の違いそうなタイトルも挙げられていた。

全国妖怪事典、千葉幹夫編、講談社学術文庫。表紙も日本画風の河童《かっぱ》の絵になっており、雰囲気を異にしている。率直に言って、真面目そうなところが気に入った。

「あの、これを、ちょっと見たいんですけど」

「はい、ご案内いたします」

次に彼女が紅鈴を連れていったのは、文庫売り場の一画だった。

彼女は、紺青《こんじょう》の背表紙ばかりが並ぶ棚から、迷うことなくその一冊を抜き出した。

「こちらになります」

「ああ……ありがとう、ございます」

仮にここが百貨店の化粧品売り場だったら、彼女も、この商品はこう優れているとか、どう新しいとか長々と説明し、なんとか買わせようとするだろう。だが書店員は、少なくともこの女性店員は、そういう押し売りじみたことをするつもりはないようだった。短く一礼しただけで、紅鈴を文庫売り場に残して去っていく。あとは中身を見て、買うか買わないかは自分で判断してくれ、というわけだ。

ふと一昨日の、欣治の言葉を思い出す。

「立ち読みは情報泥棒、って風潮だからな、昨今は」

うるせえな、ちゃんと買うよ。内容が気に入ったら。

何しろ飲食をしないので、喫茶店等を利用するという習慣が、紅鈴にはない。本を買ったら当然、駐車場に真っ直ぐ帰ってくることになる。しかも、後部座席には欣治の亡骸と介座の剣、助手席にはボストンバッグがあるので、座る場所は運転席しかない。居心地は決して好くないが、致し方ない。

「さて……山姫、山姫と」

この本は、妖怪の伝承を都道府県ごとに分類し、五十音順に表記する方式を採っている。なので、一等最初に書かれているのは北海道の妖怪、家に来て眠っている者を襲うという「アイヌカイセイ」についてだった。

どうする。このまま馬鹿正直に、北から南に読み進めるか。見落としを防ぐにはその方がいいのだろうが、介座の剣の出所からすると、闇神の村の所在地は現在の鹿児島県付近である可能性が高い。ここはあえて、後ろから読んでみるという手もある。

そう思い、背表紙から捲《めく》っていくと、

「……おや」

なんと親切なことに、巻末には索引が付いており、妖怪の名前ごとに、その記載ページが分かるようになっていた。試しに【ヤマヒメ】の項を見てみると、三ヶ所に記載があることが分かった。

その、三番目のページを開いてみると、こう書かれていた。

【ヤマヒメ 山の怪。山姫。肝属郡牛根《うしね》村（垂水《たるみず》町）では、山姫は山中に入る男の血を吸いとるといって恐れている（『民俗語彙《ごい》』）。】

この【肝属郡】の読み方は分からないが、【牛根村】は、まさにドンピシャではないか。それが今は【垂水町】になっているのだとしたら、白髪の男が「旧ウシネ村」と言ったこととも符合する。

つまり「山姫の郷」とは、肝属郡の旧牛根村、現在の垂水町。数ページ戻ってみると、これが鹿児島県の項であることも確認できた。

残るは「フチワキ家」か。

何もせず、車でじっとしているのが一番よくない。欣治がいない、圭一もいない、そのことを嫌というほど突きつけられる。自分に残されたのは、後部座席にあるライダースーツ、その中に閉じ込めた土だけ。そういう現実と、向き合わざるを得なくなる。

欣治——。

その名を呟けば、のたうち回るほど咽《むせ》ぶことになる。

狭い運転席で、ドアやハンドルに頭を打ちつけながら。

ルームミラーには映らない、血の涙を流しながら。

だから、街に出る。夜の街に出れば、過去に生きることができる。あのカビ臭いボロアパートに戻れば、欣治が待っている。圭一の部屋に戻れば、またいつもみたいに馬鹿話をして笑える。あたし、先に風呂入っていいかい？　ちょっと圭一、お湯張る前にちゃんと洗った？　じゃ、なんでこんなに汚いんだよ——。

通りすがりの男に声をかける。乗ってくるまで、何人でも。だがたいていは、最初の男で事足りてしまう。ラブホテルに連れ込み、行為の途中で眠らせ、血をいただく。美《う》味《ま》くも不味《まず》くもない。渇きが癒《い》えればそれでいい。

用が済んだら、一人でホテルを出る。でも何日目だったか、ふと思いつき、男を蘇生させてから訊いてみた。

ねえ、これで調べ物をする方法、教えてくんない？

男は意外そうな顔をしつつも、余計なことは訊かず、懇切丁寧に教えてくれた。途中で電池切れになりかけたが、彼の持っていた充電器が使えたので、なんとか最後まで教えてもらえた。

この空欄に、調べたい言葉を入れる。そうしたら、このボタンで検索を実行する。そう。もう一度、一人でやってごらん。そう——いやいや、入れ終わったら実行しなきゃ。そうそう。キーワードを追加してもいい。空白を挟んで、別の言葉を入れる。そう、できたじゃない。

最初に【垂水町】で調べたら【大阪府吹田市《すいた》】と出てきたので焦ったが、改めて【垂水町　鹿児島】と打ち込むと【鹿児島県垂水市】と出てきた。どうやら、いつのまにか「町」から「市」になっているようだ。さらに【牛根】と加えて調べると、垂水市内に【牛根麓《ふもと》】という場所があることも分かった。

そしていよいよ「フチワキ家」だ。

漢字にすると【淵脇】らしく、そもそも鹿児島周辺に多い名字だという。

その検索結果で最も興味深かったのは、これだ。

【淵脇運輸株式会社　トラックによる陸上輸送に加え、コンテナ船による海上輸送も手掛ける国際物流サービス企業。】

他の「淵脇」も調べてみたが、今のところ、鹿児島県内で一番有名なのは、この会社の「淵脇」だった。代表取締役社長は淵脇大吾。創業者は彼の祖父で、彼自身は三代目になるという。

闇神の村を守ってきたのは、代々の淵脇家。

なるほど。こういうことか。

ネット上の情報だけではあるが、それでも淵脇運輸が上手くいっている会社だというのは、なんとなく分かる。これだけ実績のある会社が、あるいはその創業家がバックについていれば、闇神の村はさぞかし安泰だったことだろう。

いや、逆に、淵脇運輸の発展に闇神が手を貸してきたということも、あるのかもしれない。闇神と人間の共存、持ちつ持たれつ。規模は桁違《けたちが》いだろうが、言ったら紅鈴たちと圭一も同じ関係にあった。祖先というか本家というか、闇神の村が同様の協力関係を築き、人間を村の存続に有効利用してきた可能性は充分に考えられる。

ここまで調べがつくと、改めて思う。

最初から、誰かに頼んでネットで調べた方が、早かったのではないか。

別に、妖怪事典を購入したことを悔やんでいるわけではないが。

3

いつまでも東京で、ウダウダと調べ物ばかりしていても仕方がない。完全に見切り発車ではあるが、紅鈴はもう新宿の地下駐車場を出て、鹿児島に向かおうと決めた。

ナビで調べると、東京から鹿児島県垂水市までは約千四百キロメートル、中国自動車道経由でも山陽自動車道経由でも約十七時間。ただそれは、日光を物ともしない健康な人間の場合であって、闇神である紅鈴はその限りではない。陽光があるうちは運転できないから、日中はパーキングエリアで休まなければならない。ということは三日、ないし四日ほどかかる計算になる。それでも、一向に構わない。欣治も圭一も、もういないのだ。何日かかろうと、何週間かかろうと不都合はない。

面倒があるとしたら、血に関してだろうか。血を飲むのも暗いうちに済ませなければならないから、その時間も加算して考える必要がある。そうなると、四日でも難しいかもしれない。

ふと、あの刺客たちはどうやって生き血を調達していたのだろう、と疑問に思った。実際、闇神の村が鹿児島県垂水市にあるのだとしたら、彼らだって遥々《はるばる》東京くんだりまで来ていたわけだから、地元でたらふく飲み溜めてきたとしても、そう長くは保たなかったはずだ。

いや、そういった面ではむしろ、男の方が処理は簡単か。東京の繁華街なら、いわゆる「立ちんぼ」の売春婦を見つけることは容易《たやす》い。その手の女をホテルにでも連れ込んで飲めばいいだけの話だ。奴らが注射器を使ったかどうかは知らないが、あれだけ掟だのなんだのとほざいていた連中だ、嚙みついて飲んで死体は放置、みたいなことはしなかったに違いない。それなりの処理方法は心得ていたのだろうと思う。

つまり男も女も、闇神は風俗と切っても切れない関係にある。

そういうことだろう。

自分一人で運転、しかも高速道路を延々走り続けるというのは、言うまでもないことだが、実に退屈だ。

「欣治……『三国志』の話、最初からしておくれよ……なに馬鹿言ってんだって？　長過ぎだろ、ってか……ふふ」

午前四時頃にはパーキングエリアに入り、駐車場所を確保する。できれば樹の下とか建物の裏手とか、直射日光が当たらないところがいいのだが、そんな場所はほとんどない。とにかく駐められたら後部座席に移動し、圭一が仕掛けてくれた暗幕で窓を塞ぎ、ひたすら静かに太陽をやり過ごす。

「欣治……きんじ……」

あまりに寂し過ぎて、ビニール袋に詰め直した欣治の「土」を口に入れることもあった。苦いとか辛いとかいうよりは、むしろ「痛い」に近かった。それでも欣治の肉体の一部だから、吐き出すことはできない。七転八倒しながら飲み下すと、今度は激しい腹痛に見舞われる。人間だったら全身脂汗、数分で気を失うレベルの激痛だろう。しかし、それにも紅鈴は耐えた。耐えに耐え、痛みをやり過ごしたら、また「土」を口に運ぶ。そうすることで、欣治と一心同体になれたら。そんなことを願った。

夜七時になったら暗幕を開け、売店でタバコを買って出発する。初日は京都、二日目は山口県内のパーキングエリアに泊まった。他にも栄養補給のため、夜中の二時頃に休憩を入れた。

やり方は、こんな感じだ。

喫煙所でタバコを吹かしていると、そのうち男がやってくる。狙い目は、一人で行動することが多いトラックの運転手だ。周囲を見回して人目がないのを確かめたら、即行動を開始する。

お兄さん、一人？　お仕事？

ああ、長距離トラック。

お疲れさまです。肩、揉んであげよっか。

いいよ、そんな。

あ、女なんて、と思ってるんでしょ。私、こう見えても力あるんだよ。

そうなの？　でも、いいよ。悪いって。

いいよ、やってあげるよ。でもここじゃ暑いから、お兄さんのトラックに行こうよ。運転席、見てみたいな。

あくまでも、紅鈴がこうすれば、という話だが、ほぼ間違いなく男は引っ掛かる。運転席に入り込んだら、あとはいつも通りだ。頸動脈を絞めて気絶させ、圧《の》し掛かって、例の注射器を使って腋《わき》から飲む。蘇生はさせない。その代わりズボンとパンツをズリ下げ、股間を丸出しにしておく。目が覚めて、何があったのかは各自の想像に任せる。紅鈴に言えることがあるとすれば、「いい夢見ろよ」だろうか。

三泊目は九州自動車道、鹿児島県内に入ってから。もう、ほとんどトイレ休憩くらいしかできない小さなパーキングエリアだったが、長時間駐車していても文句を言われないという、その点だけで充分にありがたかった。

そんな休憩ごとに、思いついたことを携帯電話で調べてはいるが、これもいつまで使えるか分かったものではない。圭一の銀行口座は、いずれ必ず封鎖される。ということは、使えたとしても八月一杯か。支払いは翌月かもしれないから、だとしたら九月までは使えるのか。何にせよ、今のところは使えているのでよしとしよう。

とはいえ、大したことは分かっていない。収穫といえるのは、淵脇運輸の三代目社長、淵脇大吾の顔写真が見られたことくらいだろうか。白髪頭の、四角い顔の、まあまあ精力はありそうな、でもごく普通の、初老の男性だ。この顔写真が役立つ場面があるのかないのかは、正直全く分からない。

四日目の夜八時過ぎには、垂水市内に入れた。よく考えたら、こんな田舎だ。山道に入って適当なところに車を駐め、なんだったら日中は森の中で過ごしたってよかったのだ。昔はよくそうしていた。三泊目は必要なかったな、とここまで来てようやく気づいた。

欣治、森で過ごすの、好きだったよね。

夜間しか行動できない紅鈴にできることは限られている。情報収集をするといっても、せいぜい酒場に入り、水割りを注文し、口を付ける真似をしながら話を聞いて回る。そんな程度だ。

それでも、現地に来て初めて分かることはたくさんあった。淵脇一族は国会議員も出しているようで、地元では名家として知られており、多くの市民がその動向に関心を持っていた。

現職の参議院議員である、淵脇康孝。彼を当選させるために、淵脇大吾はだいぶ金を使っただとか。その康孝を衆議院に鞍替《くらが》えさせ、いま県議会議員をしている貴徳を参議院に送り込みたいようだが、貴徳はまだ力不足で、国会議員には早いだろうとか。いや、娘の香奈を県議会に、という話もある、息子の陽一だってあとに控えている、そのうち貴徳はお払い箱になるんじゃないか、などなどなど。

みな多少の訛りはあるものの、話の内容が分からないということはなかった。特に紅鈴が東京弁で訊き返すと、たいていは分かりやすいよう、標準語で言い直してくれる。ありがたい限りだ。

「じゃあきっと、淵脇社長は、さぞかし立派なお屋敷に住んでいらっしゃるんでしょうね」

タバコを吹かしながら紅鈴が訊くと、四十代半ばの、カラオケが趣味だというそのサラリーマン男性は、変なふうに片頬で笑いながらかぶりを振った。

「ああいうの……立派なお屋敷、っていうのかね」

それより少し年下の、小太りの男も同じ顔をしてみせる。

「まあ、立派っていえば、間違いなく立派なんだろうけど」

「なに、どういう意味？　実はケチで、お化け屋敷みたいな、ボロ屋に住んでるとか？」

カラオケ男が「いやいや」と手で扇《あお》ぐ。

ボロ屋じゃないよ。そういった意味じゃ、十年くらい前に新築してるから、建物自体はまだ新しい方だよ」

「へえ。でも、ずいぶんお詳しいんですね」

「そりゃそうだよ。だって設計請け負ったの、うちの親会社だもん」

どちらかというと、小太りの方が紅鈴に強く興味を示している。積極的にいろいろ教えてもくれる。

「いや、物凄く立派ではあるんだよ。山をほとんど丸ごと持っててさ、そこに屋敷を建ててたり、でっかい地下室作ったり……ところがそれが、地下室ってレベルじゃや、ないらしいんだ。一説によると、ありゃ核シェルターじゃないか、って噂もあるくらいで」

顔には出さないよう努めたが、内心、かなりゾクッときていた。

山の中の屋敷。その下に、核シェルターかと噂されるほどの、巨大な地下室。

「それって、どこにあるの？」

紅鈴が訊けば、小太りはなんでも答えてくれる。

「牛根麓の、ほんと、山の中だよ」

「そこには、どうやって行くの？」

多少しつこく思われたかもしれないが、構うことはない。

「そこの国道をずーっと、突き当たりまで行って、左に行ったら桜島《さくらじま》ってところを、右に曲がって、郵便局を過ぎて、ドライブインも過ぎて……小学校より、まだ先かな。橋を渡った辺りで右に入っていくと、途中からはもう一本道で。それより先は、淵脇の敷地だから。大吾さんのお屋敷の門で、行き止まりだよ」
その辺、もう少し詳しく聞かせてもらおうか。

地図で見る垂水市は鹿児島県の真ん中よりやや右下、鹿児島湾の東側に面し、鹿児島市とは桜島を挟んでほぼ東西対称の位置にある。その桜島とはほんの少し陸で繋がっており、国道で行き来できるようになっている。

桜島といえば、今なお噴火を続ける活火山として有名だ。それもあり、垂水はさぞかし硫黄《いおう》臭かろうと紅鈴は覚悟してきたのだが、現地に来てみると、意外とそうでもない。

確かに、土壌や建物には硫黄の臭いが染みついている。人間には分からないかもしれないが、紅鈴には、ちょっと気になるレベルで臭う。でも予想していたのはこんなものではない。もっと、町の空気全体が硫黄の塊《かたま》りと化し、建物に入ろうが車内に逃げ込もうが追いかけてくる、そんな状況を想定していた。

だがそれも、夜空にそびえる黒々とした桜島の姿をひと目見たら、すぐに納得がいった。要は風向きだ。

これは人間の肉眼でも判別可能だろうが、噴火自体はチロチロと、決して大規模ではないが毎晩続いている。黒煙も立ち昇っている。しかしそれは、垂水には流れてこない。煙は桜島のあっち側、おそらく鹿児島市側に流れていっている。とはいえ、垂水の町にも臭いは染みついているので、全く流れてこない、ということではあるまい。だから、たぶん季節だ。季節で風向きが変わり、夏の今頃は鹿児島市側に、逆に冬になると垂水市側に火山灰は降り注ぐ。そういうことなのではないか、と紅鈴は察した。

何にせよ、臭いがキツくないのは助かる。

紅鈴は役所がある、飲食店もそれなりにある市の中心街を離れ、国道をひたすら北上、牛根麓方面に向かった。

夜の沿道に、見るべきものは何もない。左側には鹿児島湾の闇、右側には低い山が連なっている、ただそれだけの眺めだ。何度か農村地帯を抜けていくこともあったが、何を作っているのかまでは、さすがに車で通り過ぎるだけでは分からなかった。欣治なら分かったのかもしれないが、紅鈴はそもそも農業に興味がない。それはそれぞれの出自と深く関わりがあるのだと思う。欣治は百姓の子だが、紅鈴は侍の子、世が世ならお姫さまだ。これを言うと、欣治は露骨に機嫌を損ねるので、できるだけ控えるようにはしていたが。

ようやく左折で桜島、右折で霧島《きりしま》というところまで来た。

右折すれば、牛根麓はもう目の前だ。

今一度、飲み屋で聞いた道順をおさらいする。

国道沿いにある小学校を過ぎて、橋を渡ったら右折、途中から一本道になる。あとはひたすら真っ直ぐ。実際は真っ直ぐではなく、曲がりくねった道を延々進んでいく感じだった。この辺りも、いわゆる農村だ。何を作っているのかは相変わらず分からないが、野鳥か獣避《よ》けだろう、青い網が張ってあったり、支柱のような棒が規則正しく突き立てられていたり、こんな地にも人の営みがあることがよく分かる。田んぼも少しだけあった。それだけは、紅鈴にも分かった。

途中に一ヶ所だけ、工場っぽい平屋の建物があった。高架水槽に似た大きなタンクもあった。スピードを弛めて確認すると、側面に【配合飼料】と書いてある。飼料ということは、何か家畜でも飼っているのだろうか。だとしたら、ここは工場ではなく畜産業者ということか。

しかし、そこを過ぎると急に、本当に何もなくなった。左右は樹、どこまで行っても樹、月明かりも射し込まない、深い深い森だ。上り勾配《こうばい》がキツくなってきているので、いよいよ山に入ったということだろう。一つ妙なのは、畜産業者を過ぎてからの方が、むしろ路面の状態がいいという点だ。

まさか、私道なのか、ここは。つまり、すでに淵脇の領内ということなのか。だとしたらこのまま、なんの策もなく進むのは危険か。

今日のところはいったん、引き返した方がいいか。


翌日、紅鈴は国道沿いの歩道、飲み物の自動販売機近くに車を駐め、徒歩で山に入った。こんな田舎だから、駐車違反で持っていかれることもないだろうとは思うが、念のためだ。念のため、飲み物を買うために停車し、そのついでに一服している、という体《てい》を装うことにした。

介座の剣を背負い、人目につかないよう、物陰から物陰へと渡り歩く。昨日の畜産業者まで来たら、あえて道から外れ、森の中を歩く。時間はかかってもいい。とにかく人目につかないよう、防犯カメラもあるかもしれないから、それにも映らないよう、細心の注意を払って進んだ。

一時間弱かかっただろうか。樹々の間にようやく、淵脇邸と思しき明かりの灯った窓が見えてきた。さらに近づいていくと、邸宅は三メートルほどの外塀で囲われていることが分かった。この塀は一体、どこまで続いているのか。

慎重に、引き続き防犯カメラ等にも注意しながら、塀の外を歩いてみる。

なるほど。

これは確かに奇妙な光景だし、依頼された設計業者も、おかしなお屋敷だよと、周囲に漏らしたくなるわけだ。

歩数で測ったわけではないので、何百メートルあったのかはよく分からないが、とにかくその塀は広大な敷地を囲っていた。何しろ山の中、森の中なので、正面と裏側とではかなりの高低差がある。それでも塀は淵脇の敷地を囲い、頑《かたく》なに外部の目から遠ざけようとしている。ちょっとした「万里の長城」といったところだ。

ただし、敷地は森林に囲まれているのだから、それも無駄といえば無駄な努力だ。適当な高さの樹に登れば、敷地内の様子を窺《うかが》うのは決して難しいことではない。

紅鈴は樹の登り降りを繰り返し、ときには樹から樹へと飛び移り、内部の造りを頭に叩き込んでいった。緑地部分も多いので、細部まで分かったとは言い難いが、それでも大まかな位置関係は把握できた。

まず下の道から上がってきて、正面に位置する門の中にある建物が、町の人間が言うない。


「お屋敷」、淵脇邸だろう。それこそ昔の武家屋敷の如《ごと》く、いくつか棟が連なったような造りになっているが、基本的にはひと続きの邸宅だ。建物は実質、この一軒しかない。

しかし塀は、さらに山頂側の斜面を大きく囲っている。何より奇妙なのは、その囲われた広い緑地のあちこちに、コンクリート製の、煙突のようなものが突き出ていることだ。見ようによっては、大巨人の墓場のような光景だが、むろんそれらは墓石などではない。

換気塔だ。

普通はトンネルや地下道の上に造るものだが、なぜそんなものが、淵脇の邸宅裏にあるのか。なぜそんなものが必要なのか。

理由は一つしかない。村だ。闇神の村が、この山の地下にあるからだ。言わば「地下都市」ならぬ「地下村落」だ。

ところが、外から見る限り、村への出入り口のようなものは見当たらない。実は地下通路が山のもっと奥に延びていて、そこから出入りできるようになっているのかもしれないが、それを探り当てるのは至難の業。最悪、牛根麓の山全域を調べて回る覚悟が必要になる。そんな暇は、さすがにない。

では、通常はどのように出入りしているのか。おそらく、淵脇邸内部に連絡通路のようなものがある。そう考えるのが自然だろう。

どうする。一か八か淵脇邸に押し入り、そのまま闇神の村に殴り込むか。それとも、どこに出るかは分からないが、あの換気塔に飛び込み、そのまま落ちるところまで落ちてみるか。

もう一日下調べをし、可能な限り計画も練り、いよいよ、紅鈴はこの夜を迎えた。

最後に今一度、介座の剣を検《あらた》める。

クワガタの角の如く、ふた股に分かれた剣。その二本ともが両刃になっており、股の部分でも斬ることができる造りになっている。少なくとも圭一、欣治、刺客二人と、立て続けに四人刺し殺してきたわりに、刃こぼれなどは一つも見当たらない。紅鈴は刀のことなど何も知らないが、これはこれで、なかなか丁寧に作られたものなのではないかと思う。

闇羅を、欣治を、そして圭一を亡き者にした、介座の剣。

いいだろう。この剣で、たっぷりと仇《あだ》を返してやる。

日没から森に入り、淵脇邸の二百メートルほど手前で車が通るのを待った。日中に誰が出かけたかが分からないので、これから誰が帰ってくるのかも、紅鈴には分からない。ただ樹に登って確認したところ、夜中は車庫に六台あった乗用車のうち、二台がまだ戻ってきていなかった。少なくともあと二人は帰ってくる。紅鈴はそれを待つことにした。

夜の八時半過ぎ。先に帰ってきたのはなんと、あの淵脇大吾だった。後部座席に座る横顔しか確認できなかったが、まず間違いない。車は門の前まで進み、リモコンで開けたのか、それとも内部の者が操作したのかは分からないが、とにかく門は自動で開いた。このまま追いかけて一緒に入ってしまおうか、とも思ったが、それは思い留まった。ここは事前に決めた通り、慎重にいこう。

そうだろう、欣治、圭一。

次に車が来たのは、一時間ほどしてからだった。

運転しているのはワイシャツに黒ベストを着た男。おそらく大吾の車両と同様、専属の運転手だろう。後部座席にいるのは、三十歳前後の女。間違いない。淵脇香奈だ。狙い通りだ。

紅鈴はダッシュで車を追いかけ、先ほどと同様に門が開き、車が入ったら閉まる、その間際を狙って、敷地内へと転がり込んだ。運転手が気づくかもしれない。防犯カメラに捉えられるかもしれない。それでも構わなかった。狙いは香奈一人。あとのことはどうでもいい。

車は邸宅の玄関前、煌々《こうこう》と明かりの灯った車寄せまで進んで停まった。玄関ドアが開き、使用人であろう女性が中から出てくる。先に運転手が降り、駆け足で後部左側のドア前まで行く。紅鈴の侵入には誰も気づいていないのか。

運転手がドアを開ける。そこを目がけて、紅鈴は再び駆け出した。

香奈が降りてきた。車の屋根の向こうに、彼女の頭が覗く。紅鈴はスピードを弛めず、そのまま車の屋根を跳び越え、香奈の目の前に下り立ってみせた。

短く息を飲む、香奈。とっさには、何をどうしようもない運転手、使用人の女。

紅鈴は香奈の胸座《むなぐら》を摑み、引き寄せながら反転させ、背後から抱きかかえ、同時に介座の剣を肩越しに抜き、柄《つか》に近い部分の刃を香奈の喉元に当てた。

「……お嬢ちゃん。騒いでもいい、泣き喚いてもいい。でも、暴れない方がいいよ。この刀はスパスパ、よく斬れるからね。あたしの言う通りにすれば、命は助けてやる……いいかい。中に入ったら、あんたは、あんたの父ちゃんに言うんだ。闇神の村に通ずる、扉を開けろ、ってね。それから、あたしを闇神の村に案内しろ、って言え。それさえできれば、あんたも、あんたの父ちゃんも、その他の家族も使用人も、誰一人傷つけない。それは約束する……いいかい。分かったかい」

香奈は目一杯顎を上げ、震えながら「はい」と漏らした。

いい子だ。お利口さんは長生きするよ。たぶん。

4

玄関に入り、運転手と使用人は外に締め出したまま鍵を掛けた。邪魔されないように、というよりは、間違って殺さないようにするためだ。無用な殺生《せっしょう》はしない。そうだろ、欣治。

紅鈴が外からこの屋敷を見て、最初に連想したのは「武家屋敷」だったが、それはあくまでも棟が連なっているという点に関してであって、建築様式や内装まで純和風、ということではない。その辺の趣味はむしろ洋風で、玄関ホールからしていかにも金持ちらしい、無駄に広い間取りになっていた。装飾も一々煌《いちいちきら》びやかで、サングラスをしてこなかった紅鈴にはかなり眩しい。

玄関のタタキは真っ白な大理石。出しっ放しの靴など一足もない。ただし、一段上がって正面と左右に延びる廊下の床板は、白木の柾目《まさめ》。程よく「和」の雰囲気も取り入れられており、そこは好感が持てた。

こんな、塵《ちり》一つ落ちていない、隅々まで磨き上げられた床に土足で上がり込むのは大変申し訳ないが、事態が事態なので大目に見てもらいたい。

「お嬢ちゃん、父ちゃんはどこにいる」

「……わ、分かりません、私も、今」

「帰ってきたばかりなのは知ってるよ。大体いつもはどこにいるんだって訊いてんだよ」

玄関ホールは吹き抜け。見上げると、二階は回廊になっている。ここで大騒ぎすれば、たいていの部屋には聞こえそうだ。

「大声で父ちゃん呼びな」

「でも……」

「お前、あたしが何者だか、まだ分かってないんだろ」

介座の剣を顔の高さまで上げ、刃の反射を利用して、香奈と目を合わせる。

闇神の眼で、香奈の目を見る。

「いっ……イヤァァァァーッ」

この娘がどこまで闇神について知っているのかは知らないが、いい具合に啼《な》いてくれた。上出来だ。

正面、左右の廊下から、何人も人が出てくる。その中に淵脇大吾の顔はない。全部使用人か。一体、何人雇っているのだ。

遅れて、二階の回廊にもう一人現われた。和服姿の、なかなか恰幅《かっぷく》のいい男だ。見るからに、そこらの使用人どもとは格が違う。

間違いない。あれが淵脇大吾だ。

「……あんた、淵脇社長だろ。ちょいと頼みがあるんだが、聞いてもらえるかい」

大吾は眉をひそめ、顔を強張らせはしたが、決して取り乱しはしなかった。さすが、一流企業の代表取締役だけはある。

「待ってくれ……娘に、娘に危害は、加えないでくれ」

この娘がどうだかは知らないが、少なくとも大吾はこの状況が何を意味するのか、ある程度は分かっていそうだ。

「それは、あんた次第だよ、社長。あたしの頼みを聞いてくれさえすれば、嫁入り前の娘を傷モノにするような無粋は……あたしは、しないつもりだよ」

大吾が分かりやすく頷く。

「分かった……今、そっちに下りるから、冷静に、話をしよう」

「それから、わらわらとそこら中から湧いてきてる連中にも言っときな。一切の手出しはするなってさ。邪魔立てする人間は全員殺す。それがハッタリじゃないってことは、社長……少なくとも、あんたは分かってるんだろう？」

今一度大吾は頷き、回廊の手摺《てす》りから身を乗り出した。

「……みんな、いったん、部屋に戻ってくれ。か……彼女とは、私が話をする。大丈夫だから、こっちには、出てこないでくれ。頼む……それから、騒ぎにはしたくないから、通報も、しないでいい。絶対に、しないでくれ……頼む」

よく躾《しつ》けられた使用人たちだ。全員、そろそろと部屋に後退《あとずさ》りしていく。正面、右、左。あっというまに、ここから見える範囲に人の姿はなくなった。

「これで、いいか」

「ああ。社長、下りといで」

大吾はいったん回廊の右手に消え、どういう造りになっているのかは分からないが、しばらくすると玄関ホールの右奥、廊下とは別にある開口部から出てきた。

ゆっくりと、だがしっかりとした足取りで近づいてくる。

「……娘を、放してもらえないか」

「そいつぁできないね。あんたが、あたしの要求を呑む方が先だよ」

「分かっている」

大吾が声をひそめる。

「……君の狙いは、闇神の村だろう。私が案内する。だから、娘はここで放してくれ」

「しつこいね。できないって言ったろ。あたしは、要求さえ通れば娘は傷つけないと言ったはずだ。むろん使用人たちも、あんた自身も、傷つけない」

「私が人質になる。村にも案内する。だから……」

「くどい。あたしは武士じゃないが、それなりに情けはあるつもりだよ。ここは、あたしがあんたを信用する場じゃない。あんたが、あたしの言葉を信じるんだ……分かったら、両手を上げて背中を見せな。そしてそのまま、闇神の村に案内するんだ」

大吾は、大人しく紅鈴の言葉に従った。両手を上げたまま、正面の廊下に向き直り、進んでいく。一番広い、拵《こしら》えも立派な廊下だ。

間接照明というのだろうか。こっちは玄関ホールほど明かりが直接でないのが嬉しい。和風の塗り壁には、ところどころ四角い窪《くぼ》みが設けられており、各々、花や壺の類が飾られている。

玄関ホールからは、だいぶ歩かされた。

角を曲がったのは計五回。そのたびに装飾は簡素になり、窓は減り、床板や天井板も古めかしくなっていく。増築と改築を繰り返してきたのだろうことが如実に窺えた。また、空気も変わった。湿気を帯び、重さが増している。黴クサいとまでは言わないが、その一歩手前くらいの淀んだ臭いはある。

明かりもだいぶ落としめになった。闇神の目には優しいが、もはや人間には不便な暗さだろう。香奈の足取りも、明らかに覚束《おぼつか》なくなっている。

いよいよ、だろうか。

正面が行き止まりになっているところまできた。左手にある部屋とは、紺の帯柄が入った四枚の襖で仕切られている。その向かい、紅鈴の右手には木製の引き戸がある。

大吾が立ち止まり、両手を上げたまま引き戸に目を向ける。

「……ここから、下りていきます」

「開けな」

錠の類《たぐい》はない。大吾は取っ手に指を掛け、右に引き開けた。

中は下り階段になっていた。背後から流れてきた空気が、その階段室に吸い込まれていくのを感じる。

大吾が木製の段を下り始める。

「手、上げるの忘れてるよ」

「……すまない」

ちょうど一階分くらいだろうか。十数段下りると、今度は左に下り傾斜の通路が延びている。紅鈴には充分な光量の照明が設置されているが、それでも先の方は見えない。多少左に湾曲しているからだ。

「村は……この先にある」

「進みな」

上と比べると、この通路は明らかに狭い。もう介座の剣を水平には構えられない。かなり立て気味に起こし、香奈の喉元に当てなければならない。

三十メートル以上は歩いただろうか。先が見え、突き当たりに観音開きの扉が見えてきた。

「社長。今、村には何人の闇神がいる」

「……東京で、二人、亡くなったと聞いている。だから、今はたぶん、二十三人だ」

「村の長ってのは、男かい、女かい」

「アイザメさまという、女性が、村の長だ」

ということは、漢字では「藍雨」と書くのだろう。実に、闇神の女らしい名前だ。

「藍雨ってのはどんな女だ。顔かたち、背恰好、髪形、普段の服装、なんでもいい。特徴を言いな」

大吾の足が、一瞬だけ止まる。

「君なら……君がひと目見れば、必ず分かる。藍雨さまは、そういうお方だ」

「どういう意味だい」

それに対する答えはなかった。

観音開きの前までできた。

「……ここが、ゴモンだ。この中が、闇神の村だ」

「開けな」

「こちらからは開けられない。声をかけて、中から開けてもらわなければならない」

「じゃあそうしな」

大吾が、小さく咳払いをする。

「……失礼いたします、大吾です……客人を、お連れいたしました」

応える声は、なかった。ただ錠前を外すような金属音がし、太い閂だろうか、ガタガタと木と金具が当たり、こすれる音がした。

それでもまだ、扉は開かない。

「……なんだ。テメェで開けて入ってこいってか」

紅鈴は香奈を捕えていた手を放し、後ろに押しやった。

扉の前の大吾が振り返る。

「こんなことを……私が言うのも、なんだが……話し合いで、穏便に済ませることは、できないのか」

命があるだけありがたく思え、と言いたいところを、なんとか堪《こら》える。

「人間風情が余計な気ぃ回すんじゃないよ。それより、藍雨に伝えたいことがあれば、聞いといてやる。なんかあるかい」

大吾の、大きな喉仏がごろりと上下する。

「……私どもは、みな無事です、と」

「分かった、伝えておく。もういいから、あんたらは行きな。帰ったら、さっきの木戸には鍵でも掛けとけ。二度とここには立ち入るんじゃないよ」

一礼した大吾が、紅鈴の背後に回る。互いに手を取り合ったかどうかは知らないが、二人分の足音が、ぎこちなく遠ざかっていく。それが、徐々に速まっていく。

これで文句はないだろ、欣治。

紅鈴は、観音扉に左手を伸べた。

「……邪魔するよ」

左の一枚を引き開ける。

中には、さらに通路が続いているものと思い込んでいたが、違った。意外にも、そこは少し広い板の間になっていた。

向こう正面、もう一つの出入り口であろう板戸の前に一人、男が立っている。色は深緑だが、東京で殺した二人とよく似た、作務衣のようなものを着ている。右手には、紅鈴が構えているのと全く同じ形の、ふた股の剣が握られている。

まさか、介座の剣が複数存在するとは、想定外だった。

男が眉をひそめる。

「……なるほど。キサマが閻羅の女か」

見た目もそうだが、この男は、闇神としては比較的若いのではないかと思った。背が百八十センチ近くある上、髪も短く、今風に整えられている。闇神は、血分け後に髪の長さを変えることができない。ということは、少なくとも文明開化後。明治か大正の生まれではないかと察する。

「そういうあんたは何者だい」

「……俺の名は、カジ」

訊いておいてなんだが、その名を知ったところでさしたる意味はない。

男、カジが、剣を両手に握り、構える。

「女一人で乗り込んでくるとは、いい度胸だな。それだけは褒めてやる」

二人殺されてる側が何を言う。

「四の五の言ってないでかかってきな。お前らの寝言戯言《ざれごと》なんざ聞きたかないんだよ」

「……ならば、いち早くその耳を削《そ》いでやろう」

カジの眼が、黄色く光る。

銃声に似た破裂音と同時に、頭に二本の角《つの》が生える。

望むところだ。

「カッ」

紅鈴も角を出し、真っ直ぐに斬りかかっていった。

互いに繰り出す剣、こすれ合う刃部。蹴り、体当たり——速い。東京で倒した二人とは比べ物にならない。

「どうした、閻羅の女。そんな細腕では、この俺は倒せんぞ」

「ぬかせ」

紅鈴は、カジの膝を正面から蹴ると同時に跳び退いた。ここはいったん距離をとる。

構え直し、再び前に出る。

「シャッ」

「ヌンッ」

すれ違う、四つの切っ先。

交差する、ふた股の刃部。

重たい衝撃が、両腕から全身に伝う。

だが今度は、運命が紅鈴の味方をした。

いや、欣治か——。

ゴリッ、という音と共に、急に手応えが失せる。

カジの握る介座の剣、その一方の刃が、折れたのだ。

一度受け止められた紅鈴の剣は、その支えを失い、まるで吸い込まれるように、カジの胸に突き刺さった。

「んオォ……」

足元で、小判でも落ちたような音がした。折れた刃だ。

紅鈴は、色を失っていくカジの目を覗き込んだ。

「なんだよ、紛《まが》い物でも摑まされたか」

さらに、深く刺し込む。

「んん……のァ……」

カジの顔が見る見る、焦げるように黒くなっていく。顔形が崩れ、全身も、どさりとその場に潰れる。

大吾の言葉を信じるならば、残る闇神は、二十二人。

紅鈴は迷わず、正面にある板戸を開け放った。

「おい、次はどいつだ。オラ、かかってこいや」

途端、戸の向こうから二人もかかってきた。だが彼らは、介座の剣を持っていなかった。全員が一本ずつ持っている状況も覚悟したが、そうではないのか。

一人を刺し、一人を蹴り飛ばし、一人から引き抜き、返す刀でもう一方に突き刺す。念を入れ、引き抜いたら間髪を容れず、剣の股で首を撥ねる。やはりそうだ。胸の傷が塞がる前にこうすれば、ギロチン同様に首を撥ね飛ばすこともできる。介座の剣とは、そもそもそういう武器なのだ。

次は誰だ。首を撥ねられたいのはどいつだ。

紅鈴は滅茶苦茶に通路を進み、見つけた闇神を片っ端から刺し、首を撥ねて回った。女もいた。年寄りもいた。逃げる者は追いかけ、容赦なく背後から突き刺した。跪《ひざまず》き、命乞いをする者もいた。だが耳は貸さなかった。躊躇《ちゅうちょ》はなかった。そんな気持ちは、あの高島平の駐車場に置いてきた。

皆殺しだよ。一人残らず、ブチ殺してやるよ。

戸という戸を開け、隠れている者がいないか捜し回った。最初は頭の中で数えていたが、十人を超えた辺りからもう、正確な人数は把握できなくなった。

みな、紅鈴の目の前で土になった。腐敗の速い遅いに多少の差はあったが、死んでしまえばみな同じ。人形《ひとがた》をした土が、まるで着物を着ていたかのように、床に広がるだけだった。返り血も土になった。それを払いながら、紅鈴は進み続けた。

ここまで呆気《あっけ》なく殺し回れたのは、むろん介座の剣があったからだ。紅鈴の想定より遥かに、村の闇神たちはこの剣の存在自体に怖れを抱いているようだった。不死身であるはずの闇神を唯一、処刑できる剣。ある種の神通力を持つ魔剣、妖刀のように信じ込んでいたのかもしれない。多くの者は見ただけで恐怖に顔を歪《ゆが》め、中には腰を抜かす者、果ては拝み始める者までいた。

吸血鬼が神頼みとは笑わせる。

だが紅鈴は、ふと不安になった。

藍雨は、闇神の長はどうした。

まさか、そうと気づかずに殺してしまった、などということはないと思うが、何人かの女は碌に顔も見ず、真後ろから刺し殺した。そいつらも、剣を引き抜くそばから土になった。もはや、戻ってその顔を確かめることもできない。

藍雨はどこだ。どこに行った。

紅鈴は、困惑や恐怖、諦めや無念の残り香が充満する通路に、独り立ち止まった。

いつのまにか、物音も気配も、なくなっていた。

もう、終わってしまったのか。いや、そんなはずはない。そんなことは、あってほしくない。そうだ、逃げる者を追い回すのに躍起になり、確かめなかった戸も、あるやもしれない。そう、あったに違いない。

紅鈴は、無人と化した通路を戻り始めた。開いている戸を覗き込み、生き残りはいないか、別の部屋に通ずる戸はないか、検めていった。中には、大型テレビを置いてある部屋もあった。床の間や天袋、地袋もある、客間のような和室もあった。こんなところに隠れはしないだろう、と思う戸まで全て開け放った。だが、いなかった。藍雨も、生き残りも、誰一人見つけられなかった。

そもそも村の構造を把握していないので、いま自分がどっちに進んでいるのかも見当がつかなかった。同じ場所を二度、三度と通ることもあった。ふいに新しい通路に出て、閉まった戸に出くわすこともあった。でもどこも、もう無人だった。誰もいなかった。

そんなふうにしてたどり着いた、間口二間の、四枚引き違いの板襖《いたぶすま》。そこだけは今なお左右均等、一分のズレも、乱れもなく閉められていた。なぜ今まで、ここに気づかなかったのだろう。近くは通っていたはずなのに、どうして開けてみようとは思わなかったのだろう。

ここだ、という予感があった。

数秒その前に立ち止まってみると、板襖の、糸目ほどの隙間から漂ってくるものがあった。

極度の緊張、恐怖。あるいは、並々ならぬ決意にも似た、何か。

紅鈴は中央から一枚、左にすべらせた。刹那、短く気合いのような声が漏れ、二つの切っ先が飛び出してきた。

しかし、それはない。そんな力の乗りきらない剣捌《けんさば》きで、紅鈴の心の臓を捉えることはできない。

紅鈴は、あえて二つの切っ先の間、介座の剣の、その特徴的な股の部分を左拳で突いた。

介座の剣は、二点を同時に刺すからこそ意味がある。だが、ふた股に分かれる前の根元は、言うまでもなく一点でしかない。一点ではその他のありふれた武具と同様、闇神の皮膚を傷つけることはできない。

紅鈴に剣を向けてきたのは、白装束の袂《たもと》を襷《たすき》で括《くく》った、鶴のように首の細い女だった。

「……女中風情がよ」

そのまま左手で撥ね上げ、自らの介座の剣で突く。

美しかった白い顔は、瞬く間に黒く崩れ落ちた。

板襖の中。そこは、床も壁も天井も板張りの、なんとも質素な造りの部屋になっていた。

　中央に、もう一人いる。

　確かに、ひと目で分かった。

　それこそが藍雨、闇神の長に違いなかった。

　なぜ、見ただけでそうと分かるのか。

　それは、同じだからだ。

　藍雨はまるで、紅鈴と親子のように、同じ顔をしていた。生きてきた年月はさて措《お》き、血分けを受けた歳も近かったのだろう。見た目だけでいえば二十歳前後。その意味では、姉妹のように、と言った方がいいのかもしれない。

　自らの名に倣《なら》うように、藍色の着物を纏《まと》っている。

　血の色の唇が、薄く開く。

「……待っていましたよ。閻羅の女」

　勝手な呼び名を付けやがって、と思う。

「あんたが村の長ってことで、間違いないかい」

「ええ、間違いありません。私が闇神の長、藍雨です」

「一つ、淵脇大吾からの伝言がある。私どもはみな無事です。そう伝えるよう頼まれてきた」

「分かりました……ありがとう」

　なぜだろう。怒りが萎《な》えそうになる。

欣治と圭一を失ったのち、今の今まで、紅鈴を突き動かしてきたのは闇神の長、つまりは、この女に対する怒りに他ならない。だがこの女を亡き者にしたら、全ては終わってしまう。消えるはずのない怒り、痛み、孤独は、ここで行き場を失うことになる。

そんなことは最初から分かっている。分かってはいるけれども、殺さずに済ませることもまた、できはしない。できるはずがない。

「もうさ……終わったことを、ああだこうだ言ってみても始まらないのかもしれないけど、でもさ……やっぱり聞きたいんだよ。なんでお前らが、そこまでして、あたしたちを殺そうとしたのか。排除しなければならなかったのか。あたしたちは本当に、あんたらにとって勘弁ならない、ドブネズミ以下の、ゴキブリ以下の害悪だったのかな……四百年以上、見つけられなかったんだろ。あたしたちが、あんたらの言う『長の許しなき血分け』を繰り返してたのかどうか。そんなの、ちょっと調べたら、分かったんじゃないの。もう、掟破りかどうかなんて、どうでもよかったんじゃないの……なあ、村長さんよ」

藍雨は微動だにしない。表情も変えない。

血の色の唇だけが、別の生き物のように動く。

「お前は、なぜ閻羅が村抜けをしたか、知っていますか」

またそんな、古い話を。

「……詳しくは知らない。閻羅も、いつか話すとは言ってたけど、その前に殺されちまったからね」

すると藍雨が、紅鈴から見て左側、入り口とは別にある、二枚の板戸に目を向ける。

「この場所に村を作ったのは、闇神です」

そりゃそうだろう、と思ったが、そういう話でもないようだった。

「初代の長、彼こそが、闇神。私たちの祖であり、最も古い闇神である男の名が、闇神です。その伴侶に選ばれたのが、私です」

ゆっくりと、板戸に近づいていく。

「闇神は血分けによって一族を増やした。その中で、闇神でありながら子を生《な》したのは、これまでに私、ただ一人です」

闇神が、子供を、産んだ？

「そんなこと、あり得るのかい」

「簡単な話です。闇神が私に血分けをしたとき、私はすでに他の男の子供を……人間の子を、身籠《みご》っていたのです。何しろ、千何百年も前のこと、化学も医学もない時代の話なので、理屈はいま以《もっ》て分かりません。闇神にも、私自身にも、分かりませんでした。でもとにかく、私は子を産んだ。闇神はその子を『べにさめ』と名付けました」

べにさめ。その名前なら閻羅から聞いている。

なるほど、そういうことか。

「『くれない』に降る『雨』と書いて、『紅雨』だろ」

「そうです」

「闇神は、女の名前に、色の漢字を入れる慣わしがあるんだよな」

「その通りです……ただそれは、慣わしというよりは、この国に文字が定着し始めた頃の、言わば、闇神が人間の流行り文化に倣った、遊びのようなものでしたけど。ごく初めの頃はね」

そんな昔のことはどうでもいい。

「……闇羅はあたしに、血分け後は『紅鈴』と名乗るよう言っていた。あたしの人間時代の名前が『鈴』だったからね。柏倉鈴。あたしは、なんで『紅』が要るんだって訊いたよ。そうしたら、昔の、俺の想い人の名から取ったって……フザケるなって、聞いたときは思ったけど、いざ死なれちまうとさ、それもなんか、遺言みたいに思えてきてね。それでありがたく、四百年以上使わせてもらってきたけど、そうか……紅雨は、あんたの娘だったのか」

藍雨が、ゆっくりと頷く。

「だからツイも……お前が返り討ちにしたあの者も、ひと目で分かったのです。お前が闇神だということが。闇羅が、紅雨と瓜二つの顔を持つお前に血分けをしたのだと、そう見抜いたのです。でも、ここまで似ているとは……私も驚きました。まるで自分自身を見ているかのようです」

だからこそ気味が悪い、虫唾が走る、そう言いたいのか。

「でも、その紅雨って娘は、病で死んだんだろ」

「ええ」

「不死身の、不老不死の闇神が、おかしいじゃないか」

紅雨は、厳密に言えば闇神ではありませんでした。今ふうに言えば、闇神と人間のハーフ、半神半人の混血でした」

言われてみれば、そうか。

藍雨が続ける。

「その身体的特徴も、まさに闇神と人間の中間。生き血を飲めば闇神となり、不老不死の強さを得る。しかし生き血を飲まずにいれば人間となる。日向《ひなた》に出ることができ、食べ物を口にすることもでき、成長もし、また老いもする……当然、病にも侵される」

徐々に生前、閻羅が言っていたことと繋がってきた。

「紅雨は、血の病を患ったとか」

「そうです。現代でいう白血病だったのか、はたまたエイズの類だったのか、今となっては分かりませんけど……閻羅は、闇神一族最強の男でした。紅雨とは恋仲にあり、闇神も、閻羅には特別目をかけていました。しかし、紅雨が病に侵され、二人は反目するようになった。閻羅が闇神に、紅雨への、改めての血分けを求めたのが事の起こりです」

「血の病を治すための、血分けってこと？」

「ええ。しかし、闇神は非常に頭のいい男でした。こと血に関しては、現代医学にも引けを取らない、勘のようなものを持ち合わせていたのでしょう。紅雨に血分けをすることを、闇神は拒んだ。血分けをする際は、傷口と相手の口を直接触れ合わせなければならない。闇神はそれによって、紅雨の病が己の体に入り込むことを怖れたのです」

その懸念が医学的に妥当かどうかは別にして、だ。

「だったら、闇羅が紅雨に血分けをしてやりゃよかったじゃないか」

「いいえ。当時の血分けは、闇神の専権事項でした。たとえ一族最強の闇羅といえども、許されることではありませんでした」

段々、落ちが読めてきた。

「つまり闇神は、紅雨を、見殺しにした」

「それを恨んだ闇羅は、もう一つの、闇神が最も嫌う禁忌を、あえて犯しました……村抜けです。すぐに我々も追手を放ちましたが、誰一人、闇羅を連れ帰ることはできませんでした。闇神は……闇神も、深く傷ついていました。情に厚い男でしたから。紅雨を亡くしたことも、闇羅の離反も、全ては己《おのれ》の責任と、自らを責めました。そして……」

紅鈴はずっと、その板戸はどこに続いているのだろうと、藍雨はなぜその前に立ったままなのだろうと、疑問に思っていた。

その戸を、ようやく藍雨が開ける。

「闇神は今も……ここに生きています」

意外なことに、紅鈴はさほど、不思議には感じなかった。

戸の外は、広く開けた洞窟《どうくつ》になっていた。

その中央には、大きな池がある。三十坪も四十坪もありそうな、綺麗な円形をしている。

しかし、その池の水は、透明ではなかった。

まさに血の色、暗い赤色をしている。

藍雨は素足のまま、洞窟に出ていく。

「闇神はこの池に、その身を沈めました。すると、それまでは透き通っていた水が、徐々に、血の色に変わっていきました」

池の縁には柄杓《ひしゃく》が三本、竹でできた馬に立て掛けてある。

跪いた藍雨は、その柄杓を一本手に取り、池の水をすくった。

「……飲んでみますか」

「いや、遠慮しとく」

「美味《おい》しいですよ。闇神の血は」

藍雨は、さも当たり前のように柄杓に口をつけ、その水を含んだ。

一滴も漏らさず、丸々一杯、飲み干した。

頰に、わずかに赤みが差している。

「……この池の底で、闇神の肉体が今どのような状態にあるのかは、私にも分かりません。ただ、村の者が飢えることのないよう、自らの肉体を通して、湧水を人血に相当する『生き血』に変え続けている。もう誰一人、村から抜けてほしくない……そんな闇神の願いが、この池に血の水を湛《たた》えているのです」

柄杓を置いた藍雨が立ち上がり、こちらを振り返る。

「……闇羅の女よ」

紅鈴は、介座の剣を構えた。

「あたしの自己紹介は、済んでるはずだけどね」

それでも藍雨は、紅鈴を「紅鈴」と呼ぶ気にはなれないらしい。

「お前にも……連れ合いへの想いというものがあるだろう。だからお前が、私を殺すのは構わない。私を殺し、たった一人の闇神として生き残るお前が、どんな新しい秩序を作ろうと……それは、私の与《あずか》り知らぬことだ。しかし閻羅の女よ。これだけは守ってほしい。秩序なき血分けは、闇神は疎《おろ》か、いずれ人間すらも滅ぼす結果となる。闇神は子を産むことができない。人間に血分けをして、一族を増やすより他にない。闇神は、人間あってこその闇神なのだ。無秩序な血分けだけはしてはならない。それだけはせぬと、私を殺す前に誓ってほしい。お前に、ほんの少しでも、闇神としての誇りがあるのならば」

自分は、本当にこの女を、殺したいほど憎んでいるのだろうか。

正直、もう、よく分からなくなっていた。

「分かった、約束するよ。もともとあたしは、欣治以外に……お前らに殺された連れ合い以外に、血分けをしようと思ったことなんてないしね。たぶんこの先も、しないと思う。ただ、分からないのは……なんで自分が死んだあとのことまで、あんたは案じるのか、ってことだよ。どうしてあたしに、閻羅から掟破りの血分けを受けたこのあたしに、村の掟を守らせようとするんだい。そんなことに、意味なんてあるのかい」

藍雨の、紅鈴に向ける眼差しに、憎しみの色はない。

「闇神の掟を、守る意味。それは即ち、闇神が生きる意味でもある」

思わず、笑いが漏れた。

「闇神が生きる意味？　そんなもんあるのかい　暗闇に身をひそめ、人知れず生き血を啜《すす》るだけの化け物に、どんな生きる意味があるってんだよ」

返礼のつもりか。藍雨も口元を、笑みの形に歪めてみせる。

「では訊くが、人間の一生に意味はあったか。十九か二十歳《はたち》で血分けを受けたのだろうが、そこまでのお前の人生に、意味などあったか。私が言うのは、そんなちっぽけな『生きる意味』ではない。生きとし生けるものが、生きようとする意味。それは種の保存以外にはない。それは、我らのような妖《あやかし》の類でも同じこと。言い替えれば、個の存続より、種の存続にこそ意味がある。それをお前に委《ゆだ》ねたい」

益々《ますます》分からない。

「じゃああたしが、この先たった一人で生きていく、たった一人で永遠に生きていく、その意味はなんだい。なんなんだよ」

藍雨は、あろうことか、かぶりを振った。

「それは……私にも分からない。各々の種が、それぞれ生きる意味を分かって生きているとは、私には到底思えない。でも何かしら、意味はあるはず……そう思わなければ、そう信じなければ、永遠の命など、ただ虚しいだけではないか」

藍雨が、一歩一歩、近づいてくる。

「だから、闇羅の女よ」

紅鈴が向ける切っ先に、吸い寄せられるように。

「生きるがいい。お前が生きて、その意味にたどり着くがいい。必ずあるはずだ。一体、如何なる神の悪戯なのか……それでも世に生まれ出でた命だ。必ず意味はある。それをお前に、守って生きてほしい……お願い、生きて。生きて、くださいね……紅鈴」

その瞬間、自分が刺したのか、それとも藍雨が刺さりにきたのか。

白く美しかった顔が、まるで明かりが逸れただけのように、一瞬にして、闇の色に没した。

池の底から、むせび泣くような地響きがしたのは、偶然か。

他に、誰か一人でも闇神の生き残りがいれば、自分は背後から刺され、殺されるだろう。それでもいいと、紅鈴は思った。むしろ、そうされたいとすら願った。

だがいくら待っても、誰も来なかった。

やはり、一人のようだ。

もう、何度目だろう。

また自分は、独りぼっちになってしまった。

5

藍雨には言われた通り伝えた、と告げると、淵脇大吾は黙って、紅鈴に頭を下げた。

帰りは自動開閉の門ではなく、その脇にあるくぐり戸を勝手に開けて出てきた。追ってくる者は、やはりここでもいなかった。

圭一の借りてきたオンボロスカイラインは、紅鈴が隠した山道脇の草むらで、大人しく待っていてくれた。多少エンジンの掛かりは悪かったが、でもちゃんと走り出してくれた。

このまま、明るくなっても走り続けたら、どうなるんだろう。そんなことを思いながら、ハンドルを握り続けた。太陽に焼かれて、死んで、大事故になって。運転席に残っているのは、大量の土と黒い革のツナギ、女性物の下着と、ショートブーツ。後部座席には珍妙なふた股の剣。警察はそんな状況を、どう判断するのだろう。

そこまで考えて、ようやくトランクの中身に思いが至り、圭一のパソコンと周辺機器の処分を始めた。車内で、素手で砕いたものを、パーキングエリアのゴミ箱に少しずつ捨てて回った。家庭ゴミの持ち込みはお断わり、と書いてあるのは知っていたが、他には方法を思いつかなかった。ごめんなさい、とその都度《つど》謝りながら、捨てさせてもらうしかなかった。

大阪まであと少し、という辺りまで来たときだ。

急にエンジンが妙な音をたて始め、怖くなったので高速道路を下りた。しかし、調子を見てもらおうにも、こんな夜中では修理工場はむろん、ガソリンスタンドすら開いているところはない。やがてエンジンは完全停止。キーを捻ろうがハンドルをぶっ叩こうが、うんともすんとも言わなくなった。

寿命かな、と思った。

圭一、だよね。分かってる。ここまでがんばって、付き合ってくれたんだもんな。ありがとよ。ごめんね、ハンドル叩いたりして。お疲れさま。お世話になりました。

せめて通行の邪魔にならないよう、一人で押して路肩に寄せておいた。そのうち、駐車違反か何かで地元の警察が処理するだろう。碌に税金も収めていない身で、大変申し訳ないとは思うが、あとのことはよろしくお願いします。

さようなら、圭一。もうお前とは、会うことはないだろうから、本当に、永遠のお別れだ。

紅鈴はボンネットに頰ずりをし、キスをした。

雨が、降り始めた。

どこだかもよく分からない夜道を歩き始め、すぐに、これは駄目だと思った。いつまでも介座の剣を背負っているのは、どう考えてもマズい。試しにボストンバッグに押し込んでみたが、隠せたのはふた股に広がった部分だけで、柄の方はどうやっても入らない。柄はもう、見るからに日本刀という拵えになっている。警察官に見つかったら、確実に職務質問をされる。それくらい怪しい見てくれだ。

仕方なく、コンビニに寄ってタオル二枚とガムテープを買った。それを屋根のあるバス停まで持っていって、柄にぐるぐると巻き付けた。正直、まだまだ怪しさは否めないが、日本刀の柄が剝き出しになっているよりはマシなはず。多少の誤魔化しにはなるだろう。

あいにくホテルが見つけられず、夜明けから翌日の日没までは公園の便所で過ごした。幸運にも洋式便座だったので、座って寝られたのは助かった。

日が沈むと同時に行動を開始し、徒歩でたどり着いたのが宝塚駅。そこから福知山線で新大阪まで行って、あとは新幹線で帰ってきた。

東京駅に着いたのは、十時半過ぎだった。

「ああ……疲れた」

だがここまで来れば、あとはどうにでもなる。

ビジネスホテルを探し、三泊の予定で部屋をとり、その夜はゆっくりと風呂に浸かって、午前一時頃には寝た。

翌日は、夜の十一時に部屋を出た。

キーはいったん、フロントに預ける。

「その辺に、食事に出てきます」

「行ってらっしゃいませ」

体はかなり渇いていたが、でもまだ限界というほどではなかった。それよりも、先にやっておきたいことがあった。

歩いて宝町《たからちょう》駅まで行き、浅草《あさくさ》線で浅草駅に向かった。

ねえ、欣治――。

江戸といったら、浅草だよね。浅草といったら、浅草寺《せんそうじ》だ。あと吉原、新吉原。そう、あたしたちが出会ったのは、それよりもっと向こうの方の、田畑の中にあった、お寺だったよね。円光寺《えんこうじ》。あんまり、欣治は思い出したくないかもしれないけど。廃寺になってたから、その後もよく、宿屋代わりに泊まったじゃないか。廃寺っていっても、新しく住職が来るたびに、あたしが飲んで殺しちまうんだから、そりゃ、誰も寄りつかなくなるよね。あの寺は呪われてる、だってさ。笑っちまうね。ああ、懐かしい──。

欣治との思い出は、星の数よりまだあった。どれもこれも、大切な思い出。紅鈴にとっては唯一の、大きな愛の記憶。記憶は、誰にも奪われはしない。ただ徐々に薄れ、その他の記憶と同じように、少しずつ消えていくだけだ。

浅草駅には十分ほどで着いた。

改札を通り、階段を上って出たところが、駒形橋西詰《こまがたばしにしづめ》の交差点。紅鈴は、片側二車線に歩道まである、その大きな橋を渡り始めた。車の往来はあったが、歩行者はもうほとんどいなかった。

橋の中央まで行き、欄干《らんかん》から、真下を見下ろす。

その昔、大川《おおかわ》と呼ばれた川。隅田川《すみだがわ》。

星のない夜空を映す、漆黒《しっこく》の水面。その底のない暗さ、不変の流れは、あの頃と少しも変わらないように見える。紅鈴はそこに、何物にも代え難い、安らぎを覚える。

持ってきたバッグから、皺《しわ》の寄ったコンビニ袋を取り出す。

「欣治……全部、食べちまおうと思ったんだけどさ、この量は、さすがに無理だった。ごめんな……あたしにゃ、お前に墓を建ててやる甲斐性《かいしょう》もないからさ。だから、ここ、大川が、お前のお墓だよ。成仏なんて、するんじゃないよ。ちゃんと地獄で、あたしが行くのを待っててておくれ」

袋の結び目を解き、大川に撒《ま》く。だいぶ風に運ばれ、散らばってしまったが、いくらかは川にも落ちただろう。

　ポケットからタバコを取り出す。

「……ごめん、ハイライトしかないや。今度から、ちゃんとセブンスター買ってくるからさ。今夜は、これで勘弁しな」

　一本銜《くわ》え、火を点け、すぐ川面《かわも》に投げ落とした。

　風に運ばれるそれを目で追っていると、なぜだろう。

　ふいに視界が歪み、滲《にじ》み、両頬にひと筋ずつ、伝い落ちるものがあった。風が当たると、その筋の分だけ細く、頬が冷えた。

　触ってみると、少しだけ指先が濡れた。

「涙……かな、これ」

　だとしても、意味があるなどとは到底思えない。あったとしても知りたくなどないし、考えたくもない。

「さよなら、欣治……愛してるよ」

　さてと。

　これから、この永遠を、たった一人で、どう生きようか。

解説

大矢博子

なんと十七年ぶりのシリーズ二作目である。

誉田哲也は二〇〇三年、『ダークサイド・エンジェル紅鈴 妖の華』（学習研究社）でデビュー。四百年生き続ける日本古来の吸血鬼「闇神《やがみ》」を主軸にした伝奇ホラーであるとともに、刑事たちが闇神に殺された不可思議な死体の真相究明に奔走する警察小説でもある。七年後の二〇一〇年に、大幅な加筆・改稿を施し『妖の華』として文春文庫入りした。

本書はその『妖の華』の三年前を描いた前日譚である。

つまり時系列的にはこちらが先になる。だからこちらを先に読まれてもいっこうに差し支えないのだが――しかしまずは刊行順での読書をお薦めしたい。

その理由をお話しする前に、ざっと前作を振り返っておこう。

喉元を食いちぎられて失血死した、なんとも悲惨な死体が発見される。その手口は三年前に起きた「組長三人殺し」に酷似しており、警察が動き出す。一方その頃、ヒモまがいの生活をしているヨシキがヤクザのリンチに遭っているところを、紅鈴という若い女性に助けられる。紅鈴にはどうも不思議な能力があるようで――。

この紅鈴が実は四百年生き続ける不老不死の吸血鬼・闇神であること、「血分け」という禁じられた技を使うことで人間を闇神にできること、彼女にはかつて欣治というパートナーがいたらしいこと、紅鈴は三年前に彼女と欣治が関わった「組長三人殺し」の余波のせいで今もヤクザに追われていることなどが次第にわかってくる。

つまりベースにあるのは、いわば和風ヴァンパイア伝説とでもいうべき伝奇ホラーだ。ところが『妖の華』はそこに、リアルな警察小説を組み合わせた。まるで吸血鬼に襲われたとしか思えない（それが事実なのだが）死体を前に、組織描写から捜査手法にいたるまで極めて現実的な警察のパートと、吸血鬼のパートがほぼ交互に語られるのだ。怪異の存在を認めた上での警察小説なら他にも例があるが、リアルな警察小説の構造を伝奇ホラーと融合させたのは実に新鮮だった。だからこそ途中からの刑事の戸惑いが大きな読みどころになる。が、それは前作を読んでいただくとして。

前作には他にも迫力あるアクションシーンであったりグロテスクな殺害シーンであったりという見せ場も多いし、どんどん人は死ぬし、展開も速いし章ごとの引きも強いしと、つまりは開始直後からギアをトップに入れたままスピードを緩めずに最後まで駆け抜ける勢いが魅力だった。吸血鬼パートも警察パートもその他のパートも「好きなものや書きたいことを全力で詰め込みました！」という若さがほとばしっているのだ。その勢いに乗せられて、どんどん先が気になってページをめくってしまうのである。

これは著者の初期作『アクセス』（新潮文庫）の解説を書いたときにも感じたことだが、この時期の誉田作品の詰め込みっぷりは実に微笑ましい。ただ詰め込んだだけではなく、さまざまな要素が有機的に結びついてひとつのテーマに収斂されていくので、煩雑な印象はまったくないのにも驚かされたものだ。

面白い作家が出てきたなと思ったが、そこから誉田は警察小説へと舵を切った。小学館のサイト「小説丸」に掲載されたインタビューによれば、誉田は「（本作を）書き終えてみたら、警察小説の方が楽しくなってしまっていたんです」と語っている。ええっ、そんなあ。

いや、そこからあの「姫川玲子シリーズ」が生まれたわけだから文句は言えないのだが、おかげで当時すでに構想済みだった紅鈴の「続編」が読者の手に届くまで十七年かかったわけである。だがそれは決して余計な回り道ではなかった。十七年の時を経たからこそ描けたドラマが『妖の掟』には詰まっているのだ。

ということでようやく本書の話に入る。

舞台は『妖の華』から三年前。四百年生きる紅鈴と、闇神になって二百年の欣治は、ヤクザに袋叩きに遭っている辰巳圭一を助ける。ちょうど住む場所を探しているところだったふたりは、半ば恩を着せるような形で圭一の部屋に同居するようになった。

圭一はヤクザからの依頼で敵対組織に盗聴器を仕掛けるなどの仕事をしていたが、ある日、銃もナイフも使わずに組長三人を殺せるヒットマンを手配しろという無茶苦茶な命令を受ける。逆らえば殺される。そんな圭一に、紅鈴と欣治はまさに自分たちにうってつけだと腰を上げるのだが――。

ヤクザの抗争に巻き込まれ、さらには紅鈴と欣治の正体を知る何者かも動き出す。欣治はなぜ闇神になったのか。『妖の華』ではすでに死んでいた欣治にいったい何が起きたのか。それらの謎が解かれると同時に、闇神とは何なのかという存在そのものの謎へも切り込んでいく。

前作でほのめかされるだけだったことが明確になり、こんな事情だったのかという驚きと、これが知りたかったという満足が交互に押し寄せた。「組長三人殺し」とはこういう事件だったのか、圭一とはこういう人物だったのか、前作では追憶の中にしかいなかった欣治はこんなカッコいいヤツだったのか——まるで答え合わせをしているかのような楽しみに満ちている。これが、刊行順に読んだ方がいいと言ったひとつめの理由だ。

そしてふたつめの理由は、作者の成長がはっきり見えるということ。読み始めて早々に「小説がめちゃくちゃ上手くなってる！」と気付くだろう。前作もフルスロットルで駆け抜ける面白さに満ちていたが、本書には前作には薄かった「緩急」が巧みに使われている。大きな動きのない、日常のなんでもない場面が、登場人物のひととなりを絶妙に表し、彼らと読者をぐっと近づけているのである。欣治が司馬遼太郎や栗本薫の長尺の小説を読んでいたり、紅鈴がUVカットの商品にハマったり。山を好む欣治と都会を好む紅鈴。ネット上のマップ機能に目を輝かせる欣治と携帯電話も扱えない紅鈴。ユーモラスな会話も多々あり、ああ、こういう人たちなんだというのがくっきりと浮かび上がる。そのため、紅鈴にとってなぜ欣治が特別な存在だったのか、圭一との関係も含めて、読者が頭だけではなく心で納得できるのだ。

喩えるなら、前作は大型スクリーンで展開される迫力満点の映像を眺めるような読書だったのが、今回は紅鈴や欣治や圭一がまるですぐ隣にいるかのような、歴史と背景と感情を持った人間（ではないのだけれど）として浮かび上がってくるのである。

十七年は無駄ではなかったとは、そういうことだ。本作にもヤクザや警察、さらには紅鈴を追う闇神たちまで登場し、さまざまな要素が詰め込まれているという点では前作と変わらないのだが、そのバランスが格段にこなれてきている。その結果、本書に込められた最も大事なテーマが、夾雑物《きょうざつぶつ》なしに読者の胸に届くのだ。そのテーマとは何か。

生き続ける悲しみ、である。

闇神は不老不死だ。だが殺す方法がないわけではない。実際にその方法を使って、紅鈴は闇神たちを殲滅《せんめつ》した。そして欣治も命を落とす。さらには、かつて紅鈴を闇神にした存在もまた、紅鈴の目の前で死んでいる。

四百年という長い時を、その正体を悟られぬように生きてきた紅鈴。そんな紅鈴が初めて得た仲間であり姉弟であり恋人だった欣治の存在はとても大きなものだった。本当なら彼女たちの関係は永遠に続くはずだったのに、そうはならなかった。その後悔。その喪失。

紅鈴の、こんな言葉がある。

〈永遠の命は、約束されたものでは決してなく、一日一日、守っていくものだと、分かっていたのに。ちゃんと、知っていたはずなのに〉

これは人間も同じだ。いや、紅鈴を襲った喪失感は、いつか人は必ず死ぬとわかっている人間の別れより大きかったのではないか。欣治を仲間にしたこと自体が本当に正しかったのかという後悔も、もしかしたらあったかもしれない。その悲しみを、後悔を、紅鈴は背負って生きる。だからこそ『妖の華』の最後で、紅鈴はあのような行為に及んだのではないだろうか。

主人公を不老不死の吸血鬼にした意味はここにある。

作者の成長を感じるためにも、答え合わせの楽しみのためにも、刊行順に読むことをお薦めしたが、ここまで書いて少し考えが変わった。時系列で読むと、初読の時には摑めなかった紅鈴の深い悲しみや後悔が『妖の華』から滲み出すのだ。彼女がどれほど大きな喪失の中でヨシキと出会ったかわかるのだ。

最初に『妖の華』を読んで、次に『妖の掟』を読んで、そしてぜひ『妖の華』に戻っていただきたい。最初とは違う味わいと理解が、あなたを待っていることと思う。これはシリーズならではの醍醐味だろう。

第二作まで十七年待たされたが、このあとは嬉しい予定が既に決まっている。まずは江戸時代を舞台に紅鈴と欣治の出会いと彼への「血分け」を描く『妖の絆』がこの文庫と同時期に刊行される。そしてさらには、続編などあり得ない終わり方をしたはずの『妖の華』のその後が、現代〜近未来編として構想されているというのだ。その名も『妖の群《むれ》』。いったいあそこからどうやって……？

実に楽しみでならない。誉田哲也の原点であり、成長の過程であり、到達点であるシリーズである。ぜひ、この紅鈴ワールドを隅々まで味わっていただきたい。

（書評家）

文春文庫

妖《あやかし》の掟《おきて》

定価はカバーに
表示してあります

2022年12月10日　第1刷

著　者　誉《ほん》田《だ》哲《てつ》也《や》
発行者　大沼貴之
発行所　株式会社 文藝春秋

東京都千代田区紀尾井町 3-23　〒102-8008
TEL 03・3265・1211(代)
文藝春秋ホームページ　http://www.bunshun.co.jp

落丁、乱丁本は、お手数ですが小社製作部宛お送り下さい。送料小社負担でお取替致します。

印刷・凸版印刷　製本・加藤製本

Printed in Japan
ISBN978-4-16-791967-2